# DANIELLE STEEL

Avec plus de 70 best-sellers publiés en France, plus d'un demi-milliard d'exemplaires vendus dans 47 pays et traduits en 28 langues, Danielle Steel est l'auteur contemporain le plus lu et le plus populaire au monde. Depuis 1981, ses romans figurent systématiquement en tête des meilleures ventes du *New York Times*. Elle est restée sur les listes des best-sellers pendant 390 semaines consécutives, ce qui lui a valu d'être citée dans le livre *Guinness des Records*.

Mais Danielle Steel ne se contente pas d'être écrivain. Très active sur le plan social, elle a créé deux fondations s'occupant de victimes de maladies mentales, d'enfants abusés, et de sans-abri.

Danielle Steel a longtemps vécu en Europe et a séjourné en France durant plusieurs années (elle parle parfaitement le français) avant de retourner à New York achever ses études. Elle a débuté dans la publicité et les relations publiques, puis s'est mise à écrire et a immédiatement conquis un immense public de tous âges et de tous milieux, très fidèle et en constante augmentation. Lorsqu'elle écrit (sur sa vieille Olympia mécanique de 1946), Danielle Steel peut travailler vingt heures par jour. Son exceptionnelle puissance de travail lui permet de mener trois romans de front, construisant la trame du premier, rédigeant le deuxième, peaufinant le troisi                     ⁻télévisées de ses
roma                                        pas de donner
la pr                                       es huit enfants,
elle                                        us belle réussite et                                       Steel a été faite
offic.                                      En France, son
fan-club compte plus de 25 000 membres.

# UNE GRÂCE INFINIE

# DU MÊME AUTEUR
## *CHEZ POCKET*

# DANIELLE STEEL

# UNE GRÂCE INFINIE

*Traduit de l'anglais (États-Unis)*
*par Eveline Charlès*

PRESSES DE LA CITÉ

Titre original :
*AMAZING GRACE*

© 2007 Danielle Steel
© 2009 Presses de la Cité, un département de
pour la traduction française
ISBN : 978-2-266-20397-5

place
des
éditeurs

*À mes enfants adorés,*
*Beatrix, Trevor, Todd, Nick, Sam,*
*Victoria, Vanessa, Maxx et Zara.*
*Tous ont reçu du ciel une grâce infinie,*
*A tous, je voue une profonde admiration,*
*De tous, je suis très fière*
*et je les aime de tout mon cœur.*

*Avec tout mon amour,*
*Maman/d.s.*

Tout gain implique une perte,
Comme toute perte implique un gain.
Et toute fin comporte un commencement.

Shao Lin

Si tu deviens ce que tu es,
Tout le reste te sera donné.

*Tao Te Ching*

# 1

Lorsqu'elle pénétra dans la salle de bal du Ritz-Carlton, à San Francisco, Sarah Sloane trouva la décoration fantastique. Sur les tables recouvertes de nappes damassées couleur ivoire, les chandeliers et les couverts d'argent scintillaient, les verres de cristal étincelaient. Elle les avait loués pour la soirée à un sous-traitant qui offrait des services de bien meilleure qualité que l'hôtel. Un fin liseré doré ornait le pourtour des assiettes et, à côté de chacune d'elles, on avait posé un cadeau, emballé dans du papier argenté. Les menus avaient été calligraphiés sur un beau papier écru et fixés sur de petits supports en argent. De minuscules anges dorés enjolivaient les cartes portant le nom des invités, placés selon un plan de table soigneusement élaboré par Sarah. Les « tables d'or », réservées aux sponsors les plus importants, occupaient les trois premiers rangs. Ensuite venaient les « tables d'argent et de bronze », pour les autres convives. Sur chaque siège, on avait déposé un programme, ainsi qu'un catalogue des objets mis aux enchères et une palette numérotée pour permettre aux acheteurs éventuels de pouvoir enchérir.

Sarah avait organisé la réception avec la même application méticuleuse et la même précision que pour les soirées de bienfaisance dont elle s'occupait à New York. Chaque détail portait sa touche, comme ces roses crème aux tiges nouées par des rubans or et argent, décorant chaque table. On se serait davantage cru à un mariage qu'à un gala de charité, songea-t-elle. Les fleurs avaient été fournies au tiers de leur prix par le meilleur fleuriste de la ville. Saks offrait le défilé de mode et Tiffany les mannequins qui porteraient ses bijoux et évolueraient parmi les invités.

Des lots de grand prix tels que bijoux, voyages et séjours de rêve, rendez-vous avec des célébrités devaient être mis aux enchères. Il y avait aussi une Range Rover noire décorée d'un énorme nœud doré, garée devant l'hôtel. À la fin de la soirée, quelqu'un aurait le bonheur de repartir au volant de cette merveille. Et le service de médecine néonatale au profit de qui cette réception était donnée serait plus heureux encore. C'était le second Bal des Petits Anges que Sarah organisait pour l'hôpital. Entre le prix des places, la vente aux enchères et les dons, le premier avait rapporté plus de deux millions de dollars et, cette fois, Sarah espérait bien récolter trois millions.

Ce qui serait mis aux enchères durant la soirée lui permettrait vraisemblablement d'atteindre ce but. Un orchestre jouerait toute la nuit. Mais, surtout, la fille d'un grand patron de maison de disques faisait partie du comité et son père avait convaincu Melanie Free de venir chanter ce soir. Cela leur avait permis d'augmenter le prix des places et des tables réservées aux sponsors. Trois mois auparavant, Melanie avait remporté un Grammy et chacune de ses apparitions sur scène lui rapportait un million et demi de dollars. Elle leur faisait cadeau de sa prestation, mais les Petits Anges devraient régler le prix de son voyage et de son hôtel, ainsi que ceux de ses techniciens et musiciens. Cela restait malgré tout une bonne affaire, au regard de sa notoriété et des retombées phénoménales de chacun de ses concerts.

En découvrant son nom sur le programme, tous avaient été très impressionnés. Melanie Free était la chanteuse la plus populaire du moment et, ce qui ne gâchait rien, elle était absolument ravissante. Elle avait dix-neuf ans et enchaînait les tubes, ce qui venait de lui valoir un Grammy, et Sarah lui était très reconnaissante d'avoir maintenu sa participation gratuite au gala de charité. Jusqu'à la dernière minute, elle avait craint que Melanie ne lui fasse faux bond. Cela arrivait fréquemment lorsque les artistes se produisaient bénévolement. Mais l'agent de Melanie avait assuré qu'elle viendrait. De nombreux journalistes devaient couvrir la soirée, qui promettait d'être excitante car plusieurs autres vedettes avaient accepté de venir de Los Angeles pour y assister. Bien entendu, le Tout-San Francisco avait acheté des billets. Depuis deux ans, c'était la soirée caritative la plus attendue et, au dire de tous, la plus amusante.

Sarah avait fondé l'association après que le service de médecine néonatale eut sauvé Molly, sa fille née trois mois avant terme. Molly était le premier enfant de Sarah. Pendant la grossesse, tout s'était bien déroulé. Sarah était épanouie et elle se sentait en pleine forme. Elle avait alors trente-deux ans et était persuadée que tout se passerait au mieux. Mais, une nuit, le travail avait commencé et, malgré les efforts des médecins, Molly était née le lendemain matin. Pendant deux mois, elle était restée en couveuse dans l'unité néonatale des soins intensifs, veillée par Sarah et son mari, Seth. Durant cette période, Sarah n'avait quasiment pas quitté l'hôpital. Les médecins avaient sauvé Molly et aujourd'hui c'était une petite fille de trois ans heureuse et pleine de vie, qui s'apprêtait à entrer en maternelle.

Le second enfant de Sarah, Oliver – surnommé Ollie –, avait vu le jour l'été précédent et sa naissance n'avait posé aucun problème. C'était un adorable bébé potelé qui ne cessait de gazouiller. Les enfants faisaient la joie de Sarah et de son mari. Sarah était maman à plein temps et la seule occupation extérieure qu'elle acceptait était l'organisation de ce gala annuel. Elle y excellait mais cela exigeait énormément de travail et de savoir-faire.

Sarah et Seth étaient originaires de New York et s'étaient rencontrés six ans auparavant, à l'école de commerce de Stanford. Leur diplôme en poche, ils s'étaient mariés et s'étaient installés à San Francisco. Seth avait trouvé un emploi dans la Silicon Valley, mais, juste après la naissance de Molly, il avait créé sa propre société. Sarah avait préféré rester à la maison et s'occuper des enfants. Avant d'intégrer Stanford, elle avait été analyste à Wall Street. Elle était heureuse de prendre quelques années de congé, surtout que Seth réussissait particulièrement bien dans sa partie et qu'elle n'avait donc aucune raison financière de retravailler.

À trente-sept ans, Seth gagnait une petite fortune. Il était l'une des étoiles montantes du monde des affaires. Ils habitaient une grande maison dans le quartier de Pacific Heights, qui donnait sur la baie de San Francisco. Ils possédaient des œuvres d'artistes contemporains connus, comme Calder, Ellsworth Kelly et De Kooning, ainsi que d'autres encore inconnus mais prometteurs. Sarah et Seth adoraient la vie qu'ils menaient à San Francisco. Les parents de Seth étaient morts et ceux de Sarah s'étaient installés aux Bermudes, si bien qu'ils n'avaient plus aucune attache à New York. Une société concurrente de celle de Seth avait proposé un emploi à Sarah, mais elle l'avait refusé, préférant rester avec ses enfants, et avec Seth lorsqu'il était à la maison. Son mari venait d'acheter un jet qui lui permettait de se rendre souvent à Los Angeles, Chicago, Boston ou New York. Seth et Sarah avaient grandi dans un milieu aisé, mais sans commune mesure avec l'existence de luxe dont ils bénéficiaient maintenant et qui inquiétait parfois Sarah. Elle jugeait qu'ils dépensaient trop d'argent, entre leur somptueuse résidence secondaire de Tahoe et cet avion. Mais Seth trouvait ce mode de vie absolument parfait. Il disait que l'argent était fait pour qu'on en profite.

Seth possédait une Ferrari et Sarah un break Mercedes, ce qui ne l'empêchait pas de couver des yeux la Range Rover noire mise aux enchères ce soir-là. Elle avait dit à Seth qu'elle la trouvait vraiment superbe. S'ils remportaient les enchères, ce serait pour une cause qui leur tenait particulièrement à cœur, car si l'hôpital où était née Molly avait été doté d'un équipement moins sophistiqué, leur adorable petite fille ne serait plus de ce monde. C'était pour cette raison qu'il était si important pour Sarah d'organiser ce gala. Les dons qui étaient versés à l'hôpital étaient énormes. Seth avait donné le coup d'envoi en offrant deux cent mille dollars, et Sarah était très fière de lui. Elle l'avait d'ailleurs toujours été. Il était son dieu, et même après quatre années de mariage, ils étaient toujours très amoureux. Ils envisageaient d'ailleurs d'avoir un troisième enfant mais, ces derniers mois, Sarah avait été trop absorbée par la préparation du gala. L'été prochain serait plus propice. Ils avaient loué un yacht et comptaient se rendre en Grèce en août. Ce serait le moment idéal.

Elle allait de table en table afin de vérifier les noms qui figuraient sur les cartes. Le succès du Bal des Petits Anges était dû en partie à son organisation minutieuse. C'était l'événement de la saison. Elle trouva deux inversions et rectifia les erreurs, le visage grave. Elle s'apprêtait à examiner les cadeaux que six membres du comité étaient en train de préparer, lorsque son assistante la rejoignit, l'air très excitée. Angela était une belle jeune femme blonde, mariée au président d'une société importante. Âgée de vingt-neuf ans, elle avait été mannequin, et son mari l'exhibait comme un trophée. Elle n'avait pas d'enfants et n'en voulait pas. Elle avait souhaité faire partie du comité, parce que le gala était un événement mondain aussi important que distrayant. Elle s'était beaucoup amusée à aider Sarah, et les deux femmes s'entendaient bien. Sarah avait de longs cheveux noirs, une peau veloutée et d'immenses yeux verts. Avec sa queue-de-cheval, son visage dépourvu de maquillage, son jean et ses tongs, elle était ravissante. Il était un peu plus de 13 heures. Dans moins de six heures, elles seraient toutes les deux superbement vêtues et coiffées, mais pour l'instant elles travaillaient dur.

— Elle est là, murmura Angela, un large sourire aux lèvres.

— Qui ?

— Tu sais qui, voyons ! Melanie, évidemment ! Ils viennent tout juste d'arriver. Je l'ai conduite dans sa chambre.

L'avion que le comité avait affrété pour transporter Melanie et ses proches avait atterri comme prévu, nota Sarah avec soulagement. Le groupe de la chanteuse et ses techniciens étaient déjà arrivés et installés dans leurs chambres d'hôtel depuis deux heures. Melanie, sa meilleure amie, sa manager, son assistante, sa coiffeuse, son petit ami et sa mère avaient pris l'avion privé loué par le comité.

— Tout va bien ? demanda-t-elle avec un brin d'anxiété.

On lui avait fait parvenir une liste des exigences de la vedette, depuis les bouteilles d'eau minérale d'une certaine marque jusqu'au champagne millésimé, en passant par les yaourts allégés et toutes sortes d'aliments diététiques. Longue de vingt-six pages, la liste précisait tous les besoins personnels de Melanie, les préférences culinaires de sa mère et même la bière que buvait son petit ami. Ensuite, il y avait encore quarante pages concernant les musiciens, ainsi que tout l'équipement électrique et acoustique nécessaire à la prestation. Un piano à queue de deux mètres quarante avait été installé sur la scène pendant la nuit. La répétition était prévue à 14 heures, lorsqu'il n'y aurait plus personne dans la salle. C'était d'ailleurs pour cette raison que Sarah avait fait son tour d'inspection à 13 heures.

— Tout va bien, répondit Angela. Son petit ami est un peu bizarre et sa mère très autoritaire, mais sa meilleure amie est adorable. Melanie est vraiment ravissante et très douce.

La seule fois où elle lui avait parlé au téléphone, Sarah avait eu la même impression. Le reste du temps, elle avait eu affaire à sa manager, mais elle avait tenu à la remercier personnellement pour le cadeau qu'elle faisait à leur œuvre caritative. Et maintenant, le grand

jour était arrivé. Melanie n'avait pas annulé son engagement, l'avion ne s'était pas écrasé et ils étaient tous
arrivés à l'heure dite. Par cette belle journée enso-
leillée du mois de mai, la température était plus chaude
que d'habitude. En fait, il faisait lourd et humide, ce
qui était rare à San Francisco. On aurait pu se croire à
New York en été, songea Sarah. Elle savait que cela ne
durerait pas longtemps, mais chaque fois que les nuits
étaient tièdes, l'atmosphère était plus festive. En
revanche, quelqu'un lui avait dit qu'à San Francisco,
les journées comme celles-ci étaient considérées comme
annonciatrices de tremblements de terre, ce qui était
nettement moins agréable. Lorsqu'elle faisait part de
ses craintes à ses proches, on se moquait d'elle, mais
c'était ce qu'elle craignait le plus quand ils s'étaient
installés à San Francisco. Pourtant tout le monde lui
avait assuré que les tremblements de terre étaient rares
et de faible magnitude. Depuis six ans qu'ils vivaient
là, il n'y en avait pas eu un seul et elle ne voulait plus
y penser. Pour l'instant, elle avait d'autres choses en
tête, à commencer par la jeune chanteuse.

— Tu crois que je devrais monter la voir ? demanda-
t-elle à Angela.

Elle ne voulait pas s'imposer mais elle ne voulait
pas non plus donner l'impression de se montrer gros-
sière en n'allant pas la saluer.

— De toute façon, continua-t-elle, je la verrai au
moment de la répétition, à 14 heures.

— Tu pourrais juste passer lui dire bonjour.

Melanie et ses proches occupaient deux grandes
suites et cinq chambres mises gracieusement à leur
disposition par l'hôtel. Ravie que le gala ait lieu chez
eux, la direction avait offert cinq suites pour les
vedettes, ainsi que quinze chambres pour les VIP.

Les musiciens et les techniciens se trouvaient à un autre étage, dans des chambres plus petites que le comité devait payer.

Hochant la tête, Sarah fourra son bloc-notes dans son sac avant de passer voir les bénévoles qui remplissaient des paquets-cadeaux de friandises coûteuses offertes par diverses boutiques. Un instant plus tard, elle montait à l'étage exclusivement réservé aux hôtes de marque. Elle y disposait d'une chambre, et la direction lui avait remis une clé pour lui permettre d'y accéder. Seth et elle avaient décidé qu'il serait plus facile de se changer à l'hôtel plutôt que de rentrer à la maison et de revenir à toute vitesse. Leur baby-sitter s'occuperait des enfants toute la nuit et Sarah se réjouissait de pouvoir rester au lit le lendemain et discuter avec Seth de la soirée. Pour l'instant, elle espérait seulement que tout allait bien se passer.

En sortant de l'ascenseur, elle vit immédiatement l'immense salon de l'étage VIP. Des pâtisseries, des sandwiches et des boissons étaient à la disposition des clients. Il y avait des fauteuils confortables, des tables, des téléphones, une grande variété de journaux et un immense écran de télévision. Deux femmes derrière un comptoir accueillaient les clients et répondaient à leurs demandes, que ce soit pour réserver des tables au restaurant, leur donner des informations, leur indiquer comment se rendre dans certains lieux ou leur fournir des adresses pour un massage. Elles étaient là pour satisfaire tous leurs désirs. Sarah leur demanda où se trouvait la suite de Melanie, avant de s'engager dans un couloir. Pour plus de sécurité et pour éviter les fans, Melanie était enregistrée sous le nom de Hastings, le nom de jeune fille de sa mère. C'était ce que faisaient la plupart des vedettes lorsqu'elles descendaient à l'hôtel.

Sarah frappa doucement à la porte de la suite. Elle entendait de la musique à l'intérieur. Un instant plus tard, une petite femme assez corpulente vint lui ouvrir. Vêtue d'un jean et d'un débardeur, un stylo enfoncé dans les cheveux, elle tenait un carnet jaune dans une main et une robe du soir dans l'autre. Sarah devina qu'il s'agissait de l'assistante de Melanie, avec qui elle avait discuté au téléphone.

— Pam ? demanda-t-elle.

Comme la femme acquiesçait avec un sourire, elle continua :

— Je suis Sarah Sloane. Je passe juste vous dire bonjour.

— Entrez, répondit Pam avec entrain.

Elle précéda Sarah dans la suite, qui était dans un désordre indescriptible. Une demi-douzaine de valises étaient ouvertes sur le sol, leur contenu éparpillé un peu partout. L'une était remplie de robes sexy, les autres de bottes, de jeans, de sacs, de chemisiers. Il y avait même une couverture en cachemire et un ours en peluche. On aurait dit que dix jeunes femmes avaient étalé leurs affaires par terre. Une toute jeune fille blonde au visage d'elfe était assise au milieu de tout ce fatras.

Elle leva les yeux vers Sarah, puis se remit à fouiller, visiblement en quête de quelque chose de précis. Ce ne devait pas être facile de retrouver quoi que ce soit dans ce capharnaüm.

Sarah regarda autour d'elle et aperçut Melanie Free. Vêtue d'un jogging, elle était allongée de tout son long sur un canapé, la tête sur l'épaule de son petit ami. Un verre de champagne dans une main, celui-ci s'activait frénétiquement sur la télécommande de la télévision. Jake était un beau garçon aux cheveux d'un noir de jais hérissés par du gel. Sarah savait qu'il était acteur, mais qu'il avait dû abandonner une série télévisée à succès après des problèmes de drogue. Elle se rappelait vaguement qu'il sortait d'un centre de désintoxication. Malgré la bouteille de champagne posée sur le sol près de lui, il semblait sobre et lui sourit. Melanie se leva pour saluer Sarah. Avec ses longs cheveux blonds et son visage dépourvu de tout maquillage, elle avait l'air d'avoir seize ans. La mère de Melanie surgit alors et secoua la main de Sarah jusqu'à lui faire mal.

— Bonjour. Je suis Janet, la maman de Melanie. Tout est parfait. Merci d'avoir respecté tout ce qui se trouvait sur la liste. Mon bébé adore les petites gâteries. Vous savez ce que c'est, précisa-t-elle avec un grand sourire.

Janet était une jolie femme d'environ quarante-cinq ans qui avait dû être ravissante dans sa jeunesse. Ses cheveux étaient teints en roux vif. Comparée à la chevelure blond pâle et à l'allure enfantine de Melanie, cette couleur avait quelque chose d'agressif. Elle avait conservé de beaux traits, mais ses hanches s'étaient épaissies. Son « bébé », ainsi qu'elle l'appelait, n'avait pas encore prononcé un mot. C'était d'ailleurs difficile, vu la volubilité de sa mère.

— Bonjour ! dit enfin Melanie.

Elle ressemblait davantage à une jolie adolescente qu'à une vedette. Sarah lui serra la main, ainsi qu'à Jake, tandis que Janet poursuivait son bavardage.

— Je ne veux pas vous déranger, assura Sarah. Je vais vous laisser vous installer. La répétition commencera bien à 14 heures ? continua-t-elle à l'intention de Melanie.

La jeune fille hocha la tête, puis elle jeta un coup d'œil à son assistante.

— Les musiciens ont dit qu'ils seraient prêts à 14 h 15, affirma la manager depuis le seuil de la pièce. Melanie les rejoindra à ce moment-là. Nous n'avons besoin que d'une heure, et cela lui permettra de vérifier l'acoustique de la salle.

— C'est parfait.

À cet instant, une femme de chambre entra pour prendre la tenue de Melanie, qui devait être repassée. La robe était presque entièrement faite de tulle incrusté de paillettes.

— Je vous attendrai dans la salle de bal et vous me direz si vous avez tout ce qu'il vous faut, reprit Sarah.

Elle irait ensuite chez sa coiffeuse. Elle avait rendez-vous à 16 heures, afin de se faire coiffer et manucurer. Elle devrait être de retour à l'hôtel à 18 heures pour s'habiller et se trouver à 19 heures dans la salle de bal pour procéder aux dernières vérifications, s'assurer que tout était prêt et recevoir les invités.

— On nous a livré le piano hier soir, dit-elle, et il a été accordé ce matin.

Melanie sourit. Toujours accroupie sur le sol, sa meilleure amie poussa un cri de triomphe. Sarah avait entendu quelqu'un l'appeler Ashley et, tout comme Melanie, elle paraissait très jeune.

— Je l'ai trouvée ! Je peux la porter, ce soir ?

Elle brandissait une robe sexy dans un imprimé léopard. Melanie acquiesça d'un signe de tête. Ashley gloussa alors de bonheur, car elle venait de trouver les chaussures à talons compensés assorties, qui devaient la grandir de douze bons centimètres. Elle quitta aussitôt la chambre pour essayer sa tenue. Melanie adressa un sourire timide à Sarah.

— Ashley et moi nous connaissons depuis l'âge de cinq ans, expliqua-t-elle. Nous étions dans la même classe. Elle est ma meilleure amie et elle me suit partout.

Quelle drôle d'existence, songea Sarah. C'était comme si Melanie avait fait partie d'un cirque. Elle se déplaçait avec sa troupe, ne connaissant que les chambres d'hôtel. Depuis leur arrivée, l'élégante suite du Ritz ressemblait à un salon d'essayage.

— Merci de ce que vous faites pour notre association, dit Sarah en regardant la jeune fille. Je vous ai vue à la cérémonie des Grammys, vous étiez magnifique. Est-ce que vous allez chanter « Ne me laisse pas ce soir » ?

— Oui, répondit Janet à la place de sa fille.

Elle lui tendit une bouteille d'eau gazeuse. Se tenant entre Melanie et Sarah, elle se comportait comme si la jeune fille était transparente. Sans rien dire, Melanie alla s'asseoir sur le canapé, prit la télécommande et avala une gorgée d'eau avant d'arrêter son choix sur MTV.

— Nous adorons cette chanson, expliqua Janet avec un large sourire.

— Moi aussi, répondit Sarah.

L'énergie et la façon de se comporter de Janet la surprenaient. Elle dirigeait et régissait la vie de sa fille comme si celle-ci lui devait sa célébrité. Visiblement habituée, Melanie ne protestait pas. Quelques minutes plus tard, Ashley fit irruption dans la pièce, peu d'aplomb sur ses talons léopard et vêtue de sa robe d'emprunt un peu trop grande pour elle. Elle alla immédiatement rejoindre son amie sur le canapé et regarda la télévision avec elle.

Il était impossible de savoir qui était réellement Melanie. Elle paraissait sans personnalité et ne semblait exister que lorsqu'elle était sur scène.

— J'ai été danseuse à Las Vegas, vous savez, dit Janet.

Sarah s'efforça de prendre un air impressionné. C'était bien le genre de cette femme, en dépit de son jean trop généreusement rempli et de ses énormes seins dont Sarah devinait qu'ils avaient été refaits. Ceux de Melanie étaient impressionnants, eux aussi, mais ils ne choquaient pas sur sa silhouette mince et sexy. La présence de Janet était envahissante et Sarah eut soudain l'impression d'étouffer. Elle marmonna quelques excuses et gagna la porte. Melanie et sa copine étaient totalement fascinées par l'émission de télévision.

— Je vous retrouve à la répétition, dit Sarah à Janet.

En sortant de la suite, elle calcula que si elle ne restait à la répétition qu'une vingtaine de minutes, elle aurait le temps d'aller chez la coiffeuse. Tout serait prêt, à ce moment-là… En fait, tout l'était déjà.

— À tout à l'heure, lança Janet en souriant.

Sarah se dirigeait déjà vers sa propre chambre. Une fois arrivée, elle s'assit quelques minutes et consulta ses messages sur son téléphone portable. Il avait vibré deux fois lorsqu'elle se trouvait chez Melanie, mais elle n'avait pas voulu décrocher. Le premier était du fleuriste, qui la prévenait que les quatre énormes pots qui devaient être installés à la porte de la salle de bal seraient prêts à 16 heures. L'autre provenait de l'orchestre, confirmant qu'ils commenceraient à 20 heures. Elle appela chez elle pour prendre des nouvelles des enfants. La baby-sitter lui assura que tout se passait bien. Parmani était une ravissante Népalaise qu'elle avait engagée à la naissance de Molly. Sarah ne l'avait pas prise à demeure, car elle souhaitait s'occuper de ses enfants elle-même, mais Parmani l'aidait dans la journée et restait le soir, quand Seth et elle sortaient. En l'occurrence, elle allait passer la nuit chez eux. Elle savait combien ce gala était important pour Sarah, qui avait travaillé pendant des mois pour que la soirée soit réussie. Elle lui souhaita bonne chance avant de raccrocher. Sarah aurait aimé parler à Molly, mais la petite fille n'avait pas terminé sa sieste.

Après avoir vérifié quelques notes sur son calepin, Sarah se brossa les cheveux et se rendit dans la salle de bal pour y retrouver Melanie et ses musiciens. On lui avait dit que la jeune star exigeait de répéter sans témoins. En y repensant, Sarah se demanda s'il ne s'agissait pas plutôt d'une décision de sa mère. Melanie ne semblait pas du genre à se soucier de ce genre de détails. Elle paraissait indifférente aux allées et venues des gens ou à ce qu'ils faisaient. Peut-être en allait-il autrement lorsqu'elle chantait. Mais elle donnait l'impression d'avoir la passivité d'une enfant docile. Il n'en restait pas moins qu'elle possédait une voix incroyable. Comme tous ceux qui seraient présents ce soir, Sarah avait hâte de l'entendre.

Quand elle arriva, les huit musiciens étaient déjà dans la salle. Ils bavardaient et riaient, pendant que les techniciens finissaient de déballer le matériel. Ils formaient un groupe bigarré, songea Sarah. Elle dut faire un effort pour se rappeler que la jolie blonde qu'elle avait vue en train de regarder MTV était une vedette de la chanson mondialement connue. Il n'y avait pas une once de prétention ou d'arrogance en elle. Seule l'importance de sa troupe trahissait son statut. Elle n'avait pas non plus les mauvaises habitudes de la plupart des stars. Le seul scandale la concernant avait eu lieu l'année précédente, à cause d'un problème de sonorisation juste avant son entrée en scène. Elle avait jeté une bouteille d'eau sur son manager et menacé de s'en aller. La grande crainte de Sarah avait été qu'elle n'annule son concert au dernier moment, mais les manières naturelles de Melanie la rassuraient, quelles que soient les exigences que sa mère présentait en son nom.

Sarah attendit dix minutes, tandis que les techniciens terminaient leurs installations, n'osant pas demander si Melanie risquait d'avoir du retard. Elle s'était discrètement renseignée auprès des musiciens pour savoir s'ils ne manquaient de rien. Rassurée sur ce point, elle s'était installée à une table pour ne pas les gêner. Melanie arriva à 15 h 50. Elle portait un jean coupé en bermuda, un tee-shirt et des tongs. Ses cheveux étaient retenus par une simple pince. Sa meilleure amie l'accompagnait, tandis que sa mère les précédait et que l'assistante et la manager fermaient la marche, suivies par deux gardes du corps à la physionomie menaçante. Son petit ami manquait à l'appel. Il était allé à la salle de sport et devait encore s'y trouver. Melanie était celle qu'on remarquait le moins dans la troupe. Le batteur lui tendit une canette de Coca. Elle l'ouvrit, en but une gorgée et monta sur la scène. En comparaison des salles où elle avait l'habitude de chanter, celle-ci était minuscule, mais elle était accueillante. Ce soir, à la lueur des bougies, ce serait magnifique. Pour l'instant, la salle de bal était brillamment éclairée. Après avoir regardé un instant autour d'elle, Melanie cria à l'un des techniciens :

— Éteins-moi ces lumières !

Elle reprenait vie, songea Sarah en s'approchant de la scène pour lui parler. Melanie baissa les yeux vers elle en souriant.

— Tout va bien ? lui demanda-t-elle.

De nouveau, Sarah eut l'impression de s'adresser à une gamine. Mais, après tout, Melanie avait beau être une star, elle était encore adolescente.

— C'est très beau, ici ! Vous avez fait du beau travail ! affirma la jeune fille avec une douceur qui alla droit au cœur de Sarah.

— Merci. Les musiciens ont tout ce qu'il leur faut ?

Melanie jeta un coup d'œil confiant par-dessus son épaule. Elle était toujours heureuse sur scène. C'était son élément, elle s'y sentait à l'aise, et trouvait ce lieu plus sympathique que ceux où elle chantait d'habitude.

— Vous ne manquez de rien, les gars ? demanda-t-elle aux musiciens.

Ils secouèrent négativement la tête tout en accordant leurs instruments. Oubliant Sarah, Melanie leur dit par quoi elle voulait qu'ils commencent. Ils s'étaient déjà mis d'accord sur l'ordre de ses chansons, y compris son dernier tube.

Comprenant que sa présence n'était plus nécessaire, Sarah s'éclipsa. Il était 16 h 05, ce qui signifiait qu'elle avait un quart d'heure de retard chez la coiffeuse. Elle aurait de la chance si la manucure avait le temps de s'occuper de ses ongles. Elle sortait de la salle quand une bénévole du comité vint à sa rencontre, suivie du traiteur. Il y avait un problème avec les hors-d'œuvre. Les huîtres n'avaient pas été livrées et celles dont on disposait n'étaient pas assez fraîches. Elle demanda à la jeune femme de choisir autre chose et se rua alors dans l'ascenseur. Elle traversa le hall en courant et se précipita vers sa voiture garée tout près, pour prendre California Street, puis la direction de Nob Hill. Un quart d'heure plus tard, elle était chez sa coiffeuse. Il était 16 h 45 et elle devait quitter le salon au plus tard à 18 heures. Elle avait même espéré partir à 17 h 45, mais ce n'était plus possible. Sachant que le gala avait lieu le soir même, les employées s'occupèrent d'elle immédiatement. On lui apporta un verre d'eau, puis une tasse de thé. Dès que ses cheveux eurent été lavés, la manucure s'empara de ses mains et tout le monde s'affaira.

Dans l'espoir qu'elle lui livrerait des potins, la coiffeuse demanda :

— Comment trouvez-vous Melanie Free ? Jake est avec elle ?

— Oui, répondit Sarah sans donner plus de détails. Elle est vraiment adorable et je suis certaine qu'elle va faire un tabac, ce soir.

Sarah ferma les yeux, cherchant désespérément à se détendre. La soirée allait être longue et elle espérait que ce serait un succès.


Tandis que la coiffeuse mettait la dernière main à l'élégant chignon de Sarah en y piquant de petites étoiles en strass, Everett Carson se présentait à la réception de l'hôtel. Originaire du Montana, il mesurait un mètre quatre-vingts et ressemblait encore au cow-boy qu'il avait été dans sa jeunesse. Grand et dégingandé, il portait un jean, une chemise blanche et de vieilles bottes de cow-boy usées en lézard noir dont il prétendait qu'elles lui portaient chance. Elles faisaient sa fierté et il avait l'intention de les garder même lorsqu'il revêtirait le smoking que son magazine lui avait loué pour l'occasion. Lorsqu'il montra sa carte de presse aux hôtesses, elles lui dirent en souriant qu'il était attendu. Le Ritz-Carlton était nettement plus luxueux que les hôtels où il descendait d'ordinaire. Nouveau dans le métier, il travaillait depuis peu pour *Scoop*, un magazine spécialisé dans les potins hollywoodiens. Pendant des années, il avait couvert des zones en guerre pour l'Associated Press, la célèbre agence de presse américaine. Après avoir cessé d'y travailler, il avait pris une année sabbatique. Ensuite, il avait accepté le premier boulot qui se présentait et cela faisait trois semaines qu'il travaillait pour *Scoop*. Il avait déjà suivi trois concerts de rock, un mariage à Hollywood, et c'était son deuxième gala de bienfaisance. Ce n'était décidément pas son truc. En smoking, il avait l'impression d'être un serveur. Il finissait même par regretter les conditions difficiles dans lesquelles il avait parfois dû vivre et auxquelles il s'était habitué, durant les vingt-neuf ans où il avait travaillé pour l'AP. Il venait d'avoir quarante-huit ans. Dès qu'il fut dans la petite chambre bien équipée où on l'avait conduit, il laissa tomber le sac cabossé qui avait voyagé avec lui dans le monde entier. S'il fermait les yeux, il pourrait se croire à Saigon, au Pakistan ou à New Delhi, en Afghanistan, au Liban, en Bosnie… Il se demandait comment un type comme lui en était arrivé à couvrir les galas de bienfaisance et les noces des célébrités. C'était une bien cruelle punition.

Sur la table, il trouva une brochure sur le service de médecine néonatale, ainsi qu'un dossier de presse concernant le Bal des Petits Anges, dont il se moquait éperdument. Mais il ferait son boulot. Il était là pour prendre des photos des vedettes et couvrir le concert de Melanie Free. Son rédacteur en chef avait précisé que c'était un événement important.

Il prit une bouteille de limonade dans le minibar, l'ouvrit et en but une gorgée. Donnant sur un immeuble qui se trouvait de l'autre côté de la rue, la chambre était parfaite et très élégante. Pourtant, il regrettait les bruits et les odeurs des trous à rats où il avait dormi pendant près de trente ans, la puanteur des ruelles de New Delhi et tous les lieux exotiques où son métier l'avait emmené pendant ces trois décennies.

— Relax, Ev ! s'exhorta-t-il à voix haute.

Il s'assit par terre, au pied du lit, et alluma le téléviseur. Après s'être arrêté sur CNN, il sortit un papier de sa poche. Avant de quitter Los Angeles, il avait imprimé l'heure et le lieu de la réunion. Ce devait être son jour de chance, parce qu'elle se tenait une rue plus loin, dans une église de California Street du nom de Old St Mary. Elle commençait à 18 heures et devait durer soixante minutes, ce qui lui laissait le temps d'être de retour quand le gala débuterait. Évidemment, il serait obligé de se rendre à la réunion en smoking, s'il ne voulait pas être en retard. Il ne voulait pas risquer des remontrances de son patron. Il était trop tôt pour prendre des libertés, même s'il l'avait souvent fait dans le passé. Mais il en avait fini avec ces mauvaises habitudes. D'ailleurs, à cette époque, il buvait. Il avait pris un nouveau départ, aussi valait-il mieux ne pas tenter le diable. Il était en train de devenir honnête et consciencieux. Mais pour quelqu'un qui avait photographié des soldats mourant dans des tranchées sous le feu des bombardements, la couverture d'un gala de bienfaisance était sacrément insipide. D'autres auraient adoré être à sa place. En ce qui le concernait, c'était plutôt pénible.

Il termina sa limonade en soupirant, puis il jeta la bouteille dans la poubelle, se déshabilla et prit une douche.

L'eau qui ruisselait sur sa peau lui fit du bien. À Los Angeles, la journée avait été chaude, mais ici il faisait lourd et humide. La chambre était relativement fraîche, grâce à l'air conditionné. Après la douche, il se sentit mieux et, tout en s'habillant, il se dit qu'il devait cesser de se plaindre. Décidé à profiter de la situation, il dégusta quelques chocolats placés à son intention sur la table de chevet. Puis il s'avança jusqu'au miroir et fixa son nœud papillon avant d'enfiler sa veste de smoking.

— Pas mal ! murmura-t-il. Tu ressembles à un musicien… mieux, à un gentleman ! Non ! Plutôt à un serveur… Inutile de s'emballer.

C'était un excellent photographe. Il avait d'ailleurs remporté le prix Pulitzer, et plusieurs de ses photos avaient fait la couverture du magazine *Time*. Il s'était fait un nom dans le monde de la presse, mais il avait tout gâché en buvant. Par chance, il avait réagi. Il avait passé six mois dans un centre de désintoxication et cinq autres dans un ashram, où il avait cherché à comprendre ce qui lui arrivait. Aujourd'hui, il pensait y être parvenu. Il avait définitivement arrêté l'alcool. Il n'y avait pas d'autre solution. Il avait failli mourir dans un hôtel misérable de Bangkok et c'est la prostituée dont il louait les services qui l'avait sauvé et maintenu en vie jusqu'à l'arrivée des secours. Un ami l'avait fait rentrer aux États-Unis en bateau. L'AP l'avait viré pour avoir quitté son poste pendant près de trois semaines et n'avoir pas remis son travail régulièrement. Il était tout bonnement incapable d'écrire un article. Il avait alors pris conscience qu'il était dans un sale état. Il avait le choix entre l'abstinence et la mort. Malgré sa répugnance, il avait fini par se résoudre à suivre une cure de désintoxication. Il préférait renoncer à l'alcool plutôt que de mourir la prochaine fois qu'il prendrait une cuite.

Depuis, il avait repris du poids, semblait en bonne santé et se rendait chaque jour aux réunions des Alcooliques Anonymes. Parfois, il y allait même trois fois dans une même journée. C'était moins difficile qu'au début, mais sa présence pourrait encourager quelqu'un d'autre à s'en sortir. Il avait eu lui-même un parrain et aujourd'hui il rendait le même service à d'autres. Cela faisait un an qu'il ne buvait plus, ce qui lui avait valu son premier jeton. Ses bottes porte-bonheur aux pieds, son jeton en poche, il quitta la chambre, l'appareil photo en bandoulière et le sourire aux lèvres, mais en ayant oublié de se peigner. Il se sentait mieux qu'une demi-heure plus tôt. L'existence n'était pas drôle tous les jours, mais elle était mille fois meilleure que l'année précédente. Comme quelqu'un l'avait dit à une réunion des AA : « J'ai encore de mauvais jours, mais avant j'avais de mauvaises années. » La vie lui paraissait plutôt douce lorsqu'il sortit de l'hôtel, tourna dans California Street et se dirigea vers l'église Old St Mary. Il avait hâte d'y être. Fourrant la main dans sa poche, il toucha son jeton ainsi qu'il le faisait souvent. De cette façon, il se rappelait le chemin qu'il avait parcouru en un an.

— Tu es sur la bonne voie… murmura-t-il en entrant dans le presbytère pour retrouver son groupe.

Il était exactement 18 h 08. Comme toujours, il savait qu'il allait apporter sa contribution à la réunion.


Pendant qu'Everett entrait dans Old St Mary, Sarah sortait de sa voiture et courait vers l'hôtel. Il lui restait quarante-cinq minutes pour s'habiller. Ses ongles étaient faits, même si elle en avait abîmé deux en fouillant trop tôt dans son sac pour donner un pourboire au voiturier. Mais dans l'ensemble, cela pouvait aller et elle aimait la façon dont on l'avait coiffée. Elle traversa le hall à toute allure et le portier lui souhaita bonne chance en souriant.

— Merci ! répondit-elle.

Une fois dans l'ascenseur, elle utilisa sa clé pour monter à sa chambre. Trois minutes plus tard, elle faisait couler l'eau dans la baignoire et sortait sa robe de sa housse de plastique. Taillée dans un tissu brillant d'un blanc argenté, elle mettait admirablement sa silhouette en valeur. Elle s'était acheté des sandales assorties absolument sublimes.

Elle prit son bain en cinq minutes et était en train de se maquiller quand Seth la rejoignit. Il était 18 h 40. Il lui avait demandé d'organiser son gala pendant le week-end, pour qu'il n'ait pas à se lever à l'aube le lendemain. Malheureusement, le jeudi était le seul jour possible, à la fois pour l'hôtel et pour Melanie, et Sarah n'avait pas eu le choix.

Seth paraissait tendu, comme toujours en rentrant du bureau. Il travaillait énormément et avait de nombreuses grosses affaires en cours. Sa réussite ne pouvait s'obtenir dans l'insouciance et la décontraction. Pourtant, Sarah remarqua qu'il avait l'air particulièrement exténué ce soir-là. Il s'assit au bord de la baignoire, passa la main dans ses cheveux et l'attira à lui pour l'embrasser.

— Tu sembles complètement crevé, lui dit-elle avec sollicitude.

Ils formaient une super-équipe, tous les deux. Tout leur réussissait, depuis qu'ils s'étaient rencontrés. Leur union était heureuse, ils aimaient la vie qu'ils menaient et ils étaient fous de leurs enfants. Auprès de Seth, elle menait une existence de rêve. Elle aimait tout ce qu'ils partageaient, mais par-dessus tout, elle l'aimait, lui.

— Je suis effectivement crevé, avoua-t-il. Comment la soirée s'annonce-t-elle ?

Il adorait l'entendre parler de ce qu'elle faisait et l'admirait sans réserve. Parfois, il pensait qu'en restant à la maison, elle gâchait son talent pour les affaires et perdait tout le bénéfice de ses études. Mais en même temps, il lui était reconnaissant de se consacrer au bien-être de ses enfants… et au sien.

— Ça va être fabuleux ! répondit-elle avec un grand sourire tout en enfilant le string de dentelle blanche qui serait invisible sous sa robe.

En regardant son corps parfait, Seth sentit l'excitation monter. Elle se mit à rire lorsqu'il commença à lui caresser la cuisse.

— Ne commence pas, mon amour, sinon je vais être en retard. Ne te presse pas. Tu n'auras qu'à descendre vers 19 h 30, pour le dîner. Ce sera parfait.

Jetant un coup d'œil à sa montre, il hocha la tête. Il était 18 h 50. Sarah avait cinq minutes pour terminer de s'habiller.

— Je dois passer un ou deux coups de fil, lui dit-il, mais je serai en bas dans une demi-heure.

C'était ce qu'il faisait toujours en rentrant et il n'y avait aucune raison pour que ce soit différent ce jour-là. La gestion de sa société occupait l'esprit de Seth nuit et jour. Cela rappelait à Sarah l'époque où elle travaillait à Wall Street, quand il y avait une introduction en Bourse. Seth était constamment sur la brèche et son succès était dû à un labeur acharné. Grâce à lui, ils menaient l'existence dorée des gens fabuleusement riches. Sarah lui en était très reconnaissante, d'autant qu'elle en savait le prix. Lui tournant le dos, elle lui demanda de remonter la fermeture Éclair de sa robe.

— Tu es à tomber par terre, ma chérie ! affirma-t-il avec un grand sourire.

— Merci.

Ils s'embrassèrent, puis elle prit sa pochette argentée, mit ses sandales et lui adressa un dernier signe en quittant la chambre.

Son téléphone portable à l'oreille, il était déjà en train de discuter avec son meilleur ami, qui vivait à New York. Ils prenaient des dispositions pour le lendemain. Elle n'écouta pas leur conversation, mais avant de partir, elle déposa près de lui une petite fiole de scotch et un verre rempli de glaçons. Lorsqu'elle ferma la porte derrière elle, il était en train de se servir, un sourire reconnaissant aux lèvres.

Elle prit l'ascenseur, qui la conduisit directement à la salle de bal, trois étages au-dessous du hall d'entrée. Tout semblait parfait. Les vases étaient remplis de roses d'un blanc crémeux, de ravissantes jeunes filles en robes du soir scintillantes étaient assises derrière de longues tables, attendant de remettre aux invités la carte sur laquelle était indiqué le numéro de leur table. Des mannequins traversaient la salle, vêtues de longues robes noires et arborant les merveilleux bijoux prêtés par Tiffany. Une poignée d'invités était déjà arrivée. Sarah procédait aux dernières vérifications, lorsqu'un homme entra. Il était grand, ses cheveux poivre et sel étaient en désordre et il portait en bandoulière une sacoche avec son matériel photo. Il lui sourit avec une admiration visible, avant de se présenter comme le photographe envoyé par le magazine *Scoop*. Elle fut ravie. Plus la presse parlerait de la soirée, plus il y aurait d'artistes qui accepteraient de se produire gratuitement et plus ils récolteraient de fonds. La présence des journalistes était extrêmement importante.

— Je m'appelle Everett Carson, dit-il en sortant sa carte de presse de la poche de son smoking.

Il semblait détendu et parfaitement à l'aise, songeat-elle.

— Et moi, dit-elle, je suis Sarah Sloane, l'organisatrice du gala. Vous voulez boire quelque chose ?

Il secoua négativement la tête avec un sourire. Il était toujours frappé par le fait que c'était la première chose que les gens proposaient pour accueillir quelqu'un. Parfois, cela venait même tout de suite après « bonjour ».

— Non merci, je n'ai besoin de rien. Y a-t-il une personnalité sur laquelle je dois m'attarder plus particulièrement, ce soir ? Des célébrités… des notables ?

Sarah précisa qu'on attendait les Getty, Sean et Robin Wright Penn, ainsi que Robin Williams et des personnalités locales dont il ne connaissait pas les noms. Elle promit de les lui signaler dès leur arrivée.

Elle s'approcha ensuite des longues tables pour saluer les personnes qui sortaient de l'ascenseur. Everett Carson commença par prendre des photos des mannequins. Deux d'entre elles attiraient particulièrement l'attention. De magnifiques colliers de diamants mettaient en valeur leurs décolletés plongeants. Les autres étaient trop minces à son goût. Revenant sur ses pas, il photographia Sarah avant qu'elle ne fût trop absorbée par ses occupations. C'était une ravissante jeune femme aux cheveux noirs parsemés de minuscules étoiles scintillantes et relevés en chignon. Elle avait d'immenses yeux verts qui semblaient lui sourire.

— Merci, dit-elle gentiment.

Il lui adressa un chaud sourire. Elle se demanda pourquoi il ne s'était pas peigné. Était-ce parce qu'il avait oublié ou était-ce une habitude chez lui ? Elle avait remarqué les vieilles bottes en lézard noir. Il lui faisait l'effet d'être quelqu'un de peu banal et elle était certaine que son histoire devait être intéressante. Mais elle n'aurait jamais l'occasion de la connaître. C'était seulement un journaliste envoyé pour la soirée par le magazine *Scoop*.

— Bonne chance pour votre gala, lui lança-t-il avant de s'éloigner d'un pas nonchalant.

À cet instant, trente personnes émergèrent de l'ascenseur. Pour Sarah, la nuit du Bal des Petits Anges commençait.

## 2

La soirée débuta avec retard, parce qu'il fallut plus longtemps aux invités pour entrer dans la salle et trouver leurs places que Sarah ne l'avait prévu. Le maître de cérémonie était une vedette d'Hollywood qui avait animé une émission de télé pendant des années. Il venait tout juste de quitter la télévision et il était absolument fantastique. Il pressait les invités de s'installer, tout en annonçant les noms des célébrités venues tout exprès de Los Angeles pour participer à la soirée, ainsi que le maire et les vedettes locales.

Sarah avait promis de réduire au minimum les discours et les remerciements. Après une brève allocution du patron du service de médecine néonatale, on passa un film assez court montrant tous les miracles que le personnel hospitalier accomplissait chaque jour. Sarah raconta ensuite sa propre histoire et, tout de suite après, la vente aux enchères commença. Les prix s'envolèrent. Un collier de diamants offert par Tiffany partit pour cent mille dollars, les rendez-vous avec des vedettes remportèrent un succès étonnant et un adorable chien en porcelaine rapporta dix mille dollars. Quant à la Range Rover, elle fut vendue cent dix mille dollars. Seth, qui faisait partie des enchérisseurs, fut le dernier à abandonner la partie. Sarah lui murmura à l'oreille de ne rien regretter puisqu'elle était parfaitement satisfaite de sa voiture. Il lui sourit distraitement. Le sentant toujours très tendu, elle supposa qu'il avait eu une dure journée.

Au cours de la soirée, elle entrevit Everett Carson à deux reprises. Elle lui avait indiqué les tables des personnalités importantes. Il y avait aussi des journalistes des grands magazines people du pays. Des cameramen envoyés par les chaînes de télévision attendaient l'apparition de Melanie. En bref, la soirée s'avérait un énorme succès. Grâce à un excellent commissaire-priseur, la vente aux enchères avait rapporté quatre cent mille dollars. Deux tableaux de grande valeur offerts par une galerie d'art y avaient contribué, ainsi que plusieurs croisières et voyages fabuleux. Si l'on y ajoutait le prix des billets, les fonds récoltés dépassaient les attentes du comité, sans compter les chèques et les dons qui arrivaient toujours après le gala.

Sarah passa entre les tables pour remercier les gens d'être venus et saluer ses amis. Dans le fond de la salle, plusieurs tables avaient été attribuées à des organisations caritatives comme la Croix-Rouge. Des prêtres et des religieuses occupaient une table. Leurs places avaient été achetées par une association catholique très impliquée dans l'hôpital où se trouvait le service de médecine néonatale. Les prêtres étaient reconnaissables à leur col romain et les religieuses étaient en tailleurs bleu marine ou noirs. Une seule d'entre elles portait la robe de son ordre. C'était un petit bout de femme aux cheveux roux et aux yeux d'un bleu électrique. Sarah la reconnut immédiatement. Sœur Mary Magdalen Kent était leur Mère Teresa locale. Tout le monde connaissait le travail qu'elle effectuait dans les rues auprès des sans-logis. Elle reprochait à la mairie de ne pas les aider davantage et ses positions étaient l'objet de controverses. Sarah aurait aimé bavarder avec elle, mais elle était trop occupée à vérifier les mille et un détails qui assuraient le succès de la soirée. En passant près de leur table, elle salua les prêtres et les religieuses, visiblement contents de leur soirée. À les voir rire et bavarder, il était évident qu'ils passaient un bon moment.

— Je ne pensais pas vous voir ici, Maggie, remarqua le prêtre qui tenait un restaurant pour les pauvres.

Il sourit à la religieuse, qu'il connaissait bien. Sœur Mary Magdalen était une lionne lorsqu'il s'agissait de défendre ceux dont elle s'occupait, mais une souris sur le plan mondain. Il ne se rappelait pas l'avoir vue une seule fois dans un gala de bienfaisance. L'une des religieuses était la directrice de l'école d'infirmières de San Francisco. Les cheveux courts et bien coupés, elle était vêtue d'un élégant tailleur bleu au revers duquel était fixée une petite croix en or. Les autres religieuses assises autour de la table appréciaient visiblement le repas qui leur était servi. Elles semblaient presque chic et sophistiquées, en comparaison de sœur Mary Magdalen, qui paraissait mal à l'aise. Avec sa coiffe de travers qui glissait sur sa courte chevelure rousse, elle avait l'air de ne pas se sentir à sa place. Elle ressemblait davantage à un elfe qu'à une religieuse.

— Je ne devrais pas être là, confia-t-elle à mi-voix au père O'Casey. Ne me demandez pas pourquoi, mais quelqu'un m'a donné un billet... une assistante sociale avec qui je travaille. Elle devait se rendre à une réunion importante. Je lui ai conseillé de donner la place à une autre personne, mais je ne voulais pas lui paraître ingrate.

Convaincue qu'elle aurait dû se trouver dans la rue, elle s'excusait presque d'être là. Ce genre d'événement mondain n'était décidément pas pour elle.

— Accordez-vous une petite pause, Maggie. Je ne connais personne qui travaille plus que vous.

Le prêtre et la religieuse se croisaient depuis des années. Il admirait ses idées généreuses et son action sur le terrain.

— Je suis surpris de vous voir dans cette tenue, ajouta-t-il avec un petit rire.

Il lui servit un verre de vin auquel elle ne toucha pas. Elle n'avait jamais bu une goutte d'alcool ni fumé une cigarette, même avant d'entrer dans les ordres.

— C'est la seule robe que je possède, répliqua-t-elle en riant. Je travaille tous les jours en jean et en pull. Je n'ai pas besoin de beaux vêtements, ajouta-t-elle en jetant un coup d'œil aux autres religieuses.

Si l'on exceptait les petites croix en or au revers de leurs tailleurs, elles auraient pu être des femmes au foyer ou des professeurs.

— Cela vous fait du bien de sortir un peu.

Ils se mirent à discuter des derniers événements au sein de l'Église. La prise de position récente de l'archevêque à propos de l'ordination des prêtres… Les dernières orientations du magistère romain… Maggie s'intéressait tout particulièrement à une proposition de loi concernant les gens qu'elle aidait dans les rues. Elle trouvait cette loi limitée, injuste et nuisible. Elle s'exprimait avec beaucoup d'intelligence et, très rapidement, deux autres prêtres et une religieuse se joignirent à la conversation. Sachant qu'elle en savait plus qu'eux sur le sujet, ils voulaient connaître son opinion.

Sœur Dominique, qui dirigeait l'école d'infirmières, intervint :

— Vous êtes trop exigeante, Maggie. On ne peut pas résoudre tous les problèmes à la fois.

— Je m'efforce de les traiter un à un, répliqua-t-elle avec humilité.

Les deux religieuses avaient la même formation, puisque sœur Mary Magdalen avait obtenu son diplôme d'infirmière avant d'entrer dans les ordres. Elle se réjouissait d'ailleurs de pouvoir ainsi soulager les souffrances de ses protégés. Pendant qu'ils discutaient avec animation, la salle fut soudain plongée dans l'obscurité. Une fois la vente aux enchères terminée et le dessert servi, Melanie allait entrer en scène. Le maître de cérémonie venait d'ailleurs de l'annoncer. Le silence se fit peu à peu parmi l'assistance, qui vibrait déjà de plaisir.

— Qui est-ce ? murmura sœur Mary Magdalen.

Les autres sourirent devant tant de naïveté.

— C'est l'une des jeunes chanteuses les plus célèbres du moment, expliqua le père O'Casey. Elle vient de remporter un Grammy.

Sœur Maggie hocha la tête… Elle ne se sentait décidément pas à sa place. Elle était si fatiguée que, si cela n'avait tenu qu'à elle, la soirée se serait terminée à cet instant. Les musiciens attaquèrent le morceau qui avait lancé Melanie, un déluge de notes légères et colorées. La jeune star fit alors son apparition, traversant la scène en chantant sa première chanson.

Sœur Mary Magdalen tomba sous le charme, comme tous ceux qui se trouvaient dans la salle. Ils étaient tous envoûtés par sa beauté et l'extraordinaire puissance de sa voix.

— Waouh ! s'exclama Seth.

Installé au premier rang avec sa femme, il lui tapota la main. Elle avait fait du beau travail ! Un peu plus tôt, il était apparu soucieux, mais maintenant il était tendre et attentif.

— Bon sang ! ajouta-t-il. Elle est fantastique !

Sarah remarqua Everett Carson accroupi au pied de la scène pour prendre des photos de Melanie pendant qu'elle chantait. La jeune fille portait une robe quasi invisible, une véritable illusion qui miroitait sur sa peau.

Le public semblait hypnotisé. Pour sa dernière chanson, Melanie s'assit au bord de la scène de façon à être plus proche des invités. Elle donnait l'impression de chanter pour chacun. Tous les hommes étaient amoureux d'elle et toutes les femmes auraient voulu être elle. Sarah la trouva mille fois plus belle que quelques heures plus tôt, dans sa suite. Sa présence sur scène était absolument stupéfiante. Elle électrisait le public. Ceux qui étaient là ne l'oublieraient jamais. Sarah se détendit, un sourire de contentement aux lèvres. Le gala était parfait. Le dîner était excellent, la salle de bal somptueuse, la presse était venue en nombre, la vente aux enchères leur rapportait une fortune et Melanie était le clou de la soirée. Grâce à ce succès, les places se vendraient encore plus vite l'année prochaine. Le prix des billets pourrait même être plus élevé. Sarah avait conscience d'avoir fait son travail et de l'avoir bien fait. Seth lui avait dit qu'il était fier d'elle, mais elle l'était encore plus.

Elle vit Everett Carson se rapprocher de Melanie, tout en continuant de la photographier. L'excitation lui montait à la tête, car elle eut l'impression que la salle s'inclinait légèrement. L'espace d'un instant, elle se crut victime d'une illusion, mais lorsqu'elle leva instinctivement les yeux, elle vit les chandeliers se balancer. Dans un premier temps, elle ne comprit pas ce qui se passait, mais tandis qu'elle fixait le plafond, elle perçut un grondement sourd. Cela ressemblait à une plainte terrifiante, s'amplifiant partout autour d'eux. L'espace d'une minute, tout sembla se figer, puis les lumières tremblotèrent et le plancher oscilla.

Près d'elle, quelqu'un hurla :

— C'est un tremblement de terre !

La musique s'arrêta, les tables se renversèrent et les porcelaines s'écrasèrent sur le sol à grand fracas, au moment où les lumières s'éteignaient complètement. Les gens se mirent à crier. La salle était plongée dans l'obscurité et le mouvement ondulant qui la traversait se muait en une trépidation terrifiante. Seth et Sarah s'étaient accroupis par terre. Il l'avait attirée sous leur table.

— Oh, mon Dieu ! s'écria-t-elle en s'agrippant à lui.

L'entourant de ses bras, il la tint solidement. Elle ne pensait qu'à ses enfants, restés à la maison avec Parmani. Elle pleurait, terrifiée à l'idée qu'il pouvait leur arriver quelque chose. S'ils étaient en train de vivre la même épreuve, elle voulait être près d'eux. Les secousses et les craquements n'en finissaient pas. En réalité, plusieurs minutes s'écoulèrent avant que le sol cesse de trembler. Ensuite, il y eut comme des bruits d'explosion. Les gens continuaient de hurler et ce fut la cohue quand les panneaux de sortie s'illuminèrent à nouveau. Un générateur devait avoir été mis en marche. La salle était en proie au chaos.

— Ne bouge pas pour l'instant, dit Seth à sa femme.

44

Dans cette obscurité, elle le sentait auprès d'elle, mais elle ne le voyait pas.

— Tu te ferais piétiner par la foule, expliqua-t-il.

— Que se passera-t-il si l'immeuble s'effondre sur nous ?

— Si ça arrive, nous sommes fichus, avoua-t-il franchement.

Tous ceux qui étaient présents avaient bien conscience de se trouver trois niveaux au-dessous du rez-de-chaussée et se demandaient comment ils pourraient sortir. Dans la salle, les gens s'interpellaient et le bruit était assourdissant. Enfin, des employés de l'hôtel apparurent sous les panneaux de sortie, tenant de puissants projecteurs. Quelqu'un utilisa un porte-voix pour demander à l'assistance de ne pas céder à la panique. Il fallait rester calme et se diriger prudemment vers la sortie. La salle de bal était plongée dans l'obscurité mais, au-delà, le hall était faiblement éclairé. Sarah n'avait jamais eu aussi peur de sa vie. Lui prenant le bras, Seth l'aida à se mettre debout. Cinq cent soixante personnes se dirigeaient maintenant vers les portes. On entendait des pleurs, des cris de douleur, des appels à l'aide.

Sœur Maggie était déjà debout. Elle fendait la foule, au lieu de gagner la sortie.

— Qu'est-ce que vous faites ? lui cria le père Joe.

Grâce à la faible lumière provenant du hall, ils distinguaient vaguement les ravages causés par le tremblement de terre. Les énormes vases remplis de roses s'étaient renversés et la salle de bal était sens dessus dessous. Le père Joe pensa que sœur Maggie avait perdu l'esprit.

— Je vous retrouve dehors ! lui lança-t-elle par-dessus son épaule avant de disparaître parmi les gens.

Quelques minutes plus tard, elle s'agenouillait près d'un homme qui se disait victime d'une crise cardiaque. Heureusement il avait des comprimés sur lui. Sans faire de manières, elle plongea la main dans sa poche, trouva les comprimés et lui en mit un dans la bouche. Certaine qu'on viendrait bientôt à son secours, elle lui conseilla de ne pas bouger.

Après l'avoir laissé avec son épouse, elle entreprit de marcher parmi les débris, regrettant de ne pas avoir les grosses chaussures qu'elle mettait pour travailler, au lieu de ces ridicules ballerines à talons plats. La salle de bal s'était transformée en un immense parcours du combattant. Les tables étaient renversées sur le côté ou même complètement retournées. Il y avait de la nourriture et des morceaux de verre brisé un peu partout. Sœur Maggie tentait d'approcher les personnes qu'elle voyait étendues parmi les débris. Plusieurs invités qui étaient médecins en faisaient autant. Une femme en pleurs présentant une plaie au bras disait qu'elle allait accoucher. Sœur Maggie affirma qu'il n'en était pas question… Elle ne devait même pas y penser, tant qu'elle était encore dans l'hôtel. La femme ne put s'empêcher de lui sourire. Un instant plus tard, Maggie l'aida à se lever et elle sortit, soutenue par son mari. Tout le monde craignait une réplique du séisme, qui pouvait être plus violente encore que la première secousse. Il ne faisait aucun doute que, sur l'échelle de Richter, l'intensité avait été supérieure à sept. Des grondements sourds continuaient de se faire entendre autour d'eux, comme si la terre était encore agitée de soubresauts.

Everett Carson se trouvait près de Melanie, au début du séisme. Quand la salle s'était mise à s'incliner dangereusement, elle avait glissé de la scène et s'était retrouvée dans ses bras. Ils étaient ensuite tombés tous les deux par terre. Quand les secousses cessèrent, il l'aida à se relever.

— Rien de cassé ? J'ai adoré votre concert. Il était sublime, lui confia-t-il d'un ton léger.

Quand les lumières du hall filtrèrent dans la salle, après qu'on eut ouvert les portes, il remarqua que sa robe était déchirée et laissait voir un de ses seins. Ôtant aussitôt sa veste de smoking, il la posa sur les épaules de la jeune fille.

— Merci, murmura-t-elle, l'air un peu sonnée. Que s'est-il passé ?

— Il y a eu un tremblement de terre de forte magnitude, je pense.

— Qu'est-ce qu'on va faire, maintenant ?

Elle semblait effrayée sans être paniquée.

— On va faire ce qu'ils disent : sortir de là en essayant de ne pas nous faire piétiner.

En Asie du Sud-Est, il avait déjà vu des tsunamis et des séismes, et il ne doutait pas que celui-ci ait été important. Le dernier grand tremblement de terre qui avait secoué San Francisco datait d'un siècle. Il avait eu lieu en 1906.

— Je dois d'abord trouver maman, dit Melanie en regardant autour d'elle.

Ni sa mère ni Jake ne semblaient dans les parages, mais il n'était pas facile de reconnaître quelqu'un dans cette pénombre. Les gens criaient, il y avait tant de bruit qu'on ne pouvait entendre personne.

— Vous feriez mieux de la chercher dehors, lui conseilla Everett.

Elle fit quelques pas sur la scène, qui s'était effondrée. Tous les instruments des musiciens avaient glissé et le piano à queue, dans sa chute, formait un angle bizarre avec le sol. Par bonheur, il n'avait heurté personne.

— Vous allez bien ? demanda Melanie, qui semblait ne pas avoir encore recouvré tous ses esprits.

— Pas de problème !

Il l'entraîna vers les portes de sortie et la laissa, en expliquant qu'il voulait s'assurer que personne n'avait besoin d'aide. Quelques minutes plus tard, il croisa une femme qui soutenait un homme victime d'une crise cardiaque et aida celui-ci à sortir tandis qu'elle s'éloignait pour porter secours à quelqu'un d'autre. Avec un médecin qui se trouvait là, il assit l'homme sur une chaise et ils le portèrent ensuite sur les trois étages. Dehors, il y avait des infirmiers, des ambulances et des camions de pompiers. Les sauveteurs aidaient les blessés à sortir, puis retournaient à l'intérieur pour secourir les autres. Un bataillon de pompiers se déversa dans l'hôtel. On n'avait décelé aucun début d'incendie, mais il y avait des câbles électriques de fort voltage sur le sol. Ils dressèrent des barrières et un pompier utilisa un porte-voix pour demander aux gens de ne pas s'approcher des câbles. La ville était plongée dans le noir. Par automatisme, comme revenu à son ancien métier, Everett prit son appareil photo toujours autour de son cou et se mit à prendre des photos de ce qu'il avait sous les yeux, sans pour autant déranger ceux qui s'activaient. Les gens semblaient tous en proie à une sorte de stupeur. L'homme qui avait eu une crise cardiaque était déjà dans une ambulance en route pour l'hôpital avec un autre, dont la jambe était cassée. La chaussée était jonchée de blessés, pour la plupart sortis de l'hôtel. Les feux de circulation ne fonctionnaient plus, mais de toute façon les voitures ne roulaient plus. Au coin de la rue, un tramway était sorti de ses rails et avait fait de nombreux blessés. Les ambulanciers et les pompiers s'affairaient autour d'eux et avaient recouvert le corps d'une femme qui était morte. La scène était horrible. Jusqu'à ce qu'il soit à l'extérieur, Everett n'avait pas remarqué le sang qui maculait sa chemise. Il s'aperçut alors qu'il avait une coupure à la joue, mais il ne savait pas comment c'était arrivé et c'était bien le cadet de ses soucis. Il s'essuya le visage avec une serviette que lui tendait un employé de l'hôtel. Ils étaient des dizaines à distribuer serviettes, couvertures et bouteilles d'eau. Tous étaient sous le choc. Les gens restaient là à se regarder et à discuter de ce qui venait d'arriver. Ils étaient plusieurs milliers dans les rues, et l'hôtel se vidait peu à peu. Une demi-heure plus tard, les pompiers annoncèrent qu'il n'y avait plus personne dans la salle de bal. C'est alors qu'Everett remarqua Sarah Sloane, qui se tenait près de son mari. Sa robe était déchirée et tachée.

— Vous allez bien ? lui demanda-t-il.

C'était la question que tous se posaient. Sarah pleurait et son époux semblait très angoissé. Autour d'eux, les rescapés sanglotaient soit de peur, soit de soulagement, soit parce qu'ils s'inquiétaient pour leurs familles. Sarah avait tenté à plusieurs reprises d'appeler chez elle sur son portable, mais il n'y avait plus de réseau. Seth en avait fait autant de son côté et arborait une mine sombre.

— Je me fais du souci pour mes enfants, expliqua-t-elle. Ils sont à la maison avec notre baby-sitter, mais je ne sais pas comment nous ferons pour rentrer. Je suppose que nous devrons marcher.

Quelqu'un avait dit que le garage où se trouvaient les voitures s'était écroulé et qu'il y avait des gens sous les décombres. En l'espace de quelques minutes, San Francisco s'était muée en ville fantôme. Il était un peu plus de minuit et le tremblement de terre avait eu lieu une heure auparavant. Les employés du Ritz-Carlton se conduisaient de manière exemplaire, circulant parmi la foule et demandant aux gens ce qu'ils pouvaient faire pour les aider. En réalité, il n'y avait pas grand-chose à faire, sauf pour les ambulanciers et les pompiers qui s'efforçaient d'évacuer les blessés.

Peu après, les pompiers annoncèrent qu'un refuge de fortune avait été aménagé deux rues plus loin et indiquèrent la direction à prendre, pressant ceux qui le pouvaient de s'y rendre au plus vite. Des câbles électriques étaient tombés dans les rues et de nombreuses lignes étaient encore sous tension. Il fallait évidemment se montrer prudent. Tous étaient terrifiés à la perspective d'une réplique. Pendant que les pompiers fournissaient toutes ces informations, Everett continuait de prendre des photos. C'était le genre de travail qu'il adorait. Il ne le faisait pas par voyeurisme. Il restait discret, se bornant à prendre des témoignages de ce qu'il savait déjà être un événement historique.

La foule se mit finalement en mouvement et se dirigea vers le refuge, situé au pied de la colline. Les gens n'arrêtaient pas de parler, ayant besoin de raconter ce qu'ils venaient de vivre. Un homme se trouvait sous la douche lorsque le tremblement de terre s'était produit et, durant les premières secondes, il avait perçu des vibrations dans le tuyau. Il était simplement vêtu d'un peignoir de bain et ne portait pas de chaussures. Il s'était coupé un pied sur des débris de verre et boitillait. Une femme disait qu'elle était allongée et que lorsqu'elle s'était sentie emportée vers le sol, elle s'était imaginé qu'elle avait cassé son lit. Ensuite, sa chambre s'était mise à tanguer à toute vitesse. C'était la plus grande catastrophe que la ville ait jamais connue.

Everett prit une bouteille d'eau que lui tendait un chasseur de l'hôtel. Il but à longs traits, réalisant qu'il avait la gorge sèche. Des nuages de poussière enveloppaient l'hôtel, après l'écroulement d'une partie des structures. Ceux qui avaient péri dans le séisme avaient été rassemblés dans le hall et leurs corps étaient dissimulés sous des draps. On comptait une vingtaine de morts pour le moment, mais on parlait de gens coincés sous les décombres, ce qui accentuait la panique des rescapés. On voyait des personnes qui pleuraient, ne retrouvant pas des parents ou des proches. Il s'agissait de clients de l'hôtel et d'invités au gala de bienfaisance. Ceux-ci étaient facilement reconnaissables avec leurs tenues de soirée, maintenant déchirées et salies. On aurait dit des survivants du *Titanic*. Everett retrouva Melanie accompagnée de sa mère, qui poussait des cris hystériques. La jeune fille semblait calme et en pleine possession de ses moyens. Elle portait toujours la veste de smoking d'Everett.

Ce dernier lui demanda si elle allait bien et Melanie hocha la tête en souriant.

— Oui. Mais ma mère est dans tous ses états. Elle est certaine qu'il va y avoir une réplique encore pire que la première. Vous voulez votre veste ?

Si elle la lui rendait, elle serait à moitié nue. Il secoua négativement la tête.

— Je peux m'envelopper dans une couverture, insista-t-elle.

— Gardez-la, elle vous va très bien. Vous avez retrouvé tous vos musiciens et votre entourage ?

Il savait que sa troupe était nombreuse, mais il ne voyait que sa mère.

— Mon amie Ashley s'est fait mal à la cheville. Les infirmiers sont en train de la soigner. Mon petit ami était complètement saoul, ce sont les musiciens qui ont dû le transporter dehors. Il est en train de vomir quelque part par là. Tous les autres sont indemnes.

Maintenant qu'elle n'était plus sur scène, elle avait de nouveau l'air d'une adolescente, mais Everett se rappelait combien sa prestation avait été remarquable.

— Vous devriez gagner le refuge, conseilla-t-il aux deux femmes. Vous y seriez davantage en sécurité.

Janet Hastings acquiesça, tout à fait d'accord avec lui, et prit la main de sa fille. Elle voulait quitter cet endroit avant la prochaine secousse.

— Je crois que je vais rester un peu, annonça doucement Melanie. Vas-y seule, maman.

Janet se mit à sangloter, mais la jeune fille se montra ferme. Elle voulait aider les sauveteurs, ce qu'Everett apprécia. Janet fit quelques pas en direction du refuge, tandis que sa fille disparaissait dans la foule, mais elle fut aussitôt prise de panique.

— Ne vous inquiétez pas, lui dit Everett. Dès que je la reverrai, je lui dirai de vous rejoindre. Allez avec les autres.

Janet parut hésiter un instant. Autour d'elle, les gens avançaient. Finalement, son propre désir de quitter les lieux l'emporta et elle suivit le flot. Everett était certain que Melanie se débrouillerait très bien, qu'il la retrouve ou non. Elle était jeune et pleine de ressources, et ses musiciens n'étaient pas loin.

Il réalisa soudain qu'il n'avait pas envie de boire et qu'il pouvait se passer d'alcool. Malgré la violence du séisme, il n'éprouvait pas le besoin de s'enivrer. Cette découverte le réjouit et il sourit largement.

Il prenait d'autres photos, lorsqu'il croisa la petite femme rousse qu'il avait vue porter secours à un homme victime d'une crise cardiaque. Elle était en train de consoler une enfant et se tournait vers un pompier à qui elle demandait s'il pourrait l'aider à repérer sa maman. Everett prit plusieurs photos d'elle, jusqu'à ce qu'elle s'éloigne de la petite fille.

— Vous êtes médecin ? lui demanda-t-il avec intérêt.

Elle lui paraissait très sûre d'elle.

— Non, je suis infirmière, répondit-elle simplement.

L'espace de quelques secondes, ses yeux très bleus le fixèrent, puis elle sourit. Il y avait en elle quelque chose d'à la fois drôle et touchant, pensa-t-il. En tout cas, il n'avait jamais vu de regard aussi magnétique.

De nombreuses personnes étaient blessées, mais toutes ne l'étaient pas gravement. Il y avait une multitude de coupures et de blessures mineures. Beaucoup de gens étaient en état de choc. La robe noire et les chaussures à talons plats de la femme avaient quelque chose d'incongru. Sa coiffe avait disparu au moment du séisme, si bien qu'il ne vint pas à l'esprit d'Everett qu'elle pouvait être autre chose qu'une infirmière. Elle possédait une beauté intemporelle et il était difficile de lui donner un âge. Il estima qu'elle devait avoir entre trente-huit et quarante ans. En réalité, elle en avait quarante-deux. Suivie par Everett, elle s'arrêta pour parler à quelqu'un, puis s'immobilisa un instant et but un peu d'eau. Ils ressentaient tous les effets de la poussière qui continuait de sortir de l'hôtel en grosses volutes.

— Vous comptez vous rendre au refuge ? lui demanda-t-il. Ils ont certainement besoin d'aide, là-bas aussi.

Il s'était débarrassé de son nœud papillon depuis déjà un certain temps et sa chemise était maculée par le sang qui avait coulé de sa joue.

— Quand j'aurai fait tout ce que je peux ici, je partirai, répondit-elle en secouant la tête. Les gens de mon quartier doivent aussi être secourus.

— Où habitez-vous ?

Quelque chose l'intriguait chez cette femme. Peut-être y avait-il un article à écrire sur elle. Son instinct de journaliste était en éveil.

La question la fit sourire.

— J'habite à Tenderloin, pas loin d'ici.

C'était comme si elle lui avait dit qu'elle vivait sur une autre planète. Il suffisait de quelques rues pour se trouver dans un univers bien différent.

— Je crois que c'est un endroit plutôt mal fréquenté, non ? remarqua-t-il.

Il était de plus en plus intrigué. Il avait bien sûr entendu parler de Tenderloin, de ses drogués, de ses prostituées et de ses sans-logis.

— C'est exact, confirma-t-elle.

— Vous habitez vraiment là-bas ? demanda-t-il avec étonnement.

— Oui.

Elle lui sourit. Ses yeux bleus pétillaient de malice.

— Je m'y plais, affirma-t-elle.

Everett possédait un sixième sens, quand il s'agissait d'écrire un article. Il sentait que cette femme allait faire partie des héros et des héroïnes de la nuit, et il comptait bien la suivre lorsqu'elle repartirait à Tenderloin. Il trouverait certainement quelque chose à glaner.

— Je m'appelle Everett. Je peux vous accompagner ?

Elle hésita un instant, avant d'acquiescer.

— Les rues peuvent être dangereuses, à cause de toutes ces lignes électriques sous tension. Je ne pense pas que les secours vont se précipiter dans ce quartier. Toutes les équipes de secouristes seront ici ou dans d'autres parties de la ville. Au fait, je m'appelle Maggie.

Ils quittèrent les environs du Ritz une heure plus tard. Il était près de 3 heures du matin. La plupart des gens étaient allés au refuge ou avaient décidé de rentrer chez eux. Everett n'avait pas revu Melanie, mais il ne s'inquiétait pas pour elle. Les ambulances étaient reparties, emportant les blessés les plus graves, et les pompiers semblaient contrôler la situation. Au loin, on entendait le hurlement des sirènes. Everett en déduisit que des incendies s'étaient déclarés, mais comme la plupart des conduites d'eau avaient éclaté, il devait être difficile de lutter contre le feu. Maggie et lui remontèrent California Street et passèrent par Nob Hill. Après avoir dépassé Union Square, ils tournèrent à droite. Ils constatèrent avec effroi que presque toutes les fenêtres du centre commercial d'Union Square avaient explosé. Devant le St Francis Hotel, le spectacle était le même qu'au Ritz. Les clients des hôtels avaient été évacués et conduits dans des refuges. Il leur fallut une demi-heure pour arriver dans le quartier de Maggie.

Là, les gens étaient différents. Ils étaient pauvrement vêtus, certains étaient visiblement drogués, d'autres semblaient terrorisés. Les vitrines étaient brisées, des ivrognes étaient étendus par terre et quelques prostituées étaient serrées les unes contre les autres. Étonné, Everett constata que tout le monde avait l'air de connaître Maggie. Elle s'arrêtait auprès des gens pour leur demander comment ils allaient, s'il y avait des blessés, s'ils avaient reçu des secours. Finalement, elle s'assit devant une porte, sous un porche. Bien qu'il fût 5 heures du matin, elle ne semblait pas du tout fatiguée.

— Qui êtes-vous ? lui demanda-t-il, fasciné. J'ai l'impression d'être dans un film, en compagnie d'un ange descendu sur terre. Je me demande même si à part moi, quelqu'un vous voit.

Cette image la fit rire. Elle lui fit remarquer que tout le monde avait l'air de la voir. Elle était faite de chair et de sang comme tous les humains.

— La réponse à votre question est peut-être ce que je suis plutôt que qui je suis, dit-elle sans aucune gêne.

Elle aurait voulu pouvoir se changer. Son jean lui manquait. D'après ce qu'elle pouvait voir, son immeuble avait été endommagé, mais il ne s'était pas effondré et rien ne l'empêchait d'y entrer. Ici, les pompiers et la police n'envoyaient pas les gens vers des refuges.

— Qu'est-ce que ça veut dire ? demanda Everett, troublé.

Il était fatigué. La nuit avait été longue, mais elle paraissait fraîche comme une rose et nettement plus fringante qu'au gala.

— Je suis religieuse, dit-elle simplement. Je m'occupe de ces gens. J'effectue le plus clair de ma tâche dans les rues. À vrai dire, j'y passe tout mon temps. J'habite ici depuis presque dix ans.

— Vous êtes *religieuse* ? répéta-t-il, abasourdi. Pourquoi ne me l'avez-vous pas dit ?

Elle haussa les épaules. La situation ne l'embarrassait visiblement pas et elle se sentait parfaitement à l'aise avec lui, surtout ici, dans la rue. C'était le monde qu'elle connaissait le mieux, elle s'y sentait beaucoup plus à l'aise en tout cas que dans la salle de bal.

— Je n'en sais rien. Je n'y ai pas pensé. Cela fait une différence ?

— Bon sang, oui… Je veux dire non.

Il réfléchit un instant.

— Enfin… oui. Bien sûr que cela fait une différence ! C'est un détail qui a son importance. Vous êtes quelqu'un de très intéressant, surtout si vous habitez ici. Vous ne vivez pas dans un couvent ?

— Non. Le mien n'existe plus depuis plusieurs années. Nous n'étions plus assez nombreuses. Il a été transformé en école. Le diocèse nous verse une pension qui nous permet de louer un appartement. Certaines d'entre nous vivent en colocation à deux ou trois, mais personne n'a voulu venir habiter ici. Le quartier ne leur plaisait pas. Mais je sais que mon travail est ici. C'est ma mission.

— Comment vous appelez-vous ? demanda-t-il avec curiosité. Je veux dire… Quel est votre nom de religieuse ?

— Sœur Mary Magdalen, confia-t-elle doucement.

— Je suis soufflé, avoua-t-il.

Il sortit une cigarette de sa poche, la première de toute la nuit. Elle ne parut pas le désapprouver. Apparemment, elle était parfaitement à son aise dans le monde réel. Jamais il n'avait parlé aussi librement avec une religieuse. Ce qu'ils venaient de vivre avait tissé un lien entre eux.

— Et cela vous plaît ? demanda-t-il encore.

Elle hocha la tête et réfléchit un instant avant de se tourner vers lui.

— J'adore ça. Quand je suis entrée dans les ordres, j'ai sans doute pris la meilleure décision de toute ma vie. Toute petite, je savais déjà que c'était ce que je voulais devenir, comme d'autres veulent être médecin, avocate ou danseuse. On appelle ça une vocation précoce. Je n'ai jamais changé d'avis.

— Vous est-il arrivé d'avoir des regrets ?

Elle eut un sourire heureux.

— Non. Cette vie m'a toujours parfaitement convenu. J'étais l'aînée de sept enfants et j'ai grandi à Chicago. J'ai pris le voile dès que j'ai eu mon diplôme d'infirmière.

— Vous n'avez pas eu de petit ami ?

La question ne l'embarrassa pas, mais lui remémora ce garçon auquel elle n'avait pas pensé depuis des années.

— J'en ai eu un, avoua-t-elle. Je poursuivais encore mes études à l'école d'infirmières.

— Que s'est-il passé ?

Everett était persuadé qu'il avait fallu une tragédie pour la pousser à entrer dans les ordres. Il ne pouvait pas imaginer qu'elle ait pris cette décision pour une autre raison. Ce type d'engagement lui était totalement étranger. Il venait d'une famille protestante et n'avait jamais vu une religieuse avant de quitter la maison de ses parents. À ses yeux, une telle décision n'avait pas de sens. Et voilà que cette petite bonne femme gaie et dynamique lui parlait de son existence parmi les prostituées et les drogués avec une parfaite sérénité. Il en restait tout éberlué.

— Il est mort dans un accident de voiture, durant ma deuxième année d'études, expliqua-t-elle. Mais même s'il avait vécu, cela n'aurait rien changé. Je l'avais averti de mon projet dès le début, mais je ne suis pas certaine qu'il me croyait. De toute façon, j'aurais sans doute rompu assez vite avec lui. Nous étions jeunes et innocents, en tout cas selon les critères en cours aujourd'hui. Par la suite, je ne suis sortie avec personne d'autre parce que je n'avais plus aucun doute.

En d'autres termes, en déduisit Everett, elle était vierge lorsqu'elle avait pris le voile et elle l'était encore. C'était parfaitement incroyable et un véritable gâchis ! Maggie était une très jolie femme, vibrante et pleine de vie.

— C'est stupéfiant.

— Pas vraiment. C'est simplement le choix que font certaines personnes.

Il était clair qu'à ses yeux la situation n'avait rien que de très normal alors qu'il la trouvait contre nature.

— Et vous ? demanda-t-elle. Vous êtes marié ? Divorcé ? Vous avez des enfants ?

Elle sentait que l'histoire d'Everett était très particulière. De son côté, il était prêt à la lui confier. Maggie était quelqu'un avec qui il était facile de parler et il se sentait bien en sa compagnie.

— Quand j'avais dix-huit ans, j'ai mis enceinte ma petite amie. Je l'ai épousée, parce que son père menaçait de me tuer, mais nous nous sommes séparés l'année suivante. Je n'étais pas fait pour le mariage, en tout cas pas à cet âge. Elle a demandé le divorce, après quoi je crois qu'elle s'est remariée. Par la suite, je n'ai revu mon petit garçon qu'une seule fois, lorsqu'il avait trois ans. À l'époque, je n'étais pas prêt pour la paternité. En le quittant, je me sentais vraiment mal, mais cette responsabilité était trop lourde… Je n'étais qu'un gosse. Alors, je suis parti. Je ne savais pas quoi faire d'autre. J'ai passé le plus clair de ma vie à cavaler à travers le monde. J'effectuais des reportages pour l'Associated Press partout où il y avait des guerres ou des catastrophes. J'ai mené une existence assez folle, mais elle me convenait. Je dirais même que je l'aimais.

Aujourd'hui, j'ai grandi et mon fils aussi. Il n'a plus besoin de moi. Sa mère était tellement furieuse contre moi qu'elle a fait annuler notre mariage par l'Église pour pouvoir se remarier religieusement. Officiellement, je n'ai jamais existé, conclut-il calmement.

— On a toujours besoin de ses parents, répondit doucement Maggie.

Ils restèrent un moment silencieux, méditant sur ce qu'elle venait de dire.

— L'AP sera très contente des photos que vous avez prises cette nuit, enchaîna-t-elle d'une voix encourageante.

Il ne lui parla pas de son prix Pulitzer. Il n'en parlait jamais à personne.

— Je ne travaille plus pour l'agence, avoua-t-il sans détour. À force de bourlinguer un peu partout, j'ai pris de mauvaises habitudes qui ont fini par devenir incontrôlables. À Bangkok, j'ai failli mourir d'un coma éthylique et c'est une prostituée qui m'a sauvé en appelant les secours. À mon retour aux États-Unis, l'AP m'a viré, ce qui était normal après ce que je leur avais fait subir. J'ai suivi une cure de désintoxication et aujourd'hui, je me sens vraiment bien. Je n'ai pas bu une goutte d'alcool depuis un an. Je viens d'être engagé par un magazine people qui m'a envoyé ici pour couvrir le gala. Tous ces potins sur les célébrités ne sont pas vraiment mon truc. Je préfère traîner mes bottes dans des endroits moins civilisés qu'une salle de bal.

Maggie se mit à rire.

— Moi aussi.

Elle lui expliqua qu'une table avait été offerte à des organisations caritatives et qu'une amie lui avait fait cadeau de sa place. Elle n'avait nullement envie d'aller à cette soirée, mais elle n'avait pas voulu gaspiller le billet.

— Je préfère travailler dans les rues, ici, conclut-elle. Mais parlez-moi de votre fils. Vous ne vous êtes jamais demandé ce qu'il devenait ? Vous n'avez pas eu envie de le revoir ? Quel âge a-t-il, maintenant ?

Everett suscitait sa curiosité tout autant qu'elle l'intriguait, lui. Elle avait rarement l'occasion de rencontrer des gens comme lui. C'est pourquoi elle le questionnait. Maggie croyait profondément en l'importance de la famille.

Pour Everett, cette conversation avec une religieuse était étrange.

— Il aura trente ans dans quelques semaines. Je pense quelquefois à lui, mais il est un peu tard pour cela. Très tard, même. Vous ne faites pas irruption dans l'existence de quelqu'un au bout de trente ans pour lui demander comment il va. Il me déteste probablement de m'être enfui de cette façon.

— C'est ce que vous ressentez ? Vous vous détestez de l'avoir fait ?

— Quelquefois. Pas souvent. J'y pensais quand j'étais en cure de désintoxication. Mais je vous le répète, on ne surgit pas dans la vie des gens une fois qu'ils ont grandi et sont devenus adultes.

— Vous devriez peut-être le faire, conseilla-t-elle doucement. Il aimerait peut-être avoir de vos nouvelles. Vous savez où il se trouve ?

— Je l'ai su et je n'aurais pas grand mal à le découvrir, si je cherchais vraiment, mais je ne pense pas que ce soit judicieux. Qu'est-ce que je lui dirais ?

— Il y a peut-être des choses qu'il veut vous demander. Cela lui ferait certainement du bien si vous lui disiez que votre départ n'avait rien à voir avec lui.

Everett acquiesça d'un signe de tête, en songeant que Maggie était une femme intelligente.

Ils marchèrent ensuite quelque temps dans le quartier. Tout semblait étonnamment tranquille. Certains s'étaient rendus dans les refuges, quelques blessés avaient été emmenés à l'hôpital. Ceux qui étaient là avaient l'air de s'en être bien sortis, même si le tremblement de terre avait été très impressionnant.

À 6 heures et demie du matin, Maggie déclara qu'elle allait rentrer chez elle pour dormir un peu. Ensuite, elle retournerait dans les rues et s'occuperait de ses protégés. Everett, lui, allait s'occuper de trouver un bus, un train ou un avion qui le ramènerait à Los Angeles. Si c'était impossible, il louerait une voiture. Auparavant, il souhaitait encore se promener dans la ville. Il avait pris beaucoup de photos et réuni largement de quoi faire un bon reportage, mais il ne voulait rien rater. Il était même tenté de rester quelques jours à San Francisco, mais il n'était pas certain que son rédacteur en chef serait d'accord. Il ne pouvait pas le savoir, puisque pour l'instant toutes les lignes téléphoniques étaient coupées. Il n'y avait aucun moyen de communiquer avec le monde extérieur.

— J'ai pris quelques belles photos de vous, dit-il à Maggie.

Il s'apprêtait à la quitter, après l'avoir raccompagnée devant sa porte. Elle vivait dans un vieil immeuble qui paraissait aussi louche que vétuste, mais elle ne semblait pas en être affectée. Elle lui expliqua qu'elle y habitait depuis dix ans et que, dans l'esprit des gens, c'était comme si elle y avait toujours vécu. Il nota son adresse sur un bout de papier afin de lui envoyer les photos, puis il lui demanda son numéro de téléphone, au cas où il reviendrait à San Francisco.

— Je vous inviterai au restaurant, promit-il. J'ai beaucoup aimé parler avec vous.

— Moi aussi, lui dit-elle avec un sourire. Il va falloir du temps, pour nettoyer la ville. J'espère qu'il n'y a pas eu beaucoup de morts.

Elle semblait soucieuse, mais il n'y avait aucun moyen d'en savoir plus. Sans électricité ni téléphone, ils étaient coupés du monde. C'était une étrange impression.

Le soleil se levait lorsqu'ils se quittèrent. Everett se demandait s'il la reverrait jamais. Cela semblait peu probable. Ni l'un ni l'autre n'oublierait jamais cette nuit si particulière.

— Au revoir, Maggie, lui dit-il lorsqu'elle entra dans l'immeuble.

Le sol de l'entrée était jonché de débris divers, mais elle lui confia en souriant que ce n'était pas pire que d'habitude.

— Soyez prudente, lui dit-il encore.

— Vous aussi.

Après lui avoir adressé un dernier signe de la main, elle referma la porte. Lorsqu'elle l'avait ouverte, des relents nauséabonds leur étaient parvenus. Everett n'arrivait pas à concevoir qu'elle habitât dans un lieu pareil. C'était assurément une sainte, songea-t-il en s'éloignant. Il eut un rire bref… Il avait passé la nuit du tremblement de terre de San Francisco en compagnie d'une religieuse. À ses yeux, elle était une véritable héroïne. Il avait hâte de voir les photos qu'il avait prises d'elle. Soudain, alors qu'il traversait Tenderloin en sens inverse, il pensa à son fils Chad. Il le revit tel qu'il était lorsqu'il avait trois ans et il éprouva une sensation de manque, pour la première fois depuis vingt-sept ans. Si un jour il se rendait dans le Montana, peut-être pourrait-il lui rendre visite… Il devait y réfléchir. Il s'efforça de chasser de son esprit certaines paroles de Maggie. Il ne voulait pas éprouver de culpabilité à propos de son fils. Il était trop tard pour cela. Droit dans ses bottes porte-bonheur, il dépassa les ivrognes et les prostituées qui peuplaient la rue de Maggie. Il faisait jour lorsqu'il parvint au centre de la ville, pour compléter son reportage. Il y avait une multitude de photographies à prendre et, pour lui, peut-être un Pulitzer à la clé. En dépit de ce qui s'était passé cette nuit, il se sentait mieux qu'il ne l'avait été depuis des années. Il savait que sa carrière venait de prendre un nouveau départ. Jamais il n'avait éprouvé une telle confiance, jamais il n'avait été plus certain de reprendre les rênes de sa vie.

# 3

Pour rentrer chez eux, Seth et Sarah n'avaient plus qu'une solution : marcher. Le trajet était long depuis le Ritz-Carlton jusqu'à leur maison et Sarah souffrait avec ses sandales à talons hauts, mais il y avait tant de verre brisé sur la chaussée qu'elle n'osait pas marcher pieds nus. Chaque pas était un véritable supplice. Par chance, un médecin qui revenait de l'hôpital St Mary les prit en stop, leur évitant une longue marche. Il était 3 heures du matin. Le médecin leur expliqua qu'il avait voulu s'assurer que tout allait bien à l'hôpital et avait constaté que la situation était presque redevenue normale. Les groupes électrogènes fonctionnaient et seule une petite partie du service de radiologie avait été détruite. Bien entendu, les patients et le personnel étaient secoués, mais les dégâts étaient minimes.

Les lignes téléphoniques étaient coupées à l'hôpital comme ailleurs, mais les équipes médicales se tenaient au courant grâce à la radio et à des téléviseurs fonctionnant avec des piles. De cette façon, elles savaient quelles parties de la ville avaient subi le plus de dommages.

Le médecin leur apprit que la marina avait été très touchée, comme lors du dernier tremblement de terre, en 1989. Le quartier avait été reconstruit sur les décombres de l'ancienne marina et était donc particulièrement fragile. Pour l'heure, il était la proie des flammes et on disait aussi qu'il y avait de nombreux pillages. Les quartiers de Russian Hill et de Nob Hill avaient relativement bien supporté le tremblement de terre alors que les zones situées à l'ouest de la ville comme Noe Valley, Castro et Mission avaient davantage souffert. Pacific Heights avait été partiellement endommagé. Les pompiers étaient partout, aussi bien pour libérer les gens coincés dans les ascenseurs ou ensevelis sous les décombres que pour lutter contre les incendies qui s'étaient déclarés dans de nombreux endroits.

Pendant qu'ils roulaient, Seth et Sarah entendaient le hurlement des sirènes au loin. Le médecin avait allumé la radio et ils écoutaient les toutes dernières nouvelles. Les deux principaux ponts de la ville, le Bay Bridge et le Golden Gate, avaient été fermés tout de suite après le séisme. Le Golden Gate avait oscillé dangereusement et une partie du tablier supérieur s'était effondrée sur la chaussée inférieure, écrasant plusieurs voitures avec leurs occupants. Jusqu'alors, il n'avait pas été possible de les secourir. On ignorait encore le nombre de victimes, mais il était évident qu'il y en avait beaucoup. Quant aux blessés, ils se comptaient par milliers.

Sarah était prostrée et elle priait pour ses enfants. Elle ne parvenait toujours pas à joindre la baby-sitter. Tout ce qu'elle souhaitait, c'était être rassurée sur le sort de ses enfants. Ils parvinrent enfin devant leur grande maison de briques rouges, située en haut de la colline, au coin de Divisadero et de Broadway. Elle semblait intacte. Ils remercièrent le médecin, lui souhaitèrent bonne chance et sortirent de la voiture. Sarah courut vers la porte, suivie par Seth qui semblait épuisé. Se débarrassant de ses sandales, elle traversa l'entrée en courant. Bien sûr, tout était plongé dans le noir, puisqu'il n'y avait plus d'électricité. Elle allait dépasser la salle de séjour et monter l'escalier, lorsqu'elle vit, à la lueur des bougies posées sur la table, la baby-sitter endormie sur le canapé, le bébé assoupi dans ses bras et Molly pelotonnée contre elle. La baby-sitter ouvrit les yeux dès que Sarah approcha.

— Quelle nuit ! chuchota-t-elle pour ne pas réveiller les enfants.

Mais quand Seth entra à son tour et que les trois adultes se mirent à discuter, Oliver et Molly bougèrent un peu.

En regardant autour d'elle, Sarah constata que tous les tableaux étaient de guingois, deux statues étaient tombées et une petite table ancienne était renversée, ainsi que plusieurs chaises. Il y avait des livres éparpillés un peu partout et de petits objets jonchaient le sol. Mais ses enfants allaient bien, ce qui était le principal. Ils étaient vivants et ils n'avaient pas été blessés. Quand ses yeux se furent habitués à la pénombre, Sarah remarqua une bosse sur le front de Parmani. La jeune fille lui expliqua que la bibliothèque avait basculé sur elle au moment où elle se précipitait pour sortir Oliver de son berceau. Par bonheur, elle ne s'était pas évanouie et le petit garçon n'avait pas été blessé quand les livres et les objets étaient tombés des étagères. Sarah adressa une prière de reconnaissance au ciel, avant de prendre son fils dans ses bras. Roulée en boule, Molly dormait toujours près de la baby-sitter. On aurait dit une poupée.

— Tu as fait un gros dodo, mon amour ? demanda Sarah à Oliver.

Le bébé semblait encore tout endormi. Son petit visage se plissa, sa lèvre inférieure trembla et il se mit à pleurer. Sarah pensa que c'était le son le plus doux qu'elle avait jamais entendu. Toute la nuit, elle avait été terrifiée à l'idée que ses enfants pouvaient être en danger. Elle n'avait eu qu'un seul désir : rentrer chez elle et les prendre dans ses bras. Se penchant, elle caressa la jambe de Molly, comme pour s'assurer qu'elle était bien vivante.

— Vous avez dû avoir très peur, dit-elle à Parmani.

Seth les avait quittés et était entré dans son bureau pour décrocher le téléphone. Il n'y avait toujours aucune tonalité. Il devait avoir vérifié une bonne centaine de fois que son portable ne fonctionnait pas.

— C'est invraisemblable ! gronda-t-il en revenant dans la pièce. Ils auraient pu rétablir les réseaux, au moins pour les portables. Qu'est-ce qu'on est censé faire ? Rester coupés du monde pendant une semaine ? Ils ont intérêt à ce que tout fonctionne normalement demain !

Sarah en doutait fortement. Il n'y avait plus d'électricité et Parmani avait eu la présence d'esprit de fermer le gaz. Par bonheur, la nuit était chaude. Si le vent avait soufflé, comme cela arrivait fréquemment à San Francisco, ils auraient eu très froid.

— Il ne nous reste plus qu'à camper pendant quelque temps, dit Sarah avec sérénité.

Son bébé dans les bras et sa fille endormie sur le canapé, elle était heureuse.

— Demain, j'essaierai d'aller en voiture à Stanford ou à San José pour passer quelques coups de fil, déclara Seth sans lui fournir davantage de précisions.

— D'après le médecin, les routes sont barrées. J'ai l'impression que nous sommes tout à fait isolés.

Seth semblait en proie à la panique. Il jeta un coup d'œil à sa montre.

— C'est impossible ! Je vais partir tout de suite. À New York, il est presque 7 heures. Le temps que j'arrive, les gens seront dans leurs bureaux, sur la côte Est. Je dois impérativement achever une transaction aujourd'hui.

— Tu ne peux pas prendre un jour de congé ? suggéra Sarah.

Au lieu de lui répondre, Seth monta l'escalier quatre à quatre. Cinq minutes plus tard, il redescendait, vêtu d'un jean et d'un pull, et des baskets aux pieds. Visiblement en proie à une grande tension, il tenait une mallette à la main.

Leurs deux voitures étaient coincées dans le parking de l'hôtel et ils ne les récupéreraient peut-être jamais, puisque le garage s'était en grande partie effondré. Il se tourna vers Parmani en souriant.

— Parmani, cela ne vous ennuie pas si je vous emprunte votre voiture pendant deux heures ? Je vais essayer d'aller plus au sud. Peut-être que mon portable fonctionnera, là-bas.

— Bien sûr, répondit la jeune fille.

Elle était aussi surprise que Sarah, tant la réaction de Seth paraissait étrange. Ce n'était pas le moment de vouloir aller à San José. Quant à Sarah, elle ne parvenait pas à comprendre qu'il fût obsédé par son travail au point de les laisser seules.

— Tu ne peux pas te détendre un peu ? Personne ne s'attend à avoir des nouvelles de San Francisco aujourd'hui. C'est complètement stupide, Seth. Qu'est-ce qui se passera, s'il y a une autre secousse ? Nous serons seules ici et tu ne pourras peut-être pas revenir.

Pire encore, avec l'état des routes, il pouvait avoir un accident. Elle voulait qu'il reste, mais il se dirigea vers la porte d'un air déterminé. Parmani lui dit que les clés étaient sur le tableau de bord et que la voiture se trouvait au garage. C'était une vieille Honda toute cabossée, mais elle lui suffisait largement. Sarah ne lui aurait pas permis d'y faire monter ses enfants et elle n'était pas heureuse à l'idée que Seth l'utilise. Cette voiture avait au moins cent mille kilomètres, une bonne douzaine d'années et était dépourvue des équipements de sécurité actuels.

— Ne vous faites pas de souci, toutes les deux, leur dit-il avec un sourire en franchissant la porte d'un pas pressé. Je vais revenir.

Sarah était inquiète. Elle trouvait qu'il prenait des risques inutiles. Mais il était clair que rien ne pouvait le détourner de son but. Tandis que Parmani se mettait en quête d'une lampe torche, Sarah resta assise à la lueur tremblotante des bougies, pensant à l'attitude de son mari. C'était une chose d'être un bourreau de travail, mais c'en était une autre de partir comme une flèche après un tel séisme en laissant seuls sa femme et ses enfants. Elle trouvait son comportement plutôt déplaisant, en plus d'être irrationnel et obsessionnel.

Jusqu'au lever du jour, Parmani et Sarah bavardèrent à voix basse pour ne pas réveiller les enfants. Sarah avait envisagé de monter se coucher dans sa chambre avec eux, mais elle avait finalement préféré rester au rez-de-chaussée. De cette façon, elle était prête à fuir en cas de nouvelle secousse. Parmani l'informa qu'un arbre était tombé dans le jardin. À l'étage, des objets de toutes sortes jonchaient le plancher et un énorme miroir s'était brisé en tombant. À l'arrière de la maison, plusieurs vitres avaient explosé, si bien que la terrasse était parsemée de débris. La plus grande partie de la vaisselle ainsi que des verres en cristal qui s'étaient cassés en tombant couvraient le sol de la cuisine. Pâtes, riz et boîtes de conserve avaient littéralement jailli des placards. Parmani précisa que plusieurs bocaux de fruits et des bouteilles de vin étaient cassés. Pour l'instant, Sarah ne songeait pas à nettoyer. Il serait bien temps de s'y mettre lorsque tout risque de nouvelle secousse aurait disparu. Il faudrait plusieurs jours pour tout remettre en ordre.

Quand le soleil se leva, Parmani voulut faire du café mais se rappela qu'il n'y avait ni gaz ni électricité. Marchant avec précaution parmi les débris de verre, elle alla au robinet remplir une tasse d'eau chaude, puis y mit un sachet de thé. C'était à peine tiède, mais elle l'apporta à Sarah, qui but le breuvage avec gratitude. Parmani prit une banane, mais Sarah était trop bouleversée pour manger.

Elle venait de poser sa tasse, quand Seth apparut, l'air lugubre.

— Tu as été rapide, commenta Sarah.

— Les routes sont barrées, annonça-t-il d'une voix accablée. Je veux dire *toutes* les routes. La bretelle d'accès à la 101 s'est effondrée.

Il ne lui parla pas des victimes qui se trouvaient dessous. Il y avait des ambulances et des voitures de police partout. La police l'avait forcé à faire demi-tour. On lui avait même sévèrement conseillé de rentrer chez lui et d'y rester. On ne pouvait aller nulle part. Il avait prétendu habiter en banlieue, mais l'officier lui avait répondu qu'il devrait rester en ville jusqu'à ce que les routes soient rouvertes, ce qui ne serait pas le cas avant plusieurs jours. Il faudrait peut-être même une semaine, vu l'étendue des dégâts.

— J'ai essayé de prendre la 19e Avenue pour accéder à la 208, mais c'était pareil. Ensuite, je suis passé par la plage pour attraper la Pacifica, mais il y a eu des glissements de terrain et tout est bloqué. Je n'ai même pas tenté d'emprunter les ponts, parce que j'ai entendu dire à la radio qu'ils étaient fermés. Merde, Sarah ! On est pris au piège !

— Cela ne durera pas longtemps. Je ne comprends pas pourquoi tu t'énerves ainsi, surtout que nous allons avoir pas mal de travail à faire pour remettre la maison en état. À New York, personne n'attend ton appel. Ils en savent certainement plus que nous sur ce qui s'est passé ici.

— Tu ne comprends pas, marmonna-t-il.

Grimpant les marches quatre à quatre, il s'engouffra dans leur chambre et claqua la porte derrière lui. Sarah confia les enfants à Parmani et monta le rejoindre. Tel un lion en cage, il arpentait la pièce de long en large… Un lion furieux qui semblait sur le point de dévorer quelqu'un. Sarah sentit qu'il pourrait même s'en prendre à elle.

— Je suis navrée, chéri, lui dit-elle gentiment. Je sais que tu es en pleine négociation, mais tu ne peux rien contre les catastrophes naturelles. Ta transaction attendra quelques jours.

— Non, elle n'attendra pas ! Certaines opérations ne peuvent pas attendre et celle-ci en fait partie. Tout ce dont j'ai besoin, c'est d'un foutu téléphone.

Si elle l'avait pu, elle lui en aurait trouvé un, mais c'était impossible. Pour elle, le plus important était que ses enfants soient sains et saufs et elle ne comprenait pas l'obsession de Seth. Cela lui paraissait vraiment exagéré. En même temps, cela expliquait la réussite foudroyante de son mari. Il ne s'arrêtait jamais. Nuit et jour il était suspendu à son téléphone portable. Sans lui, il se sentait totalement impuissant, pris au piège. Et maintenant il ne pouvait plus agir, étant dans l'incapacité de correspondre avec le monde extérieur. Réalisant que Seth considérait la situation comme très grave, elle aurait voulu pouvoir l'apaiser.

S'asseyant sur le lit, elle l'incita à venir près d'elle.

— Qu'est-ce que je peux faire pour toi, Seth ?

Elle pensait à un massage, à un bain ou à un tranquillisant.

— Qu'est-ce que tu peux faire pour moi ? Tu plaisantes ! C'est une blague !

Il criait presque, dans leur chambre si joliment arrangée. Sarah avait choisi de la décorer dans des teintes jaune pâle et bleu ciel. Illuminée par le soleil matinal, la pièce était exquise. Complètement étranger à son environnement, Seth fixait sa femme avec colère.

— Tu n'as aucune idée de ce qui se passe, Sarah.

— Explique-le-moi. Je te rappelle que nous avons étudié dans la même école et que je ne suis pas complètement débile.

S'asseyant sur le lit, il passa la main dans ses cheveux sans oser la regarder.

— C'est moi qui le suis. À midi, je dois avoir sorti soixante millions de dollars du compte de ma société, murmura-t-il d'une voix morne.

Sarah parut impressionnée.

— Tu fais des transactions de cette importance ? Qu'est-ce que tu achètes ? Des matières premières ? En aussi grande quantité ?

C'était une opération à haut risque, mais quand ça marchait, le profit était considérable. Elle savait que Seth était un génie dans ce domaine.

Il lui jeta un coup d'œil et détourna rapidement le regard.

— Je n'achète rien, Sarah. Je protège mes arrières. C'est tout. Et si c'est impossible, je suis foutu… Nous sommes foutus… Nous perdrons tout ce que nous avons… Je pourrais même aller en prison.

Sarah fut prise de panique. Il ne plaisantait pas, son expression le prouvait clairement.

— De quoi parles-tu ?

— Les commissaires aux comptes doivent venir cette semaine, pour vérifier que nous disposons bien des fonds que nous prétendons avoir. Nous les aurons par la suite, bien sûr. Je l'ai déjà fait. Sully Markham m'a déjà couvert, lors de ces audits comptables. Parfois, nous avons les sommes nécessaires. Mais il arrive aussi que ce ne soit pas le cas, au début de certaines transactions. Sully me renfloue un peu quand les investisseurs réclament un contrôle.

Sarah le fixait, atterrée.

— Tu appelles ça « un peu » ? À tes yeux, soixante millions de dollars représentent un petit renflouage ? Bon sang ! À quoi penses-tu ? Tu aurais pu te faire prendre ou ne pas pouvoir rendre l'argent.

Elle réalisa alors que c'était justement ce qui était en train d'arriver. Seth avait atteint le point de non-retour.

— Je dois absolument transférer cet argent ou bien c'est Sully qui va se faire prendre, à New York. Il faut que cette somme soit sur son compte aujourd'hui. Or, les banques sont fermées et je n'ai pas le moindre téléphone pour réaliser l'opération. Je ne peux même pas prévenir Sully qu'il doit trouver une autre solution.

— Il doit bien s'en douter. Après ce qui s'est passé, il a certainement deviné que tu ne peux pas le faire, affirma Sarah, très pâle.

Elle n'aurait jamais imaginé que Seth puisse être malhonnête. Et soixante millions ne constituaient pas un léger écart. C'était une fraude à grande échelle. Il ne lui était jamais venu à l'esprit que l'appât du gain puisse faire commettre à Seth un délit de cette ampleur. Cela remettait leur couple en question. En réalité, cela compromettait leur vie tout entière. Elle ne savait plus qui était son mari.

— J'étais censé le faire hier, confessa Seth d'une voix sinistre. J'avais promis à Sully que je m'en occuperais dès que les vérifications seraient terminées. Malheureusement, les commissaires aux comptes sont restés jusqu'à 18 heures. C'est pour cette raison que je suis arrivé tard au Ritz. L'argent devait avoir réintégré le compte de sa société à 14 heures, et pour cela il fallait que je procède au transfert avant 11 heures à San Francisco. Je me suis dit que je pourrais le faire ce matin. J'étais inquiet, mais pas affolé. Mais maintenant, je suis terrorisé. Nous sommes fichus. Son audit commence lundi. Il faut absolument qu'il s'arrange pour qu'il soit repoussé parce que d'ici là les banques ne rouvriront pas. Si encore je pouvais le prévenir !

Seth semblait au bord des larmes. Sarah le fixait avec une incrédulité mêlée d'horreur.

— À l'heure qu'il est, il a dû s'apercevoir que tu n'avais pas effectué le transfert, dit-elle, prise d'un léger vertige.

Il lui semblait être lancée en pleine vitesse sur un grand huit, sans ceinture de sécurité ni barre à laquelle s'agripper. Ce devait être encore pire pour Seth. Il risquait la prison. Et s'il était incarcéré, qu'adviendrait-il de leur famille ?

— Oui, il sait que le transfert n'a pas été effectué. Mais cela change quoi ? À cause de ce foutu tremblement de terre, je ne peux pas lui rendre l'argent. Il aura un trou de soixante millions dans ses comptes quand les commissaires débarqueront chez lui lundi matin. Je suis fichu.

Seth et Sully Markham s'étaient rendus coupables de fraude et de vol. Il s'agissait d'un délit fédéral, et pas des moindres. Sarah en était malade. Il lui était insupportable de savoir que Seth avait agi en toute connaissance de cause. Prise de vertiges, elle le regardait.

— Qu'est-ce que tu vas faire, Seth ? murmura-t-elle.

Elle ne parvenait pas à comprendre pourquoi il était devenu un escroc. Comment avait-il pu en arriver là ?

Il la fixait, l'air aussi terrifié qu'elle.

— Je n'en sais rien, répondit-il franchement. Je vais peut-être couler. Sully et moi avons déjà effectué ce genre de transactions, et jusqu'à présent nous ne nous sommes jamais fait prendre. Mais là, je suis dans le pétrin.

— Mon Dieu ! s'exclama Sarah. Que va-t-il arriver si tu es poursuivi en justice ?

— Je ne sais pas. Je crains le pire. Je ne pense pas que Sully puisse repousser l'audit. Ce sont les investisseurs qui décident du calendrier et en général ils préfèrent ne pas laisser aux gens le temps de magouiller ou de truquer les comptes. Or, c'est ce que nous avons fait. Et nous les avons même drôlement maquillés. Quand Sully saura que nous avons eu un tremblement de terre et constatera que le transfert des fonds n'a pas eu lieu, j'ignore s'il essaiera de retarder l'échéance. Il est difficile de dissimuler un trou de soixante millions. Ils le verront immédiatement et remonteront rapidement jusqu'à moi. À moins que Sully ne fasse un miracle d'ici lundi, nous sommes fichus. Quand les commissaires aux comptes découvriront le pot aux roses, la Commission des opérations de Bourse sera sur mon dos dans les cinq minutes. Je vais devoir trouver un avocat extrêmement habile et voir s'il peut passer un marché avec le procureur fédéral, du moins si on en arrive là. Sinon, il ne me reste plus qu'à m'enfuir au Brésil, mais je ne te ferai pas ça. Nous n'avons plus qu'à attendre et voir ce qu'il en est lorsque les choses seront rentrées dans l'ordre ici. Il y a un petit moment, j'ai encore essayé de téléphoner, mais il n'y a aucune tonalité. Je suis désolé, Sarah.

Il ne voyait rien d'autre à lui dire. Elle le regardait, les yeux emplis de larmes. Tout son univers venait de s'écrouler. Jamais elle ne l'aurait cru capable de malhonnêteté.

— Comment as-tu pu faire ça ? demanda-t-elle.

Maintenant, les larmes ruisselaient le long de ses joues. Elle n'avait pas bougé, se contentant de le fixer avec incrédulité. Sa vie venait de basculer dans l'horreur.

— J'étais certain de ne pas me faire prendre, répondit-il en haussant les épaules.

Pour lui aussi, tout semblait irréel, mais pas pour les raisons qui bouleversaient Sarah. Seth ne l'avait pas encore compris. Il ignorait à quel point sa femme se sentait trahie par ses révélations.

— Même dans ce cas, comment as-tu pu faire quelque chose d'aussi malhonnête ? En mentant sur le montant de ton capital, tu as violé je ne sais combien de lois. Qu'est-ce qui se serait passé si tu avais perdu tout l'argent de tes investisseurs ?

— Je pensais pouvoir rembourser… Je l'ai toujours fait. De quoi te plains-tu, d'ailleurs ? C'est la raison de ma réussite rapide. Comment crois-tu que nous avons acheté tout cela ?

Tout en parlant, il désignait leur chambre d'un geste large. Sarah comprit alors qu'elle ne le connaissait pas. Elle avait cru le connaître, mais elle se trompait. C'était comme si le Seth qui était son mari avait disparu pour faire place à un criminel.

— Et qu'adviendra-t-il de « tout cela », comme tu dis, si tu es jeté en prison ?

Elle n'avait jamais exigé de lui qu'ils vivent sur un tel pied, avec leur maison à San Francisco, leur résidence secondaire à Tahoe, leur avion, leurs voitures, leur fortune et ses bijoux. Seth avait construit un château de cartes qui était sur le point de s'effondrer. Sarah se demandait ce qui allait arriver maintenant.

— Je suppose qu'on perdra tout, dit-il simplement. Même si je ne vais pas en prison, je devrai régler de lourdes amendes et les intérêts sur l'argent que j'ai emprunté.

— Tu ne l'as pas emprunté, tu l'as pris. Sully n'avait d'ailleurs pas le droit de te le prêter. C'est l'argent de *ses* investisseurs, pas le vôtre. Tu as passé un marché avec ton ami, ce qui t'a permis de mentir aux gens, mais il n'y a rien de correct là-dedans, Seth.

Elle ne souhaitait pas qu'il fût emprisonné, ne fût-ce que pour leurs enfants, mais elle savait que si cela arrivait, ce ne serait que justice.

— Merci pour le sermon, dit-il amèrement. Pour répondre à ta question, cela devrait aller très vite. Ils vont saisir tous nos biens, du moins une grande partie.

Les maisons, l'avion et presque tout le reste. Ce qu'ils ne prendront pas, nous devrons le vendre.

Il semblait résigné et sans émotion apparente. Tout de suite après le tremblement de terre, cette nuit-là, il avait su que son sort était réglé.

— Et comment vivrons-nous ?

— Nous essaierons d'emprunter de l'argent à nos amis. Je n'en sais rien, Sarah. Nous trouverons des solutions le moment venu. Pour l'instant, nous sommes en sécurité. Avec le séisme, nous avons quelques jours devant nous. Nous en saurons davantage la semaine prochaine.

Mais Sarah savait aussi bien que lui que leur monde allait s'effondrer. Il n'y avait aucun moyen de l'éviter après ce qu'il avait commis. Il les avait mis en danger de la pire des façons.

— Tu penses vraiment qu'ils vont nous prendre la maison ?

Elle regardait autour d'elle, prise de panique. Cette maison était devenue son foyer. Tout ce luxe ne lui était pas nécessaire, mais c'était là qu'ils vivaient, là où leurs enfants étaient nés. L'idée de tout perdre la terrorisait. D'une minute à l'autre, ils risquaient de se retrouver dans la misère, si Seth était arrêté et poursuivi. Elle commençait à s'affoler. Il faudrait qu'elle trouve un travail, un endroit pour vivre. Et où serait Seth ? En prison ? Quelques heures auparavant, elle voulait juste s'assurer que ses enfants étaient sains et saufs après le tremblement de terre, que leur maison ne s'était pas écroulée sur eux. Mais après ce que Seth venait de lui avouer, ce n'était pas seulement leur maison, mais leur vie tout entière qui s'effondrait. Il ne leur restait que leurs enfants. Elle ne savait même plus qui était vraiment son mari. Pendant quatre ans, elle avait été mariée à un étranger, qui était le père de ses enfants. Elle avait eu confiance en lui et elle l'avait aimé.

À mesure que toutes ces pensées affluaient dans son esprit, elle se mit à sangloter. Seth voulut la prendre dans ses bras, mais elle le repoussa. Sans même avoir pensé aux enfants ou à elle, il les avait tous mis en danger. Elle était furieuse contre lui, mais en même temps elle avait le cœur brisé.

— Je t'aime, ma chérie, lui murmura-t-il doucement.

Sarah posa sur lui des yeux stupéfaits.

— Comment peux-tu dire ça ? Regarde ce que tu nous as fait. Pas seulement à toi et à moi, mais aussi aux enfants. À cause de toi, nous allons peut-être nous retrouver à la rue. Et toi, en prison.

— Ce sera peut-être moins moche que cela.

Il voulait la rassurer, mais elle ne le crut pas. Elle connaissait trop bien les règlements de la Commission des opérations de Bourse. Seth risquait fort d'être arrêté et incarcéré. Si cela arrivait, leur vie serait brisée, ils le savaient tous les deux. Plus rien ne serait jamais comme avant.

— Qu'est-ce que nous pouvons faire ? demanda-t-elle en se mouchant.

Elle n'avait plus grand-chose de commun avec la jeune mondaine de la veille. Elle n'était plus qu'une femme effrayée. Elle avait enfilé un pull sur sa robe du soir. Pieds nus, elle était assise au bord du lit et elle pleurait. Retirant les épingles qui retenaient son chignon, elle laissa tomber ses cheveux sur ses épaules. On aurait dit une adolescente dont le monde se serait soudain écroulé. Et c'était bien ce qui venait de se produire.

Elle continuait de fixer Seth d'un regard furieux. Jamais elle n'avait eu un tel sentiment de trahison. Ce n'était pas en raison de l'argent ou du style de vie qu'ils allaient perdre, bien que ce fût important. Jusqu'à présent, toute son existence lui avait semblé reposer sur des bases solides. Et voilà que tout s'écroulait. La vie heureuse que Seth avait construite pour eux, cette sécurité sur laquelle elle comptait, tout allait disparaître. Lorsqu'il avait effectué ce transfert d'argent que Sully Markham lui prêtait, il les avait tous mis en danger et avait du même coup réduit leur univers à néant.

— Il ne nous reste plus qu'à attendre, dit-il doucement.

Traversant la chambre, il se planta devant la fenêtre. Plus bas, des incendies faisaient encore rage. Maintenant que le soleil s'était levé, il pouvait mesurer les dégâts subis par les maisons toutes proches. Des arbres étaient tombés, des balcons étaient bizarrement inclinés, des cheminées avaient été arrachées aux toits. Les gens erraient, en proie à une sorte de stupeur. Mais aucun d'entre eux n'était aussi anéanti que Sarah, qui pleurait dans leur maison. Ce n'était plus qu'une question de temps... Bientôt leur existence actuelle serait balayée. Et peut-être même leur couple.

## 4

Melanie passa cette nuit-là aux abords du Ritz-Carlton à secourir ceux qui en avaient besoin. Elle aida deux petites filles perdues à retrouver leur maman. Elle ne possédait pas de diplôme d'infirmière comme sœur Mary Magdalen, mais elle pouvait apporter du réconfort. L'un des musiciens de son groupe resta un certain temps avec elle avant de rejoindre les autres au refuge. Il savait qu'elle était capable de se débrouiller toute seule. En dehors de lui, personne de son entourage n'était resté avec elle. Elle portait toujours sa tenue de scène, ainsi que la veste de smoking d'Everett Carson, maculée du sang des blessés qu'elle avait soutenus. Melanie était contente d'être là. Pour la première fois depuis longtemps, elle avait l'impression de respirer, en dépit de la poussière qui prenait à la gorge.

Assise à l'arrière d'un camion de pompiers, elle but un café et mangea un beignet tout en bavardant avec les hommes, surpris mais ravis de boire un café avec Melanie Free.

— Comment est-ce, d'être une star ? demanda l'un des plus jeunes.

Originaire de San Francisco, il avait grandi dans une famille méritante. Son père et deux de ses frères étaient policiers, deux autres étaient pompiers comme lui. Ses sœurs s'étaient mariées dès qu'elles avaient quitté le lycée. Melanie évoluait dans un monde situé à des années-lumière du sien, pourtant en la regardant boire son café et manger son beignet, il trouvait qu'elle ressemblait aux filles qu'il avait connues.

— Parfois, c'est amusant, confia-t-elle. Mais quelquefois, c'est très pénible. On subit une grosse pression, surtout au moment des concerts. Et les journalistes sont vraiment des emmerdeurs.

Ce commentaire les fit tous rire, tandis qu'elle tendait la main pour prendre un autre beignet. Le pompier qui lui avait posé la question avait vingt-deux ans et était père de trois enfants.

— Et vous ? demanda-t-elle. Vous aimez ce que vous faites ?

— Oui… enfin, la plupart du temps. Pendant des nuits comme celle-ci, on a vraiment l'impression qu'on sert à quelque chose, que notre présence est utile. Mais on a du mal à comprendre que certaines personnes nous jettent des bouteilles de bière, dans certains quartiers. Parfois même, quand on se rend à Bay View, les gens nous tirent dessus si on essaie d'éteindre les incendies qu'ils ont eux-mêmes déclenchés. Mais ce n'est pas toujours comme cela. Le plus souvent, mon métier me plaît.

— Les pompiers sont craquants, déclara Melanie avec un petit rire.

Elle ne se rappelait pas à quand remontait son dernier beignet. Si sa mère l'avait vue, elle l'aurait tuée. Elle l'obligeait à suivre un régime très strict. C'était l'une des rançons du succès. Assise sur la dernière marche du camion, elle ne faisait pas ses dix-neuf ans.

— Vous êtes drôlement chouette aussi, affirma un pompier plus âgé en passant à côté d'elle.

Il venait de passer quatre heures à extraire des gens de l'ascenseur dans lequel ils étaient coincés. Une femme s'était évanouie, mais les autres avaient tenu le coup. La nuit avait été longue pour tout le monde. Melanie adressa un signe de la main aux deux petites filles qu'elle avait secourues. Elles se dirigeaient vers le refuge avec leur mère. Celle-ci avait été très étonnée en découvrant l'identité de Melanie.

— Vous n'en avez pas assez, que les gens vous reconnaissent ? demanda un autre pompier.

— Un peu. Mon petit ami déteste ça. Récemment, il a même frappé un journaliste, tellement il était énervé.

— Ça se comprend.

Le pompier sourit et retourna au travail. Les autres conseillèrent à la jeune fille d'aller au refuge, où elle serait davantage en sécurité. Elle avait suffisamment apporté son aide. Maintenant, les services d'urgence et de secours souhaitaient que tout le monde soit à l'abri dans les refuges. Des débris continuaient de tomber un peu partout, morceaux de fenêtres, panneaux, fragments de murs. Il n'y avait vraiment aucune sécurité dans les rues. Sans parler des lignes électriques, toujours sous tension, qui étaient très dangereuses.

Le plus jeune des pompiers l'accompagna. Il était 7 heures du matin. Elle savait que sa mère devait être mortellement inquiète. Lorsqu'elle apprendrait ce qu'elle avait fait pendant la nuit, elle allait probablement se mettre dans tous ses états. Tout en marchant, elle bavarda agréablement avec le jeune homme. Le refuge était plein à craquer. Des volontaires de la Croix-

Rouge et des bénévoles servaient un petit déjeuner. En voyant toute cette foule, Melanie se demanda comment elle retrouverait sa troupe. Après avoir remercié le jeune pompier, elle se fraya un chemin parmi les gens, cherchant un visage connu. Il y en avait qui discutaient, d'autres qui pleuraient ou qui riaient, certains paraissaient inquiets. Des centaines de personnes étaient assises par terre.

Elle trouva finalement sa mère assise près d'Ashley et de Pam, son assistante. Elles avaient passé des heures à se faire du souci pour elle. En la voyant, Janet poussa un cri et la serra si fort contre elle qu'elle faillit l'étouffer, après quoi elle l'admonesta pour avoir disparu pendant toute la nuit.

— Mon Dieu, Mel, j'ai cru que tu étais morte ou blessée.

— Non, je m'efforçais seulement d'aider, murmura Melanie.

Devant sa mère, elle n'osait pas élever la voix. Elle remarqua alors qu'Ashley était très pâle. La pauvre était terrorisée, traumatisée par le tremblement de terre. Elle était restée blottie contre Jake pendant toute la nuit, mais celui-ci s'en était à peine rendu compte, tant il était ivre et abruti par la drogue.

Lorsqu'il entendit le cri de Janet, il ouvrit un œil et regarda Melanie d'un air interrogateur. Il était toujours dans un état second, ne se souvenant même pas du concert. En revanche, il se rappelait parfaitement le tangage causé par le tremblement de terre.

— Jolie veste, commenta-t-il en l'examinant. Où étais-tu, cette nuit ?

Il paraissait plus intrigué que vraiment concerné par la question.

— J'étais occupée, répondit-elle.

Mais elle ne se pencha pas pour l'embrasser. Il semblait plutôt mal en point après avoir dormi par terre, une veste roulée en boule sous la tête en guise d'oreiller. Elle constata que la plupart des techniciens, ainsi que les musiciens, étaient là aussi et dormaient encore.

— Tu n'étais pas morte de peur, là-bas ? lui demanda Ashley.

Melanie secoua la tête.

— Non. Beaucoup de gens avaient besoin d'aide. Des enfants perdus, des blessés. J'ai fait ce que j'ai pu.

— Mais tu n'es pas infirmière, enfin ! intervint sèchement sa mère. Tu as remporté un Grammy. Quand on reçoit un prix aussi prestigieux, on ne court pas les rues pour moucher le nez des miséreux !

Tout en parlant, Janet foudroyait sa fille du regard.

— Et pourquoi pas, maman ? Qu'y a-t-il de mal à secourir les gens ? Certaines personnes étaient terrorisées. Mon aide, même minime, a été la bienvenue.

— Laisse les autres s'en charger, répliqua sa mère en s'allongeant près de Jake. Seigneur ! Je me demande combien de temps nous allons rester coincés ici. Il paraît que l'aéroport est fermé à cause des dégâts subis par la tour de contrôle. J'espère qu'on va nous envoyer un avion privé pour nous ramener chez nous.

C'était le genre de privilèges auquel elle attachait énormément d'importance. Ils lui étaient indispensables, bien plus qu'à Melanie, qui se serait contentée de prendre un car.

— Qu'est-ce que ça peut bien faire, maman ? On pourrait louer une voiture pour rentrer à la maison. De toute façon, je n'ai pas de concert avant la semaine prochaine.

— Je ne vais pas dormir ici dans ces conditions toute la semaine ! J'ai horriblement mal au dos. Ils pourraient quand même nous installer décemment.

— Tous les hôtels sont fermés, maman. Les groupes électrogènes ne fonctionnent plus et il y a des risques d'éboulements. C'est ce que m'ont dit les pompiers. Ici, au moins, nous sommes en sécurité.

— Je veux rentrer à Los Angeles ! gémit Janet.

Elle demanda à Pam d'insister pour savoir quand l'aéroport rouvrirait. Pam promit qu'elle le ferait. Elle admirait le comportement de Melanie. Pendant toute la nuit, de son côté, elle avait apporté à Janet des couvertures, des cigarettes et du café que les secouristes préparaient sur des réchauds à gaz. Ashley avait tellement peur qu'elle était incapable du moindre mouvement. Quant à Jake, il était assommé par l'alcool. Ils avaient passé des heures pénibles, mais ils étaient sains et saufs.

La coiffeuse et la manager de Melanie se trouvaient à l'entrée du refuge. Elles avaient distribué sandwiches, gâteaux et bouteilles d'eau. D'énormes quantités de nourriture sortaient de l'immense cuisine du refuge où l'on accueillait d'ordinaire les sans-logis. Bientôt, les ressources seraient épuisées, mais ce n'était pas encore le cas.

Vers midi, ils furent informés qu'on allait les emmener dans un camp situé au Presidio, un parc situé au nord de San Francisco. Le transfert s'effectuerait par autocars. On remit aux réfugiés des couvertures et des sacs de couchage.

Melanie et sa troupe partirent vers 15 heures. Après avoir dormi deux heures, la jeune fille se sentait en pleine forme lorsqu'elle aida sa mère à ranger ses quelques affaires. Ensuite, elle alla secouer Jake.

— On s'en va, Jake !

Elle se demandait quelle quantité de drogue il avait absorbée la veille. Il était totalement indifférent au monde extérieur. Il était beau, mais lorsqu'il se leva et regarda autour de lui, Melanie le trouva vulgaire.

— On se croirait sur le plateau d'un film catastrophe, se plaignit-il. J'ai l'impression d'être un figurant qui attend qu'on lui peinturlure le visage de sang et qu'on lui mette un bandeau autour de la tête.

— Tu serais sûrement très beau, affirma Melanie, occupée à se natter les cheveux.

Lorsqu'ils se dirigèrent vers l'autocar, sa mère n'arrêta pas de se plaindre, trouvant qu'on les traitait de façon indigne. Elle ne parvenait pas à croire que personne ne les avait reconnus. Melanie lui fit remarquer que cela n'avait aucune importance. Ils n'étaient qu'un groupe de rescapés comme les autres.

— Tais-toi ! lui ordonna Janet. Ce ne sont pas des propos de star.

— Je ne suis pas une vedette, ici. Tout le monde se moque bien que je sois chanteuse. Les gens sont fatigués, affamés, effrayés et ils veulent rentrer chez eux. Nous ne sommes pas différents d'eux.

Ils arrivaient aux portes du car.

— Tu devrais le leur dire, Mel, fit l'un des musiciens en désignant deux adolescentes qui l'avaient reconnue et poussaient des cris hystériques.

Elle leur donna des autographes, bien qu'elle trouvât cela ridicule. Avec sa robe à paillettes déchirée et une veste de smoking qui avait vu des jours meilleurs, elle n'avait vraiment rien d'une star !

— Chantez-nous quelque chose ! supplia une des filles.

Melanie leur répondit qu'il n'en était pas question. Âgées de quatorze ans environ, elles étaient un peu bébêtes. Elles habitaient tout près du refuge et montèrent dans le car avec eux, expliquant que leur immeuble s'était en partie effondré. La police avait secouru les habitants et heureusement personne n'avait été blessé en dehors d'une vieille dame qui avait la jambe cassée.

Vingt minutes plus tard, ils arrivèrent au Presidio. On les conduisit dans de vieux hangars militaires où les bénévoles de la Croix-Rouge avaient dressé des lits de camp et installé une cantine. L'un des bâtiments abritait un hôpital de fortune géré par un personnel hospitalier constitué de volontaires. Il y avait des aides-soignants de la Garde nationale, des médecins, des infirmières, ainsi que des membres des Églises locales et des recrues de la Croix-Rouge.

Janet fut horrifiée par les conditions d'hébergement.

— Un hélicoptère pourrait peut-être nous sortir de là ? demanda-t-elle en s'asseyant sur un lit.

Jake et Ashley se mirent en quête de nourriture. Pam proposa d'aller chercher quelque chose à manger pour Janet, qui se disait trop épuisée et traumatisée pour bouger. Elle n'était ni âgée ni impotente, mais elle ne voyait aucune raison de faire la queue. Les musiciens et les techniciens fumaient à l'extérieur. Profitant du fait que tous s'étaient plus ou moins dispersés, Melanie se fraya un chemin parmi la foule jusqu'au bureau installé à l'entrée du hangar. Elle s'adressa d'une voix douce à l'une des organisatrices. Vêtue d'un treillis et de grosses bottes, la femme était sergent dans la Garde nationale. Elle reconnut immédiatement Melanie.

— Qu'est-ce que vous faites ici ? lui demanda-t-elle avec un large sourire.

— Je chantais dans un gala de bienfaisance, hier, expliqua Melanie en lui rendant son sourire. Je suis coincée ici comme tout le monde.

— Que puis-je faire pour vous ? demanda la femme, tout excitée.

— J'aimerais savoir ce que je peux faire pour aider. Vous avez besoin de volontaires ?

— Oui. Pour faire la cuisine et servir le repas. Je ne connais pas exactement les besoins de l'hôpital qu'on a installé en bas de la route. Vous pouvez aussi rester ici, à l'accueil, si vous le souhaitez. Mais ce ne sera pas drôle pour vous, si les gens vous reconnaissent.

— Je crois que je vais commencer par l'hôpital.

— Pas de problème. Revenez me voir s'il n'y a rien pour vous là-bas. C'est le chaos, ici, depuis que les bus ont commencé d'arriver. On attend encore cinquante mille personnes d'ici ce soir. On nous les ramène de tous les coins de la ville.

— Merci.

Melanie retourna auprès de sa mère étendue sur son lit. Elle était en train de manger un esquimau que Pam lui avait apporté et tenait un sac de biscuits dans son autre main.

— Où étais-tu ? demanda-t-elle à sa fille.

— Je suis allée voir comment ça se passe, répliqua vaguement Melanie. Je reviens tout à l'heure, ajouta-t-elle en s'éloignant.

Pam la suivit. La jeune fille lui annonça qu'elle allait proposer ses services à l'hôpital.

— Tu es sûre ? lui demanda son assistante, le visage soucieux.

— Absolument. Je ne peux pas rester assise à écouter ma mère se plaindre. Je préfère me rendre utile.

— On m'a dit qu'ils ne manquaient pas de personnel, là-bas, entre la Croix-Rouge et la Garde nationale.

— C'est possible. Mais je me dis qu'ils auront peut-être quand même besoin d'aide. Ici, il n'y a pas grand-chose à faire, à part distribuer de la nourriture. Si je ne reviens pas bientôt, tu sauras où me trouver. L'hôpital est en bas de la route.

Pam hocha la tête et retourna auprès de Janet, qui se plaignait de migraine et réclamait un verre d'eau avec de l'aspirine. Beaucoup de gens souffraient de maux de tête causés par la poussière, le stress et le choc, et on en donnait à la cantine. Après la nuit qu'elle venait de passer, mais surtout avec les demandes incessantes de Janet, Pam aussi avait une bonne migraine.

Melanie quitta le hangar sans se faire remarquer, la tête baissée, les mains enfoncées dans les poches de la veste. Elle sentit alors une pièce sous ses doigts. Tout en marchant, elle la prit pour l'examiner. Le chiffre 1 était gravé dessus, avec les lettres AA. Elle présuma que cette pièce appartenait à Everett Carson, le photographe qui lui avait prêté sa veste. Elle la remit dans sa poche, regrettant de ne pas avoir d'autres chaussures. Ses semelles compensées la mettaient au supplice sur les cailloux. Elle craignait de tomber à chaque pas.

Elle parvint quand même à l'hôpital en moins de cinq minutes. Le hall bourdonnait d'activité et il était éclairé grâce aux groupes électrogènes. En voyant toutes ces blouses blanches, ces uniformes et ces brassards de la Croix-Rouge, Melanie eut soudain l'impression que sa démarche était complètement incongrue.

Tout comme dans le hangar, il y avait quelqu'un à l'entrée, qui accueillait les gens. Elle lui demanda s'ils avaient besoin d'aide.

— Bien sûr que oui ! répondit le jeune homme avec un grand sourire.

Il avait l'accent du Sud et des dents qui ressemblaient à des touches de piano. Elle fut soulagée qu'il n'ait pas l'air de la reconnaître.

Il la quitta un instant pour se renseigner et revint une minute plus tard.

— Vous seriez d'accord pour vous occuper des sans-logis ? Les bus n'arrêtent pas de nous en amener.

Jusqu'à maintenant, la plupart des blessés venaient de la rue.

— Ça marche, dit Melanie en lui rendant son sourire.

— Il y en a beaucoup qui ont été blessés alors qu'ils dormaient sous les porches.

Les sans-logis réclamaient davantage de soins, car ils arrivaient en étant déjà en mauvaise santé. Certains étaient des malades mentaux dont il n'était pas facile de s'occuper. Ces précisions ne découragèrent pas Melanie. Le jeune homme se garda de lui dire que l'un d'eux avait même eu la jambe coupée par une fenêtre qui lui était tombée dessus. Il avait été emmené ailleurs, car les blessures qu'on traitait ici étaient de moindre importance. Mais les victimes étaient très nombreuses.

Deux volontaires de la Croix-Rouge examinaient les gens à l'entrée.

— Est-ce que vous pourriez me donner d'autres vêtements ?

L'une des volontaires sourit à Melanie.

— Ce devait être une super robe ! Mais si vous ôtez votre veste, vous risquez de provoquer une émeute !

En riant, Melanie baissa les yeux vers sa robe qui ne cachait plus grand-chose de ses seins. Elle avait complètement oublié ce détail.

— Ce serait vraiment sympa si vous pouviez me trouver quelque chose. J'aimerais bien avoir d'autres chaussures, aussi. Celles-ci me font horriblement souffrir et j'ai du mal à marcher.

— Ce n'est pas étonnant ! commenta la volontaire. Nous avons des tonnes de tongs, au fond du hangar. C'est bien utile pour tous ceux qui sont sortis de chez eux pieds nus. Nous avons passé la journée à ôter des éclats de verre.

Melanie se réjouit à la perspective de porter des tongs. Quelqu'un lui remit un pantalon militaire et un tee-shirt. Comme le pantalon était trop grand pour elle, elle trouva un bout de ficelle qui lui servit de ceinture. Après avoir enfilé les tongs, elle se débarrassa de ses chaussures, de sa robe et de la veste de smoking. Elle ne pensait pas revoir Everett et elle était désolée de jeter sa veste, mais celle-ci n'était plus qu'un haillon. À la dernière minute, elle se rappela le jeton et le glissa dans la poche de son pantalon. Dorénavant, ce serait son porte-bonheur. Mais si elle revoyait le photographe, elle le lui rendrait.

Elle se mit alors au travail. On lui avait confié la tâche d'inscrire les nouveaux arrivants. Elle parla avec des hommes qui vivaient dans la rue depuis des années et empestaient l'alcool, des femmes édentées et droguées, des enfants blessés qui arrivaient avec leurs parents de Pacific Heights ou de la marina. Il y avait des jeunes, des vieux, des riches et des pauvres. Des gens de toutes les races, de tous les âges et de tous les milieux. Certains erraient sans but, en état de choc. Ils disaient que leurs maisons s'étaient écroulées. D'autres s'étaient cassé un membre ou foulé une cheville et attendaient qu'on s'occupe d'eux. Elle vit beaucoup d'épaules et de bras cassés et ne s'arrêta pas durant des heures, pas même pour manger. Elle n'avait jamais été aussi satisfaite et jamais elle n'avait travaillé aussi dur. Il était près de minuit quand le flot commença à se tarir. Elle était là depuis huit heures, n'avait pas pris une seule pause et ne s'en plaignait pas le moins du monde.

— Eh, la blondinette ! cria un vieil homme.

Elle s'arrêta pour lui ramasser sa canne et lui sourit.

— Qu'est-ce qu'une jolie fille comme toi fait ici ? Tu es dans l'armée ?

— Non. On m'a seulement prêté un pantalon. Qu'est-ce que je peux faire pour vous, monsieur ?

— Tu peux me trouver un homme, pour m'accompagner aux toilettes ?

— Bien sûr.

Elle revint un instant plus tard avec un soldat de la Garde nationale qui emmena le vieil homme. Pour la première fois de la nuit, Melanie s'assit et accepta avec reconnaissance la bouteille d'eau que lui tendait un volontaire de la Croix-Rouge.

— Merci beaucoup.

Elle mourait de soif, mais elle ne s'en était pas rendu compte. Elle n'avait rien mangé non plus depuis midi, mais elle était trop fatiguée pour avoir faim. Elle appréciait ce court moment de détente avant de retourner travailler, lorsqu'une petite femme rousse aux yeux très bleus passa près d'elle. Elle était vêtue d'un jean, d'un sweat-shirt et de baskets roses. C'était une vision plutôt réconfortante, dans ce contexte. Sur son sweat d'un rose vif, on pouvait lire : « Fais gaffe : Jésus revient. » Sa propriétaire s'arrêta devant Melanie, avant de sourire largement.

— J'ai adoré votre concert, hier soir, confia-t-elle.

— C'est vrai ? Vous étiez là ?

Le compliment toucha Melanie. La soirée de gala lui semblait remonter à un million d'années. Le tremblement de terre avait eu lieu avant qu'elle ait fini de chanter.

— On a vécu une drôle de nuit, n'est-ce pas ? poursuivit-elle. Vous n'avez pas été blessée ?

Mais la petite femme rousse paraissait indemne. Elle portait un plateau sur lequel il y avait des bandages, du sparadrap et une paire de ciseaux chirurgicaux.

— Vous faites partie de la Croix-Rouge ? demanda encore Melanie.

— Non. Je suis infirmière.

Elle avait plutôt l'air d'une adolescente, avec son sweat rose et ses baskets. Elle portait aussi une croix autour du cou. Melanie sourit en lisant l'inscription sur sa poitrine.

— Et vous ? demanda l'infirmière. Vous travaillez pour la Croix-Rouge ?

Elle ne refuserait pas un peu d'aide. Elle avait passé des heures à recoudre des plaies sans gravité et permis ainsi aux blessés légers de quitter l'hôpital pour laisser la place aux autres. Des ambulances emportaient les blessés graves vers d'autres hôpitaux, mieux équipés. Le système était efficace.

— Non, expliqua Melanie, je suis juste venue donner un coup de main.

— Brave petite ! Vous pensez pouvoir supporter la vue du sang ?

— Je le crois.

Elle en avait vu beaucoup, depuis la veille. Jusqu'à maintenant, cela ne l'avait pas traumatisée, contrairement à sa mère, à Ashley et à Jake.

— Très bien. Suivez-moi, alors. Vous allez m'aider.

Elle conduisit Melanie dans une salle où elle s'était aménagé un petit espace de soins. Elle avait installé une table d'examen et apporté du matériel stérile. Les gens faisaient la queue, attendant d'être soignés. Elle demanda à Melanie de se laver les mains avec un désinfectant, puis elle la chargea de lui passer ce dont elle avait besoin pendant qu'elle s'occupait des blessés. À quelques rares exceptions, les plaies présentaient peu de gravité. La petite femme rousse ne s'arrêta qu'à 2 heures du matin. Elles s'octroyèrent une pause et s'assirent pour bavarder et boire un peu d'eau.

— Je sais qui vous êtes, mais j'ai oublié de vous dire mon nom. Je m'appelle Maggie. Sœur Maggie, précisa-t-elle.

— Sœur ? Vous êtes religieuse ? s'étonna Melanie.

Il ne lui serait jamais venu à l'esprit que cette petite bonne femme habillée en rose, avec sa chevelure de flamme, pouvait être une religieuse. Rien en elle ne le laissait transparaître, sauf peut-être la croix autour de son cou, mais n'importe qui pouvait en porter une.

— Vous n'en avez pas l'air, en tout cas, ajouta-t-elle en riant.

Enfant, Melanie avait fréquenté une école tenue par des religieuses. Certaines d'entre elles, en général les plus jeunes, étaient assez gentilles. En revanche, les plus âgées pouvaient se montrer assez dures, mais elle se garda de le dire à Maggie, qui semblait dépourvue de toute méchanceté. Elle était souriante, lumineuse, pleine d'entrain et dure à la tâche. Melanie avait constaté combien elle était douce avec les blessés.

— Je vous assure que toutes les religieuses sont comme moi, de nos jours, déclara Maggie.

— En tout cas, celles que j'ai connues à l'école ne vous ressemblaient pas. J'adore votre sweat.

— Ce sont des enfants que je connais qui me l'ont donné. Je ne suis pas certaine que l'évêque l'apprécierait, mais il fait rire les gens. Je me suis dit que c'était l'occasion de le mettre. On a particulièrement besoin de gaieté en ce moment. Je crois qu'il y a eu d'énormes dégâts, en ville. De nombreuses maisons ont été détruites par des incendies. Où habitez-vous, Melanie ? demanda la religieuse avec intérêt.

— À Los Angeles, avec ma mère.

— C'est bien, approuva Maggie. Avec votre succès, vous pourriez vivre seule et vous attirer des ennuis. Vous avez un petit ami ?

Melanie acquiesça en souriant.

— Oui. Il est ici, lui aussi. Il est probablement endormi dans le hangar où on nous a envoyés. J'ai amené une amie avec moi, pour le concert, et ma mère m'a accompagnée, ainsi que les personnes qui travaillent avec moi. Sans oublier les musiciens, bien sûr.

— Je vois que vous êtes bien entourée ! Votre petit ami est-il gentil avec vous ?

Les yeux bleus sondaient les siens. Melanie hésita un instant avant de répondre. Maggie avait envie d'en savoir plus sur la jeune fille, qu'elle trouvait généreuse et intelligente. Rien dans son attitude n'indiquait qu'elle était célèbre. Melanie était dénuée de toute prétention, modeste au point d'en paraître presque humble. Elle se conduisait comme n'importe quelle fille de son âge et cela plaisait énormément à Maggie.

— Mon petit ami peut se montrer gentil avec moi, répondit enfin Melanie, mais il a ses propres problèmes et ce n'est pas toujours facile entre nous.

— C'est dommage, remarqua Maggie.

Elle savait lire entre les lignes et en conclut que le garçon buvait trop ou se droguait. Le plus surprenant, c'était que Melanie ne semblait pas dans ce cas. Elle était venue à l'hôpital, voulant simplement apporter son aide, et elle s'était montrée à la fois efficace et douée de bon sens. Elle avait visiblement les pieds sur terre.

Elle conseilla ensuite à Melanie de regagner son hangar et de se reposer un peu, sinon elle ne serait bonne à rien le lendemain. Elle avait suffisamment travaillé pour aujourd'hui et n'avait sans doute presque pas dormi la nuit précédente. De son côté, elle allait dormir sur un lit de camp, dans l'espace réservé au personnel médical.

— Je pourrai revenir demain ? demanda Melanie avec espoir.

Elle avait apprécié chaque minute passée ici. Elle s'y sentait vraiment utile et si Maggie voulait bien qu'elle continue de l'aider, le temps lui paraîtrait moins long en attendant de rentrer chez elle.

— Vous pourrez revenir dès que vous serez réveillée. On vous servira un petit déjeuner à la cantine. Je serai là. Venez quand vous voudrez, lui proposa gentiment Maggie.

Melanie avait encore du mal à voir en elle une religieuse.

— Merci, dit-elle, reconnaissante. Alors à demain, ma sœur.

— Bonne nuit, Melanie, répondit Maggie en lui souriant. C'est moi qui vous remercie pour votre aide.

Après lui avoir adressé un dernier signe de la main, Melanie s'éloigna et Maggie la regarda partir. Elle ne savait pas très bien pourquoi, mais elle avait le sentiment que la jeune fille, malgré sa beauté, la splendeur de sa voix et sa réussite, était en quête de quelque chose qui manquait à sa vie. Quoi qu'elle cherchât, Maggie espérait qu'elle le trouverait.

Après s'être assurée que plus aucun blessé n'attendait, Maggie alla se coucher à son tour. Pendant ce temps, Melanie regagnait son hangar, un large sourire aux lèvres. Elle avait aimé travailler avec Maggie.

Elle aurait voulu avoir une mère comme elle, compatissante, bonne et chaleureuse. La sienne exerçait sur elle une pression constante et vivait par procuration à travers elle. Elle s'était même convaincue que sa fille lui devait sa carrière fulgurante. Melanie avait parfaitement conscience que sa mère aurait voulu être une vedette. Elle réalisait en quelque sorte son rêve. C'était parfois un lourd fardeau, mais elle n'était pas très fixée sur ce qu'elle aurait voulu faire d'autre. Tout ce qu'elle savait, c'était que l'espace de quelques heures, plus encore que sur scène, elle avait eu l'impression de s'accomplir. Et cela, à cause du tremblement de terre qui avait secoué San Francisco.

# 5

Le lendemain, Melanie fut à l'hôpital à 9 heures. Elle aurait voulu arriver plus tôt, mais elle s'était arrêtée pour écouter les informations diffusées par haut-parleurs. Des centaines de personnes en avaient fait autant pour connaître la situation exacte en ville.

À cette heure, on comptait plus d'un millier de morts. Par ailleurs, il faudrait au moins une semaine, sinon plus, pour rétablir l'électricité. On connaissait maintenant les quartiers les plus durement touchés. Il n'y aurait sans doute pas de réseau pour les téléphones portables avant une dizaine de jours. Par chance, les produits de première nécessité affluaient de tous les coins du pays. La veille, le Président était venu en personne voir les dégâts. Il était reparti pour Washington, mais avait promis que San Francisco bénéficierait d'une aide fédérale. Il avait félicité ses habitants pour leur courage et l'entraide qu'ils se témoignaient. On annonça aussi qu'un abri avait été spécialement aménagé pour les animaux perdus, dans l'espoir que leurs propriétaires viendraient les récupérer. Pour finir, on demanda à tous les réfugiés de bien vouloir respecter les règles du camp. Plus de quatre-vingt mille personnes se trouvaient maintenant au Presidio et deux cantines supplémentaires allaient ouvrir.

Quand Melanie rejoignit Maggie, la religieuse se plaignait que le Président eût survolé le Presidio en hélicoptère, sans visiter l'hôpital. Le maire avait fait une brève apparition la veille, le gouverneur était attendu dans l'après-midi et les représentants de la presse affluaient. Le camp du Presidio était cité en exemple. Étant donné l'ampleur de la catastrophe, les autorités locales étaient impressionnées par l'organisation et l'ordre qui y régnaient, ainsi que par la solidarité dont faisaient preuve les habitants de San Francisco.

— Vous arrivez de bonne heure et vous avez l'air en pleine forme, constata sœur Maggie en voyant la jeune fille.

Bien qu'elle portât les mêmes vêtements que la veille, Melanie resplendissait de jeunesse, de beauté et de santé. À 7 heures, elle avait fait la queue devant les douches. L'eau chaude lui avait procuré une merveilleuse sensation de bien-être et elle avait pu se laver les cheveux. Ensuite, elle avait pris un solide petit déjeuner à la cantine.

— Vous avez pu dormir ? demanda Maggie.

Beaucoup de réfugiés et de blessés ne trouvaient pas le sommeil. C'était l'une des conséquences du choc qu'ils avaient subi. Des psychiatres s'étaient portés volontaires pour aider ceux qui souffraient du stress post-traumatique. Il s'agissait souvent de personnes âgées ou d'enfants, sérieusement perturbés et terrorisés.

Maggie chargea Melanie d'accueillir ceux qui arrivaient et de leur ouvrir un dossier en leur demandant un maximum d'informations. Ils n'avaient, bien sûr, rien à payer. Melanie se réjouissait d'être là. Pour la première fois de sa vie, elle avait l'impression d'accomplir quelque chose d'important. Ce n'était pas le cas lorsqu'elle était en tournée, enregistrait un disque en studio et chantait. Ici, elle faisait un peu de bien aux gens. Maggie était d'ailleurs très satisfaite de son travail.

Plusieurs autres religieuses, des prêtres et aussi des pasteurs étaient présents au Presidio. Ils circulaient parmi les réfugiés et parlaient avec eux. Certains avaient aménagé de petits bureaux, de façon à recevoir ceux qui le souhaitaient. Rien de particulier ne les distinguait des autres bénévoles. Maggie connaissait beaucoup de prêtres et de religieuses. Elle semblait d'ailleurs connaître tout le monde. Quand Melanie le lui fit remarquer pendant une pause, cela la fit rire.

— Je vis dans le coin depuis un certain temps.

— Cela vous plaît, d'être religieuse ? s'enquit la jeune fille avec curiosité.

Maggie était la femme la plus intéressante qu'elle ait jamais rencontrée. Elle n'avait jamais fréquenté quelqu'un d'aussi bon, d'aussi sage et généreux. Maggie vivait sa foi et la traduisait en actes, au lieu de se contenter d'en parler. Sa gentillesse et sa sérénité touchaient tous ceux qui l'approchaient. Il émanait d'elle une grâce infinie. Cette expression fit sourire Melanie. Elle avait toujours aimé cet hymne, « Amazing Grace » – Grâce infinie –, et elle le chantait souvent. Elle l'avait d'ailleurs enregistré sur son premier CD, car il lui permettait de laisser cours à toute la puissance de sa voix. Elle sut que, dorénavant, il lui rappellerait Maggie.

— J'adore être religieuse, répliqua Maggie, le visage resplendissant de bonheur. C'est ma vocation.

Depuis toujours. Je n'ai jamais regretté mon choix, parce que c'est ce que j'ai toujours voulu être. J'aime être mariée à Dieu, être l'épouse du Christ.

Cette déclaration produisit une forte impression sur Melanie, qui remarqua alors le mince anneau d'or au doigt de Maggie. Elle le portait depuis qu'elle avait prononcé ses vœux définitifs, dix ans auparavant. Il symbolisait la vie et le travail qu'elle aimait tant et dont elle était si fière.

— Cela ne doit pas être facile, remarqua la jeune fille.

— Tout engagement est difficile, répondit Maggie. Ce que vous faites n'est pas plus simple.

— Bien sûr que si ! protesta Melanie. En tout cas, ça l'est pour moi. J'aime chanter, c'est pourquoi je me suis engagée dans cette voie. Mais j'avoue que les tournées sont parfois pénibles. Nous parcourons le pays dans un grand car. Je roule le jour et je me produis sur scène le soir. Sans compter les répétitions, dès que j'arrive sur le lieu du spectacle. C'est un peu moins dur depuis que j'ai un avion.

Cet heureux changement était dû à l'énorme succès de Melanie.

— Est-ce que votre mère voyage toujours avec vous ? demanda Maggie avec curiosité.

Melanie avait précisé que sa mère et plusieurs autres personnes se trouvaient avec elle à San Francisco. Maggie savait que son métier de chanteuse impliquait ces déplacements continuels avec la troupe, mais la présence de sa mère lui paraissait un peu inhabituelle pour une fille de cet âge. Après tout, Melanie avait presque vingt ans.

— Oui, soupira Melanie. C'est elle qui dirige ma vie. Dans sa jeunesse, maman aurait souhaité être

103

chanteuse. Elle était danseuse à Las Vegas. Mon succès l'excite énormément... un peu trop à mon goût, d'ailleurs. Elle m'incite à en faire toujours plus, ajouta-t-elle avec un sourire.

— Ce n'est pas une mauvaise chose, tant qu'elle ne dépasse pas les bornes. Qu'en pensez-vous ?

— Je trouve qu'elle exagère, quelquefois, répondit franchement Melanie. J'aimerais prendre moi-même mes décisions, mais maman croit toujours savoir mieux que moi ce que je dois faire.

— Elle a raison ?

— Je n'en sais rien. Il me semble que les décisions qu'elle prend sont celles qu'elle aurait prises pour elle-même, mais je ne suis pas certaine qu'elles correspondent à ce que je veux, moi. Quand j'ai remporté le Grammy, elle a failli s'évanouir.

— Cela a dû être un grand moment, la récompense de tous vos efforts. C'est un prix fantastique !

— Je l'ai donné à ma mère, remarqua simplement Melanie. J'avais l'impression qu'il lui revenait. Sans elle, je ne l'aurais jamais obtenu.

À la façon de parler de Melanie, Maggie se demanda si la jeune fille souhaitait vraiment la célébrité ou si elle ne l'avait briguée que pour faire plaisir à sa mère.

— Il faut beaucoup de temps et de réflexion pour savoir ce que l'on veut vraiment faire et ce que l'on fait dans le seul but de faire plaisir aux autres.

Melanie réfléchit un instant avant de demander :

— Votre famille souhaitait que vous soyez religieuse ? Ou est-ce qu'au contraire ils se sont fâchés quand vous le leur avez annoncé ?

— Ils étaient ravis. En réalité, mes parents ont toujours préféré que leurs enfants soient prêtres ou religieuses, plutôt que mariés. De nos jours, cela semble un peu fou, mais il y a vingt ans, dans les familles catholiques, cela comblait les parents. Un de mes frères était prêtre.

— « Était » ? s'étonna Melanie.

Sœur Maggie sourit.

— Au bout de dix ans, il a quitté la prêtrise pour se marier. J'ai cru que cela tuerait ma mère. À l'époque, mon père était déjà mort, sinon je crois qu'il l'aurait étranglé. Pour eux, dès lors que vous avez prononcé vos vœux, vous ne pouvez plus revenir en arrière. Pour être honnête, son comportement m'a déçue, mais je ne crois pas qu'il ait jamais regretté sa décision. Sa femme et lui ont six enfants et ils sont très heureux. J'en conclus que c'était là sa véritable vocation.

— Vous regrettez de ne pas avoir d'enfants ? demanda pensivement Melanie.

L'existence de Maggie lui semblait triste. Elle vivait loin de sa famille, seule, elle travaillait dans la rue, venait en aide à de parfaits inconnus et resterait toujours pauvre. Et pourtant, bizarrement, cette vie semblait pleinement la satisfaire. Cela se voyait dans ses yeux. C'était une femme épanouie et heureuse, visiblement contente de son sort.

— Tous les gens que je connais sont mes enfants, dit-elle. Ceux que je rencontre dans les rues, ceux que j'aide à s'en sortir… Et puis, il y a des personnes singulières telles que vous, Melanie, qui font irruption dans ma vie et touchent mon cœur. Je suis vraiment contente de vous connaître !

Avant de retourner au travail, elle serra la jeune fille dans ses bras. Melanie l'embrassa avec affection.

— Je suis si contente de vous connaître ! Quand je serai grande, ajouta-t-elle en riant, je veux être comme vous.

— Vous souhaitez entrer dans les ordres ? Je doute que votre mère soit d'accord. Il n'y a pas de vedettes, parmi les religieux. Ils sont censés mener une vie d'humilité et de privation consentie et sereine.

— Non, je voulais dire que j'aimerais aider les gens de la même façon que vous. C'est ce que je voudrais vraiment accomplir.

— Si vous le voulez vraiment, vous le pourrez. On n'est pas obligé de rentrer dans les ordres pour cela. Il suffit de retrousser ses manches et de se mettre au travail. Partout autour de nous, il y a des gens dans le besoin, même parmi les riches. La fortune et la réussite ne procurent pas obligatoirement le bonheur.

— Je n'ai jamais le temps de faire du bénévolat, se plaignit Melanie. Et ma mère ne veut pas que je m'approche des malades. Elle dit que si je suis contaminée, je raterai une tournée ou un concert.

— Un jour, peut-être, vous parviendrez à faire les deux… Peut-être quand vous serez plus âgée.

Et quand sa mère cesserait de diriger sa carrière d'une main de fer, si du moins cela arrivait un jour. Pour Maggie, il était clair que Janet réalisait ses rêves de gloire à travers sa fille. La religieuse possédait un sixième sens pour percer les autres à jour. Elle devinait que Melanie était prisonnière de sa mère et qu'elle luttait pour se libérer de cette emprise, même si elle l'ignorait encore.

Après cette conversation, elles n'eurent plus une minute à elles. Pendant toute la journée, elles reçurent le flot incessant des blessés. Dans la plupart des cas, il s'agissait de petits maux qui ne requéraient pas les soins d'un médecin. Les cas plus graves étaient envoyés ailleurs. Melanie se montra une bonne assistante et Maggie la félicita souvent.

Plus tard, dans l'après-midi, elles s'autorisèrent une pause pour déjeuner. Assises dehors, au soleil, elles mangèrent des sandwiches étonnamment bons. Il semblait que des cuisiniers talentueux se soient portés volontaires pour nourrir tout le monde. La nourriture affluait, offerte par d'autres villes et d'autres États. Elle était transportée par avion et bien souvent livrée par un hélicoptère dans l'enceinte même du Presidio. Le matériel médical, les vêtements et les sacs de couchage nécessaires aux milliers de personnes rassemblées là étaient fournis de la même façon. C'était un peu comme s'ils vivaient dans une zone de combat, avec tous ces hélicoptères qui bourdonnaient constamment dans le ciel. C'était en tout cas ce que prétendaient les personnes âgées, souvent dérangées dans leur sommeil par le bruit. Les plus jeunes y accordaient moins d'attention et s'y étaient même habitués.

Elles venaient de finir leurs sandwiches, quand Melanie remarqua Everett, qui passait à proximité. Comme beaucoup, il était toujours vêtu du pantalon de smoking et de la chemise blanche qu'il portait la nuit du tremblement de terre. Son appareil photo en bandoulière, il ne les avait pas remarquées. Quand Melanie le héla, il se retourna et eut l'air très surpris en les reconnaissant. Les rejoignant à grandes enjambées, il s'assit à côté d'elles sur la bûche qui leur servait de siège.

— Qu'est-ce que vous faites là ? Et ensemble, en plus ! Comment est-ce possible ?

— Je travaille dans l'hôpital que nous avons aménagé dans ce hangar, expliqua sœur Maggie.

— Et moi, je lui sers d'assistante, précisa Melanie. Je me suis portée volontaire, lorsqu'on nous a installés ici. Je suis devenue infirmière, en somme, conclut-elle fièrement.

— Et une bonne infirmière, ajouta Maggie. Et vous, Everett, que faites-vous ici ? demanda-t-elle avec curiosité. Vous êtes là pour prendre des photos, ou vous dormez ici, vous aussi ?

Elle ne l'avait pas vu depuis le matin du tremblement de terre, lorsqu'il était parti arpenter la ville pour voir ce qui s'y passait. Même s'il avait cherché à la retrouver, ce dont elle doutait, il ne l'aurait pas pu puisqu'elle n'était pas retournée chez elle.

— Je me trouvais dans un refuge situé dans le centre-ville, mais il vient d'être fermé. L'immeuble voisin s'est mis à pencher dangereusement, alors nous avons été évacués et amenés ici. Je ne pensais pas que je serais encore à San Francisco aujourd'hui, mais il est impossible de partir. Nous sommes tous coincés ici. Mais j'ai connu pire, conclut Everett avec un sourire, et j'ai pris de magnifiques photos.

Tout en parlant, il braqua son appareil sur elles et prit quelques clichés des deux femmes souriant au soleil. En dépit des circonstances, elles paraissaient heureuses et détendues. Mais elles avaient toutes les deux l'avantage de se sentir utiles et d'aimer ce qu'elles faisaient. Cela se voyait sur leur visage et dans leurs yeux.

— Les gens n'en reviendront pas lorsqu'ils verront Melanie Free, la superstar, assise sur une souche, en pantalon militaire et tongs, travaillant dans un hôpital de fortune. Je tiens la photo du siècle, dit Everett.

Et il en avait aussi de très belles de Maggie, prises la nuit du tremblement de terre. Il avait hâte de les voir, lorsqu'il serait rentré à Los Angeles. Il était certain que son magazine allait se jeter sur son reportage et que d'autres journaux achèteraient tout ce dont il ne voudrait pas. Qui sait ? Peut-être même remporterait-il un autre prix. Ses photos avaient une importance historique. Il s'agissait d'une catastrophe comme il ne s'en était pas produit depuis cent ans. Il fallait d'ailleurs souhaiter que cela ne recommence jamais. Mais malgré l'énorme secousse, la ville et ses habitants résistaient étonnamment bien.

— Qu'est-ce que vous allez faire, maintenant ? demanda-t-il. Vous retournez au travail, ou bien vous vous reposez encore un peu ?

Elles n'étaient sorties que depuis une demi-heure, lorsqu'elles l'avaient vu, mais elles s'apprêtaient à regagner leur poste.

— Nous allons retrouver nos blessés, répondit Maggie. Et vous ?

— Je vais m'inscrire pour avoir un lit. Ensuite, je reviendrai peut-être vous voir. Si ceux que vous soignez sont d'accord, je prendrai quelques photos de vous quand vous vous occupez d'eux.

— Il ne faudra pas oublier de le leur demander, conseilla Maggie.

Elle était toujours très respectueuse des autres, quels qu'ils soient.

Melanie se rappela brusquement la veste de smoking.

— Je suis désolée, s'excusa-t-elle, mais j'ai jeté votre veste. Elle était dans un état lamentable et je ne pensais plus vous revoir.

Elle avait un air si penaud qu'Everett se mit à rire.

— Ne vous inquiétez pas. C'était un costume de location. Je dirai que j'ai perdu la veste pendant le tremblement de terre. De toute façon, je ne crois pas qu'ils espèrent la revoir un jour. Honnêtement, Melanie, ce n'est pas une grande perte. Ne vous en faites pas pour cela.

La jeune fille se rappela alors la pièce qu'elle avait trouvée dans la veste. Glissant la main dans une poche de son pantalon, elle la tendit à Everett. Il fut ravi de retrouver le jeton qu'il avait reçu au bout d'un an d'abstinence.

— Merci beaucoup ! C'est ma pièce porte-bonheur.

Il passa les doigts dessus comme si elle était magique, et pour lui elle l'était. Depuis deux jours, il ne pouvait plus se rendre aux réunions et ce jeton était le lien avec ce qui lui avait sauvé la vie, plus d'un an auparavant. Il l'embrassa avant de la mettre dans la poche de son pantalon qui était d'ailleurs lui aussi dans un piètre état. Il le jetterait dès qu'il rentrerait chez lui.

— Merci de l'avoir gardée pour moi, dit-il à Melanie.

Il regrettait de ne pouvoir se rendre à une réunion. Cela l'aurait aidé à gérer son stress, mais il était soulagé de ne pas avoir envie de boire. En revanche, il était épuisé. Ces deux journées avaient été longues, fatigantes et tragiques.

Maggie et Melanie rentrèrent dans le hangar qui tenait lieu d'hôpital, pendant qu'Everett allait s'inscrire afin d'avoir un lit pour la nuit. Il y avait tant de bâtiments, dans le Presidio, qu'on ne risquait pas de manquer de place. C'était une ancienne base militaire fermée depuis des années, mais dont les structures étaient intactes. George Lucas y avait installé son studio légendaire dans l'ancien hôpital.

— Je reviendrai tout à l'heure, leur promit Everett en les quittant.

Plus tard, dans l'après-midi, Sarah Sloane arriva avec ses deux enfants et sa baby-sitter. Le bébé avait de la fièvre. Il toussait et portait la main à son oreille. Sarah avait amené sa fille parce qu'elle ne voulait pas la laisser à la maison. En réalité, elle ne supportait plus de ne pas avoir ses enfants sous les yeux, ne fût-ce qu'une minute. Si une nouvelle secousse se produisait, ainsi que tout le monde le redoutait, elle voulait être avec eux. Elle avait laissé Seth à la maison. Depuis la nuit de jeudi, il était plongé dans le même état de désespoir et son angoisse ne cessait d'empirer. Il savait qu'il n'y avait aucune chance que les banques rouvrent leurs portes. Et il n'avait aucun moyen de communiquer avec le monde extérieur. C'en était fini de sa carrière et de l'existence qu'il menait depuis plusieurs années. Sarah était bien consciente que sa vie allait être bouleversée, mais pour l'instant, ce qui l'inquiétait, c'était son bébé. Il n'avait pas choisi le bon moment pour tomber malade. Elle s'était rendue aux urgences de l'hôpital le plus proche, mais on n'y acceptait que les blessés graves. On lui avait conseillé de se rendre à l'hôpital de fortune installé au Presidio. Elle était donc venue avec Parmani et les enfants dans la voiture de la jeune baby-sitter. Lorsqu'elles se présentèrent, Melanie la reconnut et prévint aussitôt Maggie. Quelques minutes plus tard, le bébé babillait et riait dans les bras de Maggie, même s'il se tenait toujours l'oreille et semblait un peu fiévreux.

— Je vais vous trouver un médecin, promit Maggie en s'éloignant.

Elle ne tarda pas à réapparaître et fit signe à Sarah, qui était en train de parler du gala avec Melanie. Sarah disait à la jeune star à quel point elle avait trouvé son concert fabuleux et combien le tremblement de terre l'avait effrayée.

Melanie, Sarah, la petite fille et la baby-sitter accompagnèrent Maggie jusqu'à l'endroit où le médecin les attendait. Ainsi que Sarah le craignait, le bébé souffrait d'une otite. L'air frais avait légèrement fait tomber sa fièvre, mais il avait aussi un début d'angine. Le praticien lui donna un antibiotique, puis il offrit une sucette à Molly et lui ébouriffa les cheveux. Bien qu'il eût travaillé sans relâche depuis la nuit du tremblement de terre, il se montra extrêmement gentil.

En quittant le médecin, Sarah aperçut Everett, qui avait l'air de chercher quelqu'un. Melanie et Maggie lui firent aussitôt de grands signes et il les rejoignit, toujours chaussé de ses bottes de cow-boy en lézard noir qui faisaient sa fierté.

— Qu'est-ce que je vois ? plaisanta-t-il. Une réunion des participants au gala de bienfaisance ? Vous avez organisé une magnifique soirée, ajouta-t-il à l'intention de Sarah. Je l'ai trouvée fantastique, même si elle s'est révélée un peu dangereuse à la fin. Vous avez fait du bon boulot !

Maggie observait Sarah qui remerciait le photographe, en tenant toujours son enfant dans ses bras. Dès qu'elle l'avait vue, Maggie avait deviné que la jeune femme était bouleversée. Elle avait d'abord mis cela sur le compte de l'inquiétude. Mais Sarah était maintenant rassurée sur l'état de son bébé. Maggie sentit qu'il y avait autre chose.

— Vous allez bien ? demanda-t-elle à Sarah. Je peux faire quelque chose pour vous aider ?

À la vue des larmes qui jaillissaient des yeux de Sarah, elle se félicita d'avoir posé cette question.

— Non… Vraiment… Je vais bien… C'est-à-dire… J'ai un problème, mais vous ne pouvez rien pour moi.

Sur le point de se confier à la religieuse, elle se rappela que cela lui était impossible. Parler risquait de se révéler dangereux pour Seth. Pour l'instant, elle espérait encore, contre toute raison, que personne ne découvrirait ce qu'il avait fait. Mais un détournement de soixante millions pouvait difficilement passer inaperçu ou rester impuni. Elle en était malade chaque fois qu'elle y pensait.

— Il s'agit de mon mari… Je ne peux rien vous dire pour l'instant. Merci de votre sollicitude.

— En tout cas, vous savez où me trouver, du moins pendant un certain temps.

Sortant un morceau de papier de sa poche, Maggie griffonna son numéro de téléphone portable.

— Dès que le réseau sera rétabli, vous pourrez me joindre à ce numéro. Cela fait du bien, parfois, de savoir qu'on peut parler à une amie. Je ne veux pas me montrer indiscrète, mais appelez-moi si vous pensez que je peux vous aider.

— Merci, répondit Sarah avec reconnaissance.

Elle se rappelait que Maggie était l'une des religieuses invitées au gala. Tout comme Everett et Melanie, elle trouvait qu'elle ne correspondait pas à l'idée qu'on se faisait d'une religieuse, avec son jean et ses baskets roses. Elle était très mignonne et paraissait étonnamment jeune, mais ses yeux prouvaient son expérience de la vie. Son regard grave et sage ne reflétait nullement l'insouciance de la jeunesse.

— Je vous appellerai, promit Sarah.

Pendant un bref instant, elles s'étaient légèrement éloignées d'Everett et de Melanie. Lorsqu'elles les rejoignirent, Sarah essuyait furtivement ses larmes. Everett avait remarqué quelque chose, lui aussi, mais il s'abstint de toute question et se contenta de la complimenter sur le gala et les fonds qu'elle avait ainsi collectés. Selon lui, elle avait réussi un coup de maître, surtout avec la participation de Melanie.

Impressionnée par l'efficacité des bénévoles, Sarah demanda à être volontaire, elle aussi.

— Vous devez rester chez vous avec vos enfants. Ils ont besoin de vous, répondit Maggie.

— C'est vrai que je ne veux plus jamais les quitter, affirma Sarah en frissonnant. Jeudi soir, j'ai craint le pire, tant que je n'ai pas été à la maison. Par bonheur, ils étaient sains et saufs.

Quant à Parmani, comme elle ne pouvait pas rentrer chez elle, elle habitait temporairement chez eux. Tout son quartier était en ruine et interdit d'accès. Sarah et elle l'avaient constaté lorsqu'elles étaient passées tout près en voiture. Le toit de son immeuble était d'ailleurs en partie effondré.

Quelques minutes plus tard, Sarah repartit avec la baby-sitter et les enfants, non sans avoir remercié Maggie une dernière fois. Elle lui avait donné ses numéros de téléphone fixe et portable, ainsi que son adresse. Durant le trajet en voiture, elle ne put s'empêcher de se demander pour combien de temps encore ils occuperaient leur maison. Elle espérait qu'ils pourraient y rester. Seth parviendrait peut-être à trouver un arrangement avec la justice. En disant au revoir à Everett et à Melanie, elle était persuadée qu'elle ne les reverrait sans doute jamais.

Après le départ de Sarah, Maggie envoya Melanie chercher du matériel médical. En l'attendant, Everett et elle continuèrent de discuter. Melanie ne reviendrait pas avant un certain temps, car l'entrepôt se trouvait assez loin. Maggie manquait en particulier de fil chirurgical. Les médecins avec qui elle avait travaillé l'avaient félicitée pour la qualité de ses points. C'était dû aux années qu'elle avait passées à coudre, au couvent. Elle adorait cette activité, lorsque les religieuses s'asseyaient pour bavarder, après le dîner. En revanche, elle en faisait rarement depuis qu'elle vivait seule dans un appartement.

— Sarah Sloane est vraiment sympathique, dit Everett. J'ai trouvé sa soirée sensationnelle.

Il continuait de vanter ses mérites. Même si Sarah n'était pas du même milieu que les fréquentations habituelles d'Everett, il l'appréciait sincèrement. Sous des dehors un peu snobs, il émanait d'elle une chaleur humaine et une intégrité qui lui plaisaient.

—C'est drôle, la façon dont les chemins des gens se croisent parfois, remarqua-t-il. Je vous ai rencontrée au Ritz, puis suivie toute la nuit du tremblement de terre, et je vous ai perdue de vue. J'ai fait la connaissance de Melanie durant la même soirée et je lui ai prêté ma veste, avant qu'elle ne disparaisse à son tour de ma vie. Et le hasard qui vous a réunies toutes les deux ici m'y conduit également et je vous retrouve. Pour finir, peu après, l'organisatrice du gala, celle-là même qui nous a amenés à nous rencontrer, nous rejoint parce que son bébé souffre d'une otite. Dans une ville de cette taille, c'est un miracle si deux personnes arrivent à se croiser. Pourtant c'est ce qui ne cesse de nous arriver depuis deux jours. Je trouve cela très réconfortant et, pour tout dire, cela me plaît beaucoup, conclut-il en souriant à Maggie.

— À moi aussi.

Elle passait son temps à aller à la rencontre d'inconnus, aussi appréciait-elle de bavarder avec des amis.

Ils continuèrent de parler jusqu'au moment où Melanie revint, l'air ravie. Elle avait obtenu tout ce qui figurait sur la liste de Maggie.

— Il me semble parfois que vous êtes davantage infirmière que religieuse, remarqua Everett. Vous passez le plus clair de votre temps à secourir les malades et les blessés.

Elle hocha la tête, sans pour autant partager totalement son point de vue.

— Je soigne autant les âmes que les corps, répliqua-t-elle tranquillement. Si je vous donne cette impression, c'est sans doute parce que cela vous paraît plus normal. En réalité, je suis avant tout religieuse. Ne vous laissez pas abuser par mes baskets roses. Je trouve cela amusant, rien de plus. Mon engagement est sérieux et il occupe la place la plus importante dans ma vie. Mais si je disais partout que je suis religieuse, les gens seraient mal à l'aise.

— Pourquoi ?

— Je crois qu'ils ont peur de nous, c'est pourquoi je me réjouis que nous n'ayons plus à porter robe et cornette. Cela rebutait les gens.

— Pour ma part, j'ai toujours trouvé ces tenues très seyantes. Quand j'avais vingt ans, les religieuses m'impressionnaient énormément. Elles me paraissaient jeunes et belles, du moins certaines d'entre elles. Tout cela a disparu aujourd'hui et c'est peut-être mieux ainsi.

116

— Oui, sans doute. De nos jours, on n'entre plus jeune dans les ordres. L'an dernier, deux femmes de plus de quarante ans ont prononcé leurs vœux dans notre congrégation. Je crois même que l'une d'elles en avait cinquante et était veuve. Les temps ont changé, mais du moins sait-on maintenant ce que l'on fait quand on prend un tel engagement. Autrefois, beaucoup se trompaient sur leur vocation. Elles entraient dans les ordres alors qu'elles n'étaient pas faites pour cela. Ce n'est pas une existence facile, précisa franchement Maggie. Quelle qu'ait été votre vie auparavant, vous devez faire un gros effort, car la vie en communauté n'est pas simple. Je dois pourtant admettre qu'elle me manque. Heureusement, je ne sens pas trop la solitude, car je ne rentre chez moi que pour dormir.

Après cela, de nouvelles victimes affluèrent. Melanie et Maggie durent abandonner Everett, mais il leur donna rendez-vous à la cantine le soir, du moins si elles pouvaient se libérer. La veille, elles n'avaient pu dîner ni l'une ni l'autre. Finalement, il en alla de même ce soir-là. Maggie demanda à Melanie de l'aider à recoudre les plaies d'une femme arrivée en urgence. La jeune fille apprenait énormément auprès d'elle, et elle y pensait encore lorsqu'elle retourna vers sa mère et sa troupe. Ils étaient tous assis et paraissaient s'ennuyer mortellement, puisqu'ils n'avaient rien à faire. À plusieurs reprises, Melanie avait suggéré à Jake et à Ashley de se porter volontaires. Selon certaines sources, ils risquaient en effet d'être coincés là pour encore une semaine. La tour de contrôle avait été détruite et les routes et l'aéroport étaient fermés.

— Pourquoi passes-tu tout ce temps à l'hôpital ? se plaignit Janet. Tu vas finir par attraper une maladie.

Melanie secoua la tête et regarda sa mère dans les yeux.

— Maman, je crois que je voudrais être infirmière.

Elle prononça ces paroles surtout pour provoquer sa mère. Ce qui était certain, en revanche, c'était qu'elle aimait participer aux soins qu'on prodiguait à l'hôpital. Elle aimait travailler avec Maggie et profiter de son enseignement.

— Tu es folle ? s'exclama sa mère sur un ton offusqué. Infirmière ? Après tout ce que j'ai fait pour ta carrière ? Comment oses-tu proférer de telles bêtises ? Je me suis donné un mal de chien pour faire de toi ce que tu es ! Tu ne vas pas tout abandonner pour vider des bassins !

À l'idée que Melanie pourrait tout laisser tomber, alors qu'elle était une vedette et avait le monde à ses pieds, Janet semblait affolée et terrifiée.

— Pour l'instant, je n'ai vidé aucun bassin, lui répondit sa fille.

— Crois-moi, c'est ce qui t'arrivera. Ne m'en parle plus jamais !

Melanie s'abstint de tout commentaire. Elle se tourna vers Ashley et Jake pour bavarder avec eux, échangea quelques plaisanteries avec eux, puis elle s'étendit sur son lit de camp et s'endormit, toujours vêtue de son pantalon militaire et de son tee-shirt. Elle était épuisée. Elle rêva alors qu'elle s'enfuyait pour s'engager dans l'armée et que le sergent qui gouvernait ses jours et ses nuits n'était autre que sa mère. Au matin, lorsqu'elle se remémora son rêve, Melanie se demanda s'il s'agissait d'un cauchemar ou de la réalité.

# 6

Le dimanche, on annonça que la plupart des gens
avaient été secourus dans la ville. On les avait
extraits des pièges dans lesquels ils étaient coincés,
sortis des ascenseurs, dégagés des ruines de leurs
maisons ou des structures qui s'étaient effondrées
sur eux. Depuis le tremblement de terre de 1989, les
codes de construction étaient plus stricts, si bien que
les dégâts étaient moins importants qu'on ne l'avait
craint. En revanche, l'intensité du séisme avait été
telle que les destructions étaient considérables. Pour
l'instant, le nombre des morts s'élevait à quatre
mille mais l'on n'avait pas encore fait le tour de
toutes les zones. Les secouristes recherchaient encore
des survivants parmi les décombres. La catastrophe
s'était produite soixante heures auparavant. On avait
encore l'espoir de sauver des vies.

Les nouvelles étaient à la fois terrifiantes et encou-
rageantes. La mine sombre, les rescapés s'éloignèrent
de la pelouse où ils se réunissaient chaque matin
pour les écouter. Ils venaient également d'apprendre
qu'il leur faudrait sans doute attendre plusieurs
semaines avant de pouvoir rentrer chez eux. Les ponts,

les autoroutes ainsi que de nombreux secteurs de la ville étaient interdits d'accès. On ne savait pas quand l'électricité serait rétablie ni dans combien de temps la vie reprendrait son cours normal.

Quand Melanie arriva, Everett bavardait tranquillement avec sœur Maggie. La jeune fille avait pris son petit déjeuner avec sa mère, son assistante, Ashley, Jake et plusieurs musiciens. Ils étaient tous très énervés et avaient hâte de retourner à Los Angeles, ce qui ne risquait pas d'arriver avant un certain temps. Il ne leur restait qu'à attendre patiemment la suite des événements. La rumeur courait dans le camp que Melanie Free se trouvait parmi les réfugiés. Sa mère s'était stupidement vantée et on l'avait aperçue à la cantine avec ses amis. Jusque-là, pourtant, elle ne faisait l'objet d'aucune attention particulière à l'hôpital. Ceux qui la reconnaissaient lui souriaient et poursuivaient leurs occupations. Il était évident qu'elle ne ménageait pas sa peine. Pam avait suivi son conseil et avait été embauchée à l'accueil. À mesure que les vivres commençaient à manquer en ville, les gens venaient au Presidio.

— Salut, petite ! lui lança Everett sans cérémonie.

Il sourit à la jeune fille, qui avait changé de tee-shirt et portait un pull d'homme, trop grand pour elle. Ainsi vêtue, elle semblait toute fragile. En arrivant au camp, sœur Maggie avait apporté quelques vêtements avec elle. Ce matin-là, elle avait choisi un tee-shirt sur lequel était inscrit : « Jésus est mon copain. »

En le voyant, Everett ne put s'empêcher de rire.

— Je suppose que c'est la version moderne de la robe de nonne ?

Avec ses baskets, elle ressemblait à une monitrice de colonie de vacances. En grande partie à cause de sa petite taille, elle paraissait beaucoup plus jeune qu'elle ne l'était en réalité. Elle n'avait que six ans de moins qu'Everett, mais il semblait beaucoup plus âgé qu'elle. Il aurait presque pu passer pour son père.

Ce jour-là, Everett décida d'aller prendre des photos en dehors du Presidio. Il leur annonça qu'il comptait s'aventurer dans la marina et dans Pacific Heights, pour voir ce qui s'y passait. Les autorités avaient demandé aux gens de rester éloignés du quartier des affaires et du centre-ville, car, en raison de leur taille, les immeubles présentaient plus de danger. En outre, les dégâts y étaient beaucoup plus importants. En revanche, les quartiers résidentiels étaient moins dangereux, bien que plusieurs d'entre eux aient été interdits d'accès par les policiers et les services d'urgence. Des hélicoptères continuaient de patrouiller dans le ciel de San Francisco. Ils volaient si bas qu'on pouvait voir les visages des pilotes. De temps en temps, certains atterrissaient au Presidio et les gens s'approchaient pour demander des nouvelles aux pilotes et savoir ce qui se passait en ville ou dans les environs. Parmi les rescapés, il y avait beaucoup d'habitants d'East Bay et du comté de Marin. Les ponts et les routes étant barrés, ils étaient dans l'impossibilité de rentrer chez eux. Comme de nombreuses rumeurs circulaient, rapportant que la ville était en proie à la mort, à la destruction et au carnage, ils étaient heureux d'entendre des témoins fiables. Cela les rassurait.

Melanie passa la journée à aider Maggie, ainsi qu'elle le faisait depuis deux jours. Désormais, il n'y avait plus beaucoup de blessés qui arrivaient à l'hôpital, mais les urgences des hôpitaux voisins continuaient de leur envoyer des victimes.

Cet après-midi-là, il y eut une grosse livraison de médicaments et de nourriture. Les repas servis à la cantine étaient copieux. Il semblait y avoir dans le camp d'excellents cuisiniers. Le propriétaire d'un des meilleurs restaurants de San Francisco, qui en était aussi le chef, se trouvait dans l'un des hangars avec sa famille. À la grande satisfaction de tous, il avait pris la responsabilité de la cantine principale et offrait des plats délicieux, dont ni Maggie ni Melanie n'avaient le temps de profiter.

Au lieu de s'arrêter pour déjeuner, elles allèrent réceptionner, avec la plupart des médecins du camp, les vivres et les médicaments.

Melanie se débattait avec une énorme caisse quand un jeune homme vêtu d'un jean déchiré et d'un pull en loques se porta à son secours, au moment même où elle allait la lâcher. La caisse contenait du matériel fragile et elle lui fut très reconnaissante de son aide. Elle le remercia, heureuse qu'il lui ait évité une catastrophe. Il y avait des médicaments et du matériel destinés aux diabétiques du camp. Ils s'étaient tous signalés en arrivant et un hôpital venait d'envoyer tout ce qu'il leur fallait.

— Merci, dit la jeune fille, le souffle court. J'ai bien failli tout lâcher.

— Cette caisse est beaucoup plus grosse que toi, remarqua son sauveur en lui souriant. Je t'ai aperçue plusieurs fois, dans le camp.

Portant toujours la caisse, il prit la direction de l'hôpital avec elle.

— Ton visage m'est familier, continua-t-il. On s'est déjà rencontrés ? Je suis en dernière année, à Berkeley, pour être ingénieur et j'aimerais travailler pour les pays sous-développés. Tu es inscrite à Berkeley ? Je suis certain de t'avoir déjà vue.

Melanie se contenta de sourire.

— Non. J'habite à Los Angeles, répondit-elle sans lui fournir davantage de précisions.

Ils arrivaient à l'hôpital. Melanie observait le jeune homme du coin de l'œil. De haute taille, il avait les yeux bleus et des cheveux aussi blonds que les siens. Il respirait la joie de vivre et la santé.

— Je ne devais passer qu'une nuit à San Francisco, précisa-t-elle.

Il lui souriait, sidéré par sa beauté. Même les cheveux emmêlés, sans maquillage et mal vêtue, elle restait ravissante. Tous au camp ressemblaient aux rescapés d'un naufrage. Lorsque le tremblement de terre s'était produit, il était dans la maison d'un ami, en ville. Il s'était précipité dehors en caleçon et pieds nus, juste avant qu'elle ne s'effondre. Par bonheur, tous les occupants s'en étaient sortis indemnes.

— Je viens de Pasadena, expliqua-t-il. Avant, je faisais mes études à l'université de Los Angeles, mais l'année dernière, j'ai préféré venir à Berkeley. J'aime bien ce que je fais, en tout cas jusqu'à maintenant.

À l'hôpital, sœur Maggie leur indiqua où poser la caisse. Le jeune homme avait visiblement envie de poursuivre sa discussion avec Melanie. Elle n'avait rien dit la concernant et il se demandait dans quelle université elle était inscrite.

— Je m'appelle Tom, dit-il. Tom Jenkins.

— Moi, c'est Melanie, répondit-elle doucement.

Maggie s'éloigna des deux jeunes gens, le sourire aux lèvres. Visiblement, Tom ignorait qui était Melanie, ce dont Maggie se réjouissait. Pour une fois, on lui parlait comme à n'importe qui, sans se soucier de son statut de star.

— Je travaille à la cantine, précisa-t-il. Vous semblez plutôt occupés, ici, ajouta-t-il en l'aidant à ouvrir la caisse.

— C'est vrai, affirma-t-elle gaiement.

— On risque d'être coincés pendant un bon bout de temps, je crois. Il paraît que la tour de contrôle s'est complètement effondrée, à l'aéroport.

— Oui. À mon avis, nous ne sommes pas près de quitter cet endroit.

— L'année universitaire s'achève dans deux semaines. Je ne crois pas que nous y retournerons. Normalement, je devais passer l'été à San Francisco. J'avais trouvé un boulot à la mairie, mais j'ai l'impression que c'est à l'eau, maintenant, même s'il va falloir beaucoup d'ingénieurs pour tout reconstruire. Dès que ce sera possible, je retournerai à Los Angeles.

— Moi aussi.

Ils se mirent à vider la caisse. Tom ne semblait pas pressé de regagner la cantine. Il était heureux de discuter avec Melanie, qu'il trouvait vraiment sympathique.

— Tu as fait des études médicales ? s'enquit-il avec intérêt.

— Non. C'est ma première expérience de ce genre.

— Elle est très douée, intervint Maggie, revenue vérifier le contenu de la caisse.

Elle constata avec soulagement que tout ce qu'on lui avait promis était là. Ses provisions d'insuline avaient été rapidement épuisées.

— Elle ferait une infirmière formidable, ajouta-t-elle avec un sourire.

Ils portèrent alors le matériel à l'endroit où Maggie stockait tout ce qu'elle recevait.

— Mon frère fait des études de médecine à Syracuse, précisa Tom.

Décidément, il s'attardait… Melanie l'observait en souriant.

— J'aimerais bien aller dans une école d'infirmières, avoua-t-elle, mais ma mère me tuerait si je faisais ça. Elle a d'autres projets pour moi.

— Quel genre de projets ?

Elle l'intriguait et il se demandait pourquoi il avait le sentiment de l'avoir déjà vue.

— C'est compliqué. En fait, je dois réaliser ses rêves à sa place. À travers moi, elle vit la vie qu'elle aurait voulu avoir. C'est le genre de relation mère-fille complètement délirante. Comme je suis fille unique, elle concentre tous ses espoirs sur moi.

Sans connaître Tom, Melanie était heureuse de se confier à lui. Il était sympathique et il l'écoutait vraiment. Pour une fois, elle avait l'impression que quelqu'un attachait de l'importance à ce qu'elle disait.

— J'imagine ta situation. Mon père voulait absolument que je sois avocat, dit-il. Il m'a mis la pression, à ce sujet. Il trouvait le métier d'ingénieur totalement dépourvu de prestige. Il me fait d'ailleurs régulièrement remarquer que je ne ferai jamais fortune en travaillant dans les pays sous-développés. Ce n'est pas faux, mais je pourrai toujours m'orienter vers autre chose plus tard. Je n'avais aucune envie de faire du droit. Mon père voulait qu'il y ait un médecin et un juriste dans la famille. Ma sœur a un doctorat de physique et enseigne à l'Institut de technologie du Massachusetts. Mes parents sont très pointilleux avec les études. Mais les diplômes ne font pas automatiquement de vous quelqu'un de bien. Je veux être davantage qu'un simple diplômé. Je veux changer le monde. Ma famille, elle, voit dans les études un moyen de gagner de l'argent.

Tom appartenait visiblement à un très bon milieu. Melanie ne voyait pas comment elle aurait pu lui expliquer que, pour sa mère, elle devait obligatoirement devenir une star. Pour sa part, elle aurait souhaité aller à l'université, mais avec son emploi du temps et ses tournées, elle n'en avait pas le temps. Et à ce rythme, elle ne l'aurait sans doute jamais. Pour se rattraper, elle lisait beaucoup et se tenait informée de ce qui se passait dans le monde. La vie qu'elle menait dans le show-business ne lui suffisait pas.

— Je ferais bien de retourner à la cantine, fit remarquer Tom. Je suis censé aider le cuisinier à préparer une soupe aux carottes. Je suis un piètre cuisinier, mais jusqu'à maintenant personne ne s'en est aperçu.

Il se mit à rire sans manifester la moindre gêne, puis il dit à Melanie qu'il espérait la revoir bientôt. Elle lui conseilla de venir la voir s'il se blessait, mais elle espérait qu'il ne lui arriverait rien. Il s'éloigna enfin, après lui avoir adressé un dernier signe de la main. Après son départ, sœur Maggie s'approcha de Melanie, les yeux brillant de malice.

— Il est plutôt mignon, remarqua-t-elle.

Melanie se mit à glousser comme une gamine.

— Oui ! Et en plus, il est vraiment sympathique. Il termine des études d'ingénieur, à Berkeley. Il vient de Pasadena.

Il était bien différent de Jake, avec son look branché, sa carrière d'acteur et ses fréquents séjours en désintoxication. Cela n'avait pas empêché Melanie de l'aimer. Récemment, pourtant, elle avait avoué à Ashley qu'il était incroyablement égocentrique. Elle n'était même pas sûre qu'il était fidèle. Tom, en revanche, avait vraiment l'air d'un garçon bien, sain et sympathique. Si Ashley avait été là, Melanie lui aurait confié qu'elle le trouvait très mignon. Canon, même. Intelligent, qui plus est. Avec un beau sourire.

— Vous le reverrez peut-être à Los Angeles, dit Maggie avec espoir.

Elle aimait l'idée que des jeunes gens sympathiques tombent amoureux l'un de l'autre. L'actuel petit ami de Melanie ne lui plaisait pas beaucoup. Il n'était passé la voir qu'une seule fois, avait trouvé l'odeur de l'hôpital horrible et était reparti se coucher. Il avait refusé de se porter volontaire et trouvait ridicule qu'une vedette comme Melanie joue les infirmières. Il était du même avis que Janet, que les activités de sa fille contrariaient sérieusement. Elle le lui faisait remarquer chaque soir, quand Melanie s'effondrait sur son lit, après une dure journée de travail.

Pendant que Maggie et Melanie s'affairaient à l'hôpital, Tom avait regagné la cantine et discutait avec l'ami chez qui il se trouvait au moment du tremblement de terre.

— J'ai vu avec qui tu parlais, lui dit celui-ci avec un sourire malicieux. Et j'ai admiré ta manière de la draguer !

— Oui, répondit Tom en rougissant. Elle est ravissante. Très sympathique, aussi. Elle habite à Los Angeles.

— Sans blague ! s'exclama son ami en riant.

Ils soulevèrent la marmite remplie de soupe aux carottes et la déposèrent sur l'énorme réchaud à gaz prêté par la Garde nationale.

— Où croyais-tu qu'elle vivait ? continua son copain. Sur Mars ?

Tom ne comprenait pas pourquoi cela provoquait l'hilarité de son ami.

— Qu'est-ce que tu veux dire ? Elle aurait très bien pu être de San Francisco.

— C'est pas vrai ! Tu n'es pas au courant des derniers potins d'Hollywood ? Quand on mène une carrière comme la sienne, on vit à Los Angeles, bien sûr ! Bon sang ! Elle vient juste de remporter un Grammy.

Tom posa sur son ami un regard incrédule.

— Quoi ? Elle s'appelle Melanie...

Comprenant soudain qui elle était, il crut mourir de honte.

— Oh, mon Dieu ! Je pensais que c'était seulement une jolie fille qui en avait un peu marre de sa vie. Vraiment mignonne, ajouta-t-il en riant.

Mais, mieux que cela, elle semblait être une fille bien, sans prétention et les pieds sur terre. Ce qu'elle avait dit à propos de sa mère aurait dû lui mettre la puce à l'oreille.

— Elle m'a dit qu'elle voudrait s'inscrire dans une école d'infirmières, mais que sa mère ne le lui permettrait pas.

— Tu parles ! Elle doit se faire un argent fou, avec ses chansons. Je ne la laisserais pas faire, si j'étais sa mère. Ses disques lui rapportent sûrement des millions de dollars.

— Et alors ? rétorqua Tom. Si elle déteste ce qu'elle fait ? Il n'y a pas que l'argent, dans la vie !

— Bien sûr que si, quand tu es une chanteuse de cette envergure, répliqua l'étudiant avec pragmatisme. Elle devrait en profiter pour amasser une fortune et ensuite, elle fera ce qu'elle voudra, bien que je l'imagine difficilement en infirmière.

— Elle a l'air d'aimer ce qu'elle fait. La bénévole avec qui elle travaille a dit qu'elle faisait du bon travail. Je suppose aussi qu'elle apprécie de ne pas être reconnue…

Tom s'interrompit, l'air gêné.

— À moins que je ne sois le seul dans ce cas…

— J'en ai bien l'impression. J'avais entendu dire qu'elle était ici, mais je ne l'avais pas encore vue, jusqu'à ce que je l'aperçoive en ta compagnie. Elle est vraiment sexy ! Tu as fait une sacrée touche. Je te félicite !

— C'est ça ! Elle doit probablement me prendre pour un parfait imbécile.

— Au contraire ! Ta naïveté lui a certainement paru charmante.

— Je lui ai dit qu'il me semblait l'avoir déjà vue et je lui ai demandé si nous nous étions déjà rencontrés. Je pensais qu'elle était peut-être à Berkeley.

L'ami de Tom arbora un large sourire.

— Tu vas la revoir ?

Il l'espérait. Si Tom la lui présentait, il pourrait dire qu'il lui avait parlé, ne serait-ce qu'une fois.

— C'est possible. À condition que je surmonte ma honte.

— Surmonte-la. Elle vaut le coup. D'ailleurs, tu n'auras jamais d'autre occasion de fréquenter une grande star.

— Elle ne se comporte pas comme si elle en était une. Elle est tout à fait simple.

— Alors cesse de t'apitoyer sur toi-même. Arrange-toi pour la revoir.

— Oui… peut-être, répondit Tom sans conviction.

Sur ces mots, il se mit à remuer la soupe tout en se demandant si Melanie viendrait déjeuner à la cantine.

Tard dans l'après-midi, Everett revint de son expédition à Pacific Heights. Il avait pris des photos d'une femme qu'on était parvenu à extraire des décombres de sa maison. Elle avait perdu une jambe, mais elle était vivante. Quand les secouristes l'avaient sortie, la scène était tellement émouvante qu'il en avait lui-même pleuré. Les journées qu'il venait de vivre avaient été chargées d'émotion. En dépit de son expérience de la guerre, il avait vu des choses qui lui étaient allées droit au cœur. Assis dehors près de Maggie, qui s'arrêtait pour la première fois de la journée, il lui en parla. Melanie se trouvait encore à l'intérieur. Elle distribuait insuline et seringues aux diabétiques qui affluaient, prévenus de la livraison par haut-parleurs.

— Vous savez, dit-il en souriant à Maggie, je crois que je vais regretter de repartir pour Los Angeles. Je me plais bien, ici.

— Moi aussi, répondit-elle. Je suis tombée amoureuse de cette ville, quand je suis arrivée de Chicago. J'étais censée entrer au Carmel, mais la vie en a décidé autrement. J'adore travailler dans les rues auprès des pauvres.

— Vous êtes notre Mère Teresa, plaisanta-t-il.

Il ignorait que Maggie avait été souvent comparée à la sainte femme. Elle lui ressemblait par son humilité, son énergie et sa compassion sans bornes. Elle paraissait comme illuminée de l'intérieur.

— Je crois que je me serais ennuyée, au Carmel, reprit-elle. C'est une vie trop contemplative pour moi. Mon ordre me convient davantage.

Elle semblait sereine, tandis qu'ils buvaient tous deux un verre d'eau. Une fois de plus, la journée était chaude. Depuis le tremblement de terre, le temps restait résolument beau et peu conforme à la saison. Le soleil de cette fin d'après-midi caressait leurs visages.

— Vous est-il arrivé d'en avoir assez ou de vous interroger sur votre vocation ? lui demanda-t-il.

Ils étaient amis, maintenant, mais elle le fascinait toujours autant.

— Pourquoi ferais-je une chose pareille ? s'étonna-t-elle.

— On se demande tous, à un moment ou à un autre, si nous avons choisi la bonne voie. En tout cas, ça m'est arrivé plus d'une fois.

— Vous avez eu à faire des choix plus difficiles, répondit-elle gentiment. Vous vous êtes marié à dix-huit ans, vous avez divorcé, vous avez quitté votre fils, laissé le Montana derrière vous. Votre métier aussi est une véritable vocation. Il implique des sacrifices et le renoncement à toute vie personnelle. Et puis, vous avez dû l'abandonner, arrêter de boire. Toutes ces décisions n'ont pas dû être faciles à prendre. Moi, je vais là où on m'envoie et je fais ce qu'on me dit de faire. Obéir rend les choses bien plus aisées.

Elle semblait paisible et confiante.

— C'est aussi simple que ça ? Vous n'êtes jamais en désaccord avec vos supérieurs ? Vous n'avez jamais envie de faire les choses à votre façon ?

— Mon supérieur est Dieu, affirma-t-elle franchement. C'est pour Lui que je travaille. Mais il est vrai qu'il m'arrive de penser que les propos de la mère supérieure ou les volontés de l'évêque sont stupides. Je trouve parfois que leurs vues sont étroites ou désuètes. Ils me jugent souvent un peu trop extrême, mais ils me laissent faire ce que je veux. Ils savent que je ne les gênerai pas et je m'efforce de ne pas les critiquer. Mes opinions énervent tout le monde, surtout quand j'ai raison, précisa-t-elle avec une petite grimace.

— Cela ne vous ennuie pas de ne pas disposer de votre propre vie ?

Lui-même était trop indépendant pour supporter d'être soumis à une autorité. Mais cette obéissance était l'essence même de la vie de Maggie.

— J'apprécie mon existence telle qu'elle est. Peu importe que je sois ici, au Presidio, ou bien à Tenderloin au milieu des prostituées et des drogués. Je suis là pour aider les gens et au service de Dieu. Je suis un peu comme les soldats qui servent leur pays. J'obéis aux ordres. Je n'éprouve pas le besoin d'édicter moi-même les règles.

Everett avait toujours eu des problèmes avec l'autorité. C'était même l'une des raisons pour lesquelles il s'était mis à boire. C'était sa façon de désobéir, d'échapper à la pression que les autres exerçaient sur lui lorsqu'ils lui disaient ce qu'il devait faire. Maggie s'en accommodait visiblement bien mieux que lui. Aujourd'hui, il ne buvait plus, mais il supportait parfois difficilement l'autorité, bien qu'il soit devenu plus tolérant. En vieillissant, il s'était adouci et surtout il n'était plus dépendant de l'alcool.

— À vous entendre, c'est si simple ! soupira-t-il.

Il vida son verre d'eau et l'observa avec attention. D'une certaine manière, Maggie restait très réservée dans ses relations avec les gens. Elle veillait à ne pas s'impliquer d'une façon trop personnelle. Elle était ravissante, mais elle avait érigé un mur entre eux et il n'était pas question de le franchir. Ce mur était plus dissuasif que le costume qu'elle ne portait pas. Que les autres le sachent ou non, elle avait toujours une conscience aiguë de son statut de religieuse et elle voulait qu'il en soit ainsi.

— C'est simple, Everett, poursuivit-elle doucement. Je reçois les ordres de mon Père et je me borne à les exécuter. Je suis ici pour servir, pas pour commander ou dire aux autres comment ils doivent vivre. Ce n'est pas mon rôle.

— Ce n'est pas le mien non plus, dit-il lentement, mais j'ai ma propre opinion sur beaucoup de choses. Vous n'aimeriez pas avoir une maison à vous, un mari et des enfants ?

Elle secoua la tête.

— Je n'y ai jamais vraiment réfléchi. Si je m'étais mariée et si j'avais eu des enfants, je pense que je me serais exclusivement occupée d'eux. En étant religieuse, je m'occupe de bien plus de gens.

Elle semblait totalement satisfaite de son sort, songea Everett.

— Mais vous ? Vous ne voulez pas plus que cela ? Pour vous-même ?

Elle lui sourit franchement.

— Non. Ma vie est parfaite telle qu'elle est et je l'aime. C'est sans doute ce qu'on appelle une vocation. J'ai été désignée pour faire ce que je fais et je tiens à m'acquitter de ma tâche. C'est comme si j'avais été choisie dans un but précis, et c'est un honneur. Pour vous, c'est un sacrifice, mais en réalité, je n'ai renoncé à rien. Je reçois plus que je ne l'avais rêvé ou voulu. Je ne pourrais pas demander davantage.

— Vous avez de la chance, dit-il tristement.

Il était clair qu'elle ne souhaitait rien pour elle-même. Elle ne voulait pas monter en grade ou posséder la moindre chose. Elle était parfaitement heureuse de consacrer sa vie à Dieu.

— J'ai toujours voulu des choses que je n'ai jamais eues, reprit-il. Je me demande à quoi ressemblerait mon existence si je les avais eues… Partager ma vie avec une femme, avoir une famille, des enfants que j'aurais regardés grandir, à la place de celui que je n'ai jamais connu. J'aurais voulu rencontrer celle qui illuminerait mes jours de sa présence. À partir d'un certain âge, la solitude n'a plus autant d'attraits. À quoi bon continuer, si personne ne vous accompagne ? Si vous devez mourir seul ? Mais je n'ai jamais eu le temps de réaliser un seul de ces souhaits. J'étais trop occupé à couvrir les pays en guerre. Ou peut-être avais-je trop peur de m'engager, moi qui avais dû me marier alors que je n'étais qu'un gosse. Le métier de photographe est moins effrayant que celui d'époux, conclut-il d'une voix morne.

Maggie posa la main sur son bras.

— Vous devriez essayer de retrouver votre fils, dit-elle doucement. Il a peut-être besoin de vous, Everett. Et il comblerait sûrement un vide, en vous.

Elle sentait à quel point il était seul. Plutôt que de se projeter dans un avenir dénué de sens, elle pensait qu'il lui fallait revenir sur ses pas, au moins pour un temps, et faire connaissance avec son enfant.

— Peut-être…

Il y réfléchit un instant, avant de changer de sujet. La perspective de revoir son fils était trop effrayante. Son mariage et son divorce étaient loin. Chad l'avait sans doute haï pour l'avoir abandonné et laissé sans nouvelles. À cette époque, Everett n'avait que vingt et un ans et il n'avait pas supporté cette responsabilité. Il s'était enfui et s'était enivré pendant les vingt-six années qui avaient suivi. Il avait envoyé de l'argent pour l'entretien de son fils jusqu'à ses dix-huit ans. Depuis, douze années s'étaient écoulées.

— Mes réunions me manquent, dit-il. Je suis au plus bas quand je ne vais pas aux séances des Alcooliques Anonymes. J'essaie de m'y rendre deux fois par jour, parfois plus.

Et cela faisait trois jours qu'il devait s'en passer.

— Peut-être devriez-vous constituer un groupe, suggéra Maggie. Nous sommes là pour au moins une semaine, peut-être davantage. Vous n'êtes certainement pas le seul à avoir besoin de ces séances, dans le camp. Si vous en organisez, je parie que vous remporterez un franc succès.

— Vous avez peut-être raison, répondit-il en lui souriant.

En sa présence, il se sentait toujours mieux.

— Je crois que je vous aime, Maggie. En tout bien tout honneur, évidemment. Je n'ai jamais rencontré quelqu'un comme vous. Vous pourriez être la sœur que je n'ai jamais eue et que j'aurais tant voulu avoir.

— Merci, dit-elle doucement. Vous me rappelez aussi l'un de mes frères, ajouta-t-elle en se levant. Celui qui était prêtre. Je pense vraiment que vous devriez entrer dans les ordres, plaisanta-t-elle. Vous avez beaucoup à donner, et songez à tout ce que vous entendriez en confession !

Everett leva les yeux au ciel.

— Vous ne parviendrez pas à me tenter !

Après avoir quitté Maggie, il alla voir l'un des bénévoles de la Croix-Rouge et revint un peu plus tard dans le hangar pour suspendre un panneau où était inscrit « Aux Amis de Bill W. ». Les membres des Alcooliques Anonymes sauraient ce que cela signifiait. Ce code, qui utilisait le nom du fondateur, Bill Wilson, annonçait une réunion. Avec la douceur ambiante, ils pourraient même la faire dehors. En se promenant, Everett avait remarqué un bosquet paisible, à l'écart de la foule, qui lui semblait l'endroit idéal. L'administrateur du camp lui avait promis de diffuser son annonce par haut-parleurs. Le tremblement de terre avait contraint des milliers de gens à se réfugier ici. Tous avec leurs problèmes et leurs vies. Ensemble, ils étaient en train de former une ville dans la ville. Une fois de plus, Maggie avait raison. Il se sentait déjà mieux, maintenant qu'il avait décidé d'organiser une réunion des Alcooliques Anonymes. Sans conteste, Maggie avait une influence positive sur lui. Ce n'était pas seulement une femme et une religieuse… C'était une magicienne.

# 7

Le lendemain, l'air penaud, Tom revint à l'hôpital pour voir Melanie. Lorsqu'il l'aperçut, elle se dirigeait vers une remise où on lavait le linge. Elle était très chargée et il s'empressa de prendre ce qu'elle portait. Puis il l'aida à remplir les machines tout en lui demandant de l'excuser pour sa stupidité.

— Je suis désolé, Melanie. D'habitude, je ne suis pas aussi bête. En te voyant, je n'ai absolument pas fait le rapprochement. À ma décharge, je ne m'attendais pas à te trouver ici.

Melanie lui sourit gentiment. En réalité, elle appréciait plutôt le fait qu'il ne l'ait pas reconnue.

— J'étais venue à San Francisco pour participer à un gala de bienfaisance, jeudi soir, expliqua-t-elle.

Tom se détendit un peu.

— J'adore ta musique et ta voix. Je savais bien que ton visage me disait quelque chose, ajouta-t-il en riant. Je pensais t'avoir croisée à Berkeley.

Tout en parlant, ils étaient sortis de la remise.

— J'aurais bien aimé, dit-elle en faisant une petite grimace. En fait, j'étais assez contente que tu ne me reconnaisses pas. Parfois, je déteste la popularité et les courbettes, précisa-t-elle avec sincérité.

— J'imagine, oui.

Ils allèrent prendre deux bouteilles d'eau et s'assirent sur un rondin afin de poursuivre leur conversation. L'endroit était agréable. Au loin, on voyait le pont du Golden Gate et les eaux de la baie scintillant au soleil.

— Tu aimes ce que tu fais ? demanda-t-il.

— Parfois… Mais il y a des moments où c'est dur. Ma mère exerce une pression constante sur moi. Je lui dois ma carrière et mon succès. C'est en tout cas ce qu'elle n'arrête pas de me répéter. Mais elle est de plus en plus exigeante. Il y a des concerts et des tournées qui m'amusent, mais d'autres où je n'en peux plus. Je n'ai pas le choix. Dans ce métier, soit on s'investit complètement, soit on renonce. Il n'y a pas de demi-mesure.

— Tu ne fais jamais de pause ? Tu ne prends pas de vacances ?

Elle secoua la tête en riant, consciente de s'exprimer comme une adolescente.

— Ma maman me l'interdit. Elle dit que ce serait un suicide professionnel. D'après elle, à mon âge, on n'a pas besoin de se reposer. J'aurais voulu aller à l'université, mais c'est impossible. Quand j'ai commencé à avoir du succès, j'étais en première. J'ai quitté je lycée, j'ai eu des précepteurs, ce qui m'a permis d'obtenir mon bac. Je ne plaisantais pas, quand je disais que j'aimerais m'inscrire dans une école d'infirmières. Mais ma mère n'acceptera jamais.

Melanie sentait bien qu'elle se présentait sous les traits de la « pauvre petite fille riche ». Par bonheur, Tom l'écoutait avec sympathie et devinait à quel genre de pression elle était soumise. Et il ne trouvait pas cela drôle. Melanie semblait triste, lorsqu'elle parlait. De fait, on la privait d'une partie de sa jeunesse. Touché par ses confidences, il la fixait avec compassion.

— J'aimerais assister à l'un de tes concerts, dit-il pensivement. Je veux dire, maintenant que je te connais.

— En juin, je dois me produire sur une scène de Los Angeles, après quoi je partirai en tournée. Nous commencerons par Las Vegas, avant de sillonner tout le pays en juillet, août et une partie du mois de septembre. Tu pourrais peut-être venir me voir en juin.

Ils venaient à peine de faire connaissance, pourtant cette idée les séduisait tous les deux.

Ils se dirigèrent lentement vers l'hôpital et il la quitta devant la porte, lui promettant de la retrouver plus tard. Il ne lui avait pas demandé si elle avait un petit ami et elle n'avait pas pensé à lui parler de Jake. Depuis qu'ils étaient dans le camp, celui-ci se montrait désagréable et se plaignait sans cesse. Il n'arrêtait pas de répéter qu'il voulait rentrer chez lui. En cela, il n'était guère différent des quatre-vingt mille autres personnes qui semblaient pourtant supporter l'épreuve. À l'entendre, il était le seul à souffrir des désagréments qu'ils enduraient tous. La veille, Melanie avait confié à Ashley que Jake se comportait comme un bébé. Ses caprices commençaient à la fatiguer, tant il était immature et égoïste. En retournant travailler avec Maggie, elle l'oublia complètement, tout comme elle effaça Tom de son esprit.


La réunion des AA organisée par Everett remporta un énorme succès. À son grand étonnement, près d'une centaine de personnes se présentèrent, ravies de pouvoir se retrouver. Le matin, on avait indiqué par haut-parleurs le lieu du rassemblement. Les participants avaient discuté ensemble pendant deux heures et quand Everett franchit la porte de l'hôpital, à 20 h 30, il se sentait régénéré. En revanche, il remarqua que Maggie semblait fatiguée.

— Vous aviez raison ! s'écria-t-il. C'était fantastique !

Les yeux brillants d'excitation, il lui raconta combien la réunion avait attiré de monde et elle en fut ravie pour lui. Puis il la laissa, le temps que le flot des patients se tarisse. Lorsqu'ils se retrouvèrent, Melanie était partie se coucher. Assis l'un à côté de l'autre, ils bavardèrent longuement.

Puis il la raccompagna jusqu'au bâtiment réservé aux bénévoles religieux et ils s'assirent sur les marches du perron pour continuer à discuter. En la quittant, il la remercia encore.

— Merci, Maggie, vous êtes une amie formidable.

— Vous aussi, Everett, répondit-elle avec un sourire. Je suis contente que votre réunion ait eu du succès.

L'espace d'un instant, elle s'était inquiétée à l'idée que peut-être personne ne viendrait. Cela n'avait pas été le cas et les participants étaient convenus de se retrouver chaque jour à la même heure. Maggie avait le sentiment qu'ils seraient de plus en plus nombreux. Les gens étaient sous tension et elle-même n'y échappait pas. Elle avait la chance qu'il y ait une messe chaque matin, ce qui lui permettait de bien commencer la journée. La réunion des AA avait apporté à Everett la même sorte de réconfort. La veille, avant de s'endormir, elle avait prié pour lui.

— À demain, lui dit-il avant de partir.

Elle entra alors dans son bâtiment, éclairé grâce à un groupe électrogène. Elle monta l'escalier, puis gagna la chambre qu'elle partageait avec six autres religieuses. Elles s'étaient toutes portées volontaires pour travailler au Presidio, mais pour la première fois de sa vie, Maggie se sentait différente d'elles. L'une d'elles se plaignait de ne pas pouvoir porter sa robe. Elle l'avait laissée au couvent, quand elles avaient toutes dû partir précipitamment en peignoir et en chaussons après qu'une fuite de gaz avait provoqué un incendie. La sœur prétendait qu'elle se sentait nue, sans les signes distinctifs de son engagement. Maggie détestait cette tenue qu'elle n'avait portée le soir du gala que parce qu'elle n'avait rien de plus habillé. Elle ne possédait que les vêtements qu'elle mettait pour travailler dans les rues.

Ce soir-là, Maggie se sentit très seule, parmi ses consœurs. Elle en ignorait la cause, mais elles lui semblaient mesquines. Elle repensa à la question d'Everett, lorsqu'il lui avait demandé si elle aimait être religieuse. C'était le cas, mais parfois les autres religieuses et même les prêtres lui portaient sur les nerfs. Elle était avant tout liée à Dieu et aux pauvres dont elle s'occupait, et quand les religieux se montraient trop imbus de leur vertu, lorsqu'ils étaient trop bornés, elle ne pouvait s'empêcher de s'en irriter.

Maggie éprouvait une certaine confusion. Everett lui avait demandé si elle n'avait jamais remis sa vocation en question. Cela ne lui était jamais arrivé et ce n'était toujours pas le cas. Mais soudain, leurs conversations, leurs échanges et son humour lui manquaient. Pourtant, elle ne voulait pas s'attacher à un homme. Elle se demanda si sa consœur n'avait pas raison, finalement. Les religieuses avaient peut-être besoin d'une tenue spécifique, pour rappeler aux autres qui elles étaient et les tenir à distance. Il n'y avait aucune distance, entre

Everett et elle. En raison de ces circonstances si particulières, des liens exceptionnels s'étaient noués, des amitiés très fortes s'étaient formées, des idylles étaient nées. Elle voulait être l'amie d'Everett, mais rien de plus. Elle se le répéta en se lavant le visage à l'eau froide, avant de s'étendre sur son lit et de prier comme elle le faisait toujours. Il n'était pas question qu'Everett interfère dans ses prières, mais son visage continuait de lui trotter dans la tête. Elle était même obligée de faire un effort pour l'en chasser. Elle était avant tout l'épouse de Dieu et celle de personne d'autre. Elle n'appartenait qu'à Lui. C'était ainsi depuis toujours et cela le resterait à jamais. Tout en priant avec une ferveur toute particulière, elle parvint finalement à chasser l'image d'Everett de son esprit, pour ne s'emplir que de celle du Christ. Lorsqu'elle termina ses prières, elle laissa échapper un long soupir et ferma les yeux.

En regagnant son hangar, Melanie était totalement épuisée. Depuis trois jours, elle travaillait sans relâche à l'hôpital. Elle le faisait sans rechigner le moins du monde et en y mettant tout son cœur, mais, ce soir-là, elle aurait apprécié un bon bain chaud et un lit confortable. Au lieu de cela, elle devait dormir avec plusieurs centaines de personnes. Le hangar était bondé, bruyant, il sentait mauvais et son lit de camp était dur. De plus, elle savait qu'ils ne pourraient pas s'en aller avant plusieurs jours. La ville était coupée du monde et il n'y avait aucun moyen de la quitter. Ainsi qu'elle le répétait à Jake chaque fois qu'il se répandait en lamentations, il ne leur restait qu'à tirer le meilleur parti de la situation. Ses perpétuels gémissements la décevaient énormément et Ashley ne valait guère mieux. Elle pleurait beaucoup, prétendait être encore sous le choc du séisme et réclamait sa maison. Au moins, Janet se faisait des amis, à qui elle parlait constamment de sa fille. Il fallait que tout le monde sache combien elle était importante et célèbre. Y étant habituée, Melanie n'y faisait pas attention. Où qu'elle fût, sa mère se comportait de la même façon. Ses musiciens et les techniciens s'étaient eux aussi fait des amis, avec qui ils jouaient au poker et se promenaient. Pam et elle étaient les seules du groupe à travailler.

En chemin, elle but un soda. Le hangar était mal éclairé et, si l'on ne faisait pas attention, on risquait de trébucher et de tomber. Certains dormaient dans des sacs de couchage à même le sol, d'autres sur des lits de camp. Tout au long de la nuit on entendait des enfants pleurer. On se serait cru dans un camp de réfugiés. En fait, le Presidio en était bel et bien devenu un. Melanie se dirigea vers l'endroit où se trouvait son groupe. Ils disposaient d'une douzaine de lits de camp, et certains techniciens dormaient par terre dans des sacs de couchage. Le lit de Jake était à côté du sien.

Elle s'assit près de lui et tapota son épaule nue, qui dépassait du sac. Il lui tournait le dos.

— Salut, mon cœur, souffla-t-elle dans la pénombre.

Un certain silence régnait déjà dans le hangar. Les gens se couchaient tôt. La pensée de tout ce qu'ils avaient perdu les déprimait. N'ayant rien à faire le soir, ils préféraient se mettre au lit.

Jake ne bougea pas et elle supposa qu'il dormait. Constatant que le lit de sa mère était vide, Melanie en conclut qu'elle devait être sortie. Elle allait s'écarter, quand il y eut un mouvement dans le sac de couchage de Jake. Deux visages en émergèrent en même temps, à la fois étonnés et confus... Ashley et Jake.

— Qu'est-ce que tu fais là ? lui demanda le jeune homme d'une voix hargneuse.

— Je te rappelle que je dors ici, répliqua Melanie.

L'espace d'un instant, la signification de ce qu'elle voyait ne lui apparut pas clairement, puis elle ne comprit que trop bien ce qui se passait.

— Je te félicite, dit-elle à Ashley, son amie de toujours. Bravo ! Vraiment ! Ce que vous faites est vraiment ignoble, poursuivit-elle assez bas pour que personne ne l'entende.

Ashley et Jake étaient assis, maintenant. Melanie vit qu'ils étaient nus. Ashley se dépêcha d'enfiler un tee-shirt qui appartenait à Melanie et sortit rapidement du lit.

— Pauvre type ! lança Melanie à Jake en s'éloignant.

Celui-ci l'attrapa par le bras, en s'extirpant du sac, uniquement vêtu d'un caleçon.

— Pour l'amour du ciel, Mel, on s'est juste amusés un peu. Ce n'est pas grave.

Les gens commençaient à les regarder. Pire encore, grâce aux bavardages de sa mère, ils savaient qui elle était. La jeune fille se retourna pour fixer Jake et Ashley.

— Pour moi, c'est grave, répondit-elle. Je me moque que tu m'empruntes mes affaires, Ashley, mais je crois qu'en me volant mon petit ami, tu as un peu dépassé les bornes, tu ne crois pas ?

Le visage ruisselant de larmes, Ashley baissa la tête.

— Je suis désolée, Mel. Je ne sais pas pourquoi j'ai fait ça… Tout est si effrayant, ici… Je suis complètement déboussolée… Aujourd'hui, j'ai fait une crise d'angoisse… Jake essayait seulement de me réconforter… Je… ce n'était pas…

Elle sanglotait mais, en la regardant, Melanie n'éprouvait qu'un immense dégoût.

— Épargne-moi les détails, s'il te plaît. Je ne t'aurais jamais fait cela. Si vous vous étiez un peu remués, tous les deux, si vous aviez fait quelque chose d'utile dans le camp, vous n'auriez peut-être pas éprouvé le besoin de coucher ensemble. Vous me donnez la nausée, conclut-elle d'une voix tremblante.

Jake choisit alors l'attaque pour se défendre.

— Ne fais pas ta garce vertueuse, aboya-t-il.

— Va te faire voir ! répliqua Melanie, nullement impressionnée.

C'est à cet instant que sa mère arriva. Elle venait d'achever une partie de cartes avec de nouveaux amis, dont deux hommes qu'elle avait trouvés plutôt à son goût. Tout d'abord, elle ne comprit pas la raison de leur dispute.

— Que s'est-il passé ?

— Je ne veux pas en parler, répondit Melanie en se dirigeant vers la sortie.

— Melanie ! Où vas-tu ? cria sa mère en la suivant.

Réveillées en sursaut, quelques personnes se redressèrent pour les fixer avec étonnement.

— Ne t'inquiète pas, je ne rentre pas à Los Angeles !

Sur ces mots, la jeune fille quitta le hangar en courant. Revenant sur ses pas, Janet trouva Ashley en pleurs et Jake fou de rage, en train de jeter tout ce qui lui tombait sous la main. Les gens qui occupaient les lits les plus proches le sommaient de s'arrêter, sinon ils allaient lui régler son compte. Jake n'était pas très populaire, dans ce coin du hangar. Bien qu'il fût une vedette de télévision, ceux avec qui il s'était montré grossier ne l'appréciaient guère. Janet demanda à l'un des musiciens d'essayer de lui parler et de tenter de le calmer.

— Je déteste cet endroit ! hurla Jake avant de quitter les lieux à son tour, Ashley sur les talons.

La jeune fille maudissait sa propre stupidité. Elle savait l'importance que Melanie attribuait à l'honnêteté et à la loyauté. Elle craignait que son amie ne lui pardonne jamais sa trahison et elle en parla à Jake lorsqu'ils s'assirent dehors, pieds nus et enveloppés dans des couvertures. Ashley regarda de tous les côtés, mais n'aperçut pas Melanie.

— Qu'elle aille se faire foutre ! grommela Jake. Mais quand donc se décideront-ils à nous sortir de ce trou ? ajouta-t-il.

Il était allé voir l'un des pilotes des hélicoptères qui leur apportaient des vivres, pour lui demander de le ramener à Los Angeles. L'homme l'avait regardé avec stupeur. Il travaillait pour le gouvernement et ses services n'étaient pas à vendre.

— Elle ne me le pardonnera jamais ! pleurnicha Ashley.

— Et alors ? Qu'est-ce qu'on en a à faire ?

Il aspira une bouffée d'air frais. Il s'était juste un peu amusé avec Ashley. Ils n'avaient rien d'autre à faire, pendant que Melanie jouait les bonnes sœurs. Si elle était restée avec eux, rien ne serait arrivé. C'était sa faute, pas la leur.

— Tu vaux deux fois mieux qu'elle, dit-il à Ashley.

Aussitôt, celle-ci se lova contre lui, se sentant bien moins coupable que quelques minutes auparavant.

— Tu le penses vraiment ? s'enquit-elle avec espoir.

— Évidemment.

Les deux jeunes gens rentrèrent alors et Ashley se coula dans le sac de couchage de Jake... Après tout, Melanie n'était pas là. Janet feignit de ne rien voir, mais elle devina ce qui était arrivé. Cela ne la surprenait pas, elle n'avait jamais aimé Jake. D'après elle, il était loin d'avoir l'envergure de sa fille et il avait des problèmes de drogue, dont elle avait vaguement entendu parler.

Melanie était retournée à l'hôpital. Lorsqu'elle expliqua à l'infirmière de service qu'elle avait eu un gros ennui dans son dortoir, celle-ci lui proposa de dormir dans l'un des lits vides réservés aux patients.

— Si nous en avons besoin, je vous réveillerai, lui dit-elle gentiment. Reposez-vous un peu, vous avez l'air épuisée.

— Je suis très fatiguée, c'est vrai.

Pourtant, Melanie ne put trouver le sommeil. Elle revoyait les visages de Jake et d'Ashley, émergeant du sac de couchage. L'infidélité de Jake ne la surprenait pas vraiment, mais le fait qu'il l'ait trompée avec sa meilleure amie la dégoûtait profondément. Ils étaient tous les deux faibles et égoïstes, et ils l'avaient exploitée sans vergogne. La trahison d'Ashley la blessait davantage. C'était assez habituel, dans ce milieu, et ce n'était pas la première fois qu'on la trahissait. Mais elle était lasse de toutes ces désillusions qui accompagnent le vedettariat. Où étaient passés l'amour, l'honnêteté, le respect, la loyauté, les vrais amis ?

La trouvant profondément endormie, le lendemain matin, Maggie remonta doucement la couverture sur les épaules de la jeune fille. Elle ignorait ce qui s'était passé, mais elle devinait qu'on lui avait fait du mal. Elle décida de la laisser dormir aussi longtemps qu'elle le pourrait. Blottie sous la couverture, Melanie ressemblait à une enfant endormie. Sachant que le travail ne manquait pas, Maggie la quitta pour commencer sa journée.

# 8

Dans la maison de Seth et de Sarah, sur Divisadero, la tension était palpable. Depuis le tremblement de terre, Seth avait essayé en vain tous leurs téléphones fixes, leurs téléphones portables et les téléphones de voiture. San Francisco était totalement coupée du monde. Les hélicoptères bourdonnaient toujours au-dessus de leurs têtes, volant à basse altitude pour venir en aide aux sinistrés et les transporter le cas échéant jusqu'aux services d'urgence. S'ils le pouvaient, les gens restaient cloîtrés chez eux. Les rues désertes évoquaient une ville fantôme. Il régnait dans leur maison une atmosphère de désastre imminent. Se tenant soigneusement à l'écart de Seth, Sarah vaquait à ses occupations et s'occupait des enfants. Ces derniers avaient repris leur vie habituelle, mais Seth et Sarah se parlaient à peine. Les aveux de son mari avaient porté un coup mortel à la jeune femme.

Elle donna aux enfants leur petit déjeuner, constatant au passage que leurs provisions diminuaient. Elle joua ensuite avec eux dans le jardin et les poussa sur la balançoire. Molly trouvait très drôle que l'arbre soit tombé. Oliver allait mieux, grâce aux antibiotiques.

Les deux enfants étaient en pleine forme, mais il n'en allait pas de même de leurs parents. Sarah et Parmani firent déjeuner les petits, puis elles les mirent au lit pour la sieste. Quand Sarah rejoignit Seth dans son bureau, la maison était silencieuse. Perdu dans ses pensées, il avait une mine à faire peur et fixait le mur sans le voir.

— Tu vas bien ?

Sans prendre la peine de répondre, il tourna la tête et posa sur elle des yeux éteints. Tout ce qu'il avait construit pour sa famille était en train de s'effondrer. Il avait le teint gris et paraissait accablé.

— Tu veux déjeuner ? lui demanda-t-elle.

Il secoua la tête en soupirant.

— Est-ce que tu réalises ce qui va arriver ?

— Pas vraiment, avoua-t-elle en s'asseyant. Tu m'as dit qu'ils vont examiner les comptes de Sully et s'apercevoir que l'argent des investisseurs a disparu et qu'ils remonteront alors jusqu'à toi.

— Cela s'appelle un abus de biens sociaux. On me jugera pour cela et mes investisseurs et ceux de Sully nous poursuivront en justice. Nous sommes dans le pétrin, Sarah, et sans doute pour très longtemps.

Il ne pensait qu'à cela depuis jeudi.

— Qu'est-ce que tu entends exactement par *pétrin* ? demanda-t-elle tristement.

Autant qu'elle sache, puisque le désastre la concernait aussi.

— Je vais être mis en examen, il y aura un procès et je serai probablement reconnu coupable et envoyé en prison.

Seth jeta un coup d'œil à sa montre. Il était 4 heures du matin à New York. Cela faisait quatre heures qu'il aurait dû rendre l'argent à Sully. La malchance avait voulu que leurs audits aient été extrêmement rapprochés, les amenant à commettre une faute. Pour comble, il avait fallu qu'un tremblement de terre se produise à San Francisco, que les communications soient interrompues et les banques fermées. Sully et lui étaient fichus…

— À l'heure qu'il est, Sully a été pris. Tôt ou tard, la Commission des opérations de Bourse va mettre le nez dans ses comptes. Ensuite ce sera mon tour. Nous sommes dans le même bateau, lui et moi. Les investisseurs nous poursuivront pour détournement de fonds et abus de biens sociaux. Je suis certain que nous allons perdre la maison et tout le reste.

— Et ensuite ? demanda Sarah d'une voix rauque.

La perte de leurs biens l'affectait moins que d'avoir découvert que Seth était malhonnête. Pour dire les choses clairement, son mari était un imposteur et un escroc. Pendant six ans, elle l'avait aimé et avait cru le connaître, et elle s'apercevait aujourd'hui à quel point elle s'était trompée.

— Que va-t-il nous arriver, aux enfants et à moi ? questionna-t-elle.

— Je n'en sais rien, répondit-il franchement. Il faudra peut-être que tu cherches un emploi.

Elle hocha la tête. Ce n'était pas le pire. Elle retravaillerait volontiers, si cela pouvait les aider. Mais si son mari était reconnu coupable, qu'allait-il advenir de leur vie, de leur couple ? Que se passerait-il, s'il était condamné et jeté en prison ? Et pour combien de temps ? Incapable de lui poser la question, elle le fixait sans mot dire, les joues ruisselantes de larmes. Seth semblait ne penser qu'à lui, mais pas à eux, et c'est ce qui l'effrayait encore davantage.

— Tu crois que la police arrivera dès que les routes seront rouvertes ? demanda-t-elle.

Elle n'avait aucune idée de ce qui les attendait. Dans ses pires cauchemars, elle n'aurait jamais imaginé un drame d'une telle ampleur.

— Je ne sais pas. Cela commencera sans doute par une enquête de la Commission, mais cela devrait rapidement tourner mal. Dès que les banques rouvriront, on trouvera l'argent sur le compte de ma société et je serai grillé.

Elle hocha la tête, s'efforçant de réaliser ce qui allait se produire. Elle se rappela ce qu'il lui avait dévoilé un peu plus tôt.

— D'après ce que tu m'as dit, Sully et toi l'aviez déjà fait. Combien de fois ?

Son regard était morne, sa voix enrouée. Seth n'en était pas à son coup d'essai, cela durait peut-être depuis des années.

— Plusieurs, répliqua-t-il d'une voix tendue.

— Sois plus précis, s'il te plaît.

Elle vit un muscle de sa mâchoire tressaillir.

— Quelle importance ? Trois fois… peut-être quatre. Il m'a aidé à lancer ma société. La première fois, je venais juste de démarrer et il m'a donné un petit coup de pouce, de façon à attirer les investisseurs. Histoire de donner une impression de sérieux et de respectabilité, tu comprends. Ça a marché… Alors j'ai recommencé. Croyant que nous avions les reins solides, les gros investisseurs sont venus chez nous.

Il leur avait menti, il les avait trompés et carrément escroqués. C'était épouvantable, mais cela expliquait sa réussite foudroyante. Le garçon plein d'avenir dont tout le monde parlait était en réalité un menteur et un voleur. Plus affreux encore, elle était mariée avec lui.

Il l'avait trompée, elle aussi. Elle n'avait jamais désiré le luxe extravagant dont il l'avait entourée. Elle n'en avait pas besoin. Elle s'en était d'ailleurs inquiétée, au début, mais Seth n'avait cessé de lui répéter qu'ils devaient profiter de tout cet argent. Selon lui, ils le méritaient bien. Maisons, bijoux, voitures luxueuses, avion… Tout ce qu'ils possédaient était dû à des procédés malhonnêtes.

— Est-ce qu'on va aussi avoir des problèmes avec le fisc ? demanda-t-elle avec inquiétude.

Si c'était le cas, elle serait impliquée puisqu'ils faisaient une déclaration commune. Qu'arriverait-il à leurs enfants, si elle était emprisonnée ? Cette perspective la terrifia.

— Non, la rassura-t-il. Je n'ai pas triché avec nos déclarations, je ne t'aurais pas fait ça.

— Pourquoi pas ? lui demanda-t-elle, les yeux pleins de larmes.

Accablée, elle les sentit jaillir et couler le long de ses joues. Le séisme qui venait de frapper San Francisco n'était rien, comparé au cataclysme qui allait s'abattre sur eux.

— Tu n'as pas hésité pour le reste, poursuivit-elle. Tu t'es mis en danger et tu vas nous entraîner dans ta chute.

Elle n'imaginait même pas ce qu'elle dirait à ses parents. Quand le scandale éclaterait, ils seraient horrifiés et anéantis. Il n'y avait aucun moyen de les épargner. Sarah devinait que l'affaire ferait grand bruit. Elle savait que les journalistes se déchaîneraient si Seth était reconnu coupable et mis en prison. Il avait connu une telle ascension que sa chute serait retentissante. Il n'y avait nul besoin d'être devin pour le prévoir.

Sarah se leva et se mit à arpenter la pièce.

— Il nous faut un très bon avocat, Seth.

— Je vais m'en occuper.

Elle se tenait devant la fenêtre, le dos tourné. Les jardinières des voisins étaient tombées des balcons pour se briser sur le trottoir. Il y avait de la terre et des fleurs éparpillées un peu partout. Ils étaient partis se réfugier au Presidio, quand leur cheminée avait traversé le toit. Quand tout reviendrait dans l'ordre, il y aurait beaucoup de travail à faire, chez eux et partout en ville.

— Je suis désolé, Sarah, souffla Seth.

— Moi aussi, dit-elle en se retournant pour le regarder. Je ne sais pas si cela signifie quelque chose pour toi, mais je t'aime, Seth. Je t'ai aimé dès la première minute où je t'ai vu et je t'aime encore, même après ce qui vient de se passer. Simplement, je n'ai aucune idée de ce qui nous attend et de la façon dont vont évoluer les choses.

Elle se demandait aussi si elle pourrait lui pardonner un jour, mais elle se garda de le lui dire. Apprendre que l'homme qu'elle aimait était un escroc était un choc épouvantable. Et s'il n'avait rien à voir avec ce qu'elle avait cru, avec celui qu'elle avait aimé ? Désormais, elle le considérait presque comme un étranger.

— Je t'aime aussi, murmura-t-il d'un air malheureux. Je suis vraiment désolé. Jamais je n'aurais cru que nous nous ferions prendre.

Il s'exprimait comme s'il avait dérobé une pomme sur un étalage ou oublié de rendre un livre à la bibliothèque. Sarah commençait à se demander s'il réalisait l'importance de sa faute.

— Ce n'est pas la question. Le problème n'est pas seulement que tu te fasses prendre. Je me demande qui tu es exactement et à quoi tu pensais quand tu as détourné ces fonds. Est-ce que tu avais conscience que tu prenais des risques énormes et que tu vivais dans le mensonge ? As-tu pensé une seconde à ceux que tu as trompés et lésés ? Pas seulement les investisseurs, mais aussi les enfants et moi ! Nous n'en sortirons pas indemnes, nous non plus. Si tu vas en prison, ils devront vivre avec ce poids jusqu'à leur mort. Ils sauront ce que tu as fait. Quel regard porteront-ils sur toi, lorsqu'ils grandiront ? Qu'est-ce qu'ils en déduiront ?

— Ils en déduiront que je suis un être humain et que j'ai commis une erreur, répliqua Seth d'une voix sombre. S'ils m'aiment, ils me pardonneront et toi aussi.

— Ce n'est peut-être pas aussi simple que cela. J'ignore comme tu t'en sortiras et comment nous nous en sortirons. Mais il m'est difficile d'accepter que quelqu'un en qui j'avais totalement confiance soit en réalité un menteur, un imposteur, un voleur et un escroc. Comment te referai-je jamais confiance ?

Il restait assis, la regardant fixement. Il ne l'avait pas approchée depuis trois jours. Il ne le pouvait pas. Elle avait érigé entre eux un mur infranchissable. Dans leur lit, la nuit, ils se couchaient chacun de leur côté, en se tenant écartés le plus possible l'un de l'autre. Il ne la touchait pas et elle était incapable de faire un geste vers lui. Elle était trop blessée, trop peinée et trop déçue pour cela. Il voulait qu'elle lui pardonne, qu'elle se montre compréhensive et aimante, qu'elle lui apporte son soutien, mais elle ignorait si elle le pourrait un jour. Ce qu'il avait fait était trop monstrueux.

Elle était presque contente que la ville soit coupée du monde. Elle avait besoin de temps pour digérer la situation avant que le ciel ne leur tombe sur la tête. S'il n'y avait pas eu le tremblement de terre, rien de tout cela ne serait arrivé. Seth aurait rendu l'argent à Sully, qui aurait pu trafiquer ses comptes à sa guise. Ensuite, ils auraient recommencé et se seraient vraisemblablement fait prendre plus tard. C'était inéluctable. Personne n'était suffisamment habile pour perpétuer un délit de cette importance sans en payer un jour le prix. C'était tellement évident que c'en était presque pathétique.

— Tu vas me quitter, Sarah ?

C'était ce qu'il craignait le plus. Il aurait voulu qu'elle reste à son côté, mais elle ne semblait pas du même avis. Sarah avait des idées très arrêtées, lorsqu'il s'agissait d'honnêteté et d'intégrité. Elle plaçait la barre très haut, tant pour elle que pour les autres. Il avait trahi ses principes et avait même mis leur famille en danger. C'était d'ailleurs certainement le pire aux yeux de Sarah, car pour elle, la famille était sacrée. Sa vie était fondée sur de vraies valeurs. Ayant un grand sens de l'honneur, elle avait cru qu'il en était de même pour lui.

— Je n'en sais rien, répondit-elle franchement. J'ignore totalement ce que je vais faire. J'ai du mal à réaliser ce qui nous arrive. Ce que tu as fait est tellement énorme que je ne suis pas certaine de bien évaluer la situation.

Depuis que le tremblement de terre s'était produit, il lui semblait que le monde s'était effondré sur elle et ses enfants.

Seth parut soudain très triste et vulnérable.

— J'espère que tu ne vas pas me quitter. Je veux que tu restes.

Il avait besoin d'elle. Il ne pourrait pas supporter cette épreuve, sans elle. Il savait pourtant que c'était ce qui allait vraisemblablement se produire et il le comprenait.

— Je veux rester près de toi, dit-elle en pleurant.

Elle n'avait jamais été aussi anéantie, sauf lorsqu'ils avaient cru que leur bébé allait mourir. Grâce à Dieu, Molly avait été sauvée, mais aujourd'hui, elle ne voyait pas ce qui pourrait sauver son mari. Même s'il était défendu par le meilleur des avocats, elle n'imaginait pas que Seth pût être acquitté.

— Mais je ne sais pas si je le pourrai, ajouta-t-elle. Attendons de voir ce qui se passera, quand les communications seront rétablies. Je suppose que nous n'aurons pas longtemps à attendre.

Il hocha la tête. Ils savaient tous les deux que tant que San Francisco était isolée du reste du monde, ils bénéficiaient d'un répit. Ils ne pouvaient rien faire et cela donnait à Sarah un peu de temps pour réfléchir. En revanche, Seth arpentait la maison comme un lion en cage, dans la peur de ce qui allait lui arriver. Il désespérait de parler à Sully et d'apprendre de sa bouche ce qui s'était passé à New York. Il ne cessait d'allumer son portable pour vérifier si le réseau n'était pas rétabli. Malheureusement, le téléphone restait sans tonalité, aussi mort que l'était peut-être leur couple.

Cette nuit-là, comme les nuits précédentes, ils restèrent à bonne distance l'un de l'autre, dans le lit. Seth aurait voulu faire l'amour, pour se rassurer et s'assurer que Sarah l'aimait encore, mais il ne s'approcha pas de sa femme. Il ne lui reprochait pas de lui en vouloir. Longtemps après qu'elle se fut endormie, il resta éveillé dans le noir. Au milieu de la nuit, Oliver se réveilla en pleurs, en portant de nouveau les mains à ses oreilles. Il faisait ses dents et Sarah ne savait pas exactement de quoi il souffrait. Elle se leva et le berça longtemps, jusqu'à ce qu'il s'endorme. Elle ne le remit pas dans son berceau, mais resta là à regarder la lune tout en écoutant le bourdonnement des hélicoptères qui patrouillaient au-dessus de la ville. On se serait cru dans un pays en guerre, songea-t-elle. D'une certaine façon, c'était le cas, du moins pour ce qui la concernait. Seth et elle allaient affronter des épreuves terribles. Ils ne pouvaient pas l'éviter ou remonter le temps. Leur vie était aussi secouée que la ville par la catastrophe. Elle venait de subir un cataclysme qui avait tout fait voler en éclats.

Elle passa le reste de la nuit dans la chambre de son fils, assise dans le rocking-chair, à bercer son enfant. Elle ne pouvait se résoudre à retourner se coucher auprès de Seth. Peut-être ne le pourrait-elle plus jamais.

Le lendemain, elle quitta le lit conjugal pour s'installer dans la chambre d'amis.

# 9

Le vendredi suivant, une semaine après le tremblement de terre, les réfugiés du Presidio apprirent que l'aéroport serait rouvert le lendemain. Une tour de contrôle provisoire avait été installée, en attendant que l'ancienne soit reconstruite. Il en allait de même pour une partie des autoroutes. En revanche, il faudrait encore attendre quelques jours pour emprunter le pont du Golden Gate, et le Bay Bridge resterait fermé plusieurs mois. La circulation serait donc difficile pendant longtemps et le trajet quotidien des nombreux banlieusards se transformerait en un véritable cauchemar.

Plusieurs quartiers étaient de nouveau accessibles et les gens allaient pouvoir vérifier l'état de leurs maisons. Mais pour d'autres, cela restait impossible, et la police continuait d'en interdire l'accès. On ne pouvait pas se rendre encore dans le quartier financier, véritable champ de ruines. C'est pourquoi de nombreuses entreprises ne pourraient pas rouvrir leurs portes. Pendant le week-end, l'électricité allait être rétablie dans un petit secteur de la ville. On racontait qu'il faudrait attendre un mois et peut-être deux pour qu'elle le soit partout. San Francisco était toujours sinistrée, mais elle commençait à renaître, même s'il lui faudrait du temps pour être à nouveau sur pied. Dans les refuges, beaucoup de gens disaient vouloir quitter définitivement la ville. Cela faisait des années qu'ils vivaient sous la menace d'un séisme majeur, et maintenant que c'était arrivé, ils préféraient partir. D'autres, au contraire, étaient bien décidés à rester, pour tout reconstruire et redémarrer. Mais pour tous, le choc avait été rude et il leur faudrait du temps pour surmonter ce qu'ils avaient vécu. Durant la journée et avec le soleil, ils pouvaient oublier ce qui était arrivé, mais la nuit, la panique s'emparait d'eux. Les conséquences du traumatisme qu'ils avaient subi se faisaient terriblement sentir.

Après avoir appris la réouverture de l'aéroport et des routes, Melanie et Tom allèrent s'asseoir sur la plage pour bavarder en contemplant la baie. Ils venaient là chaque jour. Elle lui avait raconté ce qui s'était passé entre Jake et Ashley. Depuis, elle dormait à l'hôpital et avait hâte de rentrer chez elle pour ne plus les voir.

— Qu'est-ce que tu vas faire, maintenant ? lui demanda-t-elle.

La présence de Tom l'apaisait et la rassurait. C'était un garçon bien, à la fois sérieux et décontracté. De surcroît, Melanie appréciait qu'il soit totalement étranger au monde du spectacle. Elle était lasse des acteurs, des chanteurs, des musiciens et de toute la faune déjantée qu'elle côtoyait. Elle était sortie avec plusieurs d'entre eux et cela s'était toujours terminé de la même façon qu'avec Jake, ou pire encore. Pour la plupart, ils étaient égocentriques, drogués et caractériels. Et bien souvent, ils ne cherchaient qu'à profiter d'elle. Melanie attendait mieux de la vie. À dix-neuf ans, elle était très équilibrée. Elle ne se droguait pas, n'avait jamais trompé personne, ne mentait pas et n'était pas obsédée par sa petite personne. Ces derniers jours, Tom et elle avaient beaucoup parlé de sa carrière et de ses projets. Elle ne voulait pas abandonner la chanson, mais elle souhaitait conduire sa vie comme elle l'entendait. Il était malheureusement peu probable que sa mère le lui permît. Melanie avait confié à Tom qu'elle en avait assez d'être commandée, contrôlée, exploitée et ballottée. Le jeune homme avait été impressionné par sa maturité et son équilibre.

— Je dois retourner à Berkeley et vider l'appartement que j'occupais, répondit-il. Ensuite, je repartirai à Pasadena. J'avais prévu de rester dans le coin, cet été. J'ai un poste ici, à la rentrée, mais après ce qui s'est passé, je ne sais pas ce qu'il en sera. Cela dépendra de la reprise des affaires. Il faudra peut-être que je cherche un emploi ailleurs.

Tout comme Melanie, Tom avait les pieds sur terre. À vingt-deux ans, il voulait travailler pendant quelques années avant d'intégrer une école de commerce.

— Et toi ? demanda-t-il. Qu'est-ce que tu as prévu, pour les prochaines semaines ?

Jusque-là, ils n'avaient pas parlé de l'avenir. Il savait qu'en juillet Melanie partait en tournée après un concert à Las Vegas et que cette perspective ne la réjouissait pas vraiment. Ensuite, en septembre, elle retournerait à Los Angeles. Pour le moment, on était en mai et il ignorait ce qu'elle comptait faire.

— La semaine prochaine, j'enregistre un nouveau CD, expliqua-t-elle, avec les chansons que j'interpréterai pendant la tournée. En dehors de cela, je suis libre jusqu'à mon concert en juin à Los Angeles, avant mon départ pour Las Vegas. Tu penses que tu seras rentré à Pasadena, à ce moment-là ?

Elle lui donna la date exacte du concert et le regarda avec espoir. Pour lui, la rencontrer avait été un rêve, mais il ne pouvait s'empêcher de penser qu'elle l'oublierait dès qu'elle serait de retour à Los Angeles.

— J'aimerais t'inviter à mon concert de Los Angeles, dit-elle. Tu verras, c'est complètement dingue, mais cela devrait te plaire. Tu pourras venir avec un ou deux amis, si tu veux.

— Ma sœur tombera raide, quand je lui en parlerai. En juin, elle sera à la maison, elle aussi.

— Tu n'auras qu'à venir avec elle. J'espère que tu m'appelleras, ajouta-t-elle dans un murmure.

— Ça ne t'ennuiera pas ?

Tom était inquiet. Il était persuadé que, dès que Melanie aurait quitté le Presidio, elle redeviendrait une star et qu'il perdrait tout intérêt à ses yeux. Il n'était qu'un jeune ingénieur, c'est-à-dire personne, dans son monde, même si elle semblait apprécier sa compagnie autant que lui la sienne.

— Bien sûr que non ! le rassura-t-elle. Et j'espère que tu m'appelleras vite !

Elle griffonna son numéro de portable sur un bout de papier. Le réseau n'était toujours pas rétabli et on disait qu'il faudrait encore une semaine pour qu'il le soit.

Lorsqu'ils regagnèrent l'hôpital, Tom taquina Melanie :

— Avec cette tournée, je suppose que tu ne vas pas pouvoir t'inscrire dans une école d'infirmières.

— Non. Je ne crois pas que ce sera possible dans cette vie.

La veille, elle avait présenté Tom à sa mère, qui n'avait pas particulièrement apprécié le jeune homme. À ses yeux, il n'était qu'un jeune sans intérêt et ses diplômes ne l'impressionnaient pas le moins du monde.

Elle voulait que Melanie fréquente des producteurs, des réalisateurs, des chanteurs connus ou des acteurs célèbres. En bref, elle n'acceptait que des hommes qui présentaient un intérêt sur le plan médiatique ou qui pouvaient favoriser la carrière de sa fille. C'était le cas de Jake, qui, malgré ses défauts, attirait les journalistes comme un aimant, alors que ce ne serait jamais celui de Tom. Sa famille sans histoire et honnête de Pasadena était le contraire de ce que recherchait Janet. Mais elle ne s'inquiétait pas outre mesure, car elle était persuadée que Melanie oublierait Tom dès qu'elle aurait quitté San Francisco et qu'elle ne le reverrait jamais. Bien entendu, elle ignorait que les deux jeunes gens projetaient de se retrouver à Los Angeles.

Melanie travailla au côté de Maggie toute la journée et tard dans la soirée. Elles mangèrent une pizza que Tom leur avait rapportée de la cantine. La nourriture était toujours aussi bonne et abondante, grâce aux hélicoptères qui continuaient de livrer légumes, fruits et viande, ainsi qu'au génie créatif des cuisiniers. Everett les rejoignit bientôt. Il sortait de sa dernière réunion des AA. Il venait de passer la main à une femme qui devait rester au Presidio encore plusieurs mois, car sa maison avait été totalement détruite. Les réunions connaissaient un succès grandissant et il remercia une fois de plus Maggie de l'avoir encouragé à organiser la première.

Après que Tom et Melanie les eurent laissés pour faire leur dernière promenade du soir ensemble, ils restèrent à bavarder, conscients qu'ils se rappelleraient longtemps ces moments.

— Je regrette de devoir quitter San Francisco demain, avoua Everett après le départ des jeunes gens.

Tom et Melanie passeraient leur faire leurs adieux. Ils devaient partir de très bonne heure le lendemain matin, et Melanie ne reviendrait plus travailler avec Maggie.

— Vous allez vous en tirer ? demanda Everett avec sollicitude.

Elle avait beau déborder d'énergie, il y avait aussi en elle une part de vulnérabilité qui le faisait fondre.

— Bien sûr que oui ! Ne dites pas de sottises ! J'ai vécu dans des endroits bien pires que celui-ci, à commencer par mon propre quartier, rétorqua-t-elle en riant.

— Moi aussi, dit-il avec un sourire. Mais j'ai apprécié de passer du temps avec vous, Maggie.

— Sœur Maggie ! lui rappela-t-elle plaisamment.

Parfois, il y avait quelque chose, dans leur relation, qui l'inquiétait. Peu à peu, il s'était mis à la traiter plus en femme qu'en religieuse. Lorsqu'il se montrait un peu trop protecteur, elle lui répétait que les religieuses n'étaient pas des femmes ordinaires, puisqu'elles étaient sous la protection de Dieu.

— Mon créateur est mon époux, lui dit-elle en citant la Bible. Il prendra soin de moi et tout ira bien. Je souhaite que de votre côté, tout se passe bien pour vous à Los Angeles.

Elle espérait toujours qu'il se déciderait à aller dans le Montana pour rencontrer son fils, mais elle savait qu'il n'était pas encore prêt à entreprendre une telle démarche.

— Je vais être très occupé par la publication de mes photos. Mon rédacteur en chef va tomber raide, quand il les verra. Je vous enverrai les vôtres, ajouta-t-il en souriant.

Il avait hâte de découvrir les photos qu'il avait prises d'elle, aussi bien pendant la nuit du tremblement de terre que par la suite.

— J'en serai ravie.

Tous ceux qui se trouvaient à San Francisco cette nuit-là venaient de vivre des journées qui resteraient à jamais gravées dans leurs mémoires. Pour certains, elles auraient des conséquences tragiques, mais pour d'autres elles auraient une influence bénéfique sur le cours de leur vie. C'était ce que Maggie avait dit à Melanie. Elle espérait que la jeune fille pourrait s'impliquer dans le bénévolat, comme elle le souhaitait. Melanie était douée, elle savait réconforter les gens avec beaucoup de gentillesse et de tact.

— Elle ferait une excellente religieuse, confia-t-elle à Everett, que cette remarque ne manqua pas de faire rire.

— Pas de recrutement abusif, s'il vous plaît ! S'il y a une jeune fille qui ne s'engagera jamais dans cette voie, c'est bien elle. Sa mère la tuerait.

Everett n'avait rencontré Janet qu'une fois mais l'avait aussitôt détestée. Il la trouvait autoritaire, arriviste, prétentieuse et vulgaire. Tout en exploitant sa fille au maximum, elle la traitait comme si elle avait cinq ans.

— Je lui ai conseillé de contacter une association de Los Angeles. Elle ferait de l'excellent travail auprès des sans-logis. Elle m'a dit qu'un jour, elle aimerait tout arrêter pendant six mois et partir à l'étranger pour s'occuper des pauvres. Je crois que cela lui ferait du bien. Elle évolue dans un monde de fous et je suis persuadée que tôt ou tard, elle aura besoin de faire une pause.

— C'est possible, mais avec une mère comme la sienne, il est peu probable qu'elle puisse se le permettre. Pas tant qu'elle remportera des disques d'or ou des Grammys. Il lui faudra du temps avant de pouvoir réaliser son rêve.

— On ne sait jamais.

Maggie avait donné à Melanie le nom d'un prêtre de Los Angeles qui accomplissait un travail merveilleux auprès des gens de la rue. Plusieurs mois par an, il se rendait aussi au Mexique pour y apporter son aide.

— Et vous ? demanda Everett. Qu'est-ce que vous allez faire, maintenant ? Retourner à Tenderloin dès que ce sera possible ?

Il n'aimait pas la savoir dans un environnement aussi dangereux.

— Je crois que je vais rester ici un certain temps, comme de nombreux autres prêtres et religieuses. Beaucoup de réfugiés n'ont nulle part où aller. Ils vont rester au Presidio pendant au moins six mois. Je travaillerai à l'hôpital et je rentrerai chez moi de temps en temps pour vérifier que tout va bien. Je pense qu'en tant qu'infirmière, je serai plus utile ici.

— Quand vous reverrai-je, Maggie ?

Cette question tourmentait Everett. Il avait adoré la voir chaque jour et il craignait qu'elle ne sorte définitivement de sa vie.

— Je n'en sais rien, reconnut-elle.

L'espace de quelques secondes, son expression se teinta de tristesse. Elle retrouva son sourire à l'idée de ce qu'elle songeait à lui dire depuis plusieurs jours.

— Vous savez, Everett, vous me rappelez un vieux film avec Robert Mitchum et Deborah Kerr. C'est l'histoire d'une religieuse et d'un officier de marine qui se retrouvent sur une île déserte. Ils tombent presque amoureux l'un de l'autre, mais pas tout à fait. Du moins sont-ils assez raisonnables pour éviter que cela n'arrive et ils deviennent amis. Au début, il se conduit mal et il la choque. Il boit beaucoup, je crois même qu'elle cache ses bouteilles d'alcool. Elle parvient à le transformer et ils prennent mutuellement soin l'un de l'autre. Pendant tout le temps qu'ils restent sur cette île, ils doivent cacher leur présence aux Japonais. L'action se passe pendant la Seconde Guerre mondiale et, à la fin, ils sont secourus. Il retrouve ses camarades et elle, son couvent. J'ai beaucoup aimé ce film, dont le titre était *Dieu seul le sait*. Deborah Kerr faisait une magnifique religieuse.

— Vous aussi, murmura Everett avec tristesse. Vous allez me manquer, Maggie. C'était génial de pouvoir vous parler tous les jours.

— Vous pourrez me joindre sur mon portable, dès que le réseau sera rétabli. Je vais prier pour vous, Everett, dit-elle en plongeant son regard dans le sien.

— Peut-être prierai-je pour vous, moi aussi. Pour en revenir à ce film... Vous dites que les deux personnages ont failli tomber amoureux, avant de devenir amis. Vous pensez que c'est ce qui nous est arrivé ?

Maggie se tut un long moment, réfléchissant.

— Je pense que nous sommes tous les deux bien trop sensés et réalistes pour cela, répondit-elle finalement. Les religieuses ne tombent pas amoureuses.

Peu satisfait de cette réponse, il insista :

— Mais si cela arrivait ?

— Cela n'arrive pas. C'est impossible. Elles sont déjà mariées à Dieu.

— Ne me servez pas cet argument. Certaines religieuses quittent le couvent. Parfois, elles se marient. Votre propre frère a renoncé à ses vœux. Maggie...

Elle l'arrêta avant qu'il ne dise quelque chose qu'ils pourraient regretter tous les deux. Elle ne pourrait plus être son amie s'il ne respectait pas les limites qu'elle avait fixées.

— Taisez-vous, Everett. Je suis votre amie et je pense que vous êtes le mien. C'est déjà énorme.

— Et si je veux davantage ?

Elle posa sur lui ses yeux bleus et lui sourit.

— Ce n'est pas le cas. Vous désirez seulement ce que vous ne pouvez pas avoir. Du moins, c'est ce que vous pensez. Le monde est peuplé de femmes qui peuvent vous rendre heureux.

— Mais il n'y en a pas une comme vous. Je n'ai jamais rencontré quelqu'un qui vous ressemble.

Elle se mit à rire.

— C'est peut-être une très bonne chose. Un jour, vous bénirez le ciel de vous avoir accordé cette faveur.

— Je lui suis reconnaissant de m'avoir permis de faire votre connaissance.

— Moi aussi. Vous êtes un homme exceptionnel, que je suis fière de compter parmi mes amis. Je parie que vos photos vont vous valoir un nouveau Pulitzer ou un autre prix. J'ai hâte qu'elles soient publiées.

Il avait fini par lui avouer, avec un certain embarras, qu'il avait été récompensé pour ses photos. Mais, en l'occurrence, il se rendait compte que cela permettait à Maggie de quitter un terrain dangereux.

Elle l'empêcherait d'ouvrir une autre porte, ou même d'essayer de le faire.

En fin de soirée, Melanie et Tom revinrent leur faire leurs adieux. Ils étaient jeunes et heureux, encore tout étourdis par leur idylle naissante. Everett les enviait. Pour eux, la vie ne faisait que commencer. En ce qui le concernait, il avait le sentiment qu'elle touchait à sa fin ou qu'en tout cas, la meilleure partie était terminée. Pourtant, il devait admettre que les AA et sa guérison lui avaient redonné confiance en l'avenir et considérablement amélioré son existence. Simplement, son travail l'ennuyait. Il regrettait le temps où il couvrait des zones de combat. San Francisco et le tremblement de terre avaient remis un peu de sel dans sa vie et il espérait que ses photos étaient bonnes. Malheureusement, il allait devoir réintégrer un emploi qui ne présentait que très peu d'intérêt à ses yeux et ne lui offrait pas l'occasion d'utiliser ses compétences et son expérience. Et tout cela à cause de l'alcool.

Melanie embrassa Maggie avant de s'éloigner avec Tom. Le lendemain, Everett partirait lui aussi, en même temps que la jeune chanteuse et sa troupe. Ils feraient partie des premiers à quitter San Francisco. C'était la Croix-Rouge qui avait tout organisé. Le car les prendrait à 8 heures et emprunterait de petites routes pour gagner l'aéroport. En raison de ces détours, on les avait prévenus que le trajet pourrait durer deux heures, sinon davantage.

Everett souhaita une bonne nuit à Maggie et la quitta à regret. Avant de s'éloigner, il la serra brièvement dans ses bras et lui glissa quelque chose dans la main. Elle ne regarda pas ce que c'était avant qu'il ait disparu. Lorsqu'elle ouvrit sa main, elle vit le jeton qui témoignait de son année d'abstinence. Il l'appelait sa pièce porte-bonheur. Les yeux brillants de larmes, elle la contempla un instant avant de la mettre dans sa poche.

De son côté, Tom raccompagna Melanie jusqu'à son hangar. Elle devait y passer la dernière nuit. C'était la première fois qu'elle y retournait depuis qu'elle avait surpris Jake et Ashley dans le même lit. Elle les avait aperçus à différentes reprises, mais les avait soigneusement évités. Ashley était venue plusieurs fois à l'hôpital pour tenter de discuter avec elle. Melanie avait fait semblant d'être très occupée ou s'était esquivée par la porte de derrière en demandant à Maggie de la recevoir. Elle ne voulait pas entendre ses explications, elle ne la croyait plus. À ses yeux, Jake et Ashley ne valaient pas mieux l'un que l'autre et se méritaient mutuellement. Dorénavant, elle préférait être avec Tom, dont le sérieux et la gentillesse lui correspondaient mieux.

— Je t'appellerai dès que les communications seront rétablies, lui promit Tom.

Il n'en revenait toujours pas qu'elle ait envie de continuer à le voir. Il nageait en plein bonheur et avait du mal à croire à sa chance. Tom se moquait bien que Melanie soit une star. Pour lui, elle était juste la fille la plus gentille qu'il ait jamais rencontrée. Et il en allait de même pour Melanie à son égard.

— Tu vas me manquer, murmura-t-elle.

— Toi aussi. J'espère que tout se passera bien, pour ton enregistrement.

Elle haussa les épaules.

— Parfois, c'est assez drôle et plutôt facile, du moins si tout va bien. En rentrant, nous allons avoir pas mal de répétitions. Je me sens déjà rouillée.

— J'ai du mal à le croire ! À ta place, je ne me ferais pas de souci.

— Je vais essayer. Je penserai à toi, assura-t-elle.

Puis elle se mit à rire.

— Je n'aurais jamais cru que j'aurais un jour la nostalgie d'un camp de réfugiés.

Il rit avec elle puis, doucement, il l'attira dans ses bras et l'embrassa. Lorsqu'elle leva vers lui son visage, elle était radieuse. Au cours de leurs promenades ou lorsqu'ils étaient ensemble, il ne l'avait jamais embrassée. Jusqu'à présent, ils étaient seulement amis. Ils espéraient le rester encore, même s'ils venaient d'ajouter une nouvelle dimension à cette amitié.

— Dors bien, Melanie, lui dit-il doucement. On se reverra demain matin.

À la cantine, on préparait des paniers-repas pour tous ceux qui partaient. Personne ne savait combien de temps ils devraient attendre à l'aéroport ni si on leur donnerait quelque chose sur place.

Un sourire aux lèvres, Melanie traversa le hangar sur un petit nuage, avant de retrouver ses proches. Elle remarqua qu'Ashley n'était pas dans le même lit que Jake, mais ce n'était plus son problème. Sa mère dormait déjà et ronflait. C'était sa dernière nuit au refuge. Le lendemain, ils retrouveraient tout le confort de leur vie à Los Angeles. Mais Melanie savait que le souvenir de cette semaine resterait à jamais gravé dans sa mémoire.

La jeune fille s'aperçut qu'Ashley ne dormait pas, mais elle l'ignora. Jake lui tournait le dos et ne bougea pas à son arrivée. Elle en fut soulagée, car elle n'avait aucune envie de discuter avec lui. Cela lui pèserait suffisamment de voyager avec lui le lendemain. Mais elle n'avait pas le choix. Ils prenaient tous le même avion.

En se glissant sous sa couverture, elle entendit Ashley lui chuchoter :

— Mel… Mel… Je suis désolée.

— Ne t'en fais pas pour ça, Ash, répondit Melanie, qui pensait à Tom.

Elle tourna le dos à son amie d'enfance qui l'avait trahie et, cinq minutes plus tard, elle dormait profondément, la conscience en paix. Ashley se tourna et se retourna dans son lit, cherchant en vain le sommeil. Elle avait perdu sa meilleure amie et elle avait déjà compris que Jake n'en valait pas la peine.

# 10

Le lendemain matin, Tom et Maggie assistèrent au départ de ceux qui rentraient chez eux. Deux cars de ramassage scolaire devaient les emmener à l'aéroport. Ils savaient tous que le trajet risquait d'être long. Les provisions avaient été chargées dans les soutes. Tom et d'autres bénévoles s'en étaient occupés.

À la surprise de tous, au moment des adieux, il y eut des larmes. Ils s'étaient tous attendus à être ravis de partir et, au lieu de cela, ils trouvaient soudain difficile de se séparer de leurs nouveaux amis. On promit de s'appeler, de s'écrire et même de se rendre visite. Les réfugiés avaient partagé beaucoup de souffrance et de frayeur, ils avaient vécu le même traumatisme. Cela avait créé entre eux un lien indestructible.

Tom bavardait avec Melanie quand Jake, Ashley et les autres montèrent dans le car. Janet ordonna à sa fille de se dépêcher, ne prenant pas la peine de dire au revoir à Tom. Elle se contenta d'adresser un signe de la main à deux femmes venues les saluer. Nombreux étaient ceux qui auraient voulu rentrer chez eux, mais qui avaient perdu leur maison et n'avaient nulle part où aller. Les réfugiés originaires de Los Angeles avaient de la chance de pouvoir quitter le Presidio pour retrouver une vie normale. Il s'écoulerait beaucoup de temps avant qu'il en soit de même à San Francisco.

— Je t'aime, Melanie, murmura Tom.

L'attirant contre lui, il l'embrassa pour la seconde fois et elle se moqua que Jake les voie ou non, après ce qu'il lui avait fait. Entre eux, tout était fini. Elle aurait d'ailleurs dû rompre depuis bien longtemps. Elle était certaine qu'il recommencerait à se droguer dès qu'ils seraient à Los Angeles.

— Je t'appellerai dès que je serai à Pasadena, promit Tom.

— Je t'aime aussi, souffla-t-elle.

Après avoir déposé un baiser sur les lèvres du jeune homme, elle monta dans le car et rejoignit les autres. Jake la regarda méchamment lorsqu'elle passa près de lui.

Everett disait au revoir à Maggie. Elle sortit le jeton de sa poche pour lui montrer qu'elle le gardait précieusement.

— Conservez-le, Maggie. Il vous portera chance.

— J'ai toujours eu de la chance, dit-elle en lui souriant. J'en ai eu quand je vous ai rencontré, ajouta-t-elle.

— Pas autant que moi. Ménagez-vous. Je vous appellerai, promit-il en l'embrassant sur la joue.

Une dernière fois, il plongea son regard dans les yeux bleus, puis il grimpa dans le car.

Une fois assis, il ouvrit la fenêtre et fit un dernier signe à Maggie quand le car démarra. Tom et la religieuse le regardèrent s'éloigner, puis retournèrent à leurs tâches respectives. Un peu triste, Maggie rentra à l'hôpital. Elle se demandait si elle reverrait jamais

Everett. Si ce n'était pas le cas, pensa-t-elle, ce serait la volonté de Dieu. Elle n'avait pas le droit de réclamer davantage. S'ils ne devaient jamais se revoir, elle garderait le souvenir d'une semaine extraordinaire. Elle serra le jeton au fond de sa poche et retourna au travail, s'y jetant avec énergie pour ne plus penser à Everett. Elle n'en avait pas le droit. Il retournait à sa vie et elle à la sienne.

Le trajet jusqu'à l'aéroport fut encore plus long que prévu. Des débris jonchaient toujours la route, qui avait été en partie détruite et restait très endommagée. Des ponts s'étaient écroulés, de nombreux immeubles étaient en ruine et les chauffeurs durent faire plusieurs détours pour parvenir jusqu'à l'aéroport. Il était près de midi lorsqu'ils arrivèrent. Ils virent immédiatement l'étendue des dégâts. La tour de contrôle n'existait plus. Il n'y avait qu'une poignée de voyageurs et de rares avions, mais le leur les attendait. Quand ils se présentèrent à l'enregistrement, ils ressemblaient à un groupe de miséreux. Pour la plupart, ils avaient perdu leurs cartes bancaires et ils n'étaient que quelques-uns à avoir de l'argent sur eux. La Croix-Rouge acheta des billets à tous ceux qui ne pouvaient pas le faire eux-mêmes. Pam paya pour tous les membres du groupe.

Janet demanda à ce que Melanie et elle soient en première classe.

— On n'a pas besoin de ça, maman, objecta Melanie. Je préférerais être avec les autres.

— Après les épreuves que nous venons de traverser ? Je pourrais exiger qu'on nous réserve un avion pour nous tout seuls !

Apparemment, Janet avait oublié que les autres avaient subi les mêmes épreuves. En entendant les propos de Janet, Everett jeta un coup d'œil à Melanie, qui leva les yeux au ciel. À cet instant, Ashley passa à côté d'eux avec Jake. Elle semblait toujours gênée, chaque fois qu'elle se trouvait en présence de son amie. Quant à Jake, il affichait le masque du parfait dégoût.

— Bon sang ! J'ai hâte d'être à Los Angeles ! claironna-t-il.

Everett le regarda avec un sourire ironique.

— Bien sûr. Tous les autres feraient n'importe quoi pour rester ici, fit-il remarquer.

Melanie se mit à rire, bien qu'en l'occurrence ce fût vrai pour lui comme pour elle. Ils avaient tous les deux laissé au camp une personne qu'ils aimaient.

Le personnel de la compagnie aérienne se montra particulièrement gentil avec eux, conscient qu'ils avaient vécu de durs moments. Tous, et pas seulement Melanie et sa troupe, furent traités comme des passagers exceptionnels. Pour l'instant, chacun n'avait qu'une envie, rentrer à la maison.

Sitôt après le décollage, le pilote leur souhaita la bienvenue à bord. Il espérait, leur dit-il, que les neuf jours qui venaient de s'écouler ne les avaient pas trop traumatisés. À ces mots, plusieurs passagers se mirent à pleurer. En regardant Melanie, Everett se dit qu'elle n'avait plus grand-chose à voir avec la star de la soirée de gala. Elle portait encore le pantalon militaire retenu à la taille avec une ficelle, ainsi qu'un tee-shirt qui devait avoir appartenu à un homme dix fois plus gros qu'elle. Janet avait conservé une partie des vêtements qu'elle portait en coulisse, le soir du gala. Son pantalon avait tenu le coup mais, comme les autres, elle avait été contrainte d'accepter les pulls offerts par les associations caritatives. Celui qu'elle portait était beaucoup trop étroit pour elle. Elle était plutôt mal attifée, avec son pantalon en matière synthétique et ses talons hauts qu'elle avait refusé d'abandonner pour des tongs. Pam avait adopté une tenue militaire. Vêtus de bleus de travail, les musiciens et les techniciens ressemblaient à des détenus. Juste avant de monter dans l'avion, Everett les avait tous photographiés. Il était certain que *Scoop* allait publier la photo de Melanie, peut-être même en première page. Elle offrait un surprenant contraste avec celle qu'il avait prise d'elle le soir du gala, dans sa robe de tulle incrustée de paillettes et ses chaussures à semelles compensées. Comme Melanie le disait elle-même, les soins que lui prodiguait sa pédicure de Los Angeles avaient été ruinés par la poussière et les gravillons du camp. Everett, quant à lui, portait toujours ses bottes de cow-boy.

Ils atterrirent moins d'une heure plus tard à Los Angeles. Tous avaient été durement éprouvés par ces neuf jours. Certains les avaient mieux supportés que d'autres mais, indubitablement, l'épreuve avait été rude. Pendant le vol, ils avaient échangé leurs impressions et leurs peurs. Un homme avait une jambe dans le plâtre et s'appuyait sur des béquilles. D'autres s'étaient cassé un bras et portaient aussi un plâtre. Parmi eux, Melanie reconnut plusieurs blessés de Maggie. En pensant à la religieuse, elle se promit de l'appeler dès que ce serait possible.

Aussitôt que les passagers franchirent la porte du terminal, ils furent assaillis par les journalistes. Ils étaient les premiers rescapés du tremblement de terre de San Francisco à rentrer chez eux. Les cameramen repérèrent Melanie dès qu'elle franchit la porte. Elle avait l'air un peu étourdie. Malgré les recommandations de sa mère, elle n'avait pas pris la peine de se recoiffer. Son apparence était vraiment le cadet de ses soucis. Elle était contente de rentrer, bien qu'elle y ait peu pensé pendant qu'elle était au camp. Elle était bien trop occupée pour cela.

Ayant reconnu Jake, les reporters prirent aussi quelques photos de lui, mais il dépassa Melanie sans dire un mot et se dirigea vers la sortie. Il confia à quelqu'un qui se trouvait tout près qu'il espérait ne jamais la revoir. Par bonheur, aucun représentant de la presse ne l'entendit.

— Melanie ! Melanie ! Par ici… Comment était-ce ? Vous avez eu peur ? Vous avez été blessée ? Un petit sourire, s'il vous plaît… Vous êtes superbe !

Everett ne put s'empêcher de penser qu'à dix-neuf ans, c'était un peu normal qu'elle le soit. Les journalistes ne prêtèrent aucune attention à Ashley, perdue dans la foule. Elle s'était reculée et attendait en compagnie de Janet et de Pam, ainsi qu'elle l'avait fait des milliers de fois auparavant. Les musiciens et les techniciens dirent au revoir à Melanie et à sa mère, et lui rappelèrent qu'ils se retrouveraient pour une répétition la semaine suivante. L'enregistrement du disque devait avoir lieu moins de huit jours plus tard.

Il leur fallut une demi-heure pour se frayer un chemin parmi la foule de journalistes et de photographes. Everett les aida à repousser les importuns, puis il les accompagna jusqu'à la station de taxis. Pour la première fois depuis plusieurs années, aucune limousine ne les attendait. Mais tout ce que Melanie souhaitait, c'était s'éloigner de cette meute. Après avoir refermé la portière, Everett lui adressa un dernier signe de la main et regarda le taxi s'éloigner. Quelques minutes après le départ de la jeune chanteuse, les journalistes se dispersèrent. Melanie et Pam étaient montées dans le premier taxi, Ashley et Janet dans le second. Tout comme les musiciens et les techniciens, Jake était parti depuis longtemps de son côté.

Content, malgré tout, d'être de retour, Everett regarda autour de lui. À Los Angeles, on aurait pu croire que rien n'était arrivé. Il était difficile de concevoir ce qui s'était produit à San Francisco alors qu'ici les affaires continuaient. C'était une impression bizarre. À son tour, Everett grimpa dans un taxi et donna au chauffeur l'adresse des Alcooliques Anonymes. Il voulait s'y rendre avant même de rentrer chez lui. La séance fut absolument fantastique. Quand ce fut son tour de parler, il raconta le tremblement de terre, puis il parla des réunions qu'il avait organisées au Presidio et de Maggie dont il était tombé amoureux. Plus tard, lorsqu'il se leva pour partir, les gens vinrent vers lui pour lui poser des questions.

— Alors, comment vas-tu faire pour que ça marche ?

— Rien du tout, répliqua doucement Everett.

— Elle va quitter son couvent pour toi ?

— Non. Elle aime ce qu'elle est.

— Qu'est-ce qui va se passer pour toi, alors ?

Everett prit le temps de réfléchir une minute, avant de répondre :

— Je vais reprendre le cours de ma vie. Je continuerai d'assister aux réunions des AA et je l'aimerai toujours.

— Tu vas tenir le coup ? lui demanda un autre avec sollicitude.

— Il le faudra bien.

Sur ces mots, il partit, héla un taxi et rentra chez lui.

## 11

Melanie projetait de passer un week-end tranquille au bord de la piscine et de profiter de sa maison d'Hollywood, comme elle ne l'avait jamais fait auparavant. C'était l'antidote parfait, après ces neuf journées de bouleversement et de stress. Elle était consciente d'avoir subi un moins grand traumatisme que beaucoup d'autres, surtout ceux qui avaient été blessés, avaient perdu leur maison ou l'un des leurs. Elle s'en était plutôt bien tirée et elle s'était même sentie utile pendant tout le temps qu'elle avait travaillé à l'hôpital.

En plus, elle avait fait la connaissance de Tom...

Depuis son retour, Jake ne lui avait pas téléphoné une seule fois, au contraire d'Ashley. Mais Melanie refusait de prendre ses appels, malgré les tentatives de réconciliation de Janet en faveur d'Ashley. Pourtant, Melanie avait expliqué à sa mère que son amitié pour Ashley était morte.

— Tu ne trouves pas que tu es un peu dure avec elle ? fit remarquer Janet le samedi après-midi.

Melanie se faisait faire les ongles au bord de la piscine. La journée était magnifique et elle paressait tranquillement, tout en se sentant un peu coupable de rester ainsi à ne rien faire. Elle aurait voulu être encore à l'hôpital avec Maggie, et voir Tom. En fait, ils lui manquaient tous les deux.

— Elle a couché avec mon petit ami, maman, rappela-t-elle à Janet.

— Tu ne crois pas que c'est davantage la faute de Jake que la sienne ?

Janet aimait bien Ashley. Elle lui avait promis que, dès qu'elles seraient rentrées, elle parlerait à Melanie et que tout s'arrangerait. Mais, du point de vue de Melanie, il n'y avait rien de changé.

— Il ne l'a pas violée, que je sache. Elle était consentante. Si elle avait pensé à moi, si notre amitié avait compté pour elle, elle ne l'aurait pas fait. Je ne me soucie pas plus d'elle maintenant qu'elle ne s'est souciée de moi en me trompant.

— Ne sois pas puérile ! Vous êtes amies depuis l'âge de trois ans.

— C'est justement ce que je lui reproche, rétorqua froidement Melanie. Je méritais un peu plus de loyauté de sa part, mais apparemment ça ne l'a pas gênée. Elle peut le garder. Pour moi, c'est fini et bien fini. Elle s'est trop mal comportée. Il est clair que l'amitié n'a pas la même signification pour elle que pour moi. C'est tout.

— Je lui ai dit que je t'en parlerais et que tout allait s'arranger. Tu ne veux pas que je sois ridicule ou que j'aie l'air d'une menteuse ?

Le ton enjôleur de sa mère et sa façon de se mêler de ce qui ne la regardait pas eurent pour effet de renforcer la détermination de Melanie. À ses yeux, l'intégrité et la loyauté étaient d'autant plus importantes qu'elle évoluait dans un univers où toutes les occasions étaient bonnes pour l'exploiter. Le succès lui avait valu ce triste privilège. De la part d'étrangers et même de Jake, cela ne l'étonnait pas. Mais elle ne s'y attendait pas et ne le tolérait pas de la part de sa meilleure amie.

— Je te l'ai dit, maman : de mon côté, c'est fini et cela ne changera pas. Je serai polie envers elle quand je la verrai, mais c'est tout ce qu'elle obtiendra de moi.

— Ce sera très dur pour elle, remarqua Janet avec compassion.

Mais elle gaspillait son énergie pour rien. Melanie n'appréciait pas que sa mère prenne la défense d'Ashley.

— Elle aurait dû y penser avant de se glisser dans le lit de Jake. Et je suppose qu'elle ne s'en est pas privée pendant toute la semaine.

Janet se tut une minute, avant de repartir à l'attaque.

— Tu devrais quand même y réfléchir.

— C'est tout réfléchi. Parlons d'autre chose, maintenant.

Janet s'éloigna, la mine affligée.

Elle avait promis de téléphoner à Ashley et maintenant, elle ne savait que lui dire. Cela ne lui plaisait pas de lui apprendre que Melanie ne voulait plus la voir. Pour Melanie, leur amitié était morte. Janet n'ignorait pas que, lorsque sa fille se sentait trahie, elle ne revenait pas sur sa décision. C'était déjà arrivé. Elle avait rompu avec un petit ami infidèle et congédié un manager qui lui avait volé de l'argent. Elle savait se montrer intransigeante et elle avait érigé des limites qu'il ne fallait pas enfreindre.

Dans l'après-midi, Janet téléphona à Ashley et lui annonça que Melanie avait besoin d'un peu de temps, car elle était encore très blessée. Ashley lui répondit qu'elle comprenait, avant de fondre en larmes. Elle connaissait suffisamment Melanie pour savoir qu'elle ne lui accorderait jamais son pardon.

Quand la manucure eut fini de lui faire les ongles, Melanie plongea dans la piscine. Elle fit quelques brasses, puis son entraîneur arriva. Après son départ, Janet commanda des plats chinois, tandis que Melanie se contentait d'œufs à la coque. Elle devait perdre un peu de poids. Elle avait grossi durant son séjour au camp et devait être sérieuse avant le concert qui aurait lieu dans quelques semaines. À la pensée que Tom y assisterait avec sa sœur, elle sourit. Elle n'en avait pas parlé à sa mère. Rien ne pressait, puisque Tom restait encore un certain temps à San Francisco et qu'elle ignorait à quel moment il arriverait à Los Angeles.

Mais quand elle s'assit pour manger ses œufs, Janet la questionna à propos de Tom, comme si elle avait lu dans ses pensées.

— J'espère que tu ne te montes pas la tête au sujet de ce garçon que tu as rencontré au camp... celui qui a obtenu un diplôme d'ingénieur à Berkeley.

La jeune fille s'étonna que sa mère ait gardé en mémoire de tels détails. Janet s'était montrée tellement dédaigneuse à l'égard de Tom qu'elle était stupéfaite qu'elle se souvienne des études qu'il avait faites. Apparemment, rien ne lui avait échappé.

— Ne t'inquiète pas pour cela, maman, répliqua-t-elle d'une voix neutre.

Sa mère se mêlait de ce qui ne la regardait pas. Dans deux semaines, elle aurait vingt ans. C'était un âge suffisant pour qu'elle choisisse elle-même ses petits amis. Elle ne ferait pas la même erreur qu'avec Jake. Mais Tom était différent et elle était heureuse de compter pour lui.

Sa mère lui jeta un regard inquiet.

— Qu'est-ce que ça veut dire ?

— Ça veut dire que Tom est un type bien, que je suis une grande fille et que, oui, je souhaite le revoir. Encore faut-il qu'il me téléphone.

— Il le fera. Il avait l'air fou de toi, et tu es Melanie Free, après tout.

Melanie monta immédiatement sur ses grands chevaux.

— En quoi est-ce important ?

— C'est très important pour n'importe qui, à part toi. Tu ne crois pas que tu pousses l'humilité un peu trop loin ? Aucun homme ne peut séparer la femme que tu es de la star. C'est dans leurs gènes. Je suis sûre que tu lui fais le même effet qu'aux autres. Pourquoi aurait-il envie de sortir avec une rien du tout, quand il peut avoir une star ? Tu feras une belle prise sur son tableau de chasse.

— Je ne crois pas qu'il soit du genre à avoir un tableau de chasse. Tom est sérieux, il est ingénieur et c'est quelqu'un de bien.

— Quel ennui ! s'exclama Janet avec une moue de dégoût.

— Il n'est pas ennuyeux du tout. Il est intelligent et j'aime les garçons intelligents, contrecarra Melanie.

— Je suis contente que tu te sois débarrassée de Jake. Il a failli me rendre folle, pendant ces neuf jours. Il ne faisait que pleurnicher.

— Je croyais qu'il te plaisait, s'étonna Melanie.

— C'est aussi ce que je pensais, reconnut Janet. Mais quand nous sommes partis, j'en étais au point où je ne pouvais plus le supporter. En temps de crise, certaines personnes sont à éviter comme la peste, et il en fait partie. Il ne parle que de lui.

— Et Ashley est à classer dans la même catégorie. Surtout si elle couche avec lui. Elle peut le garder ! Jake est un pauvre type.

— Tu as sans doute raison, mais ne mets pas Ashley dans le même sac.

Melanie ne répondit pas, ayant déjà dit ce qu'elle avait à dire.

Elle monta se coucher de bonne heure. Sa chambre était entièrement tapissée en satin rose et blanc, selon le goût de sa mère. Celle-ci avait expliqué au décorateur ce qu'elle voulait exactement pour la chambre de Melanie, jusqu'à un ours en peluche rose. Melanie aurait souhaité quelque chose de beaucoup plus simple, mais sa mère n'en avait pas tenu compte, estimant que c'était ce qui convenait à son statut de star. Au moins cette pièce était-elle confortable, reconnut Melanie en s'étendant avec plaisir sur son lit. Il était vraiment agréable de profiter de tant de luxe. Cela ne l'empêchait pas de se sentir un peu coupable, en pensant à tous ceux qui se trouvaient encore au camp et y resteraient sans doute pendant plusieurs mois, alors qu'elle se prélassait dans son lit recouvert de satin et de fourrure.

Ce soir-là, elle regarda la télévision jusque tard dans la nuit. Elle vit un vieux film, puis les informations et enfin des variétés. En dépit de tout ce qu'elle venait de vivre, elle était heureuse d'être rentrée chez elle.


Le samedi après-midi, pendant que Melanie atterrissait à Los Angeles, Seth Sloane était assis dans la salle de séjour, les yeux dans le vide. Neuf jours avaient passé depuis le tremblement de terre, et ils étaient toujours isolés du reste du monde. Seth ne savait plus s'il devait s'en féliciter ou maudire le ciel. Il n'avait aucune nouvelle de New York.

Le week-end fut horriblement angoissant. En désespoir de cause, il décida d'oublier ses soucis et de jouer avec Molly et Oliver. Sarah ne lui parlait plus depuis plusieurs jours. Il la voyait à peine et, le soir, lorsqu'elle avait couché les enfants, elle disparaissait dans la chambre d'amis.

Le lundi matin, onze jours après le tremblement de terre, Seth buvait une tasse de café, assis dans la cuisine, quand le Blackberry qu'il avait posé sur la table revint à la vie. C'était la première fois qu'il pouvait renouer avec le monde extérieur. Il envoya immédiatement un SMS à Sully, pour lui demander ce qui s'était passé. La réponse arriva deux minutes plus tard, succincte : « J'ai la Commission sur le dos. Tu es le prochain sur la liste. Ils ont mes relevés bancaires. Bonne chance. »

— Merde ! murmura Seth avant de relire le texte.

« Ils t'ont arrêté ? » demanda-t-il ensuite à son ami.

« Pas encore, répondit Sully, je suis convoqué la semaine prochaine. On est cuits. »

C'était la confirmation de ce que Seth redoutait depuis une semaine. Il avait beau savoir que cela allait arriver, son estomac se noua lorsqu'il lut le mot « cuits ». C'était un euphémisme, surtout si les relevés bancaires de Sully avaient été saisis. Ceux de Seth ne l'étaient pas encore, mais ce n'était qu'une question de temps.

Ce fut chose faite le lendemain. L'avocat de Seth, Henry Jacobs, lui avait conseillé de ne pas bouger. Seth était allé chez lui, à pied, pour lui exposer la situation, puisqu'il ne pouvait le joindre par téléphone. Ils avaient pris rendez-vous pour le vendredi, l'avocat ne pouvant pas le rencontrer plus tôt. Malheureusement, le vendredi matin, deux semaines après le tremblement de terre, deux agents du FBI se présentèrent à la porte de la maison. Sarah les fit entrer. Ils demandèrent à voir Seth et, après les avoir conduits dans la salle de séjour, elle alla chercher son mari. Il se trouvait au premier étage, dans son bureau qu'il ne quittait pratiquement plus depuis quinze jours. Le destin était en marche et nul ne savait où cela les mènerait.

Les agents du FBI passèrent deux heures à l'interroger sur Sully. Seth refusa de répondre aux questions qui le concernaient personnellement sans la présence de son avocat et il livra le moins d'informations possibles sur Sully. Lorsqu'ils partirent, il était blême, mais au moins il n'était pas en état d'arrestation. Il était malheureusement certain que cela ne tarderait pas.

— Qu'est-ce qu'ils ont dit ? s'enquit nerveusement Sarah après leur départ.

— Ils voulaient des renseignements sur Sully. J'en ai dit le moins possible.

— Et en ce qui te concerne ?

— J'ai refusé de parler sans la présence de mon avocat. Ils m'ont assuré qu'ils reviendraient et tu peux être sûre que c'est vrai.

— Qu'est-ce que nous allons faire, maintenant ?

L'emploi du « nous » réchauffa Seth, mais il ne savait pas si Sarah l'avait utilisé par habitude ou parce qu'elle se rangeait à son côté, et il n'osa pas le lui demander. Elle ne lui parlait pas depuis une semaine.

— Henry Jacobs doit venir cet après-midi.

Au bout de quinze jours, les communications téléphoniques étaient enfin rétablies, mais Seth avait peur de décrocher. Il avait échangé quelques propos assez vagues avec Sully, mais c'était tout. Si le FBI enquêtait sur lui, il savait que sa ligne pouvait être sur écoute.

L'avocat et Seth s'enfermèrent dans son bureau pendant près de quatre heures. Seth ne lui cacha rien et, lorsque ce fut terminé, l'avocat ne se montra guère optimiste. Il pensait que, dès que le FBI aurait ses relevés bancaires, Seth serait sans doute convoqué et mis en examen. Sans doute serait-il arrêté un peu plus tard. Il était presque certain qu'il y aurait un procès. La visite du FBI n'était pas un bon signe.

Le week-end suivant fut un véritable cauchemar pour Seth et Sarah. Le quartier financier étant toujours fermé, Seth ne put se rendre en ville. Le lundi matin, le directeur de l'agence locale du FBI l'appela sur son Blackberry et fixa le rendez-vous chez Seth, le lendemain après-midi, avec son avocat. Il lui rappela qu'il ne devait pas quitter San Francisco et l'informa qu'il faisait l'objet d'une enquête judiciaire à la demande de la Commission des opérations de Bourse. Il lui précisa que Sully allait être convoqué dans la semaine, ce que Seth savait déjà.

Sarah se trouvait dans la cuisine, où elle donnait à manger à Ollie tout en bavardant avec Molly. Le visage du bébé était barbouillé de compote de pommes. En arrière-fond, la télévision diffusait une émission pour enfants. Ils avaient de nouveau l'électricité, même si elle n'était pas rétablie partout. Le fait d'habiter dans un quartier résidentiel avec la maison du maire à proximité leur valait sans doute ce privilège. Quelques commerces avaient rouvert leurs portes, pour la plupart des supermarchés, ainsi que des banques.

Quand Seth lui parla de son rendez-vous avec le FBI, le lendemain, Sarah parut effrayée.

— Qu'est-ce que tu vas faire ? s'enquit-elle d'une voix tremblante.

— Les rencontrer avec Henry Jacobs. Je n'ai pas le choix. Si je refuse, j'aurai l'air encore plus coupable et ils pourront obtenir une ordonnance du tribunal pour m'y contraindre. Henry Jacobs passera cet après-midi pour me préparer.

Aussitôt après avoir reçu l'appel du FBI, il avait téléphoné à son avocat et insisté pour qu'il vienne sur-le-champ.

Henry Jacobs arriva, la mine sombre et compassée. Après lui avoir ouvert la porte, Sarah le fit monter dans le bureau où Seth l'attendait. Assis à sa table de travail, celui-ci griffonnait nerveusement une feuille de papier, lorsqu'il ne fixait pas, avec désarroi, la fenêtre. Depuis sa conversation avec Sarah, il s'était enfermé, plongé dans des pensées moroses. La jeune femme frappa doucement à la porte et fit entrer l'avocat.

Seth se leva pour l'accueillir. Il lui montra une chaise et se rassit lui-même en soupirant.

— Merci d'être venu, Henry. J'espère que vous avez une baguette magique dans votre mallette, parce qu'il faudra être magicien pour me sortir de ce pétrin.

— C'est fort possible, répliqua Henry Jacobs d'une voix neutre.

Âgé d'une cinquantaine d'années, Henry Jacobs s'était déjà occupé d'affaires similaires. Seth l'avait consulté à plusieurs reprises pour se protéger d'opérations louches. Il n'était jamais venu à l'esprit de l'avocat que Seth pouvait lui-même en faire. Leurs échanges étaient purement théoriques et Henry Jacobs avait présumé que Seth ne posait toutes ces questions que pour rester dans le droit chemin. Il avait admiré ses scrupules et sa prudence. Il venait tout juste de comprendre ce qui s'était réellement passé. Il s'abstenait de tout jugement, mais il était clair que Seth était dans une situation très délicate et que les conséquences pouvaient être catastrophiques.

— Je suppose que vous l'aviez déjà fait, remarqua-t-il.

L'opération semblait trop élaborée, trop bien organisée pour que ce soit la première. Seth hocha la tête. Henry Jacobs était un bon avocat, fin et perspicace.

— Combien de fois ?

— Quatre.

— Est-ce que d'autres personnes étaient impliquées ?

— Non. Uniquement le même ami, à New York. Nous nous connaissons depuis le lycée et j'ai totalement confiance en lui.

Seth jeta son crayon sur la table en faisant la grimace.

— Si ce maudit tremblement de terre n'était pas arrivé, tout se serait bien passé cette fois encore. Qui aurait pu le prévoir ? Le temps était un peu trop serré, mais il a fallu beaucoup de malchance pour que l'audit de ses investisseurs succède si vite au mien. Ça aurait marché si ce tremblement de terre n'avait pas tout fichu par terre.

L'argent était resté bloqué dans les banques, si bien que leurs manigances avaient été découvertes. Pourtant il n'avait tout simplement pas l'air de comprendre que ce n'était pas le sort ou la fatalité qui était responsable de son malheur, mais le fait que Sully et lui avaient indûment transféré des fonds. Il n'aurait pu commettre un acte plus illégal que celui-là, hormis s'enfuir avec l'argent. Sully et lui avaient menti à deux groupes d'investisseurs, ils leur avaient fait croire qu'ils disposaient de sommes énormes et ils s'étaient fait prendre. Henry Jacobs n'était pas choqué – défendre des individus comme Seth faisait partie de son travail –, mais cette histoire de tremblement de terre ne suscitait aucune compassion chez lui. Seth le lut dans ses yeux.

— Qu'est-ce que je risque ? demanda-t-il carrément.

La terreur crispait ses traits. Il sentait qu'il n'allait pas aimer la réponse, mais il préférait savoir. Il aurait fait n'importe quoi pour éviter la sanction. Cette semaine, Sully allait être mis en examen et Seth n'ignorait pas que son tour viendrait tout de suite après.

L'avocat ne chercha pas à cacher la vérité :

— Soyons réalistes, Seth. L'argent qui se trouve sur vos comptes bancaires constitue une lourde preuve contre vous.

Dès leur premier échange téléphonique, Henry Jacobs lui avait dit de ne pas toucher à cet argent.

— En l'occurrence, poursuivit Henry Jacobs, le FBI agit pour le compte de la Commission des opérations de Bourse. Après la discussion qu'ils ont eue avec vous, ils ont fait leur rapport et on peut présumer qu'à partir de là, un grand jury va être réuni. On ne vous demandera peut-être même pas d'être présent, si les preuves sont suffisantes. Dans l'hypothèse où le grand jury pencherait pour une mise en examen, ils produiront rapidement des charges contre vous, vous serez arrêté et poursuivi. C'est à ce moment-là que j'interviendrai. Il se peut alors que nous n'ayons pas intérêt à aller jusqu'au procès. Si les preuves sont irréfutables, essayez de passer un accord avec eux. Si vous plaidez coupable, nous pourrons peut-être leur fournir suffisamment d'informations pour qu'ils se focalisent sur votre ami. Si ce compromis satisfaisait la Commission des opérations de Bourse et s'ils ont besoin de nous, votre peine pourrait être réduite. Mais je ne veux pas vous induire en erreur. Si ce que vous dites est vrai et qu'ils peuvent le prouver, je pense que vous irez en prison, Seth. Il va être difficile, très difficile même, de vous sortir de là. Un détournement de soixante millions de dollars, ce n'est pas rien, aux yeux du gouvernement. Ils ne plaisantent pas avec ces choses-là.

L'avocat réfléchit un instant, avant de poser une autre question.

— Vous êtes en règle avec le fisc ?

Si ce n'était pas le cas, Seth aggraverait ses ennuis. Sarah lui avait d'ailleurs posé la même question. S'il avait fait de fausses déclarations, il serait emprisonné pendant très longtemps.

Seth eut l'air offensé.

— Absolument! Je n'ai jamais commis la moindre infraction.

Il avait seulement trompé ses investisseurs et ceux de Sully, songea Henry Jacobs. Il y avait un code de l'honneur, chez les voleurs.

— C'est une bonne nouvelle, dit-il sèchement.

— Qu'est-ce que je risque, Henry ? demanda Seth. Dans le pire des cas, si tout va de travers, à combien d'années de prison serai-je condamné ?

— Dans le pire des cas ?

L'avocat réfléchit un instant, prenant en compte tous les éléments, ou du moins ceux dont il disposait.

— C'est difficile à dire, reprit-il. La loi et la Commission des opérations de Bourse n'apprécient pas ceux qui escroquent les investisseurs… Je ne sais pas. S'il n'y a pas d'accord possible, vingt-cinq ans, peut-être trente. Mais cela n'arrivera pas, Seth, le rassura-t-il aussitôt. C'est une estimation qui est à pondérer en fonction d'autres facteurs. Je pense qu'au pire, vous écoperez de cinq à dix ans. Si nous avons de la chance, de deux à cinq. Je pense que nous ne pourrons pas obtenir mieux, mais j'espère que nous parviendrons à quelque chose de cet ordre.

Le visage de Seth refléta sa frayeur.

— Je serai incarcéré ? Vous ne croyez pas que je pourrais bénéficier d'un bracelet électronique et rester chez moi ? J'ai une femme et des enfants.

Henry Jacobs ne lui fit pas remarquer qu'il aurait dû y penser avant. Il savait qu'à trente-sept ans, Seth avait détruit sa vie et celle de sa femme et de ses enfants. Il ne pourrait éviter de régler sa dette envers la société. La justice ne plaisantait pas avec des types comme lui, dévorés par l'ambition et ayant tendance à penser qu'ils étaient au-dessus des lois. Les lois sur les fonds d'investissement étaient faites pour protéger les investisseurs contre des gens comme lui. Elles comportaient des failles, mais Henry Jacobs savait qu'il lui serait très difficile de justifier un délit comme celui-ci. Il n'avait pas le droit de laisser trop d'espoir à Seth.

— Ne comptez pas trop là-dessus, dit-il.

Il ne voulait pas l'effrayer outre mesure, mais il devait lui exposer clairement les risques qu'il encourait.

— Je pourrai peut-être vous obtenir la liberté conditionnelle, poursuivit-il, mais pas au début. Vous devez affronter la vérité en face, Seth : vous allez faire de la prison. J'espère que votre peine ne sera pas trop longue, mais vu la somme que Sully et vous avez détournée, les charges seront lourdes, sauf si nous disposons d'une monnaie d'échange suffisamment intéressante pour qu'ils nous proposent un marché. Mais même ainsi, vous n'échapperez pas à la prison.

C'était approximativement ce que Seth avait dit à Sarah après le tremblement de terre. Henry ne faisait que formuler les choses clairement.

Ils rentrèrent ensuite dans les détails. Seth ne cacha rien à l'avocat, qui promit d'assister à l'entretien avec les agents du FBI, le lendemain après-midi. Quand Henry Jacobs s'en alla, à 18 heures, Seth sortit de son bureau, l'air épuisé.

Il retrouva Sarah à la cuisine. Elle était en train de faire manger les enfants, pendant que Parmani faisait la lessive au sous-sol. À son arrivée, Sarah se tourna vers lui, le visage inquiet.

— Qu'est-ce qu'il a dit ?

Tout comme lui, elle espérait un miracle. Et il en faudrait un, pour le sauver. Seth s'assit lourdement sur une chaise et fixa tristement les enfants avant de la regarder. Molly voulait lui montrer quelque chose, mais il était trop préoccupé pour lui prêter attention.

Il décida de commencer par le pire.

— À peu près ce que je craignais. Il pense que je risque d'en prendre pour trente ans. Si j'ai de la chance et s'ils acceptent un accord, la peine pourrait être de deux à cinq ans. Mais pour cela, il faudrait que je dénonce Sully.

Puis il soupira et lui montra un aspect de lui-même qu'elle ignorait encore.

— Je vais peut-être y être obligé. Mon sort en dépend.

— Le sien aussi.

Sarah n'avait jamais aimé Sully. Elle le jugeait plutôt minable et il s'était toujours montré condescendant à son égard. Il ne valait pas grand-chose, mais

Seth non plus. Et il était prêt à trahir son ami, ce qui aggravait son cas aux yeux de son épouse.

— Et s'il te trahit le premier ? demanda-t-elle.

Seth n'y avait pas pensé. Sully avait été mis en examen avant lui, il était donc tout à fait possible qu'il le balance devant la Commission des opérations de Bourse et le FBI. Il n'allait pas attendre qu'il le fasse avant lui. D'ailleurs, depuis que son avocat lui avait exposé la situation, Seth avait pris la décision de trahir son ami. Il ne voulait pas passer trente ans de sa vie en prison et il était prêt à tout pour sauver sa peau… même s'il fallait pour cela enfoncer son vieux copain. Sarah le voyait dans ses yeux et cela la rendait malade. Elle ne plaignait pas Sully, qui méritait bien son sort, mais elle découvrait que son mari ne respectait rien, pas plus ses investisseurs que son ami, sa femme ou ses enfants. Elle le voyait tel qu'il était.

Parmani vint alors chercher les enfants pour leur faire prendre leur bain et ils se retrouvèrent seuls. Cela ne changeait rien à leur discussion, car Molly ne pouvait pas comprendre et Ollie était un bébé.

— Et toi ? lui demanda Seth avec inquiétude. Quelle est ta position, dans cette histoire ?

— Je n'en sais rien.

Henry Jacobs lui avait dit combien il était important qu'elle assiste aux auditions, puis au procès. Tout ce qui lui apporterait de la respectabilité pèserait lourd dans la balance.

— Ta présence est indispensable au procès, lui avoua-t-il franchement, et j'aurai encore plus besoin de toi ensuite. Il y a de grandes chances que je sois absent longtemps.

Les yeux pleins de larmes, elle se leva pour mettre les couverts dans l'évier. Se levant à son tour, il la rejoignit.

— Ne me laisse pas tomber maintenant, Sarah. Je t'aime, tu es ma femme. Tu ne peux pas m'abandonner, la supplia-t-il.

— Pourquoi n'y as-tu pas pensé avant ? murmura-t-elle, les joues ruisselantes de larmes.

Ils se tenaient dans la cuisine de cette merveilleuse maison qu'elle aimait tant. Mais son problème n'était pas qu'ils n'allaient pas pouvoir la garder ou conserver leur niveau de vie. Elle ne supportait pas l'idée d'être mariée à un homme malhonnête et corrompu qui avait saccagé leur existence et ruiné leur avenir et qui maintenant lui disait qu'il avait besoin d'elle. Avait-il pensé à elle et aux enfants lorsqu'il avait monté sa combine ? Qu'en était-il de leurs besoins ? Qu'allaient-ils devenir, s'il était emprisonné pendant trente ans ? Quelle vie auraient-ils ?

Debout près d'elle, à côté de l'évier, Seth tenta maladroitement de s'expliquer :

— Je construisais quelque chose pour nous… J'ai fait tout cela pour toi, Sarah, et pour eux. J'ai malheureusement voulu aller trop vite et ça m'a explosé à la figure.

Il baissa la tête d'un air penaud, mais elle devina qu'il la manipulait, tout comme il était prêt à trahir son ami. Peu lui importait leur sort, il ne pensait qu'à lui.

— Tu oublies un détail, répliqua-t-elle. Tu as utilisé des moyens malhonnêtes. Tu ne voulais pas construire quelque chose pour nous, tu voulais être le plus grand, le plus fort, quel qu'en soit le prix pour les autres, y compris les enfants. Si tu restes en prison pendant trente ans, ils ne te connaîtront pas, ils ne te verront que lors des visites. Tu pourrais aussi bien être mort !

Soudain, en elle, la colère l'emportait sur la souffrance et la peur.

Une lueur mauvaise passa dans les yeux de Seth.

— Je te remercie, mais ne compte pas là-dessus ! Je vais dépenser jusqu'à mon dernier centime pour m'offrir les meilleurs avocats. Je ferai appel autant qu'il le faudra.

Mais ils savaient tous les deux qu'il devrait tôt ou tard payer le prix de ses fautes. Le FBI allait remonter jusqu'aux précédentes malversations que Sully et lui avaient commises. Ils allaient couler tous les deux et Sarah ne voulait pas que Seth les entraîne avec lui.

— Que fais-tu de notre serment : « Pour le meilleur et pour le pire » ? s'enquit-il amèrement.

— Je ne crois pas que cela inclue la fraude et trente années de prison, répliqua-t-elle d'une voix tremblante.

— Cela signifie en tout cas que tu dois soutenir ton mari quand il est plongé jusqu'au cou dans les ennuis. J'ai fait ce que j'ai pu pour nous construire une belle vie, Sarah. Tu ne te plaignais pas, quand j'ai acheté cette maison et que tu l'as remplie d'objets d'art. Tu n'as pas protesté non plus, quand je t'ai payé des tonnes de bijoux, des vêtements coûteux, une maison à Tahoe et un jet privé. Je ne t'ai pas entendue me dire que j'en faisais trop.

Sarah n'en croyait pas ses oreilles. Ces paroles ne faisaient que renforcer son dégoût.

— Plusieurs fois, je t'ai dit que toutes ces dépenses m'inquiétaient. Que tout allait trop vite.

Il avait édifié sa fortune sur des malversations et des mensonges. Il avait trompé les investisseurs en leur faisant croire que son capital était plus important qu'il ne l'était réellement, ce qui les avait incités à lui confier davantage d'argent et lui avait permis d'utiliser cet argent pour effectuer des opérations risquées. Et elle se doutait qu'il avait dû se servir au passage. Pour atteindre le sommet, il n'avait reculé devant rien, et maintenant il allait faire une chute fatale, qui le serait peut-être pour elle aussi, en plus d'avoir détruit leur vie.

— Tu n'as jamais essayé de m'arrêter, contra-t-il encore.

Elle le regarda droit dans les yeux.

— Je ne pense pas que tu m'aurais écoutée, Seth. Tu étais rongé d'ambition et de pouvoir, et, pour toi, tous les moyens pour y parvenir étaient bons. Tu as transgressé les règles et maintenant tu dois en payer le prix.

— C'est moi qui vais être emprisonné, Sarah, pas toi.

— À quoi t'attendais-tu ? Tu n'es pas un héros, Seth, seulement un escroc. C'est tout ce que tu es, conclut-elle en se remettant à pleurer.

Seth sortit en trombe et claqua la porte derrière lui. Ce n'étaient pas les mots qu'il voulait entendre. Il aurait voulu qu'elle lui dise qu'elle serait à son côté, quoi qu'il arrive. C'était beaucoup demander, mais il estimait qu'il le méritait.

La nuit fut longue et angoissante pour tous les deux. Seth resta enfermé dans son bureau jusqu'à 4 heures du matin, tandis que Sarah ne pouvait trouver le sommeil. Il alla finalement se coucher et dormit jusqu'à midi. Il n'eut que le temps de se préparer avant la venue de son avocat et des agents du FBI. Sarah avait préféré emmener les enfants au parc, dans la vieille Honda de Parmani, puisque leurs deux voitures avaient été détruites dans le tremblement de terre.

Sur le chemin du retour, Sarah eut une idée et demanda à Parmani si elle pouvait lui laisser sa voiture pour faire une course. La jeune fille accepta volontiers et Sarah la déposa près de la maison avec les enfants.

Parmani devinait que quelque chose n'allait pas entre Seth et Sarah, mais elle n'avait aucune idée de ce que ce pouvait être et n'aurait jamais osé le demander. Elle pensait qu'il avait peut-être eu une liaison et que leur couple traversait une crise. Jamais elle n'aurait pu imaginer qu'il allait être mis en examen, qu'il risquait la prison et qu'ils allaient perdre leur maison. Dans l'esprit de Parmani, ses patrons étaient jeunes, riches et respectables. C'était exactement ce que croyait Sarah deux semaines auparavant. Mais plus aujourd'hui. Elle prit soudain conscience que Seth se serait de toute façon fait prendre un jour ou l'autre. On ne pouvait pas se mettre hors la loi et échapper indéfiniment à la justice. C'était inévitable.

Après avoir quitté Parmani et les enfants, Sarah prit la direction du Presidio. Elle avait tenté en vain de joindre Maggie sur son portable. Elle ne savait pas si la religieuse travaillait toujours à l'hôpital, mais elle avait besoin de parler à quelqu'un. Elle ne pouvait pas se tourner vers ses parents. Son père serait furieux contre Seth et sa mère ferait une crise d'hystérie. Ils l'apprendraient bien assez tôt, si la situation empirait, comme elle le craignait. Elle savait qu'elle devrait leur dire la vérité avant que les médias ne s'emparent de l'affaire, mais ce n'était pas encore le moment. Pour l'instant, elle avait seulement besoin de confier ses malheurs à quelqu'un de sensé et elle sentait que sœur Maggie était la bonne personne.

Sarah s'arrêta devant l'hôpital et entra. Elle allait demander si sœur Maggie travaillait encore là, lorsqu'elle la vit qui se dirigeait d'un pas vif vers le fond de la salle. Elle portait une pile de draps et de serviettes presque plus haute qu'elle. Sarah la rejoignit aussitôt et Maggie la regarda avec étonnement.

— Je suis contente de vous voir, Sarah. Mais que se passe-t-il ? Vous êtes malade ?

— Non… Je vais bien… Je… Je suis désolée… J'aimerais vous parler… Vous auriez un instant ?

Quand Maggie vit l'expression de Sarah, elle posa immédiatement sa pile de linge sur le lit le plus proche.

— Bien sûr. Allons sur la plage. Cela nous fera du bien à toutes les deux. Je suis ici depuis 6 heures du matin.

— Merci, répondit Sarah en suivant la religieuse.

Sur le chemin qui menait à la plage, Maggie demanda à Sarah si Ollie n'avait plus mal aux oreilles et celle-ci lui répondit que son fils se portait bien. Une fois sur la plage, elles s'assirent sur le sable, face à la baie, dont les eaux scintillaient au soleil. Une fois de plus, la journée était magnifique. C'était le mois de mai le plus agréable dont Sarah se souvînt, même si le monde lui paraissait désormais bien sombre. Du moins, pour Seth et elle.

— Qu'y a-t-il ? demanda Maggie en scrutant le visage de la jeune femme.

Sarah semblait en proie à un grand trouble, et son regard exprimait une souffrance infinie. Maggie pensait qu'elle avait des problèmes de couple. Lorsqu'elle avait amené Ollie, Sarah y avait fait une allusion discrète. Mais, quoi que ce fût, Maggie devinait que les choses s'étaient aggravées. Sarah avait l'air totalement désespérée.

— Je ne sais pas par où commencer… murmura-t-elle en pleurant.

Maggie attendit en silence que la jeune femme trouve ses mots, priant pour qu'elle soit soulagée du fardeau qui pesait si lourd sur son cœur.

— Il s'agit de Seth… commença-t-elle.

Maggie n'en fut pas surprise.

— Il est arrivé quelque chose de terrible… Non… Il a fait quelque chose de terrible… Quelque chose de très mal… Et il s'est fait prendre.

Incapable d'imaginer ce que cela pouvait être, Maggie se demanda si Sarah venait de découvrir que son mari la trompait.

— Il vous en a parlé de lui-même ? demanda-t-elle.

— Oui… Pendant la nuit du tremblement de terre, quand nous sommes rentrés chez nous, et le lendemain matin.

Cherchant les yeux de Maggie, Sarah lui conta toute l'histoire, sachant qu'elle pouvait avoir une confiance totale en elle. Maggie ne partageait les secrets qu'on lui confiait qu'avec Dieu.

— Il a commis des malversations… Il a transféré des fonds qui ne lui appartenaient pas sur les comptes de sa société d'investissements. Ils ne devaient que transiter, mais à cause du tremblement de terre, toutes les banques sont restées fermées, si bien que l'opération n'a pas pu avoir lieu et que tout a été découvert.

Maggie écoutait en silence. C'était beaucoup plus grave qu'elle ne l'avait supposé.

— Quand s'en sont-ils aperçus ?

— À New York, le lundi qui a suivi le séisme. La Commission des opérations de Bourse a été avertie et elle a contacté ensuite le FBI à San Francisco. Une enquête a été aussitôt ordonnée et Seth va vraisemblablement être mis en examen. Ensuite, il y aura un procès. S'il est inculpé, il pourrait être condamné, dans le pire des cas, à trente années de prison. Et maintenant, il est prêt à trahir son complice et ami qui fait lui aussi l'objet d'une enquête à New York.

Pleurant plus fort, Sarah tendit la main pour prendre celle de Maggie.

— Je ne sais même pas qui il est. En tout cas, il n'est pas l'homme que je croyais avoir épousé. C'est un escroc et un menteur. Comment a-t-il pu nous faire cela ?

Maggie était désolée pour elle. Cette histoire était vraiment lamentable.

— Vous ne soupçonniez rien ?

— Non. Je le croyais totalement honnête et incroyablement intelligent et chanceux en affaires. Je trouvais qu'on dépensait trop, mais il prétendait que l'argent était fait pour cela. Aujourd'hui, je ne sais même pas s'il nous appartenait vraiment. Dieu seul sait ce qu'il a fait d'autre et ce qui va se passer maintenant. Nous allons sans doute perdre notre maison, mais ce qu'il y a de pire, c'est que je l'ai déjà perdu, lui. Il est coupable et je ne pense pas qu'il pourra se sortir de cette situation. Pourtant il veut que je le soutienne, sous prétexte que j'ai signé « pour le meilleur et pour le pire »… Mais qu'adviendra-t-il des enfants et de moi, s'il va en prison ?

À son âge, songea Maggie, Sarah pourrait refaire sa vie. Mais là n'était pas la question. S'ils divorçaient, les circonstances étaient tellement tragiques qu'elle en resterait traumatisée.

— Souhaitez-vous vraiment le soutenir, Sarah ?

— Je n'en sais rien. Je ne sais plus ce que je veux ou ce que je pense. Je l'aime, mais je ne suis plus sûre de savoir qui est l'homme que j'aime, celui avec qui j'ai été mariée pendant quatre ans. C'est un escroc. Peut-être ne parviendrai-je pas à lui pardonner ce qu'il a fait.

— C'est une autre histoire, fit sagement remarquer Maggie. Vous pouvez lui pardonner, mais décider de ne pas vouloir rester avec lui. Vous avez le droit de choisir avec qui vous vivez, ce que vous voulez faire de votre vie et jusqu'à quel point vous acceptez de souffrir. Le pardon est autre chose et je suis certaine que vous le lui accorderez un jour. Il est trop tôt pour que vous preniez une décision. Vous avez besoin de faire une pause et de réfléchir, pour comprendre ce que vous ressentez exactement. À ce moment-là, peut-être choisirez-vous de rester avec lui et de le soutenir, ou bien le contraire. Tout est possible. Vous n'avez pas à prendre cette décision sur-le-champ.

Accablée, Sarah nageait en pleine confusion.

— Il prétend le contraire.

— Ce n'est pas à lui de le dire, mais à vous. Après ce qu'il a fait, il vous demande beaucoup. Est-ce que la police l'a déjà interrogé ?

— Les agents du FBI sont chez nous en ce moment même. J'ignore ce qui se passera ensuite. Je ne sais plus ce que je lui dois ou ce que je dois à mes enfants et à moi-même. Je ne veux pas sombrer avec lui ni rester l'épouse d'un homme qui va passer trente ans en prison, ou même cinq. Je ne crois pas que j'en serais capable. Je finirais par le détester.

— J'espère que non, Sarah. La haine ne ferait que vous empoisonner et elle n'est pas nécessaire. Il a droit à votre compassion et à votre pardon, mais pas de détruire votre vie ou celle de vos enfants.

— C'est ce que je lui dois, en tant qu'épouse ?

Les yeux de Sarah exprimaient une souffrance, un trouble et une culpabilité infinis. Maggie se sentait profondément désolée pour elle, pour eux deux en réalité. C'était un horrible gâchis et, quoi qu'il ait fait, elle devinait que Seth ne devait pas être en meilleur état que sa femme.

— Vous lui devez votre compréhension, votre pitié et votre compassion, pas votre vie, Sarah. La décision de rester ou non avec lui vous revient entièrement, même s'il prétend le contraire. Vous avez le droit de le quitter, si c'est mieux pour vous et vos enfants. La seule chose que vous lui deviez, c'est le pardon. Pour le reste, c'est à vous de voir. Le pardon vous apporte une grâce infinie. C'est ce qui pourra finalement vous réconcilier et vous aider à vous sentir mieux.

Maggie s'efforçait de lui donner un avis concret, mais teinté par sa foi ardente, entièrement fondée sur la miséricorde, le pardon et l'amour, dans l'esprit du Christ ressuscité.

— Je ne me suis jamais trouvée dans une situation comme celle-ci, avoua-t-elle honnêtement. Je ne peux pas vous conseiller, mais seulement dire ce que je pense. La décision vous appartient, mais il est peut-être trop tôt pour la prendre. Si vous aimez votre mari, c'est déjà beaucoup. C'est à vous de voir comment cet amour se manifestera et comment vous l'exprimerez. Peut-être qu'à la fin, il consistera, dans votre propre intérêt et celui de vos enfants, à le quitter. Il doit payer le prix de ses fautes. Pas vous. Mais en même temps, vous êtes impliquée. Quoi que vous décidiez, ce ne sera pas facile.

— C'est déjà très difficile. Seth dit que nous allons sans doute perdre notre maison. Elle sera saisie ou bien nous devrons la vendre pour payer ses avocats.

Il était clair que Sarah ne savait plus du tout où elle en était. C'était d'ailleurs la raison pour laquelle elle était venue voir Maggie.

— Où irez-vous ? s'enquit cette dernière avec sollicitude. Vous avez de la famille dans la région ?

Sarah secoua la tête.

— Mes parents sont aux Bermudes et je ne veux pas les mettre au courant, du moins pour l'instant. De toute façon, je ne souhaite pas éloigner les enfants de leur père. Si nous devons déménager, je chercherai un petit appartement et il faudra que je trouve un emploi. Je n'ai plus travaillé depuis mon mariage parce que je voulais m'occuper des enfants, et je ne le regrette pas. Mais désormais, je n'ai plus le choix. J'ai une maîtrise de gestion, c'est d'ailleurs ainsi que j'ai rencontré Seth. Nous étions dans la même école de commerce.

Maggie lui sourit, tout en songeant que son époux avait bien mal employé ses diplômes. Par bonheur, Sarah ne devrait pas avoir de difficultés à trouver un emploi et entretenir sa famille. Le vrai problème concernait leur couple et ce qui attendait Seth, s'il était poursuivi, ce qui semblait à peu près certain si l'on en croyait Sarah.

— Accordez-vous le temps de la réflexion, dit la religieuse, et voyez comment les choses tournent. Seth a commis une terrible erreur. Vous seule savez si vous pouvez lui pardonner et si vous souhaitez rester avec lui. Il faut prier, Sarah ! Les réponses viendront quand vous en saurez davantage. Il est possible que vous y voyiez plus clair plus tôt que vous ne le pensez.

Ou plus tôt qu'elle ne le voulait. Maggie se rappela que souvent, lorsqu'elle priait pour que la situation se clarifie, la réponse était plus abrupte et plus évidente qu'elle ne le souhaitait, surtout si elle ne lui plaisait pas. Mais elle s'abstint de le dire à Sarah.

— Il affirme qu'il a besoin de moi au procès, soupira Sarah. J'y serai, car je pense que je le lui dois, mais ce sera affreux. Aux yeux de tous et dans la presse, il apparaîtra comme un véritable escroc. Ce sera tellement humiliant !

Elle savait pourtant – elles le savaient toutes les deux – que c'était exactement ce que Seth était.

— Ne laissez pas l'orgueil vous guider dans cette décision, Sarah. Prenez-la uniquement par amour et vous verrez que vous aurez la bonne réponse pour vos enfants et vous, que cela inclue ou non Seth. Il ne perdra pas ses enfants, puisqu'il est leur père. Mais vous gardera-t-il ? Et, plus important encore, voudrez-vous encore de lui ?

— Je ne sais pas. Je ne sais plus qui il est. Il me semble avoir été amoureuse d'une illusion. S'il y a un homme au monde que je n'aurais jamais soupçonné d'escroquerie, c'est bien lui.

— On ne sait jamais, répliqua Maggie les yeux tournés vers la baie. Les gens font des choses bizarres, y compris ceux que nous pensons connaître et que nous aimons. Je vais prier pour vous. Faites-en autant, si vous le pouvez. Remettez-vous-en à Dieu. Laissez-Le vous aider à trouver la solution.

Sarah hocha la tête avant de se tourner vers elle, un léger sourire aux lèvres.

— Merci. Je savais que je trouverais le réconfort auprès de vous. Je ne sais pas ce que je vais faire, mais je me sens mieux. J'étais complètement paniquée quand je suis arrivée.

— Revenez me voir quand vous le voulez, ou téléphonez-moi. Je vais rester ici un certain temps.

Il y avait encore beaucoup à faire auprès de tous les réfugiés qui vivraient au Presidio de longs mois. C'était tout à fait dans ses compétences et correspondait exactement à sa mission de religieuse. Elle essayait d'apporter l'amour et la paix à ceux qu'elle approchait.

— Faites preuve de compassion, conseilla-t-elle une dernière fois à Sarah. C'est une qualité très importante, dans la vie. Cela ne signifie pas que vous deviez rester mariée avec lui. Mais, quelle que soit votre décision, vous devez avoir pitié de lui comme de vous-même. L'aimer ne veut pas dire continuer à être sa femme, mais simplement faire preuve d'humanité. Lorsque la grâce vous touchera, vous le saurez.

— Merci encore, murmura plus tard Sarah en l'embrassant une dernière fois devant la porte de l'hôpital. Je vous appellerai.

— Je vais prier pour vous, répéta Maggie.

Quand Sarah s'éloigna au volant de la Honda, elle lui sourit en lui adressant un dernier signe de la main.

Sarah avait trouvé, auprès de Maggie, ce qu'elle était venue chercher. Elle arriva chez elle au moment où les deux agents du FBI en sortaient. Elle attendit que leur voiture démarre pour rentrer dans la maison. Henry Jacobs était avec Seth dans son bureau. Quand il partit, elle alla retrouver son mari, qui semblait épuisé.

— Où étais-tu ? demanda-t-il.

— J'avais besoin de prendre l'air. Comment ça s'est passé ?

— Assez mal. Ils vont demander ma mise en examen la semaine prochaine. Ça va être dur, Sarah. J'aurais aimé que tu restes auprès de moi, aujourd'hui.

Son regard était empreint de reproche. Jamais il ne s'était montré aussi demandeur. Se rappelant les paroles de Maggie, elle s'efforça d'éprouver de la compassion pour lui. Quoi qu'il lui ait fait, il était dans le pétrin. Elle en était désolée pour lui, bien plus qu'avant sa visite à Maggie.

— Est-ce que le FBI a demandé à me voir ? s'enquit-elle avec inquiétude.

— Non. Je leur ai dit que tu ne savais rien de mes agissements. Tu ne travailles pas pour moi et ils ne peuvent pas te forcer à témoigner, puisque tu es ma femme. J'aurais juste aimé que tu sois là pour moi.

Ces paroles semblèrent rassurer Sarah.

— Je suis là, Seth.

Pour le moment, du moins. C'était tout ce qu'elle pouvait faire pour lui.

— Merci, dit-il doucement.

Sarah quitta alors la pièce pour monter voir les enfants. Seth ne chercha pas à la retenir mais, dès qu'elle fut sortie, il enfouit son visage dans ses mains et fondit en larmes.

## 12

Durant les dix jours qui suivirent, tout ce que Seth avait construit s'effondra. Il fut mis en examen, arrêté et incarcéré. Il passa la nuit en prison et le juge fixa le montant de sa caution le lendemain matin.

Sur ordonnance de la cour, les fonds qui avaient été frauduleusement déposés sur son compte repartirent à New York pour reconstituer le capital des investisseurs de Sully. Ces derniers ne subirent donc aucune perte, mais il n'en alla pas de même pour ceux qu'il avait trompés. Vu la nature et la gravité du délit commis par Seth, le juge fixa la caution à dix millions de dollars. Seth dut verser un million de dollars à son garant de caution pour être libéré. Toutes ses liquidités y passèrent. Le juge avait estimé qu'il pouvait être libéré sous caution parce qu'il n'y avait eu ni mort d'homme, ni violence physique. La maison était leur seule garantie et elle valait environ quinze millions de dollars. Dès qu'il sortit de prison, Seth confia à Sarah qu'ils allaient devoir la vendre. Dix millions couvriraient la caution et les cinq autres serviraient à payer les avocats. Henry Jacobs avait indiqué que ses honoraires se monteraient à trois millions de dollars, une fois le procès terminé, car l'affaire était difficile. Ils allaient devoir vendre également leur maison de Tahoe. Il leur fallait rassembler le plus d'argent possible.

— Je vais vendre mes bijoux, déclara Sarah.

Elle n'y était aucunement attachée, en revanche quitter sa maison lui brisait le cœur.

— Nous allons louer un appartement, dit Seth.

Il avait déjà cédé son avion, qui n'était d'ailleurs pas entièrement payé, et l'avait vendu à perte. Sa société était liquidée. Ce détournement de soixante millions allait les mettre sur la paille. En plus de la peine de prison à laquelle il allait être condamné, les dommages et intérêts seraient gigantesques. Les avocats des investisseurs ne lui feraient pas de cadeau.

— Je vais louer un appartement de mon côté, annonça tranquillement Sarah.

Elle avait pris cette décision la veille, lorsqu'il était en prison. Maggie avait raison. Elle ignorait encore ce qu'elle ferait par la suite, mais pour l'instant elle savait avec certitude qu'elle ne voulait plus vivre avec lui. Leur couple se reformerait peut-être un jour, mais dans l'immédiat elle souhaitait seulement avoir un appartement pour elle et les enfants, et trouver un emploi.

— Tu pars ? s'inquiéta Seth. Que vont-ils en déduire, au FBI ?

C'était tout ce qui le préoccupait actuellement.

— Je te ferais remarquer que nous partons tous les deux. Tu sembles oublier que tu as commis une énorme erreur, qui bouleverse complètement notre existence. Toi comme moi avons besoin de faire une pause.

C'était absolument vrai. Elle ne demandait pas le divorce, mais elle avait besoin de distance. Elle ne pouvait pas accepter passivement la destruction de leur vie, sous prétexte qu'il avait choisi d'être un escroc au lieu d'un honnête homme. Depuis qu'elle avait vu Maggie, Sarah avait beaucoup prié et elle pensait agir selon sa conscience. Cela ne l'empêchait d'ailleurs pas d'être triste, mais elle savait, ainsi que Maggie l'avait prédit, ce qu'elle avait à faire.

Le lendemain, elle appela une agence immobilière et mit la maison en vente. Elle contacta ensuite le juge pour qu'il ne pense pas qu'ils agissaient dans son dos. Une fois qu'ils lui auraient versé les dix millions de dollars, ils pourraient disposer du reste. Il la remercia pour son appel. Il ne le lui dit pas, mais il était désolé pour elle. Son mari lui avait fait très mauvais effet. Lorsqu'il l'avait vu, Seth s'était montré prétentieux et imbu de lui-même. Le juge avait souvent rencontré des individus de cette sorte. Ils étaient mus par leur ego et finissaient toujours par exploiter leur famille et leur épouse. Il lui souhaita bonne chance pour la vente.

Ensuite, elle passa plusieurs jours à appeler des connaissances, dans l'espoir de trouver un emploi. Elle était prête à accepter n'importe quel poste. Elle était diplômée et qualifiée, il ne lui restait plus qu'à trouver un employeur. Dans le même temps, des acheteurs potentiels visitaient la maison.

Seth trouva rapidement à se loger dans un immeuble moderne divisé en petits appartement coûteux et luxueusement meublés. Ils étaient occupés pour la plupart par des hommes qui venaient de quitter leurs femmes.

Quant à Sarah, elle prit un petit appartement confortable dans un immeuble ancien avec deux chambres, une pour elle et l'autre pour les enfants, mais aussi un parking et un minuscule jardin. Les loyers avaient beaucoup baissé, depuis le tremblement de terre, aussi put-elle l'obtenir pour un prix correct. Elle pourrait s'y installer le 1er juin.

Elle passa voir Maggie, au Presidio, pour lui dire où elle en était. Elle venait de s'acheter une Volvo d'occasion. Maggie fut impressionnée par sa façon d'aller de l'avant tout en agissant avec prudence et sagesse.

Seth, lui, venait de remplacer la Ferrari qu'il avait perdue par une Porsche. Il avait réussi à conclure un marché avec le vendeur, sans avoir à avancer l'argent, ce qui énerva son avocat. Ce dernier lui rappela qu'il était temps de faire preuve d'humilité et d'un peu moins d'ostentation. Avec ce genre de transactions, il avait déjà eu beaucoup de problèmes et le juge risquait de ne pas apprécier une telle extravagance.

Sarah n'avait plus de bijoux. Ils étaient sur le point d'être vendus. Elle n'avait encore rien dit à ses parents. Ils n'auraient pas pu l'aider mais l'auraient soutenue moralement. Par miracle, les journaux n'avaient pas encore parlé de la mise en examen de Seth et de Sully, mais elle savait que cela ne tarderait pas et qu'alors ils seraient traînés dans la boue.


Après le tremblement de terre, Everett passa plusieurs jours à sélectionner les photos qui allaient être publiées. Il avait remis les plus représentatives à son magazine, qui avait consacré plusieurs pages au séisme de San Francisco. Comme il s'y attendait, la photo de Melanie en pantalon militaire avait fait la couverture. Ils n'en avaient publié qu'une seule de Maggie.

Il vendit les autres photos à des journaux et à une agence de presse, mais aussi à des magazines presti-

gieux comme le *New York Times*, *Time* et *Newsweek*.
Sa rédaction l'y avait autorisé, après avoir fait son
choix. La direction avait surtout apprécié les photos de
Melanie, à qui six pages furent consacrées. Everett
avait écrit lui-même l'article et n'avait pas tari
d'éloges sur les habitants de San Francisco et sur la
ville. Il comptait d'ailleurs en envoyer un exemplaire à
Maggie. Mais surtout, il avait des dizaines de photos
d'elle, absolument sublimes. Le visage rayonnant, elle
prodiguait des soins aux blessés. Sur l'une, elle tenait
un bébé en pleurs dans ses bras ; sur une autre, elle
réconfortait un vieil homme qui portait une grosse
entaille au front... Plusieurs la montraient en train de
rire, ses yeux bleus brillant d'allégresse, alors qu'elle
bavardait avec lui... Et puis, il y avait celle qu'il avait
prise depuis le bus qui l'emmenait vers l'aéroport.
Elle paraissait si triste et si perdue qu'il avait failli
pleurer. Il avait accroché des photos d'elle un peu
partout dans son appartement. Elle était devant lui le
matin, pendant son petit déjeuner, et il la retrouvait
le soir en s'asseyant à son bureau ou en s'allongeant
sur le canapé. Il avait fait des doubles pour elle comme
il le lui avait promis, mais il ne savait pas où les lui
envoyer. Il l'avait appelée à plusieurs reprises sur
son portable, mais elle n'avait jamais répondu. De son
côté, elle avait tenté de le joindre deux fois, mais il
était absent. Leurs occupations respectives les avaient
amenés à jouer ainsi à cache-cache, si bien qu'il ne lui
avait pas parlé depuis qu'il avait quitté San Francisco.
Elle lui manquait terriblement et il aurait voulu qu'elle
voie combien les photos qu'il avait prises d'elle étaient
belles. Bien entendu, il souhaitait lui montrer aussi
les autres.

Le samedi soir, il était chez lui, seul, lorsqu'il décida brusquement de profiter des quelques jours de congé qu'il avait pour aller la voir. Le lendemain, il se leva à l'aube et appela un taxi qui le conduisit à l'aéroport. Arrivé là, il sauta dans le premier avion pour San Francisco. Il ne l'avait pas prévenue de son arrivée, mais il espérait la trouver au Presidio, si rien n'avait changé depuis son départ.

L'avion atterrit à San Francisco à 10 heures et il prit aussitôt un taxi. Il serrait sous son bras la boîte remplie des photos qu'il comptait lui remettre. Il était presque 11 heures quand le taxi s'arrêta au Presidio. Il se retrouva devant l'hôpital, espérant qu'elle s'y trouvait. Il avait bien conscience que son comportement pouvait paraître fou, mais il devait absolument la voir. Elle lui avait trop manqué.

À l'accueil, une bénévole lui apprit que Maggie était de congé ce jour-là. Comme on était dimanche, la femme, qui semblait bien la connaître, lui indiqua qu'elle devait être à l'église. Après l'avoir remerciée, il préféra d'abord se rendre au bâtiment occupé par les religieux et les aumôniers. Lorsqu'il arriva, deux religieuses et un prêtre se tenaient sur le seuil. Il leur demanda s'ils savaient où se trouvait Maggie. L'une des religieuses disparut à l'intérieur pour se renseigner. Le cœur battant, Everett attendit ce qui lui parut durer un siècle. Et soudain, Maggie fut devant lui, enveloppée dans un peignoir de bain, avec ses yeux bleus brillants et ses cheveux roux tout mouillés, sortant visiblement de la douche. À la seconde où elle le vit, Maggie sourit largement et il faillit pleurer, tant il était soulagé de la retrouver. Pendant une minute, il avait craint de l'avoir perdue, mais elle était là. Il la serra très fort contre lui et manqua lâcher la boîte de photos. Puis il s'écarta pour la regarder, rayonnant de bonheur.

— Qu'est-ce que vous faites là ? demanda-t-elle.

Les autres religieuses et le prêtre s'écartèrent discrètement. Des amitiés s'étaient nouées pendant le tremblement de terre, aussi personne ne voyait rien d'inconvenant dans ces retrouvailles chaleureuses. Une des religieuses avait d'ailleurs aperçu Everett au camp et se souvenait de lui. Maggie leur dit qu'elle les rejoindrait plus tard. Ils avaient déjà assisté à la messe et s'apprêtaient à gagner la cantine pour le déjeuner. Dans le taxi, Everett avait été impressionné par le nombre de restaurations effectuées dans la ville en l'espace de deux semaines. Pourtant, le camp de réfugiés n'en était pas moins installé au Presidio pour encore longtemps.

— Vous êtes ici pour un reportage ? demanda Maggie.

Heureux d'être ensemble, ils se mirent à parler en même temps :

— Je regrette d'avoir manqué vos appels, mais j'éteins mon téléphone quand je travaille.

— Je sais... Je suis désolé... Je suis si content de vous voir ! dit Everett en la serrant de nouveau dans ses bras. Je ne suis venu que pour cela. J'avais des tonnes de photos à vous montrer et je ne savais pas où vous les envoyer, alors j'ai décidé de vous les apporter moi-même.

Un large sourire aux lèvres, elle passa la main dans ses cheveux encore tout humides.

— Je vais d'abord aller m'habiller.

Elle revint cinq minutes plus tard, vêtue d'un jean et d'un tee-shirt imprimé, ses baskets roses aux pieds. En voyant le tigre surmonté de l'inscription : « Cirque

Barnum & Bailey », Everett ne put s'empêcher de rire, tant cela paraissait incongru... Maggie était décidément une religieuse pas comme les autres !

Elle mourait d'envie de voir les photos. Ils se dirigèrent vers un banc et s'assirent pour les regarder ensemble. Les mains tremblantes, elle ouvrit la boîte. En les regardant, elle oscilla plusieurs fois entre le rire et les larmes. Everett avait photographié une femme qu'on sortait des décombres d'une maison et à qui on avait dû couper la jambe. Il y avait plusieurs clichés d'enfants, beaucoup de Melanie et encore plus de Maggie. Chaque fois qu'elle en sortait une, elle poussait des exclamations : « Oh, je me rappelle très bien !... Oh, mon Dieu, vous vous souvenez de lui ?... Oh, ce pauvre petit !... Cette gentille vieille dame... »

Il y avait des photos de la ville, la nuit du gala, quand tout avait commencé. C'était une extraordinaire chronique, à la fois effrayante et émouvante, de ces moments terribles.

— Oh, Everett, c'est magnifique ! dit-elle enfin en levant vers lui ses yeux bleus. Merci de me les avoir apportées. J'ai souvent pensé à vous et j'espérais que vous alliez bien.

Il avait laissé sur son répondeur des messages rassurants, mais elle aurait préféré lui parler. Et il en allait de même pour lui.

— Vous m'avez manqué, Maggie, avoua-t-il franchement une fois qu'ils eurent fini de regarder les photos. Je n'ai personne à qui parler, en dehors de vous. En tout cas, personne à qui je puisse parler vraiment.

Elle lui avait fait prendre conscience du vide de sa vie.

— Vous m'avez manqué aussi, reconnut-elle. Vous êtes allé à des réunions des Alcooliques Anonymes ? Celles que vous avez lancées ici marchent très fort.

— J'y vais deux fois par jour. Vous voulez qu'on déjeune quelque part ?

Des fast-foods avaient rouvert sur Lombard Street. Il lui proposa d'acheter quelque chose à manger et de pique-niquer sur la Marina Green, puisqu'il faisait beau. De là, ils pourraient contempler la baie et regarder les bateaux. Ils auraient pu aller sur la plage du Presidio, mais il pensait qu'elle avait besoin de sortir, de marcher, de prendre l'air et de quitter un peu le Presidio. Elle était restée enfermée à l'hôpital pendant toute la semaine.

— Très volontiers, répondit-elle.

Comme ils n'avaient pas de voiture, ils ne pouvaient aller très loin. Maggie alla chercher un pull et laissa dans sa chambre la boîte de photos. Elle fut de retour quelques minutes plus tard.

Pendant un instant, ils marchèrent en silence, puis ils se racontèrent ce qu'ils avaient fait depuis qu'ils s'étaient quittés. Elle lui parla de la reconstruction de la ville et de son travail à l'hôpital, et lui des missions qu'on lui avait confiées. Il lui avait apporté l'exemplaire de *Scoop* consacré au tremblement de terre. En regardant les nombreuses photos de Melanie, ils louèrent sa gentillesse et sa simplicité. Ils achetèrent des sandwiches au premier fast-food qu'ils trouvèrent, puis ils prirent la direction de la baie et, en arrivant à Marina Green, s'assirent dans l'herbe et discutèrent.

— Qu'est-ce que vous allez faire, quand vous quitterez le Presidio ? demanda Everett.

Décontractés et à l'aise ensemble, ils mangeaient leurs sandwiches. Avec son tee-shirt imprimé et ses baskets roses, Maggie n'avait rien d'une religieuse et, parfois, il oubliait qu'elle l'était.

— Je ne pense pas partir avant un bon moment, peut-être pas avant plusieurs mois. Il va falloir beaucoup de temps pour reloger tous ces gens.

Une grande partie de la ville avait été détruite et la reconstruction pourrait prendre un an.

— Après cela, je suppose que je retournerai à Tenderloin, où je reprendrai mes activités habituelles.

Tout en disant cela, elle réalisa soudain à quel point sa vie était répétitive. Depuis des années, elle s'occupait des sans-abri sans jamais se lasser de cette tâche et, tout à coup, elle avait envie d'autre chose. D'autant que son travail d'infirmière lui plaisait énormément.

— Il ne vous arrive jamais de vouloir davantage, Maggie ? Vous pourriez avoir une vie à vous.

— C'est ma vie, répliqua-t-elle en lui souriant gentiment. Elle ne fait qu'un avec ma mission sur cette terre.

— Je sais. Moi aussi. Je confonds les photos que je fais avec la vie. Mais depuis que je suis rentré, j'éprouve une impression bizarre. J'ai changé, quand j'étais ici. Il me semble maintenant qu'il me manque quelque chose.

La regardant, il ajouta très bas :

— C'est peut-être vous.

Ne sachant que répondre, elle le regarda un long moment avant de baisser les yeux.

— Faites attention, Everett, murmura-t-elle. Je ne crois pas que nous devions nous aventurer sur ce terrain.

— Pourquoi pas ? insista-t-il. Un jour, vous changerez peut-être d'avis et ne voudrez plus être religieuse.

— Mais peut-être pas. J'aime être religieuse. Je le suis depuis que j'ai quitté l'école d'infirmières. C'est ce que je voulais depuis mon enfance. C'est mon rêve, Everett. Comment pourrais-je y renoncer ?

— Mais si vous l'échangiez contre autre chose ? Si vous quittiez le voile, vous pourriez continuer à faire le même genre de travail. Vous seriez assistante sociale, ou bien vous prodigueriez vos soins aux sans-abri en tant qu'infirmière.

Il avait envisagé la question sous tous les angles…

— Je le fais déjà et je suis religieuse. Vous connaissez parfaitement ma position à ce propos.

Il l'effrayait. Elle aurait voulu qu'il arrête avant qu'ils n'en disent trop et qu'elle soit obligée de ne plus le voir. Elle ne souhaitait pas que cela arrive, mais s'il allait trop loin, elle y serait contrainte. Elle devait respecter ses vœux. Elle était religieuse, que cela lui plaise ou non.

Tentant de se rattraper, Everett lui sourit.

— Si je comprends bien, je vais devoir me contenter de vous rendre visite et de vous faire sortir de vos gonds de temps à autre. Vous voulez bien ?

Elle fut soulagée qu'il n'insiste pas davantage.

— Je suis d'accord, aussi longtemps que nous ne faisons rien de stupide.

— À quoi faites-vous allusion ? Dites-moi ce que vous entendez par « stupide », s'il vous plaît.

Il la poussait dans ses derniers retranchements et elle le savait, mais elle était assez grande pour se défendre.

— Ce qui serait stupide, c'est que vous oubliiez que je suis religieuse. Mais nous n'en arriverons pas là, affirma-t-elle fermement. N'est-ce pas, monsieur Allison ? conclut-elle en riant.

Everett n'avait pas oublié l'allusion au vieux film avec Deborah Kerr et Robert Mitchum.

— Oui, oui, je sais, dit-il en levant les yeux au ciel. Dans le film, à la fin, je retourne dans la marine et vous à votre couvent. Connaissez-vous un film où les religieuses renoncent à leur voile ?

— Je ne les regarde pas, répliqua-t-elle d'un air un peu pincé. Je ne vois que ceux où elles respectent leurs vœux.

— Je les déteste, plaisanta-t-il. Ils sont très ennuyeux.

— Pas du tout ! Ils sont très nobles, au contraire.

— Je voudrais que vous soyez moins noble et moins fidèle à vos vœux, murmura-t-il doucement.

Il n'osa pas en dire plus et elle ne répondit pas. Il était beaucoup trop insistant à son goût. Un instant plus tard, elle changea de sujet.

Ils profitèrent du soleil jusque tard dans l'après-midi. Derrière eux, ils pouvaient voir les travaux de reconstruction ou de restauration des immeubles. Quand l'atmosphère commença à fraîchir, ils retournèrent au Presidio et elle l'invita à dîner avec elle à la cantine. Là, Everett reconnut de nombreuses personnes qui se trouvaient au camp avant son départ.

Ils mangèrent une soupe, puis il la raccompagna jusqu'à son bâtiment et elle le remercia de sa visite.

— Je reviendrai vous voir, promit-il.

Dans la journée, pendant qu'ils bavardaient, il avait pris de nombreuses photos d'elle. Ses yeux avaient la même couleur que le ciel.

— Prenez soin de vous, lui dit-elle comme la première fois qu'ils s'étaient quittés. Je vais prier pour vous.

Hochant la tête, il déposa un baiser sur sa joue. Sa peau avait la douceur du velours. Elle lui sembla incroyablement jeune, dans son drôle de tee-shirt.

Elle le regarda s'éloigner et franchir le portail principal. Avec ses bottes de cow-boy, il avait une démarche qu'elle aurait reconnue entre mille. Il lui fit un dernier signe de la main, puis il tourna en direction de Lombard Street, pour prendre un taxi. Elle retourna alors dans sa chambre pour regarder de nouveau les photographies. Elles étaient belles, songea-t-elle. Il était extrêmement doué, mais, plus que cela, il possédait des qualités humaines qui la séduisaient énormément. Malgré tous ses efforts, il exerçait sur elle une forte attraction… et pas seulement en tant qu'ami, en tant qu'homme aussi. Depuis qu'elle avait prononcé ses vœux, cela ne lui était jamais arrivé. Il faisait vibrer en elle une fibre dont elle ignorait jusque-là l'existence. Peut-être d'ailleurs n'existait-elle pas avant l'irruption d'Everett dans sa vie. Quoi qu'il en fût, elle était profondément troublée.

Après avoir refermé la boîte de photos, elle la déposa sur le lit, à côté d'elle, puis elle s'étendit et ferma les yeux. Elle ne voulait pas qu'une telle chose survienne. Elle n'avait pas le droit de tomber amoureuse de lui. C'était impossible. Cela n'arriverait pas.

Allongée sur son lit, elle pria longtemps, avant que les autres religieuses avec qui elle partageait la chambre ne la rejoignent. Jamais elle n'avait prié avec autant de ferveur.

— Je vous en prie, mon Dieu, ne cessait-elle de répéter, empêchez-moi de l'aimer.

Elle espérait que Dieu exaucerait sa prière. Elle ne voulait pas qu'un tel malheur se produise, car elle appartenait à Dieu et à Lui seul.

# 13

Une semaine après le départ de Melanie, Tom rejoignit sa famille à Pasadena. Dès son arrivée, il appela la jeune fille. Il avait déménagé son appartement de Berkeley en deux jours, chargé toutes ses affaires dans le coffre de sa camionnette, miraculeusement épargnée par le séisme, et pris la direction du sud. Il brûlait d'envie de revoir Melanie.

Il passa la première soirée avec ses parents et sa sœur à leur raconter ce qu'il avait vécu. Ils s'étaient beaucoup inquiétés pour lui, pendant le tremblement de terre. Le lendemain, après le petit déjeuner, il partit pour Hollywood non sans avoir prévenu sa sœur qu'il l'emmènerait bientôt à un concert. En partant, il précisa qu'il rentrerait sans doute très tard. En tout cas, c'était ce qu'il espérait. Melanie l'avait invité pour la journée et il projetait de l'emmener dîner au restaurant. La jeune fille lui avait d'autant plus manqué qu'au Presidio ils se voyaient autant qu'ils le voulaient. Sachant qu'elle entamait sa tournée en juillet, il souhaitait rester le plus de temps possible avec elle. Surtout que, de son côté, il devait se mettre en quête d'un emploi puisque celui qu'il avait trouvé à San Francisco était tombé à l'eau. La ville mettrait du temps à se remettre du séisme, aussi cherchait-il du travail à Los Angeles.

Melanie guettait son arrivée. Dès qu'elle aperçut la camionnette, elle actionna l'ouverture du portail et courut à sa rencontre, un large sourire aux lèvres. Pam jeta un coup d'œil par la fenêtre et sourit en les voyant s'embrasser. Ensuite, Melanie entreprit de lui faire visiter la maison. Immense, elle possédait un gymnase, une salle de jeux avec un billard, une pièce avec un écran géant et des fauteuils confortables pour regarder des films, et une magnifique piscine. Melanie avait dit à Tom d'apporter un maillot de bain, mais il avait seulement envie de la voir. La prenant dans ses bras, il la serra contre lui dans un baiser passionné et le temps s'arrêta pour eux.

— Tu m'as énormément manqué, lui dit-il avec un sourire heureux. Après ton départ, le camp était mortellement ennuyeux. Je n'avais envie de rien et je cassais les pieds de Maggie. Elle m'a dit qu'elle te regrettait, elle aussi.

— C'est réciproque. Il faut que je l'appelle. Et… toi aussi, tu m'as manqué, souffla-t-elle.

Elle l'emmena alors à l'étage pour lui montrer sa chambre. En voyant le décor rose et blanc choisi par Janet, Tom crut entrer dans la chambre d'une petite fille. Il y avait des photos de Melanie en compagnie d'acteurs, d'actrices ou d'autres chanteurs et chanteuses, tous célèbres. Sur l'une d'elles, que sa mère avait fait encadrer, elle était en train de recevoir le Grammy. D'autres représentaient ses vedettes préférées. Ensuite, Melanie conduisit Tom dans la cuisine, où ils se désaltérèrent avant d'aller s'asseoir près de la piscine.

— Comment s'est passé ton enregistrement ? lui demanda-t-il.

Il était fasciné par tout ce qu'elle faisait, sans que son statut de star l'impressionne pour autant. Il la considérait comme quelqu'un de normal et l'appréciait pour ce qu'elle était. À son grand soulagement, il constatait qu'elle n'avait pas changé et qu'elle était toujours la fille adorable qu'il avait rencontrée à San Francisco et dont il était tombé amoureux. Melanie portait un short, un débardeur et elle avait abandonné les tongs pour des sandales, mais elle était restée la même. Elle n'était pas plus apprêtée qu'au camp et elle ne se conduisait pas davantage en star que lorsqu'il avait fait sa connaissance. Assise près de lui sur une chaise longue ou bien au bord de la piscine, les jambes ballantes, elle était toujours elle-même. Il était difficile de deviner qu'elle était en réalité une célèbre vedette. Aux yeux de Tom, cela ne signifiait pas grand-chose. C'était une des raisons pour lesquelles il plaisait autant à Melanie. Tom était sincère et sa renommée l'indifférait totalement.

Ils bavardaient tranquillement au bord de la piscine et elle lui parlait de l'enregistrement de son prochain CD, quand sa mère arriva en voiture. Elle s'arrêta et alla rejoindre Melanie pour voir ce qu'elle faisait et avec qui elle se trouvait. En découvrant Tom, elle manqua singulièrement d'enthousiasme et ne se montra pas très accueillante.

— Qu'est-ce que vous faites ici ? demanda-t-elle sans s'embarrasser de formules de politesse.

Melanie parut gênée, tandis que Tom se levait pour saluer Janet, qui ne s'adoucit pas pour autant.

— Je suis rentré à Pasadena hier, expliqua-t-il. J'ai eu envie de passer dire bonjour à Melanie.

Hochant la tête, Janet jeta un coup d'œil à sa fille. Elle espérait que Tom ne s'attarderait pas. À ses yeux, le jeune homme n'avait aucune des qualités nécessaires pour Melanie. Elle se moquait qu'il soit bien élevé, qu'il appartienne à une bonne famille et qu'il ait d'excellents diplômes. Peu lui importait aussi qu'il soit honnête, gentil et qu'il aime sa fille. Elle n'avait pas besoin de mots pour montrer qu'il ne lui plaisait pas et qu'elle ne lui trouvait aucun intérêt. Elle les quitta rapidement et entra dans la maison, non sans claquer la porte derrière elle.

— J'ai l'impression qu'elle n'est pas très contente de me voir, remarqua Tom avec embarras.

Melanie s'excusa à la place de sa mère, ainsi qu'elle le faisait souvent.

— Elle préférerait certainement que tu sois un acteur drogué et à moitié givré et qu'on parle de toi dans la presse au moins deux fois par semaine. Ce serait encore mieux si tu pouvais sortir de prison et si tu avais les journalistes à tes basques, conclut-elle en riant.

Mais Tom soupçonna qu'elle ne disait que la stricte vérité.

— Je n'ai jamais été en prison et ma photo n'a jamais figuré dans les magazines, s'excusa-t-il. Elle doit me prendre pour un vrai raté.

S'asseyant près de lui, Melanie le regarda dans les yeux.

— Pas moi, en tout cas.

Elle aimait tout en lui, et particulièrement qu'il n'ait rien en commun avec le cirque hollywoodien. Elle avait fini par haïr l'enfer qu'elle vivait avec Jake. Son alcoolisme, ses cures de désintoxication, le harcèlement de la presse. Pire encore, elle détestait ce qu'il avait fait avec Ashley. Depuis leur retour à Los Angeles, elle ne lui avait pas adressé la parole et elle ne comptait pas le faire. Tom, en revanche, était normal. C'était un garçon bien et il l'aimait vraiment. Elle savait qu'il avait de l'avenir. Pas celui que sa mère voulait pour elle, mais celui qu'elle rêvait de partager avec lui plus tard, et même tout de suite. Tom avait les pieds sur terre et il était sérieux, tout comme elle. Il n'avait rien à voir avec la faune hollywoodienne.

— Tu veux nager un peu ?

Il hocha la tête. En réalité, tout ce qui lui importait, c'était d'être avec elle.

Elle le conduisit jusqu'à la cabine qui se trouvait à l'extrémité de la piscine, pour qu'il puisse se changer. Il en sortit une minute plus tard, vêtu d'un caleçon de style hawaïen. À Pâques, il avait surfé avec des amis à Kauai, l'une des îles de l'archipel d'Hawaii. Quand Melanie émergea à son tour de la cabine, elle portait un bikini rose qui mettait en valeur ses formes parfaites. Depuis son retour, elle avait repris ses séances quotidiennes avec son entraîneur, en plus des deux heures qu'elle passait au gymnase. Parallèlement, chaque jour, elle avait des répétitions en vue du concert qui aurait lieu en juin, au Hollywood Bowl. Toutes les places étaient déjà vendues. Après l'article paru dans *Scoop*, qui la montrait aidant les survivants du tremblement de terre, les billets étaient partis comme des petits pains. Melanie en avait donné deux à Tom, pour lui et sa sœur, ainsi que des laissez-passer pour qu'ils puissent la retrouver en coulisse.

Les deux jeunes gens nagèrent, puis ils s'étendirent sur un matelas pneumatique et se laissèrent dériver sous le soleil. Ils passèrent un long moment ainsi, allongés sans parler, se tenant seulement la main. Tout comme au camp, Melanie se sentait incroyablement bien avec Tom.

— Le concert devrait être vraiment super, lui dit-elle lorsqu'ils abordèrent cette question.

Elle lui parla des effets spéciaux, ainsi que des chansons qu'elle allait interpréter. Il les connaissait toutes. Sa sœur serait folle de joie. Il ne lui avait pas encore annoncé qu'ils étaient invités et encore moins qu'elle serait autorisée à aller en coulisse.

Lorsqu'ils en eurent assez de paresser au soleil, ils rentrèrent dans la maison pour prendre de quoi manger. Janet était dans la cuisine. Elle fumait et bavardait au téléphone, tout en parcourant un journal à scandale. Elle était déçue de n'y trouver aucun article sur Melanie. Pour ne pas la déranger, ils prirent leurs sandwiches et s'installèrent près de la piscine, à une table protégée du soleil par un parasol. Ensuite, ils s'allongèrent dans un hamac. Melanie confia alors à voix basse à Tom qu'elle cherchait le moyen de faire du bénévolat. Elle ne souhaitait pas passer sa vie en répétitions et en concerts.

— Tu as une idée ? chuchota-t-il.

— Rien que ma mère me permette, en tout cas.

Ils avaient l'air de deux conspirateurs, à murmurer ainsi. Tom l'embrassa de nouveau. Plus il la voyait, plus il l'aimait. Il n'arrivait pas à croire à sa chance, non de sortir avec une vedette, mais d'avoir rencontré une fille aussi douce, simple et drôle.

— Sœur Maggie m'a parlé d'un prêtre qui dirige une mission catholique et qui passe chaque année quelques mois au Mexique. J'aimerais le contacter, mais je ne crois pas que cela donnera quelque chose. J'ai ma tournée, mon agent a pris des engagements jusqu'à la fin de l'année et il ne va pas tarder à en prendre pour l'année prochaine.

Elle était fatiguée de travailler autant, surtout que, désormais, elle avait envie de passer du temps avec Tom.

— Tu seras partie longtemps ?

Lui aussi avait envie d'être avec elle. Ils venaient tout juste de se rencontrer. Et la situation allait se compliquer lorsqu'il aurait trouvé du travail, car ils seraient tous deux très occupés.

— Les tournées représentent à peu près quatre mois par an, parfois cinq. Autrement, je fais juste un aller et retour en avion, comme quand j'ai accepté de participer à ce gala de bienfaisance, à San Francisco. Dans ces cas-là, je ne pars que pour deux nuits.

— J'étais en train de me dire que je pourrais aller te voir à Las Vegas. Peut-être aussi pourrai-je te rejoindre parfois pendant ta tournée. Par où vas-tu passer ?

Tom s'efforçait de trouver des solutions pour qu'ils puissent se retrouver. Il était impensable qu'il attende jusqu'au mois de septembre. Et il en allait de même pour elle. Ces deux mois et demi leur apparaissaient comme des siècles. Ce qu'ils avaient vécu, après le séisme, les avait rapprochés beaucoup plus vite que dans des circonstances normales. Et leurs sentiments avaient évolué de la même manière. Melanie allait s'absenter pendant dix semaines, ce qui n'avait rien d'extraordinaire pour une tournée, mais pour les deux jeunes gens, cela s'apparentait à une éternité. Et l'agent de Melanie prévoyait une tournée au Japon l'année suivante. Là-bas, on s'arrachait ses CD. Les Japonais adoraient son look et sa voix.

Quand Tom lui demanda de lui donner les étapes de sa tournée, elle se mit à rire et débita une liste de villes. Elle allait sillonner tous les États-Unis ! Heureusement, ce serait en avion. Ils avaient déjà effectué les trajets en car, mais elle avait vécu un calvaire, puisque la plupart du temps ils voyageaient la nuit. Désormais, c'était un peu moins dur. Lorsqu'elle lui indiqua les dates, Tom lui promit d'essayer de la rejoindre une ou deux fois. Tout dépendrait de la rapidité avec laquelle il trouverait un emploi. Mais cette perspective la combla de joie.

Ils retournèrent alors dans la piscine et nagèrent jusqu'à n'en plus pouvoir. Tom était un excellent nageur. Il expliqua à Melanie qu'il avait fait partie de l'équipe de natation, à Berkeley. Il avait aussi fait du foot jusqu'à ce qu'il se fasse mal au genou. Il lui montra la cicatrice qui lui restait de l'intervention chirurgicale qu'il avait subie. Il lui parla de son enfance, de ses années d'université et de ses projets professionnels. Il voulait entreprendre un troisième cycle, mais auparavant, il avait l'intention de travailler quelques années. Il avait tout planifié. Contrairement à beaucoup de jeunes de son âge, Tom savait où il allait. Ils découvrirent qu'ils aimaient tous les deux les mêmes activités sportives. Malheureusement, Melanie n'avait pas le temps de s'y adonner comme elle l'aurait voulu. Elle lui expliqua qu'elle devait rester en forme, mais qu'elle ne pratiquait aucun sport. Elle n'avait pas le temps et sa mère craignait qu'elle ne se blesse, ce qui l'obligerait à annuler la tournée. Elle ne le dit pas à Tom, mais les tournées rapportaient énormément d'argent. Il le devinait, mais elle était trop réservée pour en parler, bien que Janet fît de fréquentes allusions aux cachets de sa fille. Son agent avait recommandé à Janet d'être plus discrète, si elle ne voulait pas mettre sa fille en danger. On avait déjà suffisamment de mal à assurer sa sécurité et à la protéger contre l'enthousiasme de ses fans. C'était une préoccupation que connaissaient toutes les grandes vedettes d'Hollywood. Lorsqu'il s'agissait de Melanie, Janet minimisait toujours les risques, soi-disant pour ne pas l'effrayer. Cela ne l'empêchait pas d'utiliser elle-même un garde du corps, sous prétexte que les fans pouvaient être dangereux. Elle oubliait seulement que c'étaient ceux de Melanie, pas les siens.

— Tu as déjà reçu des lettres de menace ? demanda Tom.

Il n'avait jamais réfléchi à ce qu'impliquait la protection d'une star comme elle. Au Presidio, elle avait mené une vie simple, mais cela n'avait pas duré longtemps. L'idée qu'elle voyage entourée de gardes du corps ne l'avait pas effleuré.

— Quelquefois, dit-elle vaguement. Mais ce sont des dingues. Je ne crois pas qu'ils aient jamais essayé de passer à l'acte. Il y en a qui m'ont écrit pendant des mois.

— Pour te menacer ? s'enquit-il d'une voix horrifiée.

— Oui, répondit-elle en riant.

C'était indissociable de la renommée et elle y était habituée. Elle avait également reçu des lettres enflammées de prisonniers, qui se transformaient parfois en maniaques à leur sortie de prison. Elle ne se rendait jamais seule dans des endroits publics. Ses gardes du corps veillaient soigneusement sur elle. Mais elle évitait de faire appel à eux lorsqu'elle faisait du shopping ou allait voir des amis. Elle aimait conduire elle-même sa voiture, quand elle le pouvait.

À mesure qu'elle se confiait à lui, l'inquiétude de Tom grandissait. Il aurait voulu la protéger, mais il ne voyait pas comment.

— Tout cela ne te fait pas peur ? demanda-t-il.

— De façon générale, non. De temps à autre, la police me signale que je suis l'objet des attentions d'un maniaque. Cela m'effrayait au début, mais plus maintenant. Ceux que je redoute le plus, ce sont les journalistes. Ils ne reculent devant rien, tu verras.

Mais, pour l'instant, Tom ne voyait pas comment cela pourrait lui arriver. Il était trop naïf pour évaluer tout ce qu'impliquait une vie comme la sienne. Il devinait qu'il devait y avoir un revers à la médaille, mais tant qu'il bavardait avec elle au soleil, tout paraissait simple et sans problème.

Dans l'après-midi, il l'emmena faire un tour en voiture et manger une glace. Elle lui montra le lycée qu'elle avait fréquenté avant d'abandonner ses études pour se lancer dans la chanson. Elle voulait toujours aller à l'université, mais pour l'instant cela restait un rêve irréalisable. Elle se rattrapait en lisant tout ce qui lui tombait sous la main. S'étant arrêtés dans une librairie, ils découvrirent qu'ils avaient les mêmes goûts en matière de littérature et avaient lu les mêmes livres.

Ils retournèrent ensuite chez elle et, plus tard, il l'invita à dîner dans un petit restaurant mexicain qu'elle aimait. Ensuite, ils rentrèrent et regardèrent un film. Quand Janet revint à son tour, elle parut surprise de le trouver encore là. Son déplaisir était si visible que Tom en éprouva une certaine gêne, mais Janet ne fit aucun effort pour se montrer polie. Lorsqu'il partit, Melanie le raccompagna jusqu'à sa camionnette et ils s'embrassèrent une dernière fois au-dessus de la vitre baissée, heureux l'un et l'autre de leur journée. Ce premier rendez-vous avait été à la fois fabuleux et merveilleusement décontracté. Après avoir promis de lui téléphoner le lendemain, il l'appela dès qu'il eut roulé quelques mètres. Elle regagnait la maison en pensant à lui, quand son téléphone portable se mit à sonner.

— Tu me manques déjà, lui dit-il.

— Toi aussi, répondit-elle en riant de plaisir. On s'est trop bien amusés, aujourd'hui. J'espère que cela ne t'a pas ennuyé de rester à la maison.

Elle avait du mal à sortir de chez elle. Les gens la reconnaissaient partout. Tout s'était bien passé lorsqu'ils avaient mangé leur glace, mais à la librairie, des clients l'avaient fixée et lorsqu'ils étaient à la caisse, trois personnes lui avaient demandé des autographes. Lorsqu'elle se trouvait avec un garçon, elle détestait ce genre de manifestation, qu'elle ressentait toujours comme une intrusion pouvant gêner celui avec qui elle sortait. Mais Tom s'en était amusé.

— J'ai passé une très bonne journée, la rassura-t-il. Je t'appellerai demain. On pourrait peut-être se voir le week-end prochain.

— J'aimerais beaucoup aller à Disneyland, avoua-t-elle. Quand j'y suis, j'ai l'impression de redevenir enfant. Mais en cette saison, il y a trop de monde. Il vaut mieux y aller en hiver.

— Tu es toujours une gamine, répondit-il avec un sourire. Une gamine vraiment fantastique. Bonne nuit, Melanie.

— Bonne nuit, Tom, dit-elle avant de raccrocher, un sourire heureux aux lèvres.

À cet instant, Janet sortit de sa chambre et alla à la rencontre de sa fille.

— Qu'est-ce que tu as fabriqué, aujourd'hui ? s'enquit-elle avec une moue dégoûtée. Il a passé toute la journée ici ! N'entame pas quelque chose avec lui, Mel. Il ne fait pas partie de ton monde. Il se sert de toi, c'est tout.

Melanie appréciait justement que Tom n'appartienne pas à son univers. La dernière remarque de sa mère la fit bondir d'indignation.

— C'est complètement faux, maman ! Tom est un garçon bien et tout à fait normal, et il se moque complètement que je sois une vedette.

— C'est ce que tu crois, rétorqua sa mère avec cynisme. Si tu sors avec lui, les journalistes ne feront plus attention à toi et ce n'est pas bon pour ta carrière.

L'expression de la jeune fille se teinta de tristesse. Sa mère n'avait que ce mot à la bouche. Parfois, Melanie l'imaginait un fouet à la main, la dressant comme un animal de cirque.

— Je suis lasse de t'entendre parler de ma carrière, maman. Il n'y a pas que cela, dans la vie.

— Sauf si tu veux être une grande vedette.

— Je le suis déjà, maman. J'ai aussi besoin d'avoir une vie à moi. Tom est quelqu'un de bien, il est mille fois mieux que tous ces types d'Hollywood avec lesquels je suis sortie.

Janet n'en démordait pas, ne comprenant pas l'attirance que Melanie éprouvait pour lui.

— C'est parce que tu n'as pas encore rencontré le bon.

— Je me demande s'il existe ! Aucun de ceux que j'ai connus ne s'en approchait, en tout cas.

— Et tu t'imagines que ce garçon est celui qu'il te faut ? demanda Janet avec inquiétude. Tu ne le connais même pas ! Il n'était qu'un visage, dans cet horrible camp de réfugiés.

Janet faisait encore des cauchemars. Le tremblement de terre les avait tous traumatisés et elle avait apprécié comme jamais son lit lorsqu'elle l'avait retrouvé.

Melanie s'abstint de lui dire que le camp ne lui avait pas semblé horrible. Elle n'avait été horrifiée que lorsqu'elle avait découvert Jake et Ashley dans le même lit. Elle les avait chassés tous les deux de sa vie sans regret. Il n'y avait que sa mère pour le déplorer. Janet discutait au moins une fois par jour avec Ashley, lui promettant toujours d'arranger les choses avec Melanie. Cette dernière ignorait totalement qu'elles étaient encore en contact. Pour elle, Ashley ne faisait plus partie de sa vie. Pas plus que Jake, d'ailleurs. Tom compensait largement leur perte. Elle souhaita une bonne nuit à sa mère et regagna lentement sa chambre en pensant à Tom.

Ce premier rendez-vous avait été absolument parfait.

## 14

Tom revint souvent voir Melanie. Ils dînèrent au restaurant, allèrent au cinéma et se prélassèrent au bord de la piscine, malgré la désapprobation visible de Janet. Celle-ci adressait à peine la parole à Tom, qui se montrait pourtant extrêmement poli envers elle. Un jour, Tom vint avec sa sœur, qui fut très impressionnée par la simplicité, la gentillesse et l'ouverture d'esprit de Melanie. Rien dans son comportement ne suggérait qu'elle était une vedette. Elle se conduisait vraiment comme tout le monde. En apprenant que Melanie les invitait à son concert de l'Hollywood Bowl, la sœur de Tom fut aux anges.

Les deux jeunes gens n'avaient toujours pas fait l'amour. L'un comme l'autre, ils préféraient ne pas hâter les choses, voir comment leur relation évoluait et apprendre à mieux se connaître. De plus, Tom ne souhaitait pas brusquer Melanie, qui n'était pas complètement remise de la trahison de Jake. Il ne cessait de lui répéter qu'ils avaient le temps. En attendant, ils étaient toujours aussi heureux de se voir. Après lui avoir apporté ses films et ses disques préférés, il l'invita à dîner chez ses parents, à Pasadena. Melanie les trouva absolument adorables. Ils étaient ouverts et sympathiques, et ils s'aimaient. Ils se montrèrent pleins de tact, ne firent aucune allusion à son statut de vedette et l'accueillirent comme n'importe quelle amie de leurs enfants. Ils offraient un étonnant contraste avec Janet, qui continuait de traiter Tom comme un intrus, faisant tout son possible pour être désagréable avec lui. Heureusement, Tom assurait que ce n'était pas grave. Il avait bien compris que Janet voyait en lui une menace. Dans la mesure où elle souhaitait que Melanie fasse constamment la une des journaux à scandale, il n'était pas le garçon idéal. Melanie, qui supportait mal cette situation, se mit à passer davantage de temps à Pasadena, lorsqu'elle n'avait pas de répétitions.

Venu assister à deux d'entre elles, Tom fut impressionné par le professionnalisme de la jeune fille. La chance n'avait rien à voir dans son succès. Attentive au moindre détail, elle faisait ses propres arrangements, composait certaines de ses chansons et travaillait énormément. Les deux répétitions auxquelles il assista ne se terminèrent qu'à 2 heures du matin, quand Melanie fut satisfaite du résultat. Les techniciens avec lesquels Tom bavarda lui assurèrent qu'il en était toujours ainsi. Parfois, elle travaillait jusqu'à 4 ou 5 heures du matin, ce qui ne l'empêchait pas de réclamer leur présence dès 9 heures le lendemain. Elle était très exigeante avec eux, mais encore plus avec elle-même.

Le jour du concert, elle lui avait recommandé d'arriver de bonne heure. Sa petite sœur Nancy et lui pourraient rester avec elle dans sa loge jusqu'au début du spectacle. Mais, lorsqu'ils arrivèrent, Janet était là, distribuant ordres et instructions, tout en buvant du champagne. Elle ignora Nancy et Tom aussi longtemps qu'elle le put, puis elle sortit en tempêtant parce que la coiffeuse de Melanie fumait dans le couloir en compagnie d'un musicien.

Ils quittèrent Melanie une demi-heure avant le début du concert. Elle devait mettre la touche finale à son maquillage et enfiler sa tenue de scène. Tom la trouvait étonnamment calme, alors qu'elle allait chanter devant des milliers de personnes. Mais elle aimait la scène. Elle allait présenter quatre nouvelles chansons, qui devaient être le clou de sa tournée. La date du départ approchait. Tom la rejoindrait chaque fois qu'il le pourrait, mais il commencerait à travailler en juillet. Il avait trouvé un emploi dans une grande entreprise de travaux publics et avait hâte de commencer. Son futur patron lui avait dit qu'il serait amené à voyager à l'étranger et il s'en réjouissait. Il était heureux de faire quelque chose durant l'absence de Melanie. Par ailleurs, ce poste était plus intéressant que celui qu'on lui avait proposé à San Francisco, avant le tremblement de terre. C'était grâce aux relations de son père qu'il avait obtenu cet emploi, qui lui offrait de bonnes perspectives d'avenir. En fait, s'il convenait à son employeur, celui-ci envisagerait même de lui payer ses études dans son école de commerce.

— Bonne chance, Mel, souffla-t-il en quittant la loge.

— L'une de mes nouvelles chansons est pour toi, murmura-t-elle lorsqu'il l'embrassa. Tu sauras laquelle. Je viens de la composer et j'espère qu'elle te plaira.

— Je t'aime, lui murmura-t-il.

Elle le regarda avec étonnement. C'était la première fois qu'il le lui disait, alors qu'ils n'avaient jamais fait l'amour. Cela pouvait paraître exagéré, puisqu'ils en étaient encore à faire connaissance.

— Je t'aime aussi, chuchota-t-elle pourtant.

Au moment où il quittait la loge avec sa sœur, Janet fit une entrée fracassante, rappelant à Melanie qu'elle n'avait plus que vingt minutes pour se préparer et qu'elle devait cesser de bavarder. Quatre journalistes attendaient devant la porte, impatients de prendre des photos de la star. La jeune fille se glissa dans une robe de satin rouge moulante, vérifia sa coiffure et son maquillage, puis enfila des sandales argentées à semelles compensées. Elle devait changer six fois de tenue, ce qui représentait une véritable performance puisqu'il n'y avait qu'un seul entracte. Elle remercia sa mère, qui l'avait aidée à remonter la fermeture Éclair de sa robe, et Pam fit entrer les photographes. Ils prirent plusieurs photos, dont quelques-unes avec Janet, qui écrasait sa fille de toute sa taille. Où qu'elle fût, Janet s'imposait.

Et puis, soudain, on vint chercher Melanie. Le concert allait commencer. Elle courut dans les coulisses, fit un petit signe à ses musiciens qui se tenaient hors de vue du public et ferma les yeux. Après avoir pris deux ou trois profondes inspirations, elle entendit le signal et s'avança sur la scène au milieu d'un nuage de fumée. Quand la fumée se fut dissipée, elle adressa au public le sourire le plus éblouissant que Tom ait jamais vu. Assis au premier rang avec Nancy, il fixait Melanie avec admiration. Elle n'avait plus rien en commun avec la jeune chanteuse qui répétait ou la fille qu'il avait invitée au restaurant à Pasadena. Quand Melanie était sur scène, elle se donnait à fond et sa voix vous faisait vibrer et vous transportait. Elle était une vraie star. La lumière des projecteurs l'empêchait de voir Tom, mais elle sentait sa présence et, ce soir-là, elle chanta pour lui.

— Waouh ! murmura Nancy en effleurant le bras de son frère. Elle est géniale !

— C'est vrai, répondit-il fièrement sans pouvoir détacher son regard de Melanie.

À l'entracte, il se précipita dans la loge pour lui faire part de son admiration. Il ne trouvait pas assez de mots pour lui dire à quel point il avait aimé son spectacle et combien il était ravi d'y assister. Melanie comprit alors tout ce qu'elle gagnait, en fréquentant un garçon qui n'appartenait pas à son milieu. Tom n'était pas jaloux de son succès.

Après avoir échangé un rapide baiser avec elle, il retourna à sa place. Melanie devait se changer et elle n'avait pas une seconde à perdre. Pam et sa mère l'aidèrent à enfiler une robe qui la moulait comme une seconde peau. Encore plus sexy que la précédente, elle mettait magnifiquement son corps en valeur.

Ce soir-là, elle eut droit à sept rappels. Elle se pliait toujours aux exigences de son public, pour faire plaisir à ses fans. Ils avaient adoré la nouvelle chanson qu'elle avait écrite pour Tom, intitulée « Quand je t'ai rencontré ». Elle y racontait leurs premiers rendez-vous à San Francisco et comment la ville, la plage et le tremblement de terre resteraient à jamais gravés dans son cœur. Subjugué, Tom l'écoutait, quand sa sœur se pencha vers lui, les yeux emplis d'émotion.

— Elle parle de toi ? murmura-t-elle.

Il hocha la tête et Nancy regarda son frère avec fierté. Quoi que l'avenir leur réserve, l'histoire d'amour que vivaient Tom et Melanie démarrait très fort et avait de bonnes chances de durer.

Après le concert, Tom et Nancy retrouvèrent Melanie dans sa loge et ils mirent du temps à l'approcher. Elle était entourée d'une foule de gens qui la félicitaient, parmi lesquels des photographes, son assistante, des amis et des groupies qui avaient réussi à se glisser dans les coulisses. Lorsqu'ils purent enfin quitter les lieux, ils allèrent dîner au Spago. Tom et Nancy repartirent ensuite pour Pasadena.

Avant de la quitter, Tom embrassa Melanie, promettant de revenir le lendemain matin. La soirée avait été longue. Une limousine blanche attendait Melanie devant le restaurant. Ce n'était pas discret, mais cela faisait partie de son image. Jusqu'alors, Tom ne connaissait pas Melanie en tant que star et il devait admettre qu'elle ne manquait pas de charme, même si elle était très différente de celle qu'il aimait

Dès qu'il fut rentré, il l'appela sur son téléphone portable pour lui redire à quel point il l'avait trouvée merveilleuse sur scène. Elle venait de gagner un nouveau fan inconditionnel, surtout après la chanson qu'elle lui dédiait. Il était persuadé qu'elle allait encore obtenir un Grammy.

— Je viendrai de bonne heure, demain matin, promit-il.

Ils s'efforçaient de passer le plus de temps ensemble, avant le départ de Melanie pour Las Vegas.

— On pourra lire les journaux ensemble, si cela ne t'ennuie pas, suggéra-t-elle. Je déteste ça. Les journalistes trouvent toujours une méchanceté à dire.

— Je ne vois vraiment pas ce qu'ils pourraient trouver, cette fois.

— Ils y arriveront, tu verras, répondit-elle avec lucidité.

Elle avait raison. Et même si elle y était habituée, cela ne l'empêchait pas d'être blessée par les critiques. Parfois, Pam et sa mère cachaient les articles trop désagréables.

Quand Tom arriva, le lendemain, de nombreux journaux étaient étalés sur la table de la cuisine.

— Jusqu'à maintenant, tout va bien, murmura Melanie.

L'air très satisfaite, sa mère lui tendait les journaux un à un.

— Ils aiment tes nouvelles chansons, admit-elle en gratifiant Tom d'un sourire glacial.

Elle devait bien reconnaître que celle que Melanie avait dédiée au jeune homme était excellente. Les articles étaient tous très élogieux, ce qui augurait bien de la tournée. À Las Vegas, toutes les places étaient déjà vendues, tout comme elles l'avaient été à Hollywood.

— Qu'est-ce que vous faites aujourd'hui, les enfants ? demanda Janet.

Ses yeux allèrent de Melanie à Tom. Elle était de très bonne humeur. Comme si toutes ces louanges lui étaient adressées et non à sa fille. C'était en tout cas la première fois qu'elle incluait Tom dans une phrase. Par un miracle que Melanie ne s'expliquait pas, ils avaient passé un cap. Peut-être sa mère avait-elle compris que Tom ne voulait pas faire obstacle à sa carrière.

Le lendemain, Melanie devait se rendre au studio pour une nouvelle séance d'enregistrement et, le surlendemain, elle commencerait à répéter pour le concert de Las Vegas.

— J'ai juste envie de me détendre, déclara-t-elle. Et toi, maman ? Qu'est-ce que tu comptes faire ?

— Je vais faire du shopping sur Rodeo Drive, annonça Janet, rayonnante.

Après un concert de Melanie, rien ne pouvait la rendre plus heureuse que de découvrir des articles élogieux le lendemain matin. Ce jour-là, elle quitta les jeunes gens sans leur lancer des regards noirs ou claquer la porte derrière elle. Comme Tom la regardait d'un air interrogateur, Melanie laissa échapper un soupir.

— Je crois que le bizutage est terminé, constata-t-elle. En tout cas, pour l'instant. Elle ne doit plus te considérer comme une menace.

— Je n'en suis pas une, Mel. J'aime ce que tu fais. Tu étais extraordinaire, hier soir. J'étais complètement sous le charme. Et quand tu as chanté cette chanson, j'ai cru que j'allais mourir !

— Je suis contente qu'elle te plaise, murmura Melanie en se penchant pour l'embrasser.

Elle était fatiguée, mais heureuse. Elle venait d'avoir vingt ans et elle était plus belle que jamais.

— J'aimerais pouvoir m'arrêter, de temps en temps, reprit-elle. C'est terriblement éprouvant.

Elle le lui avait déjà dit. Pour elle, la période passée au camp, après le tremblement de terre, avait constitué une sorte de parenthèse heureuse.

— Tu pourras peut-être te le permettre, un de ces jours.

Elle secoua tristement la tête.

— Ma mère et mon agent ne me le permettront jamais. Ils aiment trop le succès et ce qui l'entoure. Ils comptent en profiter jusqu'à ma mort.

La prenant dans ses bras, Tom l'embrassa. Sa tristesse lui allait droit au cœur. Plus il la connaissait, plus il la trouvait exceptionnelle. Il avait vraiment beaucoup de chance de l'avoir rencontrée. Pour lui, le tremblement de terre de San Francisco avait été providentiel.


Pendant que Janet, à Hollywood, lisait les articles sur Melanie, Sarah et Seth Sloane, à San Francisco, lisaient ceux qui leur étaient consacrés. Personne n'aurait su dire pourquoi la presse avait mis si longtemps à réagir, mais désormais, c'était chose faite. Seth avait été arrêté plusieurs semaines auparavant sans que personne y fasse attention. Il n'avait fait la une que le 4 juillet. Sarah avait d'ailleurs le sentiment que c'étaient les journalistes qui avaient couvert l'arrestation de Sully qui avaient prévenu leurs collègues de San Francisco qu'il avait un complice à l'Ouest. Jusque-là, personne n'avait parlé de Seth. Maintenant, il faisait les gros titres. La presse à scandale s'en donnait à cœur joie et ne les épargnait pas. Une photo de Sarah et de Seth les montrait au gala de bienfaisance des Petits Anges. Le contenu des articles était effrayant. Les journalistes détaillaient les motifs de la mise en examen de Seth, exposant tout de l'affaire, donnant le nom de la société et les circonstances de l'arrestation. Ils allaient jusqu'à préciser que la maison des Sloane était en vente et qu'ils en possédaient une autre à Tahoe, ainsi qu'un avion privé, laissant entendre que tous ces biens avaient été acquis grâce à des gains malhonnêtes. Seth était présenté comme un escroc de la pire espèce. C'était affreusement humiliant pour lui et, pour Sarah, une torture de tous les instants. Elle savait que ses parents ne tarderaient pas à apprendre la nouvelle et elle comprit qu'elle devait les appeler sur-le-champ. Avec un peu de chance, elle pourrait leur exposer elle-même la situation. La question ne se posait pas pour Seth, dont les parents étaient décédés. Mais les siens étaient bien vivants et ils allaient être d'autant plus bouleversés qu'ils avaient toujours eu de l'affection pour leur gendre.

— C'est moche, hein ? fit Seth en la regardant.

Ils avaient tous les deux beaucoup maigri. Seth était émacié et Sarah paraissait épuisée.

— Je ne vois pas ce que les journalistes auraient pu dire d'autre, répondit-elle franchement.

C'étaient les derniers jours qu'ils passaient ensemble. Pour le bien des enfants, ils avaient décidé de rester dans la maison jusqu'à ce qu'elle soit vendue. Ensuite, ils emménageraient dans leurs appartements respectifs. Ils espéraient recevoir les réponses de plusieurs acheteurs dans la semaine. En principe, ce ne devrait plus être long. Sarah savait qu'elle serait triste de quitter cette maison, mais ce qui la bouleversait le plus, c'était de constater le naufrage de son mariage et de perdre son mari. La maison de Tahoe était en vente avec tous ses meubles, de la cuisine équipée au téléviseur et aux draps. Il était plus facile de trouver un acquéreur qui viendrait pour les week-ends et n'aurait pas à se soucier de la meubler et de l'équiper. En revanche, la maison de San Francisco serait vendue vide. Leurs objets précieux et leurs tableaux avaient été déposés chez Christie's, pour être vendus aux enchères. Les bijoux de Sarah avaient été envoyés à Los Angeles pour la même raison.

Sarah n'avait pas encore trouvé d'emploi. Elle espérait garder Parmani, car elle aurait besoin d'elle pour s'occuper des enfants dès qu'elle travaillerait. Elle détestait l'idée d'avoir à les laisser à quelqu'un d'autre qu'elle toute la journée, même si elle savait que de nombreuses femmes le faisaient. Elle aurait voulu pouvoir continuer à s'occuper d'eux comme elle le faisait depuis trois ans, mais c'était impossible. Tout leur argent servait à payer les avocats et d'éventuelles amendes. Elle devait donc travailler. Si toute leur fortune était engloutie dans les frais de justice et si Seth allait en prison, elle ne pourrait compter que sur elle-même.

Non seulement elle ne pouvait plus se reposer sur son mari, mais elle ne lui faisait plus confiance. Il le lisait dans ses yeux, quand leurs regards se croisaient. Il ne savait pas si elle pourrait lui pardonner un jour, mais il en doutait. Et, d'une certaine façon, il ne pouvait pas le lui reprocher. Il se sentait extrêmement coupable envers elle… Il avait détruit leurs deux vies.

La lecture des articles le bouleversa une fois de plus. Les journalistes ne faisaient pas dans la demi-mesure. Pour eux, Seth et Sully étaient de vulgaires criminels. Ils n'éprouvaient pas une once de tolérance envers eux et les présentaient comme des voyous qui avaient créé des fonds d'investissement frauduleux et truqué leurs comptes, dans le but d'extorquer de l'argent aux investisseurs. Que pouvaient-ils dire d'autre ? C'était la stricte vérité, ainsi que Seth l'avait avoué à Sarah et à son avocat. Toutes ces accusations étaient malheureusement fondées.

Sarah et Seth ne s'étaient quasiment pas adressé la parole pendant le week-end. La jeune femme ne lui faisait aucun reproche. C'était inutile, elle se contentait de se taire, trop blessée pour dire quoi que ce soit. Il avait détruit jusqu'à la moindre parcelle de la confiance qu'elle avait en lui. Une confiance qu'il avait bafouée et dont il n'était pas digne. Il avait mis en danger l'avenir de leurs enfants et lourdement affecté celui de sa femme. À cause de lui, les pires cauchemars de Sarah se réalisaient.

— Ne me regarde pas comme ça ! lui lança-t-il finalement par-dessus le journal.

L'édition dominicale du *New York Times* publiait un article encore plus dur sur Seth. La disgrâce du jeune couple était à la hauteur de la place importante qu'il avait occupée. Bien que Sarah fût totalement innocente et qu'elle eût tout ignoré des agissements de Seth, elle avait le sentiment qu'on la mettait dans le même sac que son mari. Depuis des jours, elle ne décrochait plus le téléphone, qui ne cessait de sonner. Elle ne voulait rien entendre ni rien dire. Elle ne supportait plus la moindre marque de sympathie ni la satisfaction à peine voilée des envieux. Les seules personnes avec qui elle avait parlé aujourd'hui étaient ses parents. Complètement atterrés par ce qu'ils venaient d'apprendre, ils n'arrivaient pas plus qu'elle à comprendre comment Seth avait pu agir ainsi. Seuls l'appât du gain et l'absence de sens moral pouvaient expliquer son comportement.

— Tu pourrais au moins essayer de faire bon visage, lui reprocha Seth. Tu as vraiment le don d'aggraver les choses.

— Je crois que tu t'en charges assez bien toi-même, Seth, répliqua-t-elle.

Lorsqu'elle eut débarrassé le petit déjeuner, il s'aperçut qu'elle pleurait devant l'évier.

— Ne fais pas ça, je t'en prie…

Il la fixait avec colère et affolement.

— Qu'est-ce que tu attends de moi ? demanda-t-elle en tournant vers lui un visage bouleversé. Je suis terrorisée, Seth. Qu'est-ce qui nous arrive ? Je t'aime. Je ne veux pas que tu ailles en prison. Je voudrais effacer tout ce qui vient de se passer… que tu puisses revenir en arrière… mais c'est impossible… Je me fiche pas mal de l'argent, je ne veux pas te perdre… Je t'aime… Mais tu as balancé notre vie par la fenêtre. Qu'est-ce que je suis censée faire, maintenant ?

Seth ne supporta pas la douleur qu'il lisait dans les yeux de sa femme. Tout ce qu'elle souhaitait, à cet instant précis, c'était qu'il la prenne dans ses bras. Mais, au lieu de cela, il se détourna sans un mot et quitta la pièce. Il était en proie à une telle terreur qu'il n'avait rien à lui donner. Il l'aimait, lui aussi, mais il était tellement obnubilé par son propre sort qu'il ne pouvait leur apporter aucune aide, aux enfants et à elle. Il lui semblait qu'il se noyait tout seul. Il ignorait que Sarah avait la même impression.

Jamais auparavant Sarah n'avait vécu d'expérience aussi traumatisante, sauf quand Molly avait failli mourir. Hélas, personne ne pouvait sauver Seth. Ce qu'il avait commis était trop énorme et scandaleux pour cela. Il n'avait pensé ni à sa femme ni à ses enfants. Sarah n'avait jamais perdu personne dans des circonstances dramatiques. Les gens qu'elle avait aimés l'avaient toujours soutenue. Elle avait eu une enfance heureuse auprès de parents honnêtes. Elle avait eu des petits amis sympathiques, un merveilleux mari, des enfants adorables et en bonne santé. Aucun de ses amis n'était mort dans un accident de voiture ou d'un cancer. Les trente-cinq premières années de sa vie s'étaient écoulées sans heurt jusqu'à ce que cette bombe tombe sur elle. Et celui qui l'avait lâchée était l'homme qu'elle aimait, son époux. La plupart du temps, elle restait muette de stupeur, surtout en face de lui. Tout comme lui, elle ne savait comment faire pour améliorer la situation. En réalité, ils ne le pouvaient ni l'un ni l'autre. Les avocats de Seth feraient de leur mieux, mais étant donné la gravité des faits, il devrait payer et la pilule serait amère. Et il en irait de même pour Sarah, bien qu'elle n'y fût pour rien. C'était sans doute ce que Seth appelait « pour le meilleur et pour le pire ». Elle sombrerait avec lui.

Le dimanche soir, Sarah parla quelques minutes au téléphone avec Maggie. Quand la religieuse avait lu les journaux, elle avait plaint Sarah et même Seth de tout son cœur. Le prix qu'ils allaient payer pour ses erreurs serait élevé. Elle conseilla à Sarah de prier, tout comme elle allait le faire elle-même.

— Peut-être bénéficiera-t-il d'une certaine indulgence, ajouta-t-elle avec espoir.

Sarah répéta ce qu'elle lui avait déjà dit :

— Selon l'avocat de Seth, au mieux il aura une peine de deux à cinq ans. Mais dans le pire des cas, cela pourrait aller jusqu'à trente.

— Ne pensez pas au pire. Gardez confiance. C'est tout ce que vous pouvez faire.

Après cette conversation, Sarah monta à l'étage pour le bain des enfants, prenant la suite de Seth, qui jouait avec eux. Désormais, ils accomplissaient les tâches à tour de rôle pour se trouver le moins possible ensemble dans la même pièce. La moindre proximité leur était insupportable. Sarah ne pouvait s'empêcher de se demander si elle se sentirait mieux ou plus mal encore après son déménagement.

Sans doute les deux.


Ce soir-là, Everett appela Maggie pour lui parler de ce qu'il avait lu à propos de Seth dans les journaux. L'affaire était connue de tous, désormais. Il avait été d'autant plus surpris que Seth et Sarah lui étaient apparus comme l'image même du parfait jeune couple. Comme tous ceux qui avaient lu l'article, il était désolé pour Sarah et les enfants. En revanche, il ne l'était pas pour Seth. Si les accusations étaient fondées – et tout le laissait croire –, il n'avait que ce qu'il méritait.

— C'est vraiment triste pour elle. Je n'ai fait que l'apercevoir, au gala, et elle a l'air d'une femme bien.

Mais lui aussi il m'a fait très bonne impression. À qui se fier !

Il avait croisé brièvement Sarah au Presidio, mais ils n'avaient échangé que quelques mots. Il comprenait maintenant pourquoi elle avait l'air bouleversée.

— Si vous la voyez, dites-lui combien je suis désolé, ajouta-t-il avec sincérité.

Maggie ne lui confia pas qu'elle rencontrait parfois Sarah. Sa loyauté envers elle l'obligeait à garder le secret.

En revanche, pour Everett et Maggie, tout allait bien. Elle était heureuse de l'entendre mais, lorsqu'elle raccrocha, elle se sentit troublée, comme toujours. Le seul fait d'entendre sa voix la bouleversait. Après leur conversation, elle pria, puis elle fit une longue promenade sur la plage baignée par les derniers rayons du soleil. Elle commençait à se demander si elle ne devrait pas cesser de lui parler ou de l'appeler. Elle finit par conclure qu'elle était assez forte pour gérer la situation. Ce n'était qu'un homme, après tout.

Elle était l'épouse de Dieu.

Quel homme pouvait entrer en compétition avec Lui ?

# 15

Le concert de Melanie à Las Vegas fut un énorme succès. Tom prit l'avion pour y assister et elle chanta de nouveau la chanson qu'elle avait composée pour lui. La salle était plus petite qu'à Hollywood, mais les effets spéciaux étaient plus importants et l'ensemble plus époustouflant encore. Melanie suscita un véritable délire. Au moment des premiers rappels, elle s'assit au bord de la scène pour chanter. Installé au premier rang, Tom aurait pu la toucher. Les fans se pressaient autour d'elle. À la fin, Melanie s'éleva au-dessus de la scène sur une plate-forme, mettant tout son cœur dans sa dernière chanson, tandis que les projecteurs se focalisaient sur elle. Tom n'avait jamais vu de concert aussi impressionnant. Mais il s'inquiéta lorsqu'en sautant de la plate-forme elle se blessa à la cheville. C'était d'autant plus ennuyeux qu'elle avait encore deux concerts le lendemain.

Malgré sa cheville enflée, Melanie assura ses deux spectacles, chaussée de ses sandales argentées. À la fin du second, Tom dut l'emmener aux urgences tellement elle souffrait. Les médecins lui firent une injection de cortisone pour lui permettre de poursuivre. Les spectacles prévus étaient moins importants que le concert d'ouverture, mais ils devaient se succéder durant trois jours. Quand Tom repartit, à la fin du week-end, Melanie marchait avec des béquilles.

— Ménage-toi, Melanie. Tu travailles trop.

Tom s'inquiétait pour elle. Ils avaient passé un week-end fabuleux, même si, la plupart du temps, Melanie avait été prise par les répétitions et les spectacles. Le premier soir, ils avaient réussi à aller au casino. Tom avait partagé la suite de Melanie. Les deux premières nuits, il avait dormi dans la seconde chambre mais, la troisième, ils s'étaient enfin abandonnés à leur passion.

Au moment de quitter Tom, à l'aéroport, Melanie se serra contre lui.

— Tu vas avoir de sérieux ennuis avec ta cheville, si tu ne ralentis pas le rythme, insista-t-il.

— On va me faire une autre injection de cortisone, ce soir.

Elle s'était déjà blessée sur scène, auparavant. Mais, quoi qu'il arrive, elle tenait bon et, en vraie professionnelle, elle n'avait jamais annulé un spectacle.

Tom savait que sa cheville était très douloureuse et encore enflée en dépit du traitement de la veille. Elle n'avait pas été prudente en chantant perchée sur ses hauts talons.

— Mellie, je veux que tu te ménages, répéta-t-il avec une réelle inquiétude. Tu ne peux pas continuer à te soigner à la cortisone. Tu ne fais pas partie d'une équipe de footballeurs, que je sache. Repose-toi un peu, ce soir.

Le lendemain, elle devait partir pour Phoenix.

— Merci, dit-elle en lui souriant. Personne ne s'inquiète jamais autant pour moi. Tous attendent de moi que je monte sur scène et que je chante quel que soit mon état. Je savais que la plate-forme n'était pas stable, quand je suis montée dessus. La corde a rompu au moment où je sautais, c'est pour cela que je suis tombée.

Ils savaient tous les deux que, si l'incident avait eu lieu plus tôt, la chute aurait été plus grave et peut-être même mortelle.

— Désormais, conclut-elle, tu connais les risques du métier.

Elle se blottit dans ses bras tandis qu'ils attendaient l'avion. La longue limousine blanche prêtée par l'hôtel les avait emmenés à l'aéroport. À Las Vegas, Melanie bénéficiait de nombreux avantages. Ce serait bien différent quand la troupe prendrait la route. La tournée devait durer deux mois et demi et la jeune chanteuse ne serait de retour à Los Angeles qu'au début du mois de septembre. Tom avait promis d'aller la retrouver le week-end chaque fois qu'il le pourrait. L'un comme l'autre avaient hâte de se revoir.

— Surtout, lui recommanda-t-il, va voir un médecin avant de partir.

À cet instant, l'embarquement fut annoncé. Prenant garde à ne pas la déséquilibrer avec ses béquilles, il l'attira dans ses bras et la serra fort.

— Je t'aime, Mellie, murmura-t-il. Ne l'oublie pas, quand tu seras sur la route.

Leur relation avait énormément évolué depuis qu'elle était à Las Vegas, même si ce qu'ils avaient vécu ensemble au moment du tremblement de terre avait donné à leur idylle une impulsion très forte. Tom était l'homme le plus gentil que Melanie ait jamais rencontré.

— Je ne l'oublierai pas. Je t'aime, moi aussi. À très bientôt.

— Il y a intérêt !

Il l'embrassa encore et fut le dernier à monter dans l'avion. Melanie sortit en boitillant de l'aéroport et s'installa tant bien que mal dans la limousine garée le long du trottoir. Sa cheville la faisait bien plus souffrir qu'elle ne l'avait admis devant Tom.

En rentrant dans sa suite, elle appliqua aussitôt de la glace et prit plusieurs comprimés, mais cela n'améliora pas vraiment son état. À minuit, sa mère la trouva étendue sur le canapé et Melanie reconnut qu'elle souffrait horriblement.

— Demain, tu as ton concert à Phoenix, lui rappela Janet. Toutes les places sont vendues. On te fera une nouvelle injection dans la matinée. Tu ne peux pas annuler le spectacle, Melanie.

La jeune fille toucha sa cheville et fit la grimace.

— Je pourrais peut-être chanter assise.

— Ta robe aura l'air d'un sac, si tu fais ça.

Melanie n'avait jamais annulé un concert et elle n'avait pas l'intention de commencer maintenant. Cela risquerait de compromettre sa carrière. Malgré tout, sa mère voyait bien qu'elle ne jouait pas la comédie. D'ordinaire, la jeune fille résistait bien à la douleur et ne se plaignait jamais. Cette fois-ci, cela semblait sérieux.

Tom l'avait appelée avant d'aller se coucher. Pour ne pas l'inquiéter, elle avait prétendu que sa cheville allait mieux.

Le lendemain matin, l'œdème avait encore augmenté, aussi Pam l'emmena-t-elle à l'hôpital. Le médecin qui l'examina voulut faire une autre radio. La première fois, on lui avait dit qu'il ne s'agissait que d'une mauvaise entorse, mais le médecin était sceptique. Il s'avéra qu'il avait raison, car la radio révéla une petite fracture. Il annonça à Melanie qu'elle allait devoir porter un plâtre et se reposer le plus possible.

— Bien sûr ! ricana-t-elle avant de gémir de douleur.

Sa cheville la faisait souffrir au moindre mouvement. Ce soir, elle allait vivre un véritable calvaire sur scène, du moins si elle pouvait s'y traîner.

— Je chante à 20 heures, expliqua-t-elle. Il faut absolument que j'y sois ! On ne me paie pas pour me voir boiter, une jambe dans le plâtre, conclut-elle, les larmes aux yeux.

Le médecin s'était déjà occupé d'artistes qui s'étaient blessés.

— Vous pourriez porter une botte de stabilisation, suggéra-t-il. Vous l'enlèverez si vous voulez, avant de monter sur scène, mais pas question d'être perchée sur des talons hauts ou des semelles compensées.

Apparemment, il savait de quoi il parlait... Melanie prit un air penaud.

— Je serai horrible en tenue de scène avec une botte de commando !

— Ce sera pire si vous vous retrouvez en fauteuil roulant et si votre cheville enfle davantage. Quand vous serez sur scène, il faudra simplement porter des talons plats et utiliser les béquilles.

Elle n'avait pas le choix... Sa cheville lui faisait horriblement mal et elle ne pouvait pas s'appuyer dessus.

— D'accord, je vais essayer la botte.

En plastique noir brillant, elle montait jusqu'au genou et tenait bien la jambe grâce à des bandes adhésives. Dès qu'elle l'eut enfilée, Melanie se sentit immédiatement soulagée. Appuyée sur ses béquilles, elle sortit en boitillant de l'hôpital.

— Ravissant ! commenta Janet en aidant sa fille à s'installer dans la limousine.

Elles avaient juste le temps de passer prendre leurs bagages à l'hôtel et gagner l'aéroport pour Phoenix. Melanie savait qu'elle allait vivre à un rythme démentiel. La tournée commençait et durerait plus de deux mois.

Une fois dans l'avion spécialement loué pour eux, elle posa sa jambe sur un coussin. Janet se joignit aux musiciens, qui jouaient aux dés et au poker. Elle retourna plusieurs fois auprès de sa fille pour s'assurer qu'elle allait bien. Melanie finit par avaler deux comprimés d'analgésique et parvint à s'endormir. Pam la réveilla lorsqu'ils atterrirent à Phoenix, et l'un des musiciens la prit dans ses bras pour descendre de l'avion. Elle paraissait ensommeillée et un peu pâle.

Là aussi, une limousine les attendait devant l'aéroport. Dans toutes les villes où ils s'arrêteraient, ils disposeraient de voitures et de chambres.

— Tu te sens bien ? demanda Janet.

— Tout à fait, la rassura Melanie.

Lorsqu'ils eurent gagné leurs chambres, Pam commanda à déjeuner pour tous et Melanie appela Tom.

— Nous sommes arrivés, lui dit-elle.

Elle s'efforçait d'avoir une voix ferme, mais elle se sentait un peu groggy à cause des comprimés. Grâce à la botte, elle pouvait marcher, même si elle ne se déplaçait qu'avec les béquilles.

— Comment va ta cheville ? demanda-t-il avec inquiétude.

— Je crois que ça va aller. À Las Vegas, on m'a donné une sorte de botte qui me maintient et qu'on peut retirer. Je ne sais pas si je ressemble plus à Dark

Vador ou à Frankenstein, mais cela me soulage. Je l'enlèverai avant de monter sur scène.

— Tu crois que c'est sage ?

— Tout ira bien.

Elle n'avait pas le choix et ce soir-là elle suivit les conseils du médecin, en portant des chaussures plates. Comme elle craignait de tomber et de se faire mal, la plate-forme avait été supprimée du spectacle. Elle disait toujours qu'elle avait l'impression d'être une funambule, lorsqu'elle était dessus, et prétendait qu'elle aurait eu besoin d'un filet. Elle avait d'ailleurs fait deux chutes, mais c'était la première fois qu'elle se blessait vraiment et elle reconnaissait que cela aurait pu être pire.

Ce soir-là, elle arriva sur scène appuyée sur ses béquilles et les abandonna pour s'asseoir sur la chaise qu'on lui avait installée. Elle plaisanta avec le public, prétendant s'être blessée au cours d'une folle nuit d'amour, ce que l'assistance trouva très drôle.

Dès qu'elle commença à chanter, son handicap fut oublié. Elle interpréta ses chansons assise, mais personne ne s'en formalisa. Elle portait un mini-short, un collant résille et un soutien-gorge pailleté. Même en talons plats, elle était hyper-sexy. Comme d'habitude, il y eut de très nombreux rappels, mais elle écourta les retours sur scène. Elle n'avait qu'une hâte : rentrer et prendre un comprimé contre la douleur. Dès que ce fut fait, elle se coucha et s'endormit immédiatement, sans même appeler Tom.

La troupe passa deux jours à Phoenix, avant de s'envoler pour Dallas et Fort Worth. Dès qu'elle sortait de scène, Melanie enfilait sa botte et se sentait aussitôt mieux. Ils sillonnèrent ainsi le pays sans qu'elle s'octroie le moindre repos. À ses yeux, cette fracture faisait partie des risques du métier. L'un des techniciens s'était cassé le bras et l'un des ingénieurs du son souffrait d'une hernie discale, mais, quoi qu'il arrive, ils savaient tous qu'ils devaient aller de l'avant. Être en tournée était extrêmement fatigant. Les journées étaient longues et épuisantes, les spectacles exténuants et les chambres d'hôtel déprimantes. Chaque fois que c'était possible, ils retenaient des suites. De luxueuses limousines les attendaient à l'aéroport, mais elles ne les emmenaient que vers l'hôtel ou la salle de concert. Parfois, le spectacle avait lieu dans un stade. Et à la fin, la fatigue aidant, ils oubliaient où ils étaient, tant les villes où ils passaient se ressemblaient.

Un soir où elle était particulièrement exténuée, Melanie confia à sa mère qu'elle donnerait n'importe quoi pour faire une pause.

Le concert s'était bien passé, mais elle s'était encore tordu la cheville en descendant de scène et elle avait plus mal que jamais.

— Je suis fatiguée, ajouta-t-elle avec un soupir.

Janet lui jeta un regard inquiet.

— Si tu veux continuer à vendre des disques, tu dois poursuivre les tournées, répondit-elle.

— Je sais, maman.

Melanie n'ignorait pas que sa mère avait raison et elle ne discuta pas. Mais, en rentrant à l'hôtel, elle semblait particulièrement épuisée. Elle n'aspirait qu'à un bain chaud et à son lit. À Chicago, ils bénéficièrent tous d'un week-end de relâche. Tom devait venir et Melanie était impatiente de le voir.

— Elle a l'air crevée, dit Pam à Janet. Sa fracture doit la faire énormément souffrir, quand elle chante.

Ils avaient disposé des chaises sur toutes les scènes des villes où elle s'était produite, mais sa cheville ne guérissait pas et Melanie endurait un véritable calvaire. Lorsqu'elle ne chantait pas, elle marchait avec sa botte et ses béquilles. Cela la soulageait un peu, mais ce n'était pas suffisant et l'œdème était toujours aussi important. Elle aurait encore plus souffert si elle n'avait pas disposé d'un avion particulier, car elle pouvait s'étendre pendant les trajets. De plus, ils n'avaient pas besoin d'enregistrer les bagages avant l'embarquement. Les valises étaient chargées et ils montaient immédiatement dans l'avion.

Quand Tom vit Melanie, il fut frappé par ses traits tirés et sa pâleur. Elle paraissait exténuée. Il la retrouva à l'hôtel, où il arriva une demi-heure avant elle. Rayonnante de bonheur, elle se laissa soulever de terre et il la serra passionnément avant de s'asseoir en la tenant toujours contre lui. L'hôtel était confortable et la suite immense, mais la jeune fille était lasse de cette vie de nomade, de signer des autographes et de chanter chaque soir alors qu'elle souffrait. Tom fut bouleversé de voir à quel point sa cheville était encore enflée et douloureuse.

On était samedi. Le prochain concert aurait lieu le mardi suivant et, le lundi matin, Tom repartirait pour Los Angeles. Après le départ de Melanie, il avait commencé à travailler dans un cabinet d'architectes. Bien que la plupart des missions aient un but lucratif, il arrivait que ses patrons offrent gratuitement leurs services à des pays sous-développés. Cela correspondait exactement à ce que Tom souhaitait faire et Melanie était heureuse qu'il ait cet emploi. En rentrant à Pasadena, il avait craint de ne pas trouver de travail.

Ce soir-là, Tom invita Melanie au restaurant. Elle commanda un énorme hamburger avec des oignons frits. Ils rentrèrent ensuite à l'hôtel. Ils avaient mille choses à se raconter. Elle lui parla des villes dans lesquelles elle était passée et de sa vie avec la troupe, lui révélant que parfois ils se conduisaient comme des adolescents en vacances. Elle lui confia par exemple qu'un jour, les musiciens et les techniciens avaient fait des batailles de ballons remplis d'eau. Ils en avaient jeté par les fenêtres de l'hôtel en essayant d'atteindre les passants. Le directeur de l'hôtel était rapidement monté et les avait vertement sermonnés. Il leur arrivait souvent de terminer la nuit dans des boîtes et de consommer de la marijuana, ou de traîner dans les bars et de s'enivrer. Tom trouva qu'ils avaient l'air de bien s'amuser, mais il était surtout heureux d'avoir retrouvé Melanie. Elle lui manquait de plus en plus. De son côté, elle avait confié à Pam, sous le sceau du secret, qu'elle était de plus en plus amoureuse de Tom et qu'elle estimait avoir eu beaucoup de chance de le rencontrer. Pam lui avait répondu qu'il en avait tout autant de sortir avec l'une des stars les plus en vue du moment. Pam connaissait Melanie depuis qu'elle avait seize ans et savait combien elle était douce et généreuse, contrairement à sa mère qui avait le cœur dur. Selon Pam, Tom et Melanie étaient parfaitement assortis. Tous deux étaient faciles à vivre, ouverts et intelligents. En plus, Tom ne semblait pas jaloux du succès de Melanie, ce qui était rarissime.

Tom et Melanie passèrent un week-end sublime à Chicago. Ils allèrent au cinéma, au musée, au restaurant, dans les magasins et passèrent de longues heures au lit. Chaque fois qu'elle sortait, Tom insistait pour que Melanie mette sa botte et prenne ses béquilles. La jeune fille était très touchée que Tom vienne la retrouver aussi souvent, comme il le lui avait promis. La perspective de découvrir des villes avec lui rendait la tournée plus supportable. Ils n'allaient pas tarder à gagner la côte est, en passant par le Vermont et le Maine. Ils donneraient un concert à Providence, avant de s'envoler pour Martha's Vineyard. Tom essaierait de tout faire pour la rejoindre à Miami et à New York.

Lorsque arriva l'heure du départ, Melanie eut le cœur serré de le voir partir. Elle l'accompagna sur le trottoir, tandis qu'il hélait un taxi. Grâce à sa botte et à ces quelques jours de repos, elle se sentait un peu mieux. Le soir, quand elle retirait sa botte, elle avait l'impression d'ôter une jambe de bois. Un soir que Tom se moquait d'elle à ce sujet, elle la lui avait lancée à la tête et il avait failli être assommé.

— Ça ne va pas ? l'avait-il grondée en poussant la botte sous le lit. Tu aurais pu me faire très mal !

Parfois, ils se conduisaient comme de vrais gamins. Mais chaque jour ils étaient un peu plus amoureux l'un de l'autre, continuant à se découvrir et s'entendant de mieux en mieux. Pour Tom et Melanie, c'était l'été du bonheur et des promesses.

À San Francisco, Seth et Sarah avaient accepté la première offre qui leur avait été faite pour leur maison. Elle était d'ailleurs satisfaisante. Les acquéreurs venaient de New York, ils payaient un peu plus que la somme demandée, car ils voulaient conclure l'affaire. Sarah détestait l'idée de quitter sa maison, elle en était même désespérée, mais Seth et elle étaient soulagés qu'elle soit enfin vendue. Dès que les papiers furent signés, Sarah envoya tout ce qu'ils ne conservaient pas chez Christie's, pour être mis en vente. Elle gardait une partie des meubles de sa chambre à coucher et du séjour pour son nouvel appartement de Clay Street.

Les enfants allaient partager la même chambre, désormais. Bien entendu, Seth emportait tous les dossiers et les papiers qui se trouvaient dans son bureau. Ils s'étaient partagé la cuisine. Sarah avait aussi envoyé deux fauteuils club et un canapé dans le futur appartement de Seth. Tout le reste du mobilier allait dans un garde-meubles. Sarah était triste de voir tous leurs biens ainsi dispersés. D'une certaine façon, c'était à l'image de leur vie. En l'espace de quelques jours, la maison se vida et prit un air saccagé et abandonné. En la regardant, Sarah ne pouvait s'empêcher de penser à leur couple. Elle s'étonnait du peu de temps qu'il avait fallu pour arriver à une telle destruction. Le jour du départ, elle passa une dernière fois de pièce en pièce, déprimée par tout ce gâchis. Elle trouva Seth dans son bureau, l'air aussi abattu qu'elle. Elle sortait des chambres des enfants, où elle s'était assurée que tout ce qu'elle emportait se trouvait bien dans le camion. Molly et Ollie passaient la nuit chez Parmani, pour laisser à Sarah le temps de tout ranger dans l'appartement.

— Je déteste devoir partir, dit Sarah en regardant Seth.

Hochant la tête, il tourna vers elle des yeux emplis de regret.

— Je suis désolé, Sarah… Je n'aurais jamais cru que cela pourrait nous arriver.

Elle remarqua que pour une fois, il utilisait le pronom « nous », et non pas « je ».

— Cela s'arrangera peut-être.

Elle ne savait pas quoi dire d'autre, et lui non plus. S'approchant de lui, elle le prit dans ses bras pour le réconforter un peu. Il resta immobile un long moment avant de l'enlacer à son tour.

— Viens voir les enfants quand tu veux, lui proposa-t-elle.

Elle n'avait pas encore consulté un avocat au sujet d'un éventuel divorce. Elle avait le temps et, de toute façon, elle allait devoir le soutenir pendant le procès. Henry Jacobs avait bien spécifié que sa présence constituerait un atout crucial pour la défense de son mari. Ils avaient engagé deux autres avocats, qui travailleraient avec Jacobs. Seth allait avoir besoin de toute leur aide. Pour l'instant, les perspectives n'étaient pas réjouissantes.

— Tu vas t'en sortir ? lui demanda-t-il avec une réelle sollicitude.

Pour la première fois depuis longtemps, il mettait son égoïsme de côté et s'inquiétait pour elle. Sarah pensa que c'était un début et que tout n'était peut-être pas perdu. Depuis la mise en examen de Seth, ils avaient tous les deux traversé des moments très durs.

— Ça va aller, assura-t-elle.

Pour la dernière fois, ils se tenaient ensemble dans la salle à manger.

— Appelle-moi quand tu veux et à n'importe quelle heure, si tu as besoin de moi, lui dit Seth d'une voix triste.

Ils sortirent ensemble sur le perron. La vente de leur maison marquait aussi la fin de leur couple. Seth était à l'origine de ce désastre, ils le savaient tous les deux. Se retournant vers cette maison qu'elle avait tant aimée, Sarah se mit à pleurer. Mais elle pleurait sur leur union et sur leurs rêves perdus et non sur la maison. En la voyant si malheureuse, Seth sentit son cœur se briser.

— Je passerai prendre les enfants demain, lui dit-il d'une voix enrouée par l'émotion.

Hochant la tête, Sarah se détourna et monta dans sa voiture. Un instant plus tard, elle démarra et prit la direction de Clay Street. Dans le rétroviseur, elle vit Seth se glisser au volant de la Porsche toute neuve qu'il n'avait pas encore payée.

En le regardant ainsi, elle fut submergée par le désespoir. C'était comme si l'homme qu'elle avait aimé, épousé et dont elle avait eu deux enfants venait de mourir.

## 16

L'appartement de Sarah était situé dans un petit immeuble victorien récemment rénové. Il s'agissait d'un duplex qui n'était ni élégant ni joli, mais Sarah savait qu'il lui apparaîtrait sous un jour meilleur dès qu'elle aurait déballé ses affaires. Elle s'occupa d'abord de la chambre des enfants, car elle voulait qu'ils se sentent chez eux lorsqu'ils arriveraient, le lendemain. Elle sortit délicatement des caisses leurs jouets préférés, craignant que quelque chose n'ait été brisé pendant le transport. Par bonheur, il n'en était rien. Jusque-là, tout semblait en bon état. Elle passa plusieurs heures à sortir les livres, puis à organiser les chambres et à faire les lits. Elle s'était débarrassée de tellement de choses que la vie qu'elle allait mener désormais avec les enfants lui semblait soudain bien austère. Elle avait du mal à croire que leur existence ait changé à ce point, et tout cela par la faute de Seth. Les journaux continuaient de publier des articles où lui et elle étaient traînés dans la boue. Mais, humiliation ou non, elle devait trouver un emploi. Elle avait déjà contacté certaines relations, mais elle devrait s'y mettre à fond dans les prochains jours.

C'est alors que, brusquement, tandis qu'elle triait des documents concernant le gala de bienfaisance, elle eut une idée. C'était bien au-dessous de ses compétences, mais au point où elle en était, elle serait heureuse d'accepter ce qu'on lui proposerait. Le mercredi après-midi, pendant la sieste des enfants, elle appela le chef du service de médecine néonatale. Elle avait réduit les heures de Parmani, mais dès qu'elle travaillerait, elle comptait bien la faire venir plus longtemps. La jeune Népalaise était très attachée aux enfants et à Sarah, et faisait tout son possible pour les aider. Elle aussi lisait les journaux et connaissait la situation.

Le chef de service donna à Sarah le nom qu'elle lui demandait et lui promit d'intervenir en sa faveur. Sarah attendit qu'il l'ait prévenue qu'il avait passé le coup de fil convenu, le lendemain matin, pour appeler Karen Johnson. Karen était chargée de récolter des fonds et s'occupait des investissements pour le développement de l'hôpital. Sarah pensait qu'elle pourrait trouver sa place dans ce service. Karen lui proposa un rendez-vous le vendredi après-midi. Elle se montra extrêmement chaleureuse et remercia vivement Sarah pour l'aide qu'elle leur avait apportée en organisant le gala de bienfaisance. Ce dernier leur avait rapporté un peu moins que ce qu'avait espéré Sarah, mais plus que l'année précédente.

Le vendredi après-midi, Parmani emmena les enfants au parc, pendant que Sarah se rendait à son rendez-vous. Elle se sentait un peu nerveuse, car cela faisait dix ans qu'elle n'avait pas passé d'entretien. La dernière fois, c'était à Wall Street, avant qu'elle n'intègre l'école de commerce où elle avait rencontré Seth. Elle avait rédigé son CV, y incluant les soirées de bienfaisance qu'elle avait organisées pour l'hôpital. Elle savait qu'il lui serait difficile de trouver un emploi, dans la mesure où elle n'avait quasiment jamais travaillé, puisqu'à sa sortie de l'école elle avait épousé Seth et s'était ensuite consacrée à l'éducation de leurs enfants.

Karen Johnson était une femme grande, mince et élégante. Elle accueillit Sarah avec beaucoup de gentillesse. La jeune femme ne lui cacha rien de ses ennuis, depuis la mise en examen de Seth jusqu'à leur récente séparation, et de son besoin de travailler. Elle lui fit valoir qu'elle avait les compétences pour s'occuper de la gestion des investissements de l'hôpital.

C'est alors qu'elle s'interrompit, prise de panique à l'idée qu'on puisse la croire aussi malhonnête que son mari. Devinant le motif de sa crainte et de sa gêne, Karen la rassura aussitôt, lui témoignant même de la sympathie.

— Cela n'a pas été facile, avoua Sarah. J'ai été terriblement secouée… Je n'ai su la vérité que le lendemain du tremblement de terre. Jusque-là, j'ignorais tout des activités de mon mari.

Elle ne voulait pas entrer dans les détails avec Karen, mais la presse en avait longuement parlé et tout le monde savait ce que Seth avait fait et ce qu'il encourait. Il allait passer devant un tribunal, même s'il bénéficiait pour l'instant d'une liberté sous caution.

Karen expliqua à Sarah qu'elle n'avait plus d'assistante puisque celle-ci avait récemment déménagé à Los Angeles. Il y avait donc un poste disponible dans son service mais, ajouta-t-elle aussitôt, le salaire était très modeste. Le chiffre qu'elle donna sembla tout à fait correct à Sarah. La somme n'était certes pas très élevée, mais elle lui permettrait de s'en sortir. Elle travaillerait de 9 à 15 heures, et pourrait ainsi être à la maison quand les enfants s'éveilleraient de leur sieste. Karen lui promit de lui donner une réponse la semaine suivante et la remercia une nouvelle fois pour son aide lors des galas de bienfaisance.

En sortant, Sarah avait retrouvé un certain enthousiasme. Karen lui plaisait et elle avait l'impression que le poste était fait pour elle. D'une part, elle était très attachée à cet hôpital. D'autre part, la gestion des investissements entrait tout à fait dans ses compétences. Enfin, la perspective de collecter des fonds pour l'hôpital l'enchantait. Il ne restait plus qu'à espérer qu'elle soit embauchée. En plus, l'hôpital n'était situé qu'à quelques minutes de son nouvel appartement et son emploi du temps lui permettrait de passer du temps avec ses enfants.

Sur le chemin du retour, Sarah eut soudain l'idée d'aller voir Maggie. Lorsqu'elle lui rapporta son entretien avec Karen, la religieuse se réjouit pour elle.

— C'est fantastique, Sarah !

Elle admirait le courage de la jeune femme face à l'adversité. Sarah venait de lui raconter que la maison était vendue, qu'elle était séparée de Seth et qu'elle s'était installée avec ses enfants dans un appartement de Clay Street.

— J'espère obtenir ce poste. J'ai vraiment besoin d'argent.

Deux mois plus tôt, elle n'aurait jamais imaginé tenir de tels propos. En l'espace de quelques semaines, sa situation avait radicalement changé.

— J'aime cet hôpital, continua-t-elle. C'est là que Molly a été sauvée et c'est pour cette raison que j'organisais des galas de bienfaisance pour eux.

Maggie se rappelait le discours de Sarah, juste avant le concert de Melanie et le tremblement de terre.

— Comment allez-vous, Seth et vous ? demanda-t-elle un peu plus tard.

Elles s'étaient installées à la cantine pour boire une tasse de thé. Ces derniers temps, le rythme était plus calme, au camp. Depuis que l'eau et l'électricité avaient été rétablies dans différents quartiers, de nombreux réfugiés avaient pu rentrer chez eux.

— Pas très bien, répondit franchement Sarah. Lorsque nous avons quitté la maison, nous ne nous adressions pratiquement plus la parole. Il habite dans un appartement de Broadway et, depuis que les enfants et moi avons emménagé dans notre duplex, Molly ne cesse de me demander où est son papa.

Les deux femmes s'assirent, leur tasse de thé à la main.

— Que lui répondez-vous ? questionna gentiment Maggie.

La religieuse aimait discuter avec Sarah, pour qui elle avait de l'estime. Elles s'appréciaient, même si elles se connaissaient à peine. Sarah avait ouvert son cœur à Maggie et lui faisait entièrement confiance.

— Je m'efforce de rester au plus près de la vérité. Je lui dis que son papa ne peut pas vivre avec nous pour l'instant et elle semble avoir accepté cette idée. Seth doit d'ailleurs prendre les enfants le week-end prochain. Molly passera la nuit chez lui, mais Ollie est encore trop petit. J'ai promis à Seth d'assister au procès pour le soutenir, conclut-elle avec un soupir.

— Quand aura-t-il lieu ?

— En mars, c'est-à-dire dans neuf mois. C'est long !

C'était le temps d'une grossesse. Elle aurait aimé avoir un troisième bébé, mais désormais elle savait que cela n'arriverait jamais. Sarah n'imaginait pas qu'ils réussiraient un jour à recoller les morceaux. Pour l'instant, en tout cas, il n'en était pas question. Elle se sentait trop trahie.

— Ce doit être très dur pour vous deux, remarqua Maggie avec sa compassion coutumière. Avez-vous progressé dans la voie du pardon ? Je sais que ce n'est pas un mince effort, particulièrement dans une situation comme la vôtre.

— C'est vrai, reconnut Sarah. Pour être honnête, je ne crois pas avoir beaucoup avancé de ce côté-là. À certains moments, je souffre énormément et je suis encore pleine de colère. Comment a-t-il pu se conduire ainsi ? Notre vie était tellement merveilleuse ! Je l'aime, mais je ne comprends pas qu'il ait pu commettre une telle action, faire preuve d'une telle malhonnêteté, en ayant parfaitement conscience de ce qu'il faisait.

— Il a sûrement perdu les pédales et n'a peut-être pas réalisé la portée de ses actes. Mais il va en payer le prix fort et cela devrait être suffisant. Si en plus il vous perd, vous et les enfants, le choc risque d'être fatal.

Sarah hocha la tête. Le problème était qu'elle aussi payait le prix fort. Elle avait perdu son mari, et les enfants avaient perdu leur père. Pire encore, elle avait cessé de le respecter et elle craignait de ne plus jamais réussir à lui faire confiance. Seth le savait et il avait eu du mal à croiser son regard lorsqu'ils s'étaient séparés. L'expression de Sarah était amplement parlante.

— Je ne veux pas être trop dure avec lui, mais je ne peux pas m'empêcher de lui en vouloir. Il a détruit notre vie.

Maggie acquiesça. Il était difficile de comprendre ce qui avait bien pu pousser Seth à commettre un délit aussi grave. L'appât du gain, probablement, ajouté au fait qu'il avait voulu dépasser tous les autres. C'était comme si une terrible faille de sa personnalité avait tout balayé sur son passage. Pourtant, Sarah semblait avoir un meilleur moral que Maggie ne l'espérait. Et la religieuse eut soudain envie de lui parler à son tour de ce qui la tourmentait. Mais par où commencer ? Sarah lut de l'inquiétude dans les yeux bleus de la jeune femme.

— Vous allez bien ? lui demanda-t-elle alors.

— Plus ou moins. Moi aussi j'ai mes propres défis à relever, dit-elle en souriant. Il arrive aux religieuses d'avoir des pensées farfelues ou de faire des bêtises. J'oublie parfois que nous avons les mêmes fragilités que les autres. Au moment précis où je crois contrôler la situation et être en relation directe avec Dieu, Il coupe le contact, si bien que je ne sais plus où j'en suis ni ce que je fais. Ce rappel de mes faiblesses m'incite à davantage d'humilité.

Consciente que ce discours pouvait paraître bien mystérieux, elle se mit à rire.

— Pardonnez-moi ces propos confus.

Ces derniers temps, elle était troublée et malheureuse, mais elle ne voulait pas se décharger de ses problèmes sur Sarah, qui avait déjà suffisamment à faire avec les siens. D'ailleurs, rien ne pouvait vraiment la soulager, elle le savait. Tout ce qu'elle avait à faire, c'était retrouver sa sérénité. Elle l'avait promis à Dieu, ainsi qu'à elle-même.

Sarah prit congé de Maggie devant l'hôpital en lui promettant de revenir la voir bientôt.

— Prévenez-moi, si vous avez cet emploi, lui rappela Maggie.

Sarah se demandait si elle serait engagée. Certes, elle était qualifiée, mais, ces derniers temps, la chance n'était pas vraiment de son côté. Cela changerait peut-être, cette fois-ci. Elle en avait un besoin urgent. Elle avait envoyé plusieurs CV, au cas où l'hôpital ne l'embaucherait pas, mais personne ne lui avait répondu.

En arrivant chez elle, Sarah fut contente de voir que Parmani et les enfants venaient de rentrer du parc. Molly se précipita vers sa mère en poussant des cris de joie tandis qu'Ollie rampait sur le sol, son petit visage fendu par un large sourire. Elle le souleva dans ses bras, puis elle s'assit sur le canapé, son fils sur les genoux et sa fille blottie contre elle. Quoi qu'il arrive par la suite, pensa-t-elle, leur seule présence constituait sa véritable joie de vivre.

Plus tard, en préparant le dîner, elle se réjouit d'être allée voir Maggie dans l'après-midi. Elle se demandait à quels problèmes la religieuse avait bien pu faire allusion. Elle espérait en tout cas que ce n'était pas grave. Maggie était une femme si généreuse et si exceptionnelle que Sarah ne pouvait l'imaginer confrontée à un problème insoluble. Elle apportait à Sarah une aide inestimable. Parfois, on avait seulement besoin d'une oreille bienveillante à qui se confier, mais Maggie offrait bien plus que cela. Elle rayonnait de sagesse, d'amour et d'humour.


Quand Melanie rentra à Los Angeles, début septembre, sa cheville n'était toujours pas guérie. Elle avait souffert pendant les deux mois de la tournée. À La Nouvelle-Orléans, elle avait consulté un médecin et elle en avait vu un autre avec Tom, à New York. Tous les deux lui avaient dit que cela s'arrangerait avec le temps. À son âge, on se remettait rapidement. Sauf qu'elle avait vécu à un rythme effréné. Pendant deux mois, elle avait parcouru le pays en long et en large, donnant un et parfois deux spectacles dans chaque ville. Lorsqu'elle alla voir son propre médecin, à Los Angeles, il confirma que l'os ne se ressoudait pas comme il l'aurait dû. Elle en avait trop fait, lui dit-il. Et lorsqu'elle lui décrivit la tournée, le praticien fut horrifié. Elle était toujours obligée de porter sa grosse botte, qui la soulageait tout en la protégeant. Mais, dès qu'elle l'ôtait, elle souffrait horriblement, même avec des talons plats.

Lorsqu'elle appela Tom, il montra son inquiétude.

— Qu'est-ce que le médecin t'a dit ?

— Que j'avais besoin de vacances... Il a aussi suggéré que je quitte la scène, plaisanta-t-elle.

La sollicitude de Tom la touchait profondément. À la différence de Jake, Tom voulait tout savoir sur elle, y compris ce que le médecin avait dit après la dernière radio.

— En fait, reprit-elle, il dit que l'os n'est pas ressoudé et que si je ne ralentis pas le rythme, il faudra m'opérer. Je risque alors de me retrouver avec des vis ou des broches dans la cheville. Je crois bien que je vais suivre son conseil et « ralentir le rythme », comme il dit. D'ailleurs, je n'ai pas grand-chose à faire, en ce moment.

Tom se mit à rire.

— Tu m'étonnes !

Depuis leur retour, la veille, Melanie n'avait pas arrêté de courir. En réalité, la jeune fille était toujours occupée et Tom se faisait du souci pour elle.

Sa mère lui avait posé les mêmes questions à propos de sa cheville et Melanie lui avait fait part des conclusions du médecin : ce n'était pas trop grave, sauf si elle repartait en tournée.

— Il me semble que cela devient grave, au contraire, remarqua sa mère. Chaque fois que j'examine ta cheville, je la trouve toujours aussi enflée. Tu as dit au médecin que tu ne pouvais même pas mettre de chaussures à talons ?

— Je n'y ai pas pensé, répondit Melanie, l'air penaud.

— À vingt ans, il faudrait commencer à grandir.

En effet, Melanie n'était pas tout à fait une adulte. Par certains côtés, elle était encore une enfant et cela faisait partie de son charme. Cet état d'enfance se prolongeait d'autant plus qu'une foule de personnes s'occupait d'elle en permanence. En même temps, des années de travail et de discipline acharnée l'avaient mûrie avant l'âge. En elle cohabitaient la femme accomplie qui se produisait sur scène et la petite fille. Pour assurer son pouvoir, sa mère préférait la convaincre qu'elle était encore un bébé, mais, en dépit de ses efforts, Melanie grandissait, elle devenait une femme.

La jeune chanteuse s'efforça de soigner sa cheville. Elle se rendit chez le kinésithérapeute, fit les exercices que celui-ci lui conseilla et prit des bains de pied le soir. Son état s'améliora, mais elle craignait toujours de porter des chaussures à semelles compensées ou à talons. Lorsqu'elle restait trop longtemps debout, pendant les répétitions, elle souffrait encore. C'était un rappel constant du prix à payer pour exercer son métier, qui n'était pas aussi facile qu'il le paraissait. Elle devait souffrir pour acquérir fortune, gloire et renommée. Pendant tout l'été, elle avait continué à se produire sur scène, alors que sa cheville lui faisait atrocement mal. Elle avait dû faire comme si tout allait bien, même si c'était loin d'être le cas.

Une nuit que la douleur l'empêchait de dormir et qu'elle faisait le point sur tout cela, elle prit sa décision et, au matin, elle passa un coup de fil. Le numéro était dans son portefeuille depuis qu'elle avait quitté le Presidio, en mai. Elle avait rendez-vous le lendemain après-midi et elle s'y rendit seule, sans en parler à personne.

Celui qu'elle découvrit était un petit homme rond et chauve. Ses yeux reflétaient une bonté qu'elle n'avait vue que dans ceux de Maggie. Ils parlèrent un très long moment et, quand Melanie rentra chez elle au volant de sa voiture, elle pleurait. C'étaient des larmes d'amour, de soulagement et de joie. Elle avait eu besoin de réponses, et toutes les suggestions qu'il lui avait faites étaient bonnes. Quant aux questions qu'il lui avait posées sur sa vie, elles avaient plongé Melanie dans un abîme de réflexion. Grâce à lui, elle venait de prendre une décision. Elle ignorait si elle pourrait la réaliser, mais elle lui avait promis, ainsi qu'à elle-même, qu'elle ferait tout pour cela.

— Quelque chose ne va pas, Mel ? lui demanda Tom, le soir même.

Il l'avait emmenée dans un restaurant de sushis qu'ils adoraient tous les deux. L'endroit était calme, chaleureux, et la nourriture excellente. Sensible à l'atmosphère sereine qui régnait dans ce décor japonais, Melanie sourit à Tom, assis en face d'elle.

— Il m'est arrivé quelque chose de bon, au contraire.

272

Elle lui raconta son entretien avec le père Patrick Callaghan, le prêtre dont Maggie lui avait donné le nom et le numéro de téléphone, lorsqu'elle lui avait dit qu'elle souhaitait faire du bénévolat. Depuis plus de trente ans, il dirigeait deux orphelinats à Los Angeles et une mission au Mexique. Melanie lui avait demandé ce qu'elle pourrait faire pour lui apporter son aide. Elle avait pensé qu'il lui demanderait un chèque, mais au lieu de cela, il lui avait souri, puis lui avait proposé de le rejoindre au Mexique. Cela pourrait lui faire énormément de bien, avait-il affirmé, et lui fournir les réponses qu'elle cherchait concernant sa vie. Elle avait tout pour être heureuse, lui avait-il dit : le succès, la célébrité, l'argent, les amis, les fans, une mère qui faisait tout pour elle, qu'elle le veuille ou non, et un petit ami, un gentil garçon qu'elle aimait.

« Mais alors, pourquoi suis-je aussi malheureuse ? lui avait-elle demandé, les joues ruisselantes de larmes. Parfois, je déteste ce que je fais. Il me semble que j'appartiens à tout le monde, sauf à moi. J'ai l'impression de réaliser les désirs des autres, pas les miens. Sans compter cette cheville qui me torture depuis trois mois. J'ai travaillé tout l'été, si bien que je n'ai pas guéri, et ma mère m'en veut parce que je ne peux pas mettre de hauts talons quand je monte sur scène et que je n'ai aucune allure. »

Tout se mélangeait dans sa tête et tout y passait, les détails comme les choses importantes. Il lui semblait que son esprit s'éparpillait et que toutes ses pensées tourbillonnaient. Elle parvenait à les identifier, mais pas à leur donner un sens ou à tirer une leçon de ses angoisses. Elle s'était mouchée vigoureusement dans le mouchoir que lui avait tendu le prêtre.

« Qu'est-ce que *vous* voulez, Melanie ? lui avait-il demandé avec douceur. Peu importe ce que les autres veulent… votre mère, votre agent, votre petit ami. Ce qui compte, c'est vous. »

Les mots s'étaient pressés sur ses lèvres sans qu'elle puisse les contenir :

« Quand j'étais petite, je voulais devenir infirmière.

— Moi, je voulais être pompier, et au lieu de cela, je suis devenu prêtre. Parfois, on emprunte des chemins différents de ceux que l'on imaginait prendre. »

Il lui avait raconté qu'avant d'entrer au séminaire il avait fait des études d'architecture. Cette formation s'était révélée utile, lorsqu'il avait fait construire des maisons dans les villages mexicains où il travaillait maintenant. Il n'avait pas précisé qu'il avait aussi un doctorat en psychologie qui était encore plus précieux, comme maintenant qu'il discutait avec elle. Il était franciscain, ce qui correspondait assez bien à sa façon de concevoir les choses, mais il avait envisagé un temps d'être jésuite. Il appréciait la recherche intellectuelle des Jésuites et il aimait discuter avec eux, quand l'occasion s'en présentait.

« Vous menez une carrière extraordinaire, Melanie. Dieu vous a accordé un énorme talent et j'ai l'impression que vous aimez ce que vous faites, du moins quand vous ne devez pas chanter avec une cheville cassée et que vous n'avez pas l'impression qu'on vous exploite. »

À sa façon, Melanie ne différait guère des jeunes filles qu'il arrachait aux bordels de Mexico. Trop de gens l'utilisaient. Ils la payaient mieux et elle portait des vêtements bien plus chers, mais il sentait que ceux qui l'entouraient, y compris sa mère, ne faisaient que profiter d'elle. Mais la coupe était pleine. Cela avait commencé pendant la tournée et tout ce qu'elle souhaitait maintenant, c'était s'enfuir et se cacher. Elle voulait aider les autres, retrouver le bonheur qu'elle avait connu au Presidio. Les quelques jours qu'elle avait passés au camp lui avaient permis de se ressourcer et de se transformer, mais ensuite, elle avait dû retourner à la réalité.

« Pourquoi ne pas faire les deux ? avait suggéré le père Callaghan. Continuez de faire le métier que vous aimez, mais ne vous laissez pas déborder et fixez vous-même les limites. Jusqu'à maintenant, ce sont les autres qui ont organisé votre existence. Reprenez les rênes de votre vie. Vous pourriez aider ceux qui ont vraiment besoin de vous, comme les victimes du tremblement de terre que vous avez secourues avec sœur Maggie. Vous retrouveriez peut-être l'équilibre qui vous manque actuellement. Vous avez beaucoup à donner, Melanie. Et vous seriez surprise de savoir combien vous pouvez recevoir en retour. »

Pour l'instant, personne ne lui donnait quoi que ce soit, en dehors de Tom. Elle avait l'impression d'être saignée à blanc.

« Vous voulez dire que je pourrais travailler avec vous ici, à Los Angeles, ou au Mexique ? »

Elle ne voyait pas comment elle en trouverait le temps. Sa mère faisait en sorte qu'elle ait toujours des interviews, des répétitions, des séances d'enregistrement, des galas, des participations à telle ou telle manifestation… Sa vie et son temps ne lui appartenaient pas.

« Si vous le souhaitez, c'est possible. Ne le faites pas pour me faire plaisir. Vous faites déjà le bonheur des gens avec votre musique. Je veux que vous réfléchissiez à ce qui pourrait vous rendre heureuse. C'est votre tour, Melanie. Vous devez seulement faire la queue, arriver jusqu'au guichet et prendre votre billet. Cela ne dépend que de vous. Personne ne peut vous en empêcher. Vous n'êtes pas obligée d'emprunter les chemins que les autres veulent vous faire prendre. Prenez votre billet, choisissez votre direction et amusez-vous un peu, pour changer. Jusqu'à maintenant, on ne vous a pas autorisée à profiter de la vie. Personne n'a le droit de vous empêcher de prendre ce billet. Ce n'est pas leur tour, Melanie, c'est le vôtre. »

Il lui souriait. Soudain, Melanie avait su exactement ce qu'elle voulait :

« Je veux partir au Mexique avec vous », avait-elle murmuré.

Elle n'avait pas d'engagements importants dans les trois semaines à venir : quelques interviews, une séance photo pour un magazine, deux séances d'enregistrement et un gala de bienfaisance. Rien qui ne pût être décalé ou annulé. Elle venait de comprendre qu'elle devait faire une pause. Et cela ferait du bien à sa cheville. Elle n'en pouvait plus et ce prêtre lui offrait une issue. Elle voulait exercer ce droit dont il lui parlait. Durant toute sa jeune existence, elle n'avait jamais fait ce qu'elle voulait. Elle exécutait toujours les ordres de sa mère et se conformait à ce que les autres attendaient d'elle. Elle avait toujours été la parfaite petite fille que les autres voyaient en elle, mais maintenant elle en avait assez. À vingt ans, elle souhaitait enfin faire quelque chose qui lui tenait vraiment à cœur et elle pensait avoir trouvé ce que c'était.

« Est-ce que je pourrais passer quelque temps dans l'une de vos missions ? »

Le prêtre avait hoché la tête.

« Vous pourriez aller dans notre foyer pour adolescentes. Pour la plupart, elles sont prostituées et droguées. À les voir, vous ne le croiriez pas… On dirait des anges. Votre séjour parmi elles pourrait leur faire énormément de bien. À vous aussi, d'ailleurs.

— Aurai-je un moyen de vous contacter, quand je serai là-bas ? » avait-elle demandé d'une petite voix.

Au moment de passer à la réalisation de son rêve, la peur l'envahissait. Sa mère allait la massacrer. Bien sûr, il était aussi possible qu'elle s'en serve comme moyen de promotion.

« Vous pourrez toujours m'appeler sur mon téléphone portable et je vais vous donner d'autres numéros, avait-il dit en les griffonnant sur un bout de papier. Si vous ne pouvez pas vous arranger pour venir maintenant, attendez quelques mois. Ce sera peut-être plus facile pour vous. Au printemps, par exemple. Actuellement, vous avez certainement de multiples engagements et le délai est sans doute un peu court. Je ne quitterai le Mexique qu'après les fêtes de Noël. Venez quand vous le voulez et restez aussi longtemps que vous le désirerez. Vous serez toujours la bienvenue.

— Ma décision est prise. Je pars », avait-elle affirmé.

Les choses devaient changer ! Elle ne pouvait pas rester sous la coupe de sa mère pour le restant de sa vie. Elle avait besoin de faire ses propres choix, elle était fatiguée de réaliser les rêves de sa mère ou, plutôt, d'incarner son rêve. Elle voulait accomplir le sien. Et le Mexique lui paraissait être l'endroit idéal pour commencer.

Au moment de partir, le père Callaghan l'avait serrée dans ses bras avant de tracer du pouce un signe de croix sur son front.

« Pensez à vous, Melanie. J'espère vous revoir bientôt, mais si ce n'était pas le cas, je vous appellerais dès mon retour. N'hésitez pas à me contacter.

— C'est promis ! »

Elle avait réfléchi pendant tout le trajet du retour. Elle savait ce qu'elle voulait faire, mais elle ignorait comment elle pourrait s'absenter, même pour quelques jours. En réalité, elle désirait partir beaucoup plus longtemps, peut-être même plusieurs mois.

À mesure qu'elle racontait tout cela à Tom, il parut surpris, puis impressionné, juste avant d'arborer une expression inquiète.

— Tu n'as pas l'intention de prendre le voile, j'espère ?

Décelant une lueur de panique dans ses yeux, elle se mit à rire et il parut aussitôt soulagé.

— Bien sûr que non ! Je ne suis pas faite pour cela et tu me manquerais trop !

Tendant la main par-dessus la table, elle prit celle de Tom.

— J'ai seulement envie, pendant quelque temps, d'aider les gens, de me vider la tête, d'échapper aux pressions et à mes obligations. Je ne sais pas si on me laissera faire. Ma mère va sûrement piquer une crise. Mais j'ai vraiment besoin de faire une pause et de réfléchir à ce qui est important pour moi, en dehors de mon travail et de toi. Le père Callaghan dit que je ne dois pas interrompre ma carrière, qu'avec ma musique je donne aux gens de l'espoir et de la joie. Mais moi, je veux faire quelque chose de plus concret, comme quand j'étais au Presidio.

— Je trouve que c'est une très bonne idée, assura Tom.

Depuis sa tournée, Melanie semblait épuisée et il savait que sa cheville la faisait beaucoup souffrir. Et cela n'avait rien d'étonnant. Pendant trois mois, elle avait voyagé et s'était produite sur scène, avalant des comprimés et se faisant faire des infiltrations pour soulager la douleur. Elle était sans cesse soumise à d'énormes pressions et elle payait très cher sa célébrité. Aussi Tom était-il persuadé que ce séjour au Mexique lui ferait le plus grand bien, tant physiquement que moralement. Il en irait différemment de Janet. Il commençait à bien la connaître et il savait qu'elle contrôlait entièrement la vie de sa fille. Elle en avait fait une marionnette dont elle tirait les fils et elle éliminait tout ce qui pouvait contrecarrer son influence. Tom prenait soin de ne pas la contrarier et de ne pas contester son autorité. Mais il savait que le jour où Melanie réagirait, il y aurait des étincelles. Janet n'accepterait pas de céder son pouvoir, et encore moins à sa fille. Cette dernière en était d'ailleurs parfaitement consciente.

— Je pense que je vais d'abord tout organiser. Je ne lui en parlerai que lorsque ce sera fait, afin qu'elle ne puisse pas m'en empêcher. Je vais m'arranger avec mon agent et ma manager pour annuler certains engagements sans qu'elle le sache. Elle veut toujours que j'accepte toutes les propositions et que je me retrouve en couverture de tous les magazines. Elle pense bien faire, mais elle ne comprend pas que je puisse en avoir assez. Je ne peux pas me plaindre, car c'est vraiment elle qui est à l'origine de ma carrière. Elle a tout programmé dès ma plus tendre enfance. Le problème, c'est que je ne désire pas tout cela autant qu'elle. Je veux pouvoir choisir, au lieu de subir toutes les corvées qu'elle m'impose. Et il y en a beaucoup !

La jeune fille sourit à Tom. Il savait qu'elle disait la vérité. Depuis qu'il la connaissait, il le constatait tous les jours. Rien que de penser à tout ce qu'elle était obligée de faire, il était épuisé, et, pourtant, il avait autant d'énergie qu'elle. Mais ce qui avait fait pencher la balance, c'était la fracture de sa cheville. Cela l'avait épuisée. Cependant, depuis son entretien avec le prêtre, elle semblait revivre.

— Tu viendras me voir au Mexique ? lui demanda-t-elle.

— Bien entendu, assura-t-il avec un sourire. Je suis vraiment fier de toi, Mellie. Si tu réussis à partir, cela te fera beaucoup de bien.

Ils savaient tous les deux que sa mère allait s'opposer de toutes ses forces à ce projet. Ce ne serait pas facile… Pour la première fois, la jeune fille prenait une décision majeure sans lui en parler. Et cette décision était d'autant plus importante qu'elle n'avait aucun rapport avec sa carrière. Cela effraierait encore plus Janet. Elle ne voulait pas que Melanie s'écarte de ses objectifs à elle. Sa fille n'était pas censée avoir ses propres désirs, elle devait seulement réaliser ceux de sa mère. Ce changement radical allait sans nul doute terroriser Janet et avoir de lourdes conséquences sur leurs vies à toutes les deux.

Les jeunes gens en parlèrent pendant tout le trajet du retour. Lorsqu'ils arrivèrent, Janet n'était pas à la maison. Ils montèrent discrètement dans la chambre de Melanie et verrouillèrent la porte. Là, ils firent passionnément l'amour et restèrent longtemps blottis dans les bras l'un de l'autre. Janet acceptait que Tom passe la nuit avec sa fille de temps à autre, du moment qu'il ne s'installait pas avec elle. Tant qu'il ne prenait pas trop d'importance et n'exerçait pas une influence excessive sur Melanie, elle tolérait sa présence. Tom était suffisamment intelligent pour rester discret et ne jamais l'affronter.

Il rentra chez lui vers 2 heures du matin, parce qu'il devait aller travailler de bonne heure le lendemain. Au moment où il partit, Melanie lui adressa un sourire ensommeillé et l'embrassa. Elle se leva elle aussi très tôt et passa plusieurs coups de fil pour faire avancer son projet. Elle informa son agent et sa manager en leur faisant jurer de garder le secret, mais ils la prévinrent que, d'une façon ou d'une autre, Janet ne tarderait pas à l'apprendre. Tous les deux lui promirent de faire leur possible pour annuler les prochains engagements, qui, pour la plupart, avaient été pris par Janet. Melanie avait bien l'intention de parler à sa mère, mais seulement après s'être libérée, de manière que Janet ne puisse plus rien faire.

— Ton voyage au Mexique pourrait tout à fait être exploité par la presse, suggéra la manager. Ce serait une magnifique occasion de te faire de la publicité.

— Non ! rétorqua fermement Melanie. C'est précisément ce que je ne veux pas ! J'ai besoin d'un peu de temps pour faire le point et réfléchir à ce que je veux faire.

— Seigneur ! Ne me dis pas que tu vas te retirer de la scène !

Janet les tuerait, si cela arrivait, même si la manager savait qu'elle n'était pas vraiment méchante. Elle voulait juste faire passer la carrière de sa fille avant tout. Elle aimait Melanie, mais elle l'empêchait de vivre. L'agent pensait que ce serait une bonne chose si la jeune fille parvenait à couper le cordon ombilical. Elle s'y attendait d'ailleurs depuis longtemps.

— Pendant combien de temps comptes-tu être absente ?

— Peut-être jusqu'à Noël. Je sais que j'ai un concert au Madison Square Garden le jour de l'an et je n'ai pas l'intention de l'annuler.

— Tant mieux, répondit l'agent, soulagée. Si tu l'avais fait, j'aurais été obligée de me suicider. Le reste n'est pas très important, je vais m'en occuper.

Deux jours plus tard, l'agent et la manager avaient fait le nécessaire. Melanie était libre jusqu'à la mi-décembre. Certains rendez-vous avaient été décalés, d'autres purement et simplement annulés ou repoussés à une date lointaine. Aucun n'était essentiel. Finalement, Melanie avait choisi le bon moment. Tout ce qu'elle raterait, ce serait quelques articles liés à sa participation à des galas de bienfaisance. Encore n'était-ce même pas certain.

Elle partait le lundi suivant et elle avait déjà son billet d'avion. Elle passerait le week-end avec Tom. Ce dernier la soutenait à cent pour cent et avait l'intention d'aller la retrouver dès qu'il le pourrait. Lui aussi voulait faire du bénévolat, plus tard.

Melanie et Tom allaient être séparés pendant trois mois. Ce n'était pas très long, mais elle allait lui manquer. Leur histoire était suffisamment solide pour résister aux épreuves que leur imposaient leurs occupations respectives et ils étaient de plus en plus attachés l'un à l'autre. Ils se faisaient mutuellement du bien et se stimulaient. S'il le pouvait, Tom prendrait une semaine ou deux de congé pour aller travailler à la mission mexicaine où Melanie se trouverait. Il adorait s'occuper des enfants et il avait aidé à la réintégration d'un garçon de Watts, un quartier chaud de Los Angeles, ainsi que d'un autre qui vivait à l'est de la ville. Il était d'ailleurs resté en contact avec eux. C'était le genre d'engagement qui lui plaisait et où il se montrait particulièrement efficace. Aujourd'hui, il aurait voulu suivre l'exemple de Melanie et passer lui aussi trois mois au Mexique.

Il ne restait plus à Melanie qu'à prévenir sa mère. Deux jours après que les engagements eurent été annulés, Janet entra dans la chambre de Melanie, une liasse de feuilles à la main.

— C'est bizarre, marmonna-t-elle. Je viens de recevoir un fax de *Vogue* m'annonçant que ton interview était annulée. Je ne comprends pas ce qu'ils fabriquent ! En plus, je viens de découvrir un mail de l'association qui se charge d'organiser le gala pour la lutte contre le cancer, espérant que tu pourras y participer l'an prochain, alors que le gala est dans deux semaines. On dirait qu'ils t'ont lâchée pour quelqu'un d'autre. Ce serait Sharon Osbourne qui viendrait à ta place. Ils ont peut-être pensé que tu étais trop jeune. Quoi qu'il en soit, tu ferais bien de sortir d'ici et de t'activer, ma fille ! Tu comprends ce que cela signifie ? La tournée n'a duré que deux mois et on commence déjà à t'oublier. Il est temps que tu fasses parler de toi.

Elle sourit à sa fille qui regardait la télévision, étendue sur son lit. Melanie réfléchissait à ce qu'elle allait mettre dans ses valises. Peu de chose, sans doute. Une demi-douzaine de livres sur le Mexique, miraculeusement échappés à l'attention de sa mère, étaient éparpillés sur son lit. Levant les yeux vers Janet, elle se demanda si le moment des révélations n'était pas arrivé. Si tel était le cas, cela n'allait pas être facile. Elle allait passer un mauvais quart d'heure.

Elle se lança au moment où sa mère s'apprêtait à quitter la pièce.

— Euh… en fait, maman, c'est moi qui ai annulé ces deux engagements… ainsi que d'autres… Je compte m'absenter quelques semaines.

Elle s'était demandé si elle devait lui révéler la durée exacte de son séjour au Mexique ou le lui apprendre plus tard. Elle n'avait pas encore pris sa décision, mais elle était obligée de dire quelque chose, puisque son départ était imminent. Janet s'immobilisa et se tourna vers sa fille, les sourcils froncés.

— De quoi parles-tu, Melanie ? Qu'est-ce que ça veut dire, « je compte m'absenter quelques semaines » ?

Elle regardait la jeune fille comme si celle-ci venait de lui annoncer qu'il lui poussait des ailes.

— Eh bien, tu comprends… Ma cheville… Ça me contrarie vraiment beaucoup… Alors j'ai pensé… Euh… que j'aurais besoin d'un peu de repos.

— Tu as annulé tes engagements sans me consulter ?

La tempête se rapprochait dangereusement.

— Je comptais t'en parler, maman, mais je ne voulais pas t'ennuyer avec ça. Le médecin a dit que je devais me reposer pendant un certain temps.

— C'est une idée de Tom ?

Sa mère la foudroya du regard, tâchant de deviner qui avait bien pu amener Melanie à annuler deux engagements sans lui en parler au préalable. Elle soupçonnait un adversaire de poids.

— Tu te trompes, maman. C'est une décision qui vient de moi, et de moi seule. Cette tournée m'a épuisée et je n'ai pas envie de participer à ce gala. Quant à *Vogue,* je pourrai leur accorder une interview n'importe quand. Ils ne cessent de me solliciter.

Janet s'approcha du lit, les yeux brillants de colère.

— Ce n'est pas la question, Melanie. Tu n'as pas à annuler des engagements. Tu m'en parles et je m'en occupe. Par ailleurs, tu ne peux pas disparaître sous prétexte que tu es fatiguée. Tu dois continuer de te montrer.

— Mon visage figure sur un million de CD, maman. Le public ne va pas m'oublier parce que je m'absente pendant quelques semaines ou que je ne participe pas à un gala. J'ai besoin de vivre pour moi.

— Qu'est-ce que c'est que cette histoire ? Je suis sûre que c'est Tom qui t'a fourré ces idées dans la tête ! Ce garçon agit dans l'ombre. Il te veut pour lui tout seul, parce qu'il est jaloux de toi. Il ne comprend pas, et toi non plus, apparemment, tous les sacrifices qu'il faut pour réussir et rester en haut de l'affiche ! Tu ne peux pas traîner ici à regarder la télévision, ou rester allongée, le nez dans les bouquins. Il faut qu'on te voie, Mel. Je ne sais pas où tu comptes partir pendant quelques semaines, mais tu n'as pas le droit de tout flanquer par terre maintenant. Quand j'estimerai que tu as besoin d'une pause, je te le dirai. Pour l'instant, tu es en pleine forme. Cesse de faire l'idiote et arrête de pleurnicher à cause de ta cheville. Ce n'est qu'une petite fêlure de rien du tout ! En plus, elle date de près de quatre mois ! Lève-toi et bouge-toi, Mel. Je vais appeler *Vogue* pour leur fixer un nouveau rendez-vous. Je laisse tomber le gala, parce que je ne veux pas me fâcher avec Sharon. Mais ne t'avise plus d'annuler un seul de tes engagements ! Tu m'entends ?

Elle tremblait de rage et Melanie de terreur. Ce discours, qui en disait long sur l'état d'esprit de sa mère, la rendait malade. Melanie se rendait compte que Janet allait ruiner sa vie, si elle la laissait agir plus longtemps.

— Je t'entends, maman, répliqua-t-elle tranquillement. Je suis désolée que tu voies les choses de cette manière, mais j'ai besoin de m'arrêter.

Elle hésita un instant, avant de lâcher sa bombe :

— Je pars lundi pour le Mexique et je ne reviendrai qu'après Thanksgiving.

Elle parvint à parler sans rentrer la tête dans les épaules. Sa mère et elle avaient déjà eu des prises de bec, chaque fois que Melanie avait voulu prendre des décisions ou acquérir une certaine indépendance, mais jamais l'affrontement n'avait été aussi violent.

— Tu… QUOI ? Est-ce que tu deviens folle ? Tu as des tas d'engagements, durant cette période. Tu ne vas partir nulle part, Melanie, à moins que je ne t'ordonne de le faire. Et ne t'avise plus de me dire ce que tu vas faire. N'oublie pas que c'est moi qui t'ai hissée au sommet.

Melanie eut l'impression de recevoir une gifle. Même si sa mère l'avait aidée, sa réussite était due, avant tout, à sa voix. Pour la première fois de sa vie, elle refusait l'autorité de Janet et l'affrontait. Elle aurait voulu se recroqueviller sous sa couette pour pleurer, mais elle refusa de céder. Elle savait qu'elle avait raison, qu'elle ne faisait rien de mal. Elle ne laisserait pas sa mère l'empêcher de faire une pause.

— Les autres engagements sont annulés, maman.

— Qui a fait cela ?

— Moi.

Ne voulant pas causer d'ennuis à son agent et à sa manager, elle préférait en assumer la responsabilité. Ils ne l'avaient d'ailleurs fait que parce qu'elle le leur demandait.

— Je suis désolée que cela te mette dans tous tes états, maman, mais j'ai besoin de m'arrêter. C'est important pour moi.

— Qui t'accompagne ?

Janet cherchait toujours un bouc émissaire, celui ou celle qui la privait de l'emprise qu'elle avait sur sa fille, alors que seul le temps était coupable. Melanie avait grandi et elle voulait contrôler elle-même sa vie. Elle avait mis longtemps pour en arriver là et l'amour de Tom lui en avait peut-être donné la force.

— Personne. Je pars seule, maman. Je vais faire du bénévolat dans une mission catholique qui s'occupe d'enfants. À mon retour, je mettrai les bouchées doubles, c'est promis. Laisse-moi faire ce que je veux, sans devenir hystérique.

— Je ne suis pas hystérique. C'est toi qui deviens folle ! cria Janet.

Par respect pour sa mère, Melanie n'avait pas élevé une seule fois la voix.

— Si encore tu ne partais que quelques jours, reprit Janet avec espoir, nous pourrions l'exploiter dans la presse. Mais tu ne peux pas t'absenter pendant trois mois ! Pour l'amour du ciel, Melanie, à quoi penses-tu ? C'est à cause de cette petite religieuse de San Francisco ! ajouta-t-elle, comme frappée par une illumination. Elle m'avait l'air d'une sacrée sournoise, celle-là. Méfie-toi d'elle, Melanie. La prochaine fois, elle te convaincra de prendre le voile. Si c'est ce qu'elle a en tête, il faudra me passer sur le corps !

À la pensée de Maggie, Melanie ne put s'empêcher de sourire.

— Ce n'est pas elle. Je suis allée voir un prêtre ici, à Los Angeles, qui dirige une mission au Mexique. Je veux seulement passer quelque temps là-bas, trouver la paix. À mon retour, je te jure de travailler autant que tu le voudras.

— À t'entendre, on dirait que je t'ai réduite à l'esclavage !

Éclatant en sanglots, Janet s'assit au bord du lit. Melanie l'entoura de ses bras.

— Je t'aime, maman. Je te suis très reconnaissante de tout ce que tu as fait pour ma carrière, mais dorénavant, je veux faire ce qui me plaît.

— C'est à cause du tremblement de terre, hoqueta Janet. Tu subis un stress post-traumatique. Seigneur ! Tu imagines l'article qu'on pourrait en tirer ?

Melanie se mit à rire. Sa mère était incorrigible. Elle avait un bon fond, mais elle était obsédée par la carrière de sa fille. Elle en voulait toujours plus. Melanie avait fait tout ce qu'elle pouvait, mais Janet n'en avait jamais assez.

— Tu devrais prendre des vacances, toi aussi, maman. Tu pourrais aller dans un centre de soins, ou partir voir des amis à Londres ou à Paris. Tu ne peux pas te consacrer exclusivement à moi. Ce n'est pas sain… Pour toi comme pour moi.

— Je t'aime, gémit Janet. Tu ne sais pas à quel point je me suis sacrifiée pour toi… J'aurais pu mener ma propre carrière, mais j'ai tout abandonné pour toi. J'ai fait ce que je pensais être le meilleur pour toi.

C'était un discours que Melanie avait déjà maintes fois entendu.

— Je sais, maman, et je t'aime aussi. Laisse-moi juste réaliser mon projet. Ensuite, je te promets de me remettre au travail. J'ai besoin de réfléchir, de prendre mes propres décisions. Je te rappelle que je ne suis plus une enfant. J'ai vingt ans.

Janet se sentit mortellement menacée.

— Tu es un bébé, affirma-t-elle.

— Je suis une adulte, répliqua fermement Melanie.

Janet passa les quelques jours suivants à pleurer, à se plaindre ou à se répandre en invectives. Passant du chagrin à la rage, elle était prise de panique à l'idée que son autorité sur Melanie lui échappait. Elle demanda même à Tom de dissuader la jeune fille de mettre son projet à exécution. Il répondit avec diplomatie que ce séjour au Mexique lui ferait du bien et qu'il trouvait son initiative très belle. Cela ne fit qu'accroître la colère de Janet et l'ambiance tourna au cauchemar. Melanie avait hâte de partir. Tom vint passer le week-end, mais elle préféra qu'ils aillent dormir chez lui la nuit du dimanche au lundi, afin d'échapper à sa mère. À 3 heures du matin, elle rentra chez elle, car elle devait terminer de préparer ses bagages. Tom avait pris une matinée de congé pour l'accompagner. Elle ne voulait pas arriver en limousine à l'aéroport et attirer l'attention, comme l'aurait souhaité sa mère. Si elle l'avait pu, celle-ci aurait même convoqué les journalistes afin de tirer le meilleur parti de la décision de sa fille.

Le départ de Melanie fut digne d'un mélo. Sa mère s'accrochait à elle en pleurant, lui disant qu'elle serait sans doute morte à son retour, car elle souffrait depuis quelque temps de douleurs dans la poitrine. La jeune fille lui assura que tout allait bien se passer et lui promit de l'appeler souvent. Après lui avoir donné le numéro de téléphone de la mission, elle se précipita dehors et monta dans la voiture de Tom. Elle n'avait pour tout bagage qu'un sac à dos et un sac de marin. Lorsqu'elle s'assit près de Tom, il lui sembla qu'elle venait de s'évader de prison.

— Démarre ! Vite ! Démarre ! Démarre avant qu'elle ne se jette sur le capot !

Il fit ce qu'elle lui disait et, lorsqu'ils atteignirent le premier feu rouge, ils riaient tous les deux à gorge déployée. Cela ressemblait à une fuite et c'en était bien une. Melanie était ravie de ce qu'elle allait faire au Mexique.

Quand Tom l'embrassa, au moment du départ, elle lui promit de l'appeler dès son arrivée. Il projetait de la rejoindre deux ou trois semaines plus tard. Dans l'intervalle, Melanie savait qu'elle allait commencer une nouvelle vie. Elle était persuadée que son séjour au Mexique lui ferait le plus grand bien.

Une fois dans l'avion, juste avant la fermeture des portes, elle appela sa mère. Elle savait à quel point Janet avait du mal à admettre que sa fille prenne son envol. Pour elle, c'était une perte immense. Devoir abandonner ne serait-ce qu'une part infime de son autorité la terrorisait. Melanie en était désolée pour elle.

À l'autre bout du fil, la voix de sa mère lui parut très déprimée. Pourtant, elle sembla s'animer en entendant sa fille.

— Tu as changé d'avis ? lui demanda-t-elle avec espoir.

La jeune fille sourit.

— Non. Je suis dans l'avion. Je voulais seulement t'embrasser. Je t'appellerai du Mexique, dès que ce sera possible.

À cet instant, il fut demandé aux passagers d'éteindre leurs téléphones portables. Lorsqu'elle lui dit qu'elle devait la quitter, sa mère semblait au bord des larmes.

— Je ne comprends toujours pas pourquoi tu fais cela.

Elle ressentait la décision de sa fille comme une punition et un rejet, alors que Melanie voulait seulement saisir sa chance de faire un peu de bien dans le monde.

— J'en ai besoin, maman. Je rentrerai bientôt. Je t'aime, dit-elle précipitamment. Je dois te laisser !

— Je t'aime, Mel, dit sa mère en lui envoyant un dernier baiser.

Melanie rangea son portable, heureuse de l'avoir appelée. Elle ne faisait pas ce voyage pour blesser sa mère, mais pour découvrir qui elle était exactement.

# 17

Après son arrivée au Mexique, Melanie écrivit à Maggie pour lui dire à quel point la région était magnifique et combien elle s'y plaisait. Les enfants étaient adorables et le père Callaghan fantastique. Elle n'avait jamais été aussi heureuse de sa vie et elle la remerciait de l'avoir incitée à contacter le prêtre.

Sarah avait souvent appelé Maggie. Elle avait finalement été embauchée par l'hôpital et tout se passait bien. Elle devait encore s'adapter à sa nouvelle vie mais, dans l'ensemble, elle s'en sortait plutôt correctement. Le fait de travailler l'aidait certainement. Maggie savait que d'autres épreuves attendaient la jeune femme, en particulier au moment du procès. Ensuite, elle devrait prendre des décisions importantes. Elle avait promis à Seth et à ses avocats qu'elle serait présente pendant toute la durée des débats. Mais elle n'avait pas encore décidé si elle demanderait ou non le divorce. Auparavant, elle voulait savoir si elle était capable de pardonner à son mari. Pour l'instant, elle ne pouvait répondre à cette question, bien qu'elle en ait beaucoup discuté avec Maggie. Selon cette dernière, la réponse lui serait donnée à force de prières. Mais, jusqu'à présent, Sarah restait dans le noir. Elle ne parvenait pas à faire abstraction de ce dont son mari s'était rendu coupable. Aux yeux de Sarah, c'était une faute impardonnable.

Maggie se trouvait toujours au Presidio, mais le camp allait bientôt fermer. Il y avait de moins en moins de monde. La plupart des gens étaient rentrés chez eux ou avaient pris d'autres dispositions. Maggie retournerait dans son appartement de Tenderloin à la fin du mois. Elle pressentait que le camp allait lui manquer. Bizarrement, cette période avait été plutôt heureuse, pour elle. De retour dans son petit studio, elle allait se sentir bien seule. Elle pourrait consacrer davantage de temps à la prière, mais elle regretterait certainement le camp, où elle s'était fait de merveilleux amis.

Everett l'appela à la fin du mois de septembre, quelques jours avant qu'elle ne rentre chez elle. Il lui annonça qu'il venait à San Francisco pour faire un reportage sur Sean Penn et il l'invita à dîner. Elle chercha désespérément une excuse pour refuser mais, comme elle n'en trouvait aucune, elle finit par accepter son invitation. Ce soir-là, elle pria longuement, demandant à Dieu d'éloigner d'elle la tentation. Elle Le remerciait de lui avoir accordé cette amitié, mais elle Le suppliait de l'aider à ne pas vouloir davantage.

Ils s'étaient donné rendez-vous devant l'hôpital. Dès qu'elle aperçut Everett, le cœur de Maggie se mit à battre la chamade. Il marchait vers elle et avec ses longues jambes et ses bottes, il ressemblait plus que jamais à un cow-boy. Lorsqu'il la vit, son visage s'illumina de joie et, malgré elle, Maggie lui adressa un sourire radieux. Ils étaient si heureux de se voir qu'ils se jetèrent dans les bras l'un de l'autre. Après l'avoir pressée contre lui, il s'écarta d'elle pour plonger dans son regard et s'y noyer.

— Vous avez l'air en pleine forme, Maggie, lui dit-il gaiement.

Il arrivait tout droit de l'aéroport. Son interview n'aurait lieu que le lendemain et la soirée leur appartenait.

Il l'emmena dans un petit restaurant français situé sur Union Street. La ville reprenait peu à peu une apparence normale. Les rues avaient été nettoyées et on reconstruisait un peu partout. Près de cinq mois après le séisme, la plupart des quartiers étaient habitables, à l'exception de ceux qui avaient été le plus durement touchés. Certains immeubles avaient même dû être complètement rasés.

Maggie commanda un poisson et Everett un énorme steak.

— Je rentre chez moi la semaine prochaine, déclara tristement Maggie au début du dîner. La cohabitation avec les autres religieuses va me manquer. Finalement, je me demande si je ne serais pas plus heureuse dans une communauté que toute seule.

Comme chaque fois qu'ils étaient ensemble, ils avaient toujours quelque chose à se raconter. Ils parlèrent d'une multitude de sujets jusqu'à ce que finalement Everett aborde le procès de Seth. Dès qu'elle en entendait parler ou qu'elle lisait un article sur cette affaire, Maggie était triste, surtout pour Sarah.

— Vous allez couvrir le procès ? demanda-t-elle avec curiosité.

— J'aimerais bien, mais j'ignore si *Scoop* sera intéressé, bien que ce soit une sacrée histoire. Vous avez revu Sarah ? Comment va-t-elle ?

— Bien, répondit simplement Maggie. Nous nous voyons de temps en temps. Elle travaille à l'hôpital, maintenant. Elle s'occupe de récolter des fonds. Ce n'est pas très facile pour elle non plus. Dans sa chute, son mari a fait beaucoup de mal autour de lui.

— Ces types-là en font toujours, remarqua Everett sans une once de compassion.

Il réservait sa pitié à Sarah et aux enfants, qui ne connaîtraient jamais vraiment leur père s'il passait vingt ou trente ans en prison. Par association d'idées, il pensa à son fils. Cela lui arrivait d'ailleurs chaque fois qu'il se trouvait avec Maggie, comme s'ils étaient connectés par un lien invisible.

— Est-ce que Sarah compte demander le divorce ?

— Je ne sais pas, répondit-elle vaguement.

Sarah n'en savait rien non plus, mais Maggie ne s'estimait pas en droit d'en discuter avec Everett. Leur conversation se porta bientôt sur d'autres sujets.

Ils restèrent longtemps attablés dans le petit restaurant douillet et confortable.

— J'ai entendu dire que Melanie était au Mexique, dit Everett. Est-ce que vous avez quelque chose à voir avec ça ? ajouta-t-il en la voyant sourire.

Maggie se mit à rire.

— Indirectement, oui, confirma-t-elle. Il y a un prêtre merveilleux qui dirige une mission, là-bas. J'ai pensé qu'ils s'entendraient bien. La presse n'en a pas parlé, mais je pense qu'elle y restera presque jusqu'à Noël. C'est une fille adorable, qui souhaite seulement vivre pendant quelques mois comme n'importe qui.

— Je parie que sa mère a dû devenir folle, quand elle lui a annoncé son départ. Le bénévolat au Mexique ne fait pas vraiment partie du parcours classique d'une star, et n'entre sûrement pas dans les projets de la mère. Ne me dites pas qu'elle l'a accompagnée !

À cette pensée, il éclata de rire, tandis que Maggie secouait la tête en souriant.

— Bien sûr que non ! Je crois d'ailleurs que c'est le cœur du problème. Melanie a besoin de prendre son envol, et cette séparation fera certainement autant de bien à la fille qu'à la mère. Parfois, il est difficile de couper le cordon ombilical... Du moins, certaines personnes ont-elles plus de mal à le faire que d'autres.

— À l'inverse, il existe des types comme moi qui n'ont aucun lien avec quiconque, remarqua Everett avec regret.

Maggie le fixa un instant.

— Est-ce que vous avez fait des démarches pour retrouver votre fils ?

Elle l'y encourageait discrètement, sans pour autant le harceler. C'était dans son caractère d'utiliser la méthode douce, qu'elle jugeait plus efficace.

— Non, mais je le ferai un de ces jours. Il me faut encore du temps. Je sauterai le pas quand je me sentirai prêt.

Il régla l'addition, puis ils quittèrent le restaurant et descendirent Union Street. Dans ce quartier, aucune trace du séisme ne subsistait. La ville semblait propre et belle. Le mois de septembre avait été très agréable, mais il y avait maintenant dans l'air une légère fraîcheur annonçant l'automne. Tandis qu'ils marchaient en bavardant, Maggie glissa son bras sous celui d'Everett. Ils n'avaient pas eu l'intention de faire tout le trajet à pied, mais c'est ce qu'ils firent, sans en avoir vraiment conscience. Et cela leur permit de rester plus longtemps ensemble.

Everett accompagna Maggie jusqu'à son bâtiment. Comme ils avaient pris leur temps pour dîner et marcher jusqu'au Presidio, il était plus de 23 heures et il n'y avait plus personne dehors. Plus ils parlaient, plus ils découvraient qu'ils s'accordaient parfaitement, se complétant comme s'ils avaient été les deux parties d'un tout.

— Merci pour cette bonne soirée, lui dit-elle.

Elle avait été stupide de vouloir l'éviter, songea-t-elle. Lors de sa dernière rencontre avec Everett, l'attirance qu'il exerçait sur elle l'avait troublée, mais maintenant elle n'éprouvait pour lui qu'une affection sincère. De son côté, il débordait d'amour pour elle.

— Cela m'a fait du bien de vous voir, Maggie. Merci d'avoir dîné avec moi. Avant de partir, demain, je vous appellerai et, si je le peux, je repasserai vous voir. Mais je crains que l'interview ne soit assez longue et que je ne sois obligé de me précipiter à l'aéroport pour attraper le dernier avion.

Les yeux levés vers lui, elle hocha la tête. Tout en lui était parfait, songea-t-elle. Son visage, ses yeux qui reflétaient la profondeur de son âme ainsi qu'une souffrance très ancienne, mais aussi la lumière de la renaissance et de la guérison. Everett était descendu aux enfers et il en était revenu, et cette expérience l'avait changé. Le voyant s'incliner lentement, elle s'apprêta à l'embrasser sur la joue. Mais, avant qu'elle ait compris ce qui arrivait, elle sentit ses lèvres sur les siennes. Elle n'avait pas embrassé un homme depuis l'école d'infirmières et, même à cette époque, cela ne lui était pas arrivé très souvent. Et, tout d'un coup, elle éprouva dans tout son être, son cœur et son âme, une attirance irrésistible pour lui. Il lui sembla que leurs deux esprits se mêlaient, comme s'ils ne faisaient plus qu'un, par le miracle d'un seul baiser. Lorsqu'ils s'écartèrent l'un de l'autre, elle était en proie au vertige. Prenant conscience qu'elle l'avait embrassé avec autant de passion que lui, elle le fixa avec horreur. L'inimaginable s'était produit, malgré ses prières.

— Oh, mon Dieu… Everett ! Non !

Elle recula d'un pas, mais il lui prit le bras et l'attira doucement vers lui, tandis qu'elle baissait la tête, accablée de chagrin.

— Maggie… Je n'avais pas l'intention d'agir ainsi… Je ne sais pas ce qui m'a pris… C'était comme si une force nous poussait l'un vers l'autre. Je sais que cela n'aurait pas dû arriver et sachez que rien n'était prémédité… Pourtant, je me dois d'être honnête envers vous. Je vous ai aimée à la seconde même où je vous ai rencontrée. Je ferai tout ce que vous voudrez. Je vous aime trop pour vous blesser de quelque façon que ce soit.

Elle lut dans ses yeux un amour pur et sincère, qui répondait à ce qu'elle ressentait elle-même.

— Nous ne devons plus nous voir, dit-elle tristement. Je ne sais pas ce qui s'est passé…

Elle fit alors preuve de la même honnêteté que celle qu'il lui avait témoignée. Il avait le droit de le savoir :

— Je vous aime aussi, murmura-t-elle, mais je n'en ai pas le droit. Ne m'appelez plus, Everett.

Ces derniers mots lui brisaient le cœur, mais il acquiesça. Il lui aurait donné sa vie, s'il l'avait fallu. Elle possédait déjà son cœur.

— Je suis désolé.

— Moi aussi.

Sur ces mots, elle lui tourna le dos et entra dans le bâtiment. Il regarda la porte qui se refermait sur elle, puis il mit ses mains dans ses poches et, se détournant à son tour, il prit la direction de son hôtel.

Étendue dans le noir, sur son lit, Maggie avait l'impression que son univers venait de s'effondrer. Trop anéantie pour prier, elle ne pensait qu'à l'instant où ils s'étaient embrassés.

# 18

Le séjour de Melanie au Mexique se passa exactement comme elle l'espérait. Les enfants dont elle avait
la charge étaient aimants, adorables et débordaient de
reconnaissance pour tout ce qu'on faisait pour eux,
même s'il ne s'agissait que de petites choses. Elle
s'occupait également de filles âgées de onze à quinze
ans qui avaient déjà été prostituées. Plusieurs d'entre
elles s'étaient droguées et trois avaient le sida.

Cette période lui permit de mûrir. Venu passer deux
longs week-ends avec elle, Tom fut impressionné par
ce qu'elle accomplissait. Elle lui confia qu'elle avait
hâte de reprendre le collier. La chanson et même la
scène lui manquaient, mais elle souhaitait apporter des
changements à sa vie. À l'avenir, elle avait l'intention
de prendre elle-même les décisions qui la concernaient. Les deux jeunes gens s'accordaient à penser
que c'était nécessaire, même si Janet risquait de le
prendre très mal. Mais il était temps, pour elle aussi,
de mener sa propre vie. Apparemment, elle s'occupait
d'ailleurs très bien sans sa fille. Elle était allée à New
York et à Londres et avait passé Thanksgiving avec
des amis, à Los Angeles. De son côté, Melanie avait

célébré cette fête au Mexique, où elle comptait bien retourner l'année suivante. Ce séjour semblait bénéfique à tous égards.

Elle resta là-bas huit jours de plus que prévu et atterrit à Los Angeles une semaine avant Noël. L'aéroport était décoré. Tom, qui était venu la chercher, la trouva bronzée et épanouie. En l'espace de trois mois, elle était devenue une femme. Janet l'attendait à la maison. En la voyant, Melanie se jeta dans ses bras et elles pleurèrent toutes les deux, heureuses de se revoir. Melanie comprit que Janet lui avait pardonné son départ et qu'elle avait accepté sa décision, ce qui ne l'empêcha pas de lui faire part de tous les engagements qu'elle avait pris pour elle. Melanie ouvrit la bouche pour protester, puis elles éclatèrent de rire… Les vieilles habitudes avaient du mal à disparaître.

— C'est d'accord pour cette fois, maman. Mais la prochaine fois, tu me consultes.

— C'est promis, répliqua sa mère, penaude.

Elles allaient toutes les deux devoir faire un gros effort. Il fallait que Melanie apprenne à diriger elle-même sa vie et que Janet accepte de passer le flambeau. La tâche était difficile, mais elles faisaient de leur mieux et la séparation avait favorisé la transition.

Tom choisit le jour de Noël pour offrir une bague de fiançailles à Melanie. C'était un anneau très mince incrusté de diamants que sa sœur l'avait aidé à choisir. Enchantée, Melanie le passa immédiatement à son annulaire droit.

— Je t'aime, Mel, lui dit-il doucement.

Arborant un tablier de Noël à paillettes rouges et vertes, Janet venait de quitter la pièce. Plusieurs amis étaient passés les voir, si bien qu'elle était très occupée et de fort bonne humeur. Depuis son retour, Melanie avait passé la semaine à répéter pour son concert au Madison Square Garden qui aurait lieu le soir de la Saint-Sylvestre. Son retour sur scène s'annonçait exceptionnel. Tom devait passer avec elle les deux jours précédant le concert. Grâce aux sandales plates qu'elle n'avait pas quittées pendant trois mois, sa cheville était complètement guérie.

— Je t'aime aussi, murmura-t-elle.

Tom portait la montre Cartier qu'elle lui avait offerte. Il adorait cette montre, mais, plus que tout, il l'adorait, elle. Depuis le tremblement de terre, ils vivaient tous deux une histoire fabuleuse.


Le jour de Noël, Sarah déposa les enfants chez Seth. Ses visites la mettant mal à l'aise, elle ne voulait plus qu'il passe les prendre. Elle n'avait toujours pas pris de décision, à propos du divorce. Lorsqu'elle en parlait à Maggie, celle-ci lui rappelait que le pardon était un don de Dieu. Mais, en dépit de ses efforts, Sarah ne parvenait pas à pardonner. Elle ne savait plus ce qu'elle éprouvait à l'égard de Seth. Elle n'avait toujours pas réussi à intégrer les événements et se sentait comme anesthésiée.

La veille, elle avait fêté Noël avec les enfants. Le matin, ils avaient découvert les présents apportés par le père Noël. Le grand plaisir d'Oliver consistait surtout à déchirer les papiers d'emballage, mais Molly avait apprécié tous ses cadeaux.

Sarah était triste que Seth soit exclu de cette fête familiale, mais il avait affirmé qu'il comprenait. Il voyait régulièrement un psychiatre pour soigner ses crises d'angoisse, et Sarah se sentait coupable. Elle avait le sentiment qu'elle aurait dû le soutenir et le réconforter. Mais, désormais, il était devenu un étranger, même s'il restait l'homme qu'elle avait aimé et aimait encore. C'était une impression extrêmement bizarre et pénible.

Seth sourit en la voyant sur le seuil de la porte avec les enfants. Il lui proposa d'entrer, mais elle déclina l'invitation sous prétexte qu'elle devait retrouver des amis. En réalité, elle avait invité Maggie à prendre le thé au St Francis. Géographiquement, l'hôtel se trouvait tout près de chez elle tout en étant à mille lieues de son univers.

— Comment vas-tu ? demanda Seth.

Oliver, qui marchait depuis peu, entra dans l'appartement d'un pas chancelant. Molly se précipita à l'intérieur pour voir ce qu'il y avait sous l'arbre. Son père lui avait acheté un tricycle rose, une poupée aussi grande qu'elle et tout un tas d'autres cadeaux. La situation financière de Seth n'était pas plus brillante que celle de Sarah, mais il avait toujours été plus dépensier qu'elle. Depuis qu'elle n'avait plus que son salaire et la pension qu'il lui versait, elle s'efforçait de faire attention. Ses parents la soutenaient eux aussi financièrement et l'avaient invitée aux Bermudes pour les fêtes. Ne voulant pas éloigner les enfants de leur père à cette période, elle avait refusé. C'était peut-être la dernière fois que Seth célébrait Noël avec eux, avant de passer de nombreuses années en prison.

— Je vais bien, répondit-elle.

Parce que c'était Noël, elle s'efforça de lui sourire, mais entre eux il n'y avait plus que des ruines. Cela se voyait dans les yeux de Seth. Ceux de Sarah reflétaient la désillusion et l'affliction causées par une trahison qui l'avait frappée de plein fouet. Elle ne comprenait toujours pas ce qui s'était passé, ni pourquoi. Une fois de plus, elle songea qu'il y avait une part d'ombre chez Seth. Une part qu'elle ne connaissait pas, mais qu'il avait en commun avec Sully. C'était effrayant de penser qu'elle avait toujours vécu avec un étranger. Il était trop tard maintenant pour faire sa connaissance, et d'ailleurs elle ne le souhaitait pas. Cet étranger avait détruit sa vie. Heureusement, elle la reconstruisait tranquillement toute seule. Récemment, deux hommes l'avaient invitée au restaurant, mais elle les avait éconduits tous les deux. Pour l'instant, elle se considérait toujours comme mariée... du moins jusqu'à ce que Seth et elle en décident autrement. Elle ne prendrait cette décision qu'après le procès, sauf si une illumination soudaine lui montrait la voie. Tout comme Seth, elle portait toujours son alliance.

Avant qu'elle parte, ils échangèrent leurs cadeaux. Elle lui offrit une veste de cachemire et lui, un très joli manteau en vison d'un brun lustré qui correspondait exactement à ses goûts. Dès qu'elle l'eut déballé, elle l'enfila et embrassa son mari.

— Merci, Seth, mais tu n'aurais pas dû.

— Bien sûr que si, assura-t-il tristement. Tu mérites bien plus que cela.

Autrefois, il lui aurait offert un magnifique bijou de chez Tiffany ou Cartier, mais ce n'était pas le moment... Ce ne serait plus jamais le moment. Tous les bijoux de Sarah avaient été vendus dans une vente aux enchères et l'argent avait été immédiatement saisi pour payer les frais de justice, qui étaient énormes. Seth en éprouvait une immense culpabilité.

Elle le laissa alors avec les enfants. Il avait acheté un lit pliant pour Oliver et Molly dormait avec lui, puisqu'il ne disposait que d'une seule chambre.

En le quittant, Sarah avait le cœur gros. Les far-deaux qui pesaient maintenant sur leurs épaules étaient accablants, mais ils n'avaient pas d'autre choix que de les supporter.

Le matin de Noël, Everett se rendit à une réunion des Alcooliques Anonymes. Il s'était proposé pour raconter son histoire devant un auditoire très diversifié. Il savait que s'y trouveraient tous les milieux, aussi bien des gens de la classe moyenne que des plus riches et des sans-logis. Il aimait cette diversité qui lui semblait bien refléter la réalité sociale. À Hollywood, il avait participé à des réunions un peu trop policées et distinguées pour lui. Il préférait les séances comme celle-ci, plus simples et plus vraies.

La réunion commença comme d'habitude : il donna son nom en précisant qu'il était alcoolique et aussitôt, cinquante personnes s'écrièrent en chœur : « Bonjour, Everett » ! Après deux ans, il appréciait toujours cet accueil. Il ne préparait jamais ses interventions, préférant dire ce qui lui venait à l'esprit ou partager ses préoccupations du moment. Cette fois, il parla de Maggie. Il raconta qu'ils s'aimaient mais qu'elle était religieuse et souhaitait rester fidèle à ses vœux. Pour cette raison elle lui avait demandé de ne plus chercher à la voir. Il respectait sa volonté, même si elle lui manquait terriblement.

Après la réunion, en rentrant chez lui au volant de sa voiture, il repensa à son témoignage. Il avait déclaré qu'il aimait Maggie comme il n'avait jamais aimé aucune autre femme. Il se demanda alors s'il n'aurait pas dû refuser la décision de Maggie. Peut-être aurait-il dû se battre… Jusqu'à maintenant, cette idée ne l'avait pas effleuré.

Au lieu de poursuivre sa route, il fit demi-tour et prit la direction de l'aéroport. Le jour de Noël, la circulation était fluide. Il était 11 heures et il savait qu'il y avait un avion à 13 heures et qu'il serait à San Francisco à 15 heures.

Rien n'aurait pu l'arrêter.

Il acheta son billet et monta dans l'avion. Il n'avait personne avec qui passer Noël et si elle refusait de le voir, il n'aurait pas perdu grand-chose. Seulement un peu de temps et le prix d'un aller et retour. Le jeu en valait la chandelle. Depuis trois mois, elle lui manquait horriblement, tout comme lui manquaient la sagesse de ses réflexions, ses commentaires pleins de bon sens, la délicatesse avec laquelle elle hasardait un conseil, le son de sa voix et le bleu étincelant de ses yeux. Maintenant qu'il avait pris sa décision, il était impatient de la voir. C'était son plus beau cadeau de Noël et le seul qu'il aurait. Et ce qu'il venait lui offrir, c'était toute la force de son amour pour elle.

L'avion atterrit avec un peu d'avance et le taxi le déposa devant l'immeuble de Maggie vers 14 h 40. Il se sentait comme un collégien allant sonner à la porte de sa petite amie et il se demandait ce qu'il ferait si elle refusait de le recevoir. Elle pouvait parfaitement lui dire par l'interphone qu'elle ne voulait pas le voir. Pourtant, il devait faire cette tentative. Il ne pouvait pas la laisser sortir de sa vie sans rien faire. L'amour était trop rare et trop précieux et il n'avait jamais aimé personne autant qu'il l'aimait.

Après avoir réglé la course, il monta les quelques marches le séparant de l'entrée, en évitant deux ivrognes qui y étaient affalés, une bouteille posée entre eux. Une demi-douzaine de prostituées arpentaient le trottoir, dans l'attente du client. Noël ou pas, les affaires continuaient.

Il appuya sur le bouton de l'interphone, mais personne ne répondit. Ne voulant pas la prévenir de son arrivée, il s'abstint de l'appeler sur son portable et s'assit sur la dernière marche. Il faisait froid, mais il portait une veste épaisse et le soleil brillait. Peu importait le temps que cela prendrait, il l'attendrait, sachant qu'elle finirait bien par rentrer. Elle était probablement en train de servir un repas de Noël aux sans-logis.

En contrebas, les deux ivrognes se passaient la bouteille. Levant les yeux vers lui, l'un des deux la lui proposa. C'était du bourbon de mauvaise qualité. Les deux hommes étaient horriblement crasseux.

— Tu veux boire ? bredouilla l'un des deux en lui adressant un sourire édenté.

Everett refusa d'un geste amical.

— Vous n'avez jamais pensé à adhérer aux Alcooliques Anonymes ? demanda-t-il gentiment.

Lui jetant un regard dégoûté, l'homme se détourna. Après avoir secoué son copain, il lui montra Everett. Sans un mot, les deux ivrognes se levèrent, allèrent s'asseoir un peu plus loin et se remirent à boire.

— Grâce à Dieu, j'ai échappé à ça, murmura Everett en reprenant son attente.

Il ne voyait pas de meilleure façon de passer la journée de Noël que d'attendre la femme qu'il aimait.


Maggie et Sarah passaient un moment très agréable à l'hôtel St Francis. On leur avait servi un excellent thé anglais, avec des petits pains briochés, des gâteaux et toute une variété de petits sandwiches.

Elles bavardaient tout en dégustant leur Earl Grey. Maggie trouvait Sarah plutôt triste, mais elle évita de la questionner. Elle non plus n'avait pas trop le moral. Everett lui manquait. Elle regrettait leurs conversations et leurs rires, mais après ce qui s'était passé, elle savait qu'elle ne devait plus le revoir ni lui parler. Si jamais elle se trouvait face à lui, elle ne pourrait pas lui résister. La foi lui avait permis de renforcer sa détermination, mais pas de combler le vide. Au fil des mois, Everett était devenu un ami précieux.

Sarah lui disait justement combien Seth lui manquait et à quel point elle regrettait leur vie passée. Jamais elle n'aurait imaginé que ce bonheur pouvait avoir une fin. Cela ne l'avait jamais effleurée.

Elle confia à Maggie que son travail lui plaisait, ainsi que les gens qu'elle rencontrait. Mais elle ne sortait plus et ne voyait plus ses amis. Elle était bien trop gênée pour cela. Elle savait que les commérages allaient encore bon train et ce serait encore pire pendant le procès. Seth avait longuement discuté avec ses avocats pour savoir s'il valait mieux tenter de retarder l'action judiciaire ou au contraire accélérer les choses. Finalement, il avait choisi la seconde solution, mais il paraissait chaque jour un peu plus angoissé et Sarah se faisait beaucoup de souci pour lui.

Elles parlèrent ensuite de choses et d'autres. Sarah avait emmené Molly voir *Casse-Noisette* et Maggie avait assisté la veille à la messe de minuit à la cathédrale. Elles étaient heureuses de bavarder et de se retrouver. Cette amitié leur était précieuse, c'était un véritable don du ciel que leur avait apporté le tremblement de terre.

Elles quittèrent le St Francis à 17 heures. Après avoir déposé Maggie au coin de sa rue, Sarah prit la direction des beaux quartiers. Elle avait proposé à Maggie de l'emmener au cinéma, mais son amie était fatiguée et avait préféré rentrer chez elle. Tandis que la voiture s'éloignait, Maggie lui adressa un dernier signe de la main, puis elle se dirigea lentement vers son immeuble. Elle sourit à deux prostituées qui habitaient la même rue qu'elle. L'une d'elles était une jolie Mexicaine, l'autre un travesti originaire du Kansas qui se montrait toujours très gentil envers elle.

Au moment de gravir les marches, elle leva les yeux et vit Everett qui lui souriait. Elle s'immobilisa, pétrifiée. Il l'attendait depuis deux heures et il commençait à avoir très froid, mais peu lui importait. Il était bien décidé à ne pas partir tant qu'il ne l'aurait pas vue. Et maintenant, elle était là…

Elle continuait à le fixer, n'en croyant pas ses yeux. Lentement, il descendit les marches et s'arrêta devant elle.

— Bonjour, Maggie, dit-il doucement. Joyeux Noël.

— Qu'est-ce que vous faites là ? lui demanda-t-elle, ne sachant quoi dire d'autre.

— J'ai assisté à une réunion des AA, ce matin… J'ai parlé de vous… Et alors, j'ai pris l'avion pour vous souhaiter un bon Noël.

Elle hocha la tête. Cela lui ressemblait bien d'agir ainsi ! Personne n'avait jamais rien fait d'aussi fou pour elle. Elle eut envie de le toucher, mais elle n'osa pas.

— Merci, murmura-t-elle, le cœur battant. Vous voulez qu'on aille boire un café quelque part ? C'est très en désordre, chez moi.

Et il n'aurait pas été convenable de l'inviter dans son studio, sachant que le meuble principal était un lit… défait, de surcroît.

— Bien volontiers, répliqua-t-il en riant. Je suis littéralement gelé. Je vous attends ici depuis 15 heures.

Ils gagnèrent alors un café qui se trouvait de l'autre côté de la rue. La salle était plutôt triste mais bien éclairée, et on y servait des repas corrects. Maggie y allait parfois dîner. Les boulettes de viande étaient passables, ainsi que les œufs brouillés, et tout le monde était gentil avec elle parce qu'elle était religieuse.

Ils n'échangèrent pas un mot avant de s'être assis et d'avoir commandé un sandwich pour Everett et un café pour Maggie, qui n'avait pas faim après le thé qu'elle avait pris avec Sarah.

Ce fut lui qui parla le premier.

— Alors ? Comment allez-vous ?

— Pas trop mal.

Pour la première fois de sa vie, elle avait perdu sa langue.

— Personne n'a jamais fait quelque chose d'aussi adorable pour moi, reprit-elle. Je n'en reviens pas, que vous ayez pris l'avion pour me souhaiter un joyeux Noël. Merci, Everett.

— Vous m'avez manqué. Beaucoup, même. C'est la raison pour laquelle je suis ici aujourd'hui. Tout à coup, j'ai trouvé idiot que nous ne puissions plus nous parler. Je devrais sans doute m'excuser pour ce qui s'est passé, sauf que je ne le regrette pas. C'était la meilleure chose qui me soit jamais arrivée, conclut-il avec son honnêteté habituelle.

— À moi aussi, dit-elle sans réfléchir. Je ne comprends toujours pas comment nous avons pu nous conduire de cette façon.

Elle semblait contrite et pleine de remords.

— Vraiment ? Je crois tout simplement que nous nous aimons. En tout cas, je vous aime et j'ai l'impression que c'est réciproque… ou du moins, je l'espère.

Il ne voulait pas qu'elle souffre des sentiments qu'il éprouvait pour elle, mais il ne pouvait s'empêcher d'espérer qu'elle les partageait.

— J'ignore où cela nous mènera, poursuivit-il, si tant est que cela nous mène quelque part. C'est une autre histoire. Mais je voulais que vous sachiez que je vous aime.

— Je vous aime aussi, répondit-elle tristement.

C'était la plus grande faute qu'elle ait jamais commise envers l'Église et la première fois qu'elle remettait ses vœux en question. Mais il avait le droit de savoir.

— Eh bien, voilà une bonne nouvelle, dit-il en mordant dans son sandwich.

Il lui sourit, soulagé par l'aveu qu'elle venait de lui faire.

— Sûrement pas, répliqua-t-elle. Je ne peux pas revenir sur mon engagement, il fait partie de ma vie.

Mais, d'une certaine façon, Everett en faisait partie aussi…

— Je ne sais pas quoi faire, conclut-elle.

— Nous pourrions profiter de l'instant présent et y réfléchir plus tard. Peut-être trouverez-vous une solution… L'Église pourrait par exemple vous accorder une sorte de licenciement à l'amiable.

Elle ne put s'empêcher de sourire.

— Cela n'existe pas. Je sais que certaines personnes quittent les ordres, comme l'a fait mon frère, mais je ne m'imagine pas prenant une telle décision.

— Cela ne sera peut-être pas nécessaire. Nous pourrions continuer comme maintenant. Ce qui est important, c'est que nous savons que nous nous aimons. Je ne suis

311

pas venu ici pour vous demander de vous enfuir avec moi, même si cela me plairait énormément. Mais simplement d'y réfléchir tranquillement, sans vous torturer. Accordons-nous un peu de temps et voyons comment les choses évoluent.

Elle le trouva raisonnable et sensé.

— J'ai très peur, avoua-t-elle.

— Moi aussi, dit-il en lui prenant la main. Il y a de quoi être effrayé. Je ne crois pas avoir jamais été amoureux, dans ma vie. Pendant trente ans, j'ai été bien trop imbibé d'alcool pour me soucier de qui que ce soit, y compris de moi-même. Aujourd'hui, je me réveille et vous êtes là.

Elle aimait ce qu'il lui disait.

— Jusqu'à ce que je vous rencontre, dit-elle doucement, je n'ai jamais été amoureuse non plus. Je n'aurais jamais cru que cela puisse m'arriver.

— Peut-être Dieu a-t-Il pensé que c'était le moment.

— À moins qu'Il ne me mette à l'épreuve. J'aurais l'impression d'être une orpheline, si je quittais l'Église.

— Dans ce cas, je pourrais peut-être vous adopter. C'est une possibilité, qu'en pensez-vous ? Est-ce qu'on a le droit d'adopter une religieuse ?

Tandis qu'elle riait, il ajouta :

— Je suis si content de vous voir, Maggie !

À partir de cet instant, elle se détendit vraiment et ils reprirent leurs discussions comme ils le faisaient toujours. Elle lui raconta ce qu'elle avait fait et il lui parla de ses reportages. Ils évoquèrent le procès imminent de Seth. Everett en avait longuement discuté avec son rédacteur en chef, qui allait peut-être le charger de suivre les débats. Cela impliquerait qu'il revienne à San Francisco au début du mois de mars et qu'il y reste pendant plusieurs semaines. Cette perspective réjouit Maggie. Elle lui était également reconnaissante de ne pas la brusquer. Lorsqu'ils quittèrent le café, ils étaient de nouveau tout à fait à l'aise ensemble. Il lui prit la main au moment de traverser la rue. Il était près de 20 heures, l'heure pour lui de retourner à l'aéroport.

Elle ne l'invita pas à monter chez elle, mais ils restèrent quelques minutes devant son immeuble.

— C'est le plus beau cadeau de Noël qu'on m'ait jamais fait, confia-t-elle en lui souriant.

— Pour moi aussi.

Il déposa un baiser léger sur son front. Les gens de son quartier savaient qu'elle était religieuse, et pour rien au monde il n'aurait voulu la compromettre en l'embrassant. Par ailleurs, elle n'était pas prête. Elle avait besoin de réfléchir.

— Je vous appellerai, promit-il, et nous verrons comment la situation évolue. Me promettez-vous d'y réfléchir, Maggie ? Je sais que c'est une décision importante, la plus importante que vous aurez sans doute jamais à prendre. Mais je vous aime et, si vous étiez assez folle pour accepter, je serais très honoré de vous épouser. Sachez que mes intentions sont pures...

— Je n'en attends pas moins de vous, Everett, répondit-elle avec sérieux.

Puis, souriant largement, elle ajouta :

— On ne m'avait jamais demandée en mariage !

Elle se dressa alors sur la pointe des pieds et l'embrassa sur la joue.

— Est-ce qu'un alcoolique repenti et une religieuse peuvent être heureux ensemble ? demanda-t-il en riant.

Soudain, il réalisa qu'elle était encore assez jeune pour avoir un enfant, peut-être même deux, s'ils s'y mettaient assez vite. Cette idée lui plut, mais il ne lui en parla pas. Elle avait déjà de quoi réfléchir.

Il héla un taxi, tandis qu'elle poussait la porte d'entrée.

— Merci, Everett, murmura-t-elle. Je vous promets d'y penser.

— Prenez le temps qu'il vous faut, je ne suis pas pressé.

— Nous verrons ce que Dieu en dira, conclut-elle en lui souriant.

— Très bien. Demandez-le-Lui. Je vais faire brûler des cierges.

Il aimait le faire, lorsqu'il était enfant.

Après lui avoir adressé un dernier signe de la main, elle disparut dans son immeuble. Il descendit très vite les marches pour prendre le taxi qui l'attendait. Dans la voiture qui s'éloignait, il regarda une dernière fois l'immeuble où vivait Maggie. C'était un jour exceptionnel, pensa-t-il. Il avait l'amour et, mieux encore, il avait l'espoir. Et, mieux que tout, il avait Maggie… enfin, presque. Ce qui était sûr, en tout cas, c'était qu'elle l'avait, lui.

# 19

Le lendemain, Everett se sentit régénéré après ses retrouvailles avec Maggie. Rempli d'une énergie nouvelle, il s'assit devant son ordinateur et se connecta à Internet. Il savait pouvoir trouver ce qu'il cherchait sur certains sites. Bientôt, un questionnaire apparut sur l'écran. Il répondit soigneusement aux questions posées, bien qu'il ne disposât que de très peu d'informations. Le nom, la date et le lieu de naissance, l'identité des parents et la dernière adresse connue. C'était tout ce qu'il avait. Il ne pouvait pas fournir l'adresse actuelle ni d'autres renseignements. Dans un premier temps, il avait décidé de limiter sa recherche au Montana. Assis devant son ordinateur, il attendit. Très vite, un nom et une adresse s'inscrivirent sur l'écran. Tout avait été simple et rapide. Charles Lewis Carson. Chad. Il y avait aussi son adresse, à Butte. Il avait fallu vingt-sept ans pour qu'il se mette en quête de son fils, mais maintenant il était prêt. Il y avait aussi un numéro de téléphone et une adresse mail.

Il songea à envoyer un e-mail mais y renonça aussitôt. Après avoir recopié les informations, il resta un instant assis à réfléchir. Puis il marcha de long en large dans son appartement, avant de prendre une profonde inspiration. Il appela alors l'aéroport et acheta un billet d'avion. Il y en avait un qui décollait à 16 heures. Everett décida de le prendre. Il appellerait son fils en arrivant ou bien il passerait devant sa maison en voiture, pour voir à quoi elle ressemblait. Everett n'avait jamais vu une seule photo de Chad et n'avait plus le moindre contact avec sa mère depuis qu'il avait cessé de lui envoyer de l'argent, lorsque leur fils avait eu dix-huit ans.

Aujourd'hui, Chad avait trente ans et il ne savait rien de lui. Il ignorait s'il était marié ou célibataire, s'il était allé à l'université et s'il travaillait. Il eut alors l'idée d'effectuer la même recherche à propos de son ex-femme, Susan, mais il ne trouva rien. Elle pouvait avoir déménagé ou s'être remariée. Quoi qu'il en soit, il souhaitait seulement voir Chad et n'était d'ailleurs même pas certain de vouloir faire sa connaissance. Il déciderait sur place. Il avait eu du mal à se lancer et, s'il s'en sentait capable aujourd'hui, c'était grâce à Maggie et au fait qu'il avait cessé de boire. Sans ces deux éléments, il n'aurait sans doute pas eu le courage d'entreprendre cette démarche. Il devait accepter ses propres défaillances, son incapacité à établir une relation durable, à s'engager ou même à être père. Quand Chad était né, il avait dix-huit ans. Autant dire qu'il n'était encore qu'un enfant. Aujourd'hui, Chad était plus âgé que lui lorsqu'il était devenu père. La dernière fois qu'il l'avait vu, Everett avait vingt et un ans. Il s'était enfui pour entamer sa carrière de photographe et, durant toutes ces années, avait erré de par le monde. Mais, quelle que soit la façon dont il présentait la réalité, quels qu'aient été ses intentions et ses buts, il n'en restait pas moins que, du point de vue de Chad, il l'avait abandonné. Everett en avait honte et savait que son fils pouvait le haïr. Il en avait le droit, et Everett était maintenant prêt à l'affronter. Maggie lui avait donné l'élan qui lui manquait.

Durant le trajet jusqu'à l'aéroport, il resta calme et pensif. Une fois arrivé, il prit un café et monta dans l'avion. Ce voyage était bien différent de celui qu'il avait effectué la veille pour aller voir Maggie. Même si elle lui en voulait et souhaitait l'éviter, ils avaient passé des moments très agréables. Chad et lui n'avaient rien en commun, sinon son échec total en tant que père. Ils ne pouvaient rien envisager, rien bâtir ensemble. Durant vingt-sept ans, il n'y avait eu aucun signe, pas le moindre lien. Ils étaient de parfaits étrangers l'un pour l'autre.

Une fois que l'avion eut atterri à Butte, Everett prit un taxi. Il demanda au chauffeur de se rendre à l'adresse qu'il avait trouvée sur Internet. Située dans le quartier résidentiel, la maison était petite, proprette et modeste. L'endroit n'était pas luxueux, mais il n'était pas miteux non plus. C'était un environnement banal, ordinaire et agréable. Devant la maison, la pelouse était réduite, mais soigneusement entretenue.

Après cela, Everett demanda au chauffeur de le conduire à l'hôtel le plus proche. Après avoir retenu une chambre, il prit un soda au distributeur et resta longtemps assis sur son lit, à fixer le téléphone sans oser composer le numéro. Il aurait voulu se trouver avec les Alcooliques Anonymes et discuter avec eux. Il le ferait, mais il voulait d'abord parler à Chad.

Prenant son courage à deux mains, il composa le numéro de son fils. On décrocha dès la deuxième sonnerie. En entendant une voix de femme, Everett se demanda, pendant une fraction de seconde, si le numéro était faux. Cela compliquerait singulièrement la situation. Charles Carson était un nom assez courant et ils étaient sûrement nombreux à le porter.

— Est-ce que M. Carson est là ? demanda-t-il posément.

Everett sentit que sa voix tremblait, mais la femme ne le connaissait pas assez pour s'en apercevoir.

— Je suis désolée, mais il est sorti. Il devrait être rentré d'ici une demi-heure. Je peux lui transmettre un message ?

— Je… euh… non… Je rappellerai, merci.

Sans laisser à son interlocutrice le temps de l'interroger davantage, Everett raccrocha. Il se demanda qui elle était. Son épouse ? Sa sœur ? Une amie ?

Pour passer le temps, il s'étendit sur le lit et s'endormit devant la télévision. Il était 20 heures lorsqu'il s'éveilla. Il fixa un instant le téléphone et composa le numéro. Cette fois, il entendit une voix d'homme, forte et claire.

— Vous êtes Charles Carson ? demanda Everett.

Retenant son souffle, il attendit la réponse. Il était sûr que c'était son fils, et cette idée lui donnait le vertige. L'épreuve se révélait plus dure qu'il ne le croyait. Une fois qu'il lui aurait dit qui il était, que se passerait-il ? Chad pouvait très bien refuser de le voir. Pourquoi en aurait-il eu envie, d'ailleurs ?

— Je m'appelle Chad Carson, rectifia la voix. Qui est à l'appareil ?

Il paraissait légèrement méfiant. L'emploi de son prénom et non de son diminutif lui indiquait que son interlocuteur était un étranger.

— Je… euh… Je sais que cela peut paraître fou et je ne sais pas par où commencer.

Inspirant profondément, il lâcha :

— Je suis Everett Carson, ton père.

Il y eut un long silence, à l'autre bout du fil, comme si Chad s'efforçait d'intégrer l'information. Everett imaginait facilement ce qu'il risquait de lui dire. « Fiche le camp ! » lui paraissait une réponse tout à fait appropriée.

— Je ne sais pas très bien quoi te dire, Chad, reprit-il. Le terme « désolé » conviendrait assez bien, mais je ne crois pas que ce soit suffisant, après vingt-sept ans de silence. Rien ne peut le justifier, malheureusement. Je comprendrais parfaitement que tu refuses de me parler. Tu ne me dois rien, pas même un brin de conversation.

Comme le silence persistait, Everett se demanda s'il devait continuer à parler ou raccrocher. Il décida d'attendre quelques secondes de plus, avant d'abandonner complètement. Il lui avait fallu vingt-sept ans pour contacter son fils, il pouvait bien lui donner le temps de se remettre de son émotion.

— Où es-tu ? demanda enfin ce dernier.

— Je suis à Butte.

Il s'exprimait comme s'il n'avait jamais quitté la ville. Il avait d'ailleurs gardé les inflexions de son Montana natal.

— Qu'est-ce que tu fabriques ici ? s'étonna Chad.

— J'ai un fils, ici, que je n'ai pas vu depuis vingt-sept ans, répondit simplement Everett. Je ne sais pas si tu accepteras de me rencontrer, Chad, et je ne te blâmerais pas si tu ne voulais pas me voir. Cela fait longtemps que je veux entreprendre cette démarche, mais je me conformerai à ton désir. Je suis venu pour te voir, mais la décision t'appartient. Si tu n'y tiens pas, je comprendrai. Tu ne me dois rien, c'est moi qui te dois des excuses pour ces vingt-sept années. Je suis là pour faire amende honorable.

Chad reconnut une formule familière.

— Tu fais partie des Alcooliques Anonymes ?

— Oui, depuis près de deux ans. C'est la meilleure décision que j'aie jamais prise et c'est pour cela que je suis ici.

Chad sembla hésiter.

— J'en fais partie, moi aussi… Tu veux assister à une réunion ?

Everett inspira profondément.

— Très volontiers.

— Il y en a une à 21 heures. Où es-tu descendu ?

— Au Ramada Inn.

— Je passe te prendre dans dix minutes. J'ai une camionnette noire et je klaxonnerai deux fois.

Malgré tout ce qui s'était passé, il voulait voir son père.

Everett s'aspergea le visage à l'eau froide, se peigna et se regarda dans la glace. Il vit un homme de quarante-huit ans, dont le parcours avait été difficile et qui avait abandonné, il y avait bien longtemps, son fils de trois ans. Il n'en était pas fier et cela faisait partie des choses qui continuaient de le hanter. Il n'avait pas blessé beaucoup de gens, dans sa vie, mais celui à qui il avait fait le plus de mal était son fils. Il ne pouvait pas réparer ou revenir en arrière, mais au moins était-il là aujourd'hui.

Vêtu de sa grosse veste et de son jean, il attendait devant l'hôtel quand Chad se gara le long du trottoir. Everett vit un beau et grand garçon blond aux yeux bleus, solidement bâti. Lorsqu'il sortit de voiture pour venir vers lui, il constata qu'il avait la démarche des hommes du coin. Il fixa son père un long moment, avant de lui tendre la main. Les yeux dans les yeux, les deux hommes se serrèrent la main. Everett avait du mal à contenir ses larmes. Il ne voulait pas embarrasser ce garçon qui lui était totalement étranger, mais qui paraissait être quelqu'un de bien, le genre de fils dont tout homme serait fier.

— Merci d'être passé me prendre, dit Everett en montant dans la camionnette.

Il aperçut des photographies de deux garçons et d'une petite fille.

— Ce sont tes enfants ? demanda-t-il avec surprise.

Il ne lui était pas venu à l'esprit que Chad puisse être père. Ce dernier acquiesça en souriant.

— Oui, et il y en a un autre en route. Ce sont de braves gosses.

— Quel âge ont-ils ?

— Jimmy a sept ans, Billy cinq et Amanda trois. Je pensais que nous n'en aurions plus, mais nous avons eu la surprise il y a six mois. Une autre fille.

— Une sacrée famille, dis donc, remarqua Everett avant d'éclater de rire. Bon sang ! J'ai retrouvé mon fils depuis cinq minutes et je suis déjà quatre fois grand-père. C'est bien fait pour moi ! Tu as commencé de bonne heure.

Cette fois, Chad sourit.

— Toi aussi.

— Un peu plus tôt que prévu, c'est vrai.

Everett hésita une minute, puis il se lança :

— Comment va ta maman ?

— Bien. Elle s'est remariée, mais elle n'a pas eu d'autre enfant. Elle habite toujours ici.

Everett hocha la tête. Il ne tenait pas vraiment à la revoir. Leur brève union lui avait laissé un goût amer et il devait probablement en être de même pour elle. Les trois années malheureuses qu'ils avaient passées ensemble l'avaient poussé à fuir. Ils n'avaient rien pour s'entendre et leur vie commune avait tourné au cauchemar dès le début. Une fois, elle avait d'ailleurs menacé de lui tirer dessus avec le fusil de son père. Un mois plus tard, il s'en allait, craignant de la tuer ou de se suicider s'il restait. Durant trois ans, ils n'avaient pas cessé de se disputer et c'est à cette époque qu'il avait commencé à boire. Il ne s'était plus arrêté pendant vingt-sept ans.

— Qu'est-ce que tu fais, dans la vie ? demanda-t-il à son fils.

Avec ses traits fins et son allure sportive, Chad était un beau garçon, bien plus beau qu'il ne l'était lui-même à son âge. Il était plus grand que lui et bien plus large d'épaules. Everett en déduisit qu'il devait exercer un métier de plein air.

— Je suis l'assistant du contremaître, au ranch TBar7. C'est à une trentaine de kilomètres d'ici. On y élève des chevaux et du bétail.

Everett songea que son fils avait en effet tout du parfait cow-boy.

— Tu es allé à l'université ?

— J'ai suivi des cours du soir pendant deux ans. Maman voulait que je fasse des études de droit, mais ce n'est pas mon truc. J'ai apprécié d'aller à la fac, mais je me sens mieux sur un cheval que devant un bureau, bien que j'aie pas mal de paperasserie à régler. Je n'aime pas trop cela. Debbie, ma femme, est institutrice et c'est une excellente cavalière. L'été, elle participe à des rodéos.

Décidément, ils incarnaient tous les deux le parfait couple du Montana. Everett devinait qu'ils étaient bien assortis. Son fils était du genre à bien choisir sa compagne.

— Et toi ? demanda Chad avec curiosité. Tu t'es remarié ?

— Non. J'étais échaudé.

Ils se mirent à rire tous les deux, puis il reprit :

— Pendant toutes ces années, j'ai parcouru le monde, puis j'ai fait une cure de désintoxication, il y a un peu plus d'un an et demi. J'aurais dû le faire depuis longtemps. J'ai toujours été trop occupé et trop ivre pour qu'une femme puisse s'intéresser à moi. Je suis journaliste, précisa-t-il.

Chad sourit.

— Je suis au courant. Maman me montre tes photos, de temps en temps. Elle l'a toujours fait. J'ai pu constater que tu couvrais principalement les zones en guerre et que tes photos étaient très bonnes. Tu as dû aller dans des endroits exceptionnels.

— Vrai.

Everett s'aperçut qu'en parlant avec son fils, il reprenait les expressions du coin. Les hommes du Montana parlaient peu, se contentant souvent de phrases courtes et de monosyllabes. La région était d'une incroyable beauté naturelle, même si tout était austère ici, à commencer par le paysage rocailleux. Le fait que son fils ait choisi d'y rester, contrairement à son père, lui semblait significatif. Lui-même n'avait plus de famille dans la région. Il n'avait aucune raison de revenir, sauf pour son fils.

Ils parvinrent devant la petite église où devait se tenir la réunion. Everett suivit Chad au sous-sol. Il était heureux de l'avoir retrouvé et que celui-ci accepte de le voir. Le contraire aurait été tout à fait possible. En entrant dans la salle, il remercia intérieurement Maggie. Si elle n'avait pas insisté, à sa façon délicate et persuasive, il n'aurait jamais franchi le pas. Et maintenant que c'était fait, il était absolument ravi.

À la grande surprise d'Everett, il y avait une trentaine de personnes dans la salle, pour la plupart des hommes. Chad et lui s'assirent côte à côte sur des chaises pliantes. La réunion venait de commencer et respectait le déroulement habituel. Everett se leva quand les visiteurs furent appelés à se faire connaître. Il expliqua qu'il s'appelait Everett, qu'il était alcoolique mais qu'il ne buvait plus depuis vingt mois.

— Bonjour, Everett, firent en chœur les participants.

Ce soir-là, tout comme Chad, il apporta son témoignage. Prenant la parole le premier, Everett raconta qu'il s'était mis à boire de bonne heure, que son mariage avait été un échec, qu'il avait alors quitté le Montana et abandonné son fils, précisant que c'était la plus mauvaise action qu'il avait commise de toute sa vie. Il était venu pour faire amende honorable et réparer sa faute, dans la mesure du possible. Pour finir, il fit part de son bonheur d'être là. Chad avait gardé les yeux fixés sur ses pieds pendant toute la durée de l'intervention d'Everett. Il portait des bottes de cow-boy usées qui ressemblaient à celles de son père, ses préférées en lézard noir. Tous les hommes de la salle, ainsi que quelques femmes, en portaient aussi et avaient des stetsons posés sur leurs genoux.

Quand Chad parla à son tour, il rappela qu'il ne buvait plus depuis son mariage, huit ans auparavant. Pour son père, l'information était importante. Il raconta qu'il s'était encore disputé avec le contremaître, ajoutant qu'il aurait voulu démissionner, mais qu'il ne pouvait pas se le permettre. Le bébé qui devait arriver au printemps accentuait encore sa tension. Il avait l'impression de crouler sous le poids des responsabilités. Il aimait ses enfants et sa femme, bien sûr, et tout finirait par s'arranger, mais ce nouvel enfant lui interdisait de quitter son emploi et il en ressentait une certaine amertume. Jetant ensuite un coup d'œil à Everett, il avoua que cela faisait une impression bizarre de découvrir ce père inconnu. Mais il était content qu'il soit venu, même si c'était un peu tard.

À la fin de la réunion, tous les assistants se prirent la main et récitèrent une prière. Ensuite, tout le monde souhaita la bienvenue à Everett et bavarda avec Chad. En dehors d'Everett, il n'y avait pas un seul étranger. Les femmes avaient apporté du café et des biscuits. L'une d'elles était la secrétaire de la réunion. Everett, qui avait apprécié la qualité des témoignages, lui confia combien cette séance lui avait plu. Chad lui présenta son parrain, un vieux cow-boy barbu et grisonnant aux yeux rieurs. Le jeune homme parrainait quant à lui deux garçons qui avaient à peu près son âge. Chad confia à son père qu'il prenait en charge les nouveaux arrivants depuis près de sept ans.

— Tu ne bois plus depuis un sacré bout de temps, remarqua Everett lorsqu'ils s'en allèrent. Merci de m'avoir amené ici ce soir. J'en avais besoin.

Chad avait aimé le témoignage de son père, qui lui avait paru vrai et sincère.

— À combien de réunions assistes-tu par semaine ? demanda-t-il.

— Quand je suis à Los Angeles, j'y vais deux fois par jour. Une seule quand je suis en déplacement. Et toi ?

— Trois fois par semaine.

— Tu as de grosses responsabilités, avec tes quatre enfants.

Everett éprouvait beaucoup d'admiration pour son fils. D'une certaine façon, il s'était imaginé qu'il le retrouverait encore enfant. Au lieu de cela, il faisait connaissance avec un homme marié et chargé de famille. Il était fier de constater que Chad avait tiré un meilleur parti de sa vie que lui-même.

— Qu'est-ce qui se passe, avec ce contremaître ? demanda-t-il.

Chad prit l'expression butée d'un adolescent.

— C'est un con. Il est tout le temps sur mon dos et il a des idées d'un autre âge. Il gère le ranch comme il le faisait il y a quarante ans. Il prendra sa retraite l'année prochaine.

— Tu as des chances d'avoir le poste ? demanda Everett avec une sollicitude toute paternelle.

Chad, qui le ramenait à l'hôtel, se tourna vers lui en riant.

— Tu es de retour depuis une heure et tu t'inquiètes déjà pour mon avenir ? Merci, papa. Ouais ! Si je ne suis pas engagé à sa place, je l'aurai mauvaise. Je travaille dans ce ranch depuis dix ans et j'adore ce boulot.

Everett fut ému que Chad l'appelle « papa ». C'était un honneur qu'il ne méritait pas et cela lui fit chaud au cœur.

— Combien de temps restes-tu ? lui demanda son fils.

— Cela dépend de toi, répondit franchement Everett.

— Tu pourrais venir dîner à la maison, demain ? Le repas ne sera pas raffiné, parce que c'est moi qui fais la cuisine, ces temps-ci. Debbie est malade, comme elle l'est toujours quand elle attend un bébé, et ça dure jusqu'à l'accouchement.

— Elle a d'autant plus de mérite d'avoir été si souvent enceinte. Toi aussi, d'ailleurs. Ce ne doit pas être facile, de subvenir aux besoins de tous ces enfants.

— Ils en valent la peine. Attends de les connaître, tu comprendras. En fait…

Chad lui jeta un coup d'œil de côté.

— Billy te ressemble beaucoup.

Ce n'était pas le cas de Chad, qui tenait plutôt de sa mère et de ses oncles maternels, ainsi qu'Everett l'avait remarqué. C'étaient de solides gaillards d'origine suédoise arrivés du Midwest deux générations plus tôt.

— Je passerai te prendre à 17 h 30, en rentrant du travail, proposa Chad. Tu feras connaissance avec les enfants, pendant que je préparerai le dîner. Tu excuseras Debbie, mais elle ne se sent vraiment pas bien, en ce moment.

Everett hocha la tête et le remercia. Chad se montrait incroyablement chaleureux. En tout cas, bien plus qu'il ne le méritait. Il était heureux que son fils soit si désireux de lui faire une place dans son existence.

Après qu'ils se furent adressé un dernier signe de la main, Chad démarra, tandis qu'Everett regagnait sa chambre au pas de course. Il faisait très froid et le sol était même recouvert d'une mince couche de glace. Souriant, il s'assit sur son lit et appela Maggie. Elle décrocha dès la première sonnerie.

— Merci d'être venu hier, lui dit-elle avec enthousiasme. C'était vraiment gentil, continua-t-elle doucement.

— J'étais ravi moi aussi. Mais j'ai quelque chose à vous dire qui va peut-être vous surprendre.

Un peu nerveuse, elle se demanda s'il allait se montrer plus insistant que la veille.

— Je suis grand-père ! s'exclama-t-il.

— Quoi ? fit-elle en riant. Depuis hier ? C'est plutôt rapide !

— Pas tant que cela, apparemment. Ils ont sept, cinq et trois ans. Deux garçons et une fille. Et il y en a un quatrième en route.

Il souriait en le disant. Soudain, l'idée d'avoir une famille lui plaisait énormément, même si ces petits-enfants lui donnaient un coup de vieux. Mais qu'est-ce que cela pouvait bien faire ?

— Attendez une minute, je n'y comprends plus rien… J'ai raté un épisode ? Où êtes-vous ?

— À Butte, lui dit-il fièrement.

Et c'était grâce à elle ! C'était encore un cadeau qu'elle lui avait fait… un parmi tant d'autres !

— Dans le Montana ?

— Oui, madame. J'ai pris l'avion aujourd'hui. C'est un gosse magnifique. Non, pas un gosse, mais un homme. Il est assistant du contremaître, dans un ranch ; il a trois enfants et un quatrième à venir. Je ne les connais pas encore, mais je vais dîner chez eux demain soir. Il fait même la cuisine.

— Oh, Everett, je suis si contente ! s'écria-t-elle tout excitée. Comment ça se passe, avec Chad ? Il vous comprend ?

— C'est un type bien. Je ne sais pas comment s'est passée son enfance, mais il a l'air content de me voir. Nous étions peut-être prêts tous les deux à nous retrouver. Il va depuis huit ans aux Alcooliques Anonymes, lui aussi. Nous sommes allés à une réunion, ce soir. C'est vraiment quelqu'un de solide et il est bien plus mûr que je ne l'étais à son âge, et peut-être même maintenant.

— Vous avez bien fait. Je suis vraiment ravie que vous ayez entrepris cette démarche. Je l'espérais.

— Cela ne serait pas arrivé sans vous. Merci, Maggie.

À force de persévérance et de tranquille insistance, elle lui avait rendu son fils et donné une famille.

— Je suis certaine que vous l'auriez fait tôt ou tard. Je suis vraiment contente que vous m'ayez appelée pour me le dire. Combien de temps restez-vous là-bas ?

— Deux jours. Je ne peux pas prolonger plus long-temps mon séjour, parce que je dois couvrir le concert du Nouvel An de Melanie, à New York. J'aimerais d'ailleurs que vous puissiez m'y accompagner. Je suis sûr que vous adoreriez la voir sur scène. Elle est abso-lument incroyable.

— J'irai peut-être à l'un de ses concerts, un de ces jours. Cela me plairait bien.

— Elle sera à Los Angeles, en mai. Je vous inviterai.

Avec un peu de chance, elle aurait décidé de quitter les ordres, à cette époque. C'était son vœu le plus cher, mais il se garda d'en parler. C'était une décision extrê-mement importante et il savait qu'il lui fallait du temps et de la réflexion. Il avait promis de ne pas la harceler et son coup de fil avait pour seul but de lui parler de Chad et des enfants. Bien sûr, il voulait aussi la remercier de sa si bonne influence.

— Amusez-vous bien avec les enfants, demain, lui dit-elle. Appelez-moi pour tout me raconter.

— C'est promis. Bonne nuit, Maggie… et merci encore.

— Ne me remerciez pas, Everett, répliqua-t-elle en souriant. Remerciez Dieu.

Ce soir-là, c'est ce qu'il fit avant de s'endormir.

Le lendemain, Everett acheta quelques jouets pour les enfants, de l'eau de toilette pour Debbie et un gros gâteau au chocolat pour le dessert. Quand Chad passa le prendre, ils mirent toutes ses emplettes à l'arrière de la camionnette. Son fils l'avertit qu'ils allaient manger des ailes de poulet grillées, ainsi que des hamburgers. Ces temps-ci, le choix des menus revenait aux enfants et à leur père.

Les deux hommes étaient contents de se revoir. Chad fit entrer Everett dans la petite maison devant laquelle il était passé en taxi. L'intérieur était chaleureux et douillet, en dépit des jouets éparpillés dans la salle de séjour. Les enfants étaient affalés dans les fauteuils, la télévision était allumée et une jolie jeune femme blonde un peu pâle était allongée sur le canapé.

C'est à elle qu'Everett s'adressa en premier :

— Vous devez être Debbie.

Se levant aussitôt, elle lui serra la main.

— Exactement. Chad était vraiment content de vous voir, hier soir. Cela fait des années que nous parlons de vous.

Elle s'exprimait comme si son mari et elle n'avaient échangé que des propos aimables à son sujet, ce qui paraissait à Everett tout à fait inconcevable. Il était certain que quand Chad évoquait son père, il ne pouvait être que furieux ou triste.

Everett se tourna alors vers les enfants, qu'il trouva étonnamment gentils. Aussi beaux que leurs parents, ils ne se disputaient pas. La petite fille ressemblait à un ange et les deux garçons, déjà grands pour leur âge, avaient l'air de vrais petits cow-boys. Ils auraient pu figurer sur une affiche représentant la famille typique du Montana. Pendant que Chad cuisinait et que Debbie restait allongée sur le canapé, visiblement fatiguée,

Everett joua avec les enfants, qui étaient contents de ses cadeaux. Il montra aux garçons des tours de cartes, prit Amanda sur ses genoux et, quand le dîner fut prêt, il aida Chad à apporter les plats. La vue et l'odeur de la nourriture donnaient la nausée à Debbie, qui ne put s'asseoir avec eux mais participa à la conversation depuis le canapé. Everett s'amusa beaucoup et regretta que la soirée ait passé si vite quand il fut temps pour Chad de le reconduire à l'hôtel.

Après s'être garé devant l'hôtel, Chad se tourna vers lui.

— Je ne sais pas ce que tu en penses mais… est-ce que tu voudrais voir maman ? Si tu n'en as pas envie, il n'y a pas de problème, mais j'ai pensé que je devais te le proposer.

— Elle sait que je suis ici ?

— Je le lui ai dit ce matin.

— Elle souhaite me voir ?

Everett avait du mal à l'imaginer, après toutes ces années. Les souvenirs de Susan ne devaient pas être meilleurs que les siens, sinon pires.

— Elle ne savait pas trop si elle en avait envie ou pas. Je crois qu'elle est curieuse. Si vous vous revoyiez, cela vous ferait peut-être du bien à tous les deux. Vous pourriez en finir une fois pour toutes avec le passé. Elle a toujours cru que tu reviendrais et qu'elle te reverrait. Sans doute t'en a-t-elle énormément voulu de ne pas l'avoir fait, mais elle a tourné la page depuis longtemps. En fait, elle me parle rarement de toi. Quoi qu'il en soit, elle propose de te voir demain matin, parce qu'elle vient pour consulter son dentiste. Elle habite à cinquante kilomètres de Butte, après le ranch où je travaille.

— C'est peut-être une bonne idée. Tu as raison, cela pourra nous aider à enterrer les vieux fantômes.

Il ne pensait pas souvent à son ex-femme, mais maintenant qu'il était avec Chad, cette rencontre ne lui paraissait plus aussi incongrue. De toute façon, ils ne se verraient que quelques minutes, pas plus en tout cas qu'ils ne pourraient le supporter tous les deux.

— Je serai toute la journée à l'hôtel.

Il avait invité Chad et sa petite famille au restaurant, le lendemain soir. Ils adoraient la cuisine asiatique et Chad lui avait dit qu'il y avait un bon restaurant chinois en ville. Ensuite, il reprendrait l'avion pour Los Angeles et y passerait une nuit avant de se rendre à New York pour le concert de Melanie.

— Je lui dirai de passer te voir si elle en a envie.

— Qu'elle fasse comme elle veut, assura Everett sur un ton faussement décontracté.

En réalité, il se sentait un peu nerveux à l'idée de revoir Susan. Il aurait bien besoin d'aller ensuite à une réunion des AA. Où qu'il aille, il s'arrangeait toujours pour savoir où il y en avait. À Los Angeles, cela ne manquait évidemment pas, mais ici, elles devaient être moins nombreuses.

De retour dans sa chambre, Everett appela Maggie pour lui raconter la bonne soirée qu'il avait passée et combien il trouvait ses petits-enfants beaux et bien élevés. Sans savoir pourquoi, il ne lui parla pas de sa rencontre possible avec son ex-femme le lendemain. Maggie fut ravie de tout ce qu'il lui racontait.

Le lendemain matin, Susan se présenta à l'hôtel vers 10 heures, juste au moment où Everett terminait son petit déjeuner. Elle frappa à la porte de sa chambre et, lorsqu'il l'ouvrit, ils restèrent un long moment à se regarder en silence. Il l'invita alors à entrer et à s'asseoir. Il sembla à Everett qu'elle avait changé tout en restant la même. Elle était toujours aussi grande mais elle avait grossi. Elle aussi l'examina attentivement. Everett avait l'impression de revoir une page de sa vie mais n'éprouvait aucun sentiment particulier. Il ne se rappelait pas l'avoir aimée et il se demandait même si cela avait été le cas un jour. À l'époque, ils étaient jeunes, perdus et furieux de se retrouver coincés dans une situation qu'ils n'avaient pas souhaitée. Assis sur les deux chaises, ils continuèrent de se fixer, cherchant désespérément les mots qui leur manquaient. Comme vingt-sept ans auparavant, Everett constatait qu'ils n'avaient rien en commun. Lorsqu'ils étaient sortis ensemble, l'attrait physique et la fougue de la jeunesse lui avaient masqué cette évidence. Ensuite, elle lui avait annoncé qu'elle était enceinte et son père avait exigé qu'ils se marient. Pris au piège, désespéré, il avait eu le sentiment que son avenir était définitivement bouché et il avait accepté le mariage comme une condamnation à perpétuité. Il se souvenait de ses années avec Susan comme d'une longue route solitaire. Rien que d'y penser, il étouffait. Et il savait parfaitement ce qui l'avait poussé à boire, puis à fuir. Le temps qu'il avait passé auprès d'elle lui avait semblé une éternité… un suicide. Il était sûr que Susan était une brave fille, mais elle n'était pas celle qu'il lui fallait.

Pendant une fraction de seconde, il eut envie de boire, puis il se rappela où il était et qu'il était libre. Elle ne pouvait plus le prendre au piège, les circonstances étaient d'ailleurs les vraies coupables. Ils avaient tous les deux été victimes de leur propre destin et il n'avait pas voulu partager le sien avec elle. Même pour son fils, il n'avait jamais pu se faire à l'idée qu'il passerait sa vie avec elle.

— Chad est un garçon formidable, la complimenta-t-il.

Elle hocha la tête, tandis qu'un petit sourire glacial étirait ses lèvres. Elle ne semblait pas épanouie, même si elle n'avait pas non plus l'air malheureuse. Le mot « insipide » vint à l'esprit d'Everett. C'était sans doute le plus approprié pour décrire ce qu'il éprouvait en sa présence.

— Les enfants aussi, continua-t-il. Tu dois être très fière de lui. Tu as bien élevé ton fils, Susan. Et c'est à toi seule que tu le dois. Je n'y suis vraiment pour rien. Je regrette sincèrement ce que je t'ai fait endurer pendant toutes ces années.

C'était le moment pour lui de faire amende honorable. Même si leur vie commune avait été un échec complet, il réalisait aujourd'hui à quel point il avait été un mauvais mari et un père déplorable.

— Ça va, répondit-elle d'une voix morne.

Il songea qu'elle paraissait plus vieille que son âge. Sa vie dans le Montana n'avait sans doute pas été facile, pas plus d'ailleurs que sa propre existence de bourlingueur. Au moins s'était-il moins ennuyé qu'elle. Elle était bien différente de Maggie, si pleine de vie. Il y avait quelque chose en Susan qui l'éteignait et le glaçait. Il avait du mal à se rappeler qu'elle avait été jeune et jolie.

— Chad a toujours été un gentil garçon, dit-elle. Je pensais qu'il ferait des études supérieures, mais il aime par-dessus tout monter à cheval. Sans doute est-il heureux ainsi, conclut-elle avec un haussement d'épaules.

Everett lut dans ses yeux combien elle aimait son fils et il lui en fut reconnaissant.

— Il en a l'air, en tout cas.

Cette discussion, sans doute banale entre parents, avait quelque chose d'étrange. C'était probablement la première et la dernière fois qu'ils échangeraient ce genre de propos. Everett espéra que Susan était heureuse, même si elle n'était pas du genre à exprimer ses sentiments. Son visage était grave et impassible, mais il comprenait que ce ne devait pas être facile pour elle non plus de le revoir. Elle semblait malgré tout satisfaite, comme si cette rencontre lui procurait une sorte de paix. Ils étaient si différents que, s'ils avaient continué à vivre ensemble, ils auraient sans doute été très malheureux. Lorsqu'ils se séparèrent, ils en étaient parfaitement conscients.

Elle n'était restée que peu de temps. Après son départ, Everett sortit se promener, puis il alla à sa réunion des Alcooliques Anonymes, où il parla de Susan. Ce bref entretien lui avait rappelé combien il s'était senti malheureux, désespéré et pris au piège lorsqu'il était marié avec elle. En la revoyant, il s'était souvenu des raisons qui l'avaient poussé à fuir. Une vie passée auprès d'elle l'aurait tué, mais il était heureux aujourd'hui d'avoir Chad et ses petits-enfants. Finalement, ils partageaient quelque chose de bon. Toute cette souffrance avait eu au moins une raison qu'il connaissait aujourd'hui. À vingt ans, il ignorait que tout cela avait un sens, que Chad et ses enfants deviendraient sa seule famille. Susan lui avait finalement fait un merveilleux cadeau et il lui en était reconnaissant.

La soirée au restaurant chinois fut une réussite. Everett et Chad ne cessèrent de bavarder, les enfants de chahuter et Debbie fit tout son possible pour supporter les odeurs et ne dut sortir qu'une seule fois pour prendre l'air. Quand Chad déposa son père devant l'hôtel, il le serra très fort contre lui, puis sa femme et les enfants l'embrassèrent à leur tour.

— Je te remercie d'avoir bien voulu voir maman, lui dit Chad. Elle a toujours eu l'impression que vous ne vous étiez pas fait correctement vos adieux. Elle pensait toujours que tu reviendrais.

Everett savait pourquoi il ne l'avait pas fait, mais il n'en dit rien à son fils. Susan était sa mère, c'était elle qui l'avait élevé et aimé.

— Je pense que cela nous a fait du bien à tous les deux, assura-t-il.

— Elle m'a dit que vous avez passé un bon moment ensemble.

Everett n'aurait pas formulé exactement les choses de cette façon, mais il sentit que c'était important pour son fils. Rien que pour cela, il était satisfait d'avoir revu Susan.

Il promit de revenir et, en tout cas, de rester en contact avec lui. Il lui laissa son numéro de téléphone, précisant qu'il était souvent en déplacement.

Quand la camionnette démarra, Everett leur adressa des signes de la main jusqu'à ce qu'elle disparaisse. Cette visite avait été extrêmement bénéfique et c'est ce qu'il dit à Maggie lorsqu'il lui téléphona, ce soir-là. Il était triste de devoir quitter Butte le lendemain, mais il avait accompli sa mission et retrouvé son fils. Chad était un type bien, sa femme et ses enfants étaient adorables. Et même son ex-épouse n'était pas le monstre qu'il s'était imaginé. En revanche, elle n'était pas la femme avec qui il aurait voulu ou pu vivre. Ce voyage dans le Montana lui avait beaucoup apporté et il le devait à Maggie.

Quand l'avion décolla, Everett regarda le paysage défiler sous ses yeux. L'appareil décrivit un cercle, avant de prendre la direction de l'ouest, survolant l'endroit où se trouvait le ranch de Chad. Everett arborait un sourire serein. Il savait qu'il avait un fils et des petits-enfants qu'il ne perdrait plus jamais. Maintenant qu'il avait dominé ses démons et ses propres faiblesses, il pourrait revenir les voir. Il en avait envie et il espérait même emmener Maggie avec lui. Il voulait faire la connaissance du bébé, au printemps. Cette visite qu'il avait tant redoutée lui avait rendu une part de lui-même qui lui manquait depuis des années, peut-être même depuis toujours. Désormais, il l'avait retrouvée. La vie lui avait offert deux magnifiques cadeaux : Maggie et Chad.

## 20

Everett couvrit le concert du Nouvel An de Melanie à New York. Le Madison Square Garden était bourré à craquer et elle était en grande forme. Sa cheville était guérie, elle était sereine et il devina qu'elle était heureuse. Il resta en coulisse avec Tom pendant quelques minutes, puis il prit une photo des deux jeunes gens. Comme à son habitude, Janet distribuait les ordres à droite et à gauche, mais elle faisait preuve de moins d'autorité et paraissait moins arrogante.

Lorsqu'il fut minuit à San Francisco, Everett appela Maggie. Le concert était terminé, mais il ne s'était pas couché pour pouvoir l'appeler. Maggie regardait la télévision et lui avoua qu'elle pensait à lui. À sa voix, il comprit qu'elle était préoccupée.

— Vous allez bien ? s'enquit-il avec inquiétude.

Il craignait toujours qu'elle ne veuille plus le voir, si elle pensait que c'était ce qu'il y avait de mieux à faire. Connaissant la force de son engagement religieux, il savait qu'il constituait une menace pour elle et qu'il mettait en question tout ce en quoi elle croyait.

— Je réfléchis beaucoup, avoua-t-elle.

Elle allait devoir prendre des décisions en sachant que son avenir et celui d'Everett en dépendaient.

— Je prie Dieu chaque jour de m'aider à faire le bon choix.

— Laissez-vous un peu aller et les réponses viendront d'elles-mêmes.

— Je l'espère, soupira-t-elle. Je vous souhaite une excellente année, Everett.

— Je vous aime, Maggie.

Soudain, il se sentait très seul. Elle lui manquait et il ignorait comment les choses allaient évoluer entre eux. La seule solution était de prendre la vie comme elle venait.

— Je vous aime aussi, Everett. Merci de m'avoir appelée et, si vous la voyez, dites bonjour à Melanie de ma part.

— Bien sûr. Dormez-bien, Maggie, et bonne année. J'espère qu'elle le sera pour nous deux !

— L'avenir est entre les mains de Dieu.

Elle s'en remettait à Lui, c'était tout ce qu'elle pouvait faire. Quelle que soit la réponse qu'Il lui donnerait, elle L'écouterait.

Quand Everett éteignit la lumière, son esprit et son cœur étaient emplis de Maggie. Il avait promis de ne pas l'influencer, même si parfois il avait très peur. Ce soir-là, il pria avant de se coucher. Tout ce qu'il pouvait faire, maintenant, c'était attendre et espérer que tout s'arrangerait. Il s'endormit en pensant à elle et en se demandant ce que l'avenir leur réservait.


Durant les deux mois suivants, Everett ne revit pas Maggie, mais il lui parla souvent au téléphone. Elle disait qu'elle avait besoin de temps pour réfléchir. À la mi-mars, la rédaction de *Scoop* l'envoya à San Francisco pour couvrir le procès de Seth. Maggie était au courant de son arrivée et elle savait aussi qu'il allait être très occupé. La veille de la première audience, ils dînèrent ensemble. Il ne l'avait pas revue depuis près de trois mois et il la trouva en pleine forme. Il lui annonça que Chad avait eu une petite fille, prénommée Jade, et Maggie le félicita.

Ils passèrent une soirée très agréable et il la raccompagna chez elle. Arrivés au pied de son immeuble, ils parlèrent de Sarah et de Seth. Maggie confia à Everett qu'elle se faisait beaucoup de souci pour la jeune femme, qui allait vivre, ainsi que son époux, des moments très difficiles. Ils avaient cru tous les deux que Seth conclurait un accord avec le procureur et éviterait ainsi le procès, mais apparemment il n'en avait rien fait. Il allait donc devoir se présenter devant un jury dont les conclusions lui seraient sans doute défavorables. Maggie priait sans cesse pour que tout se termine bien.

Ni l'un ni l'autre ne firent allusion à leur propre situation ou à la décision de Maggie. Everett supposait que lorsqu'elle l'aurait prise, elle le lui dirait. Ce n'était visiblement pas encore le cas et ils ne parlèrent que du procès.

Ce soir-là, Sarah appela Seth avant d'aller se coucher.

— Je voulais juste que tu saches que je t'aime. Je souhaite sincèrement que tout se passe bien pour toi. Ne crois pas que je suis fâchée, je ne le suis pas. J'ai seulement très peur pour nous deux.

— Moi aussi, avoua-t-il.

340

Son médecin lui avait prescrit des tranquillisants pour affronter le procès. Il ne savait pas comment il allait supporter cette épreuve, mais il le fallait.

— Merci, Sarah, murmura-t-il avec gratitude.

— On se verra demain. Bonne nuit, Seth.

— Je t'aime, Sarah, dit-il tristement.

— Je le sais, répondit-elle, triste elle aussi, avant de raccrocher.

Elle n'avait pas encore atteint l'état dont lui avait parlé Maggie et qui lui permettrait d'accorder son pardon à Seth. Mais elle le plaignait et éprouvait beaucoup de compassion pour lui. Pour le moment, c'était tout ce qu'elle pouvait faire.

Quand Everett se leva, le lendemain, il mit son appareil photo dans son sac en bandoulière. L'usage en était interdit à l'intérieur du tribunal, mais il pourrait photographier tout ce qui se passait à l'extérieur, ainsi que les personnes qui entraient et sortaient. Il prit une photo de Sarah qui pénétrait dans le bâtiment, au bras de son mari. Elle portait un tailleur gris foncé et elle était très pâle. Seth semblait aller encore plus mal, ce qui n'avait rien de surprenant. Sarah n'aperçut pas Everett mais, plus tard dans la matinée, ce dernier vit Maggie arriver. Elle s'installa dans le fond de la salle pour assister discrètement aux débats. Elle voulait être là pour Sarah. C'était la seule aide qu'elle pouvait lui apporter.

Plus tard, elle sortit retrouver Everett pendant quelques minutes. Il était très pris par son reportage et, de son côté, elle avait rendez-vous avec une assistante sociale. Leur journée était chargée, mais ils dînèrent ensemble et discutèrent du procès. Ils pensaient qu'il allait durer longtemps, vu le nombre et l'importance des documents qu'il allait falloir examiner. Everett lui confia que Seth lui avait paru très déprimé. Sarah et lui avaient à peine échangé quelques mots, mais elle était restée constamment à son côté.

Sélectionner le jury prit deux semaines, ce qui parut atrocement long à Seth et à Sarah. Il était composé de douze membres et de deux suppléants, huit femmes et six hommes. Le procès put alors commencer. En écoutant le procureur exposer les charges contre Seth, Sarah souffrit le martyre. Seth resta impassible, mais il prenait des tranquillisants, ce qui n'était pas le cas de sa femme. Quand, jour après jour, l'accusation présenta ses preuves, fit appeler des témoins et des experts qui condamnaient tous son époux, Sarah crut que tout était perdu.

Au bout de la troisième semaine, Seth semblait épuisé et, à la fin de la journée, Sarah avait du mal à rentrer chez elle et à s'occuper des enfants. Elle avait été obligée de prendre un congé pour soutenir son mari, mais Karen Johnson lui avait dit de ne pas s'inquiéter. Tout comme Maggie, elle plaignait sincèrement la jeune femme. La religieuse appelait chaque soir Sarah pour prendre de ses nouvelles. Mais la jeune femme tenait bon, en dépit de l'énorme pression qu'elle subissait.

Durant ces semaines éprouvantes, Everett dîna souvent avec Maggie. En avril, il osa faire allusion à leur avenir. Elle lui répondit qu'elle ne souhaitait pas en discuter, mais qu'elle continuait de prier. Ils se bornèrent donc à parler du procès, qui les obsédait tous les deux. En fait, ils ne parlaient que de cela lorsqu'ils se voyaient. L'accusation accablait Seth chaque jour davantage et Everett était persuadé que le choix du procès avait été suicidaire. La défense faisait de son mieux, mais le dossier du procureur était si solide que les avocats pouvaient difficilement contrecarrer l'avalanche de preuves fournies contre Seth. Au fil des semaines, chaque fois que Maggie voyait Sarah, elle la trouvait plus mince et plus pâle que la fois précédente. Il ne pouvait en être autrement. Le procès détruisit Seth et Sarah en même temps que leur couple. La crédibilité et la réputation de Seth furent totalement anéanties. Tous ceux qui avaient de l'affection pour eux, et en particulier pour Sarah, ne pouvaient qu'appréhender l'issue du procès. Il devenait de plus en plus clair que Seth aurait dû passer un accord avec le juge en échange de la réduction des charges, plutôt que de choisir le procès. Étant donné la gravité de ses fautes, son acquittement semblait tout à fait improbable. Bien qu'innocente, Sarah payait le prix fort et Maggie en était navrée pour elle.

Les parents de Sarah étaient venus pendant la première semaine, mais son père souffrait de problèmes cardiaques et sa mère n'avait pas voulu qu'il s'épuise et supporte toute la tension des débats. Ils étaient donc rentrés chez eux.

Les avocats déployèrent une énergie énorme pour défendre Seth. Magistral, Henry Jacobs montra son immense talent d'avocat. Malheureusement, Seth était difficilement défendable, si bien qu'il en était réduit aux effets de manches et cela se voyait. Le lendemain, la défense devait présenter ses conclusions au tribunal. Ce soir-là, Maggie et Everett dînaient dans le café situé en face de chez Maggie. Ils s'y retrouvaient souvent en fin de journée. Everett continuait de couvrir le procès, et Maggie poursuivait ses activités tout en venant le plus souvent possible au tribunal. De cette façon, elle se tenait au courant des débats, passait quelques instants en compagnie d'Everett pendant les pauses et apportait son soutien à Sarah, qui vivait un véritable cauchemar.

— Qu'est-ce qu'elle va devenir lorsqu'il sera en prison ? demanda Everett.

Il s'inquiétait pour Sarah. Elle paraissait de plus en plus fragile et brisée. Pourtant elle était toujours au côté de son mari, ne manquant jamais une seule audience. Vis-à-vis des autres, elle restait toujours aussi calme. Elle affichait une confiance en son mari qu'elle était loin d'éprouver. Maggie ne le savait que trop bien. Parfois, elles s'appelaient, tard le soir, et Sarah sanglotait, complètement anéantie par la pression constante qu'elle subissait.

— Je ne crois pas qu'il ait une seule chance d'être acquitté, continua Everett.

Après ce qu'il avait entendu ces dernières semaines, cela ne faisait aucun doute pour lui et il était certain qu'il en était de même pour le jury.

— Pour ce qui concerne Sarah, je ne sais pas, répondit Maggie. Il faudra bien qu'elle se débrouille. Elle n'a pas le choix. Ses parents la soutiennent, mais ils habitent loin et je ne crois pas qu'ils lui soient d'une grande aide. Elle est très seule. Je ne pense pas qu'ils avaient énormément d'amis et la plupart d'entre eux les ont abandonnés. Par ailleurs, Sarah est trop fière et trop honteuse pour se plaindre. Elle est très forte, mais s'il va en prison, elle sera seule et je ne sais pas si leur couple y résistera. C'est elle qui décidera.

— À sa place, j'aurais laissé tomber ce salaud le jour de sa mise en examen ! s'exclama Everett. Il l'aurait mérité. Il a détruit la vie de sa femme en même temps que la sienne. Personne n'a le droit de se comporter ainsi. Si vous me demandez mon avis, ce type est une ordure.

— Elle l'aime, répondit simplement Maggie, et elle s'efforce de rester loyale.

— Elle est plus que loyale. Ce type a bousillé sa vie par pur égoïsme, ainsi que l'avenir de leurs enfants, et elle, elle reste là à le soutenir ! C'est bien plus qu'il ne mérite. Vous croyez qu'elle restera avec lui, s'il est condamné lourdement ?

Jamais il n'avait vu une telle loyauté. Lui-même n'en aurait pas été capable. Il éprouvait beaucoup d'admiration pour elle et était désolé de ce qu'elle endurait. Et il était certain que tous ceux qui assistaient au procès ressentaient la même chose.

— Je n'en sais rien, répondit Maggie. Je ne crois pas que Sarah le sache elle-même. Je pense qu'elle veut agir correctement, mais elle a trente-six ans et, s'il va en prison, elle a le droit de refaire sa vie. S'ils divorcent, elle pourra prendre un nouveau départ. Dans le cas contraire, elle passera de nombreuses années à lui rendre visite en prison et à l'attendre. Pour finalement constater qu'elle aura peut-être raté sa vie. Je ne veux pas lui donner de conseil, c'est impossible. Mais j'avoue que je suis très mitigée et je le lui ai d'ailleurs dit. Il faudra qu'elle arrive à lui pardonner, mais cela n'implique pas qu'elle doive gâcher sa vie pour lui, sous prétexte qu'il a commis une faute.

— Cela fait beaucoup à pardonner, remarqua sombrement Everett.

— C'est vrai. Et je ne suis pas certaine que j'y parviendrais moi-même. J'aimerais penser que je suis plus généreuse que cela, mais rien n'est moins sûr. Sarah décidera seule de ce qu'elle veut faire, mais elle ne dispose pas d'un grand éventail de choix. Elle pourrait rester avec lui et ne jamais lui pardonner ou le quitter en lui accordant son pardon. La grâce emprunte des voies étranges, parfois. J'espère seulement qu'elle trouvera la bonne réponse.

— Je sais ce que serait la mienne, affirma farouchement Everett. Je tuerais ce salaud, mais cela n'aiderait pas non plus Sarah. Je n'envie pas son sort, actuellement ! Elle est obligée de rester assise, à écouter toutes les fraudes et malhonnêtetés commises par cette ordure. Ensuite, elle quitte le tribunal et s'occupe des enfants.

Tandis qu'ils attendaient le dessert, Everett se décida à aborder un sujet plus délicat. Le lendemain de Noël, Maggie avait accepté de réfléchir à leur situation. Quatre mois avaient passé mais, comme Sarah, elle n'avait toujours pas pris de décision et évitait soigneusement d'en parler avec lui. Cette attente le minait. Il savait qu'elle l'aimait, mais qu'elle ne voulait pas quitter le voile. Le dilemme était déchirant. Tout comme Sarah, elle pensait que les réponses viendraient lorsqu'elle atteindrait un certain état de grâce. Pour l'une comme pour l'autre, la décision aurait un prix élevé. Dans le cas de Maggie, soit elle reniait ses vœux pour vivre avec Everett, soit elle renonçait à lui et restait fidèle à son engagement pour le reste de sa vie. Dans les deux cas, elle perdrait quelque chose qu'elle aimait et, dans les deux cas, elle gagnerait quelque chose en retour. Mais elle ne pouvait avoir les deux.

Cherchant son regard, Everett tenta d'aborder le sujet. Il avait promis de ne pas la presser et de lui donner tout le temps qu'elle voulait, mais il rêvait de la prendre dans ses bras et de la supplier de partir avec lui. Il savait pourtant qu'elle ne céderait pas. Si elle choisissait de partager sa vie, ce serait délibéré, réfléchi.

— Est-ce que vous avez pensé à nous, ces temps-ci ? lui demanda-t-il prudemment.

Elle fixa un instant le fond de sa tasse de café avant de lever les yeux vers lui. En lisant la souffrance sur son visage, il fut soudain terrifié à l'idée qu'elle allait le repousser définitivement.

— Je n'ai toujours rien décidé, Everett, soupira-t-elle. Je sais que je vous aime, mais j'ignore encore où est ma voie, quelle direction je dois prendre, et je veux être certaine de ne pas me tromper.

Elle y réfléchissait depuis quatre mois et même davantage, depuis leur premier baiser.

— Vous savez ce que j'en pense, lui dit-il avec un petit sourire crispé. Je suis sûr que Dieu vous aimera quoi que vous fassiez. Moi aussi, d'ailleurs, mais ce qu'il y a de certain, c'est que j'adorerais vivre avec vous, Maggie

Et peut-être avoir des enfants avec vous… s'abstint-il d'ajouter. Pour le moment, il fallait déjà qu'elle prenne sa décision. Ils aborderaient la question des enfants plus tard.

— Vous devriez peut-être en parler avec votre frère. Il est passé par là, lui aussi. Comment l'a-t-il vécu ?

— Sa vocation n'a jamais été totale. Dès l'instant où il a rencontré sa future épouse, il a fait son choix. Je ne crois pas que ça l'ait beaucoup tourmenté. Il disait que si Dieu l'avait mise sur son chemin, c'est que cela devait se faire. Pour ma part, je voudrais en être aussi sûre. Peut-être s'agit-il d'une forme extrême de tentation, d'une sorte de mise à l'épreuve… ou bien c'est le destin qui frappe à ma porte.

Elle était rongée par le doute, et Everett ne put s'empêcher de se demander si elle finirait par prendre une décision.

— Il vous serait toujours possible d'aider les sans-abri comme vous le faites maintenant. Vous pourriez continuer à exercer votre métier d'infirmière, être assistante sociale ou même les deux à la fois. Vous n'êtes pas obligée de renoncer à tout cela, Maggie.

Il le lui avait déjà répété maintes fois, mais il savait bien que là n'était pas la question. Ce n'était pas son travail qui posait problème, mais son engagement religieux. Depuis trois mois, elle en parlait au supérieur de son ordre, à la mère supérieure, à son confesseur et à un psychologue spécialisé. Elle tenait à prendre sa décision en toute connaissance de cause et avec les avis de ceux en qui elle croyait, plutôt que de rester seule dans son coin à se débattre avec toutes ses incertitudes. S'il l'avait su, il l'aurait aidée, mais elle ne voulait pas lui donner de faux espoirs. Au bout du compte, elle pouvait très bien ne pas le choisir...

— Est-ce que vous pouvez m'accorder encore un peu de temps ? lui demanda-t-elle, l'air peinée.

En juin, avait-elle décidé, elle lui donnerait une réponse, mais pour le moment elle ne voulait pas lui en parler.

— Bien sûr.

Il la raccompagna ensuite jusqu'à son immeuble. Lorsqu'il était monté voir son studio, il avait été horrifié par son exiguïté et son côté vétuste. Elle lui avait répondu que c'était le cadet de ses soucis et que d'ailleurs il était plus grand et plus agréable que n'importe quelle cellule de religieuse. Elle prenait très au sérieux son vœu de pauvreté. Il ne le lui dit pas, mais il n'aurait pas vécu une seule journée dans cet appartement. Pour toute décoration, il y avait un crucifix accroché à un mur. En dehors de cela, il n'y avait aucun meuble à part son lit, une commode et une chaise bancale qu'elle avait trouvée dans la rue.

Après l'avoir quittée, il se rendit à une réunion des Alcooliques Anonymes, puis il rentra à son hôtel pour rédiger son article sur les débats du jour. La rédaction de *Scoop* appréciait ses papiers. Ses éditoriaux avaient du style et il avait pris d'excellentes photos devant la salle du tribunal.

La plaidoirie de la défense dura une journée entière. Seth l'écouta avec anxiété, tout comme Sarah, qui fermait parfois les yeux. Au fond de la salle, Maggie priait. Henry Jacobs et son équipe défendirent Seth du mieux qu'ils le purent, mais le contexte était très défavorable.

Le lendemain, le juge donna ses instructions au jury et remercia les témoins. Puis le jury se retira pour délibérer. Sarah et Seth n'avaient plus qu'à patienter. Ils savaient que cela pouvait durer des jours. Everett et Maggie quittèrent la salle ensemble. Auparavant, Maggie échangea quelques mots avec Sarah, qui lui assura aller bien malgré sa pâleur et ses traits tirés. Everett et Maggie discutèrent quelques instants dans la rue, puis elle le quitta pour se rendre à un rendez-vous. Elle devait rencontrer une fois de plus son supérieur, mais elle n'en parla pas à Everett. Tandis qu'elle s'éloignait, il retourna au palais de justice pour attendre avec les autres la décision du jury.

Sarah était assise près de Seth, dans le fond de la salle. Ils étaient sortis prendre l'air un court moment, mais n'en avaient tiré aucun soulagement. Ils ne se faisaient aucune illusion sur l'issue du procès et attendaient, sachant qu'une nouvelle bombe allait les frapper. La seule question était de savoir quel serait son impact et à quel point elle serait destructrice.

— Je suis désolé, Sarah, murmura Seth. Je regrette de t'avoir fait subir tout cela. Je n'aurais jamais imaginé qu'une telle catastrophe puisse nous arriver.

Il aurait mieux valu qu'il y réfléchisse avant, mais Sarah préféra se taire.

— Est-ce que tu me détestes ? demanda-t-il en cherchant son regard.

Secouant la tête, elle se mit à pleurer comme elle le faisait constamment, maintenant, à la moindre émotion. Il lui semblait qu'il ne lui restait plus aucune défense. Elle les avait épuisées en restant près de lui.

— Je ne te déteste pas. Je t'aime, mais j'aurais voulu que tout cela nous soit épargné.

— Moi aussi. J'aurais dû plaider coupable, au lieu de t'embarquer là-dedans. Je pensais que nous avions une chance de gagner.

Il songea qu'il avait été bien naïf, tout comme lorsqu'il avait commis ce délit avec Sully. Finalement, les deux hommes s'étaient mutuellement trahis, mais, au lieu d'alléger leur peine, cela n'avait servi qu'à alourdir les charges qui pesaient sur eux. Les procureurs de Californie et de New York n'avaient pas accepté de passer de marché avec eux. Henry Jacobs l'avait averti qu'en choisissant le procès il risquait une condamnation plus lourde mais, en joueur qu'il était, Seth avait décidé de tenter sa chance. Aujourd'hui, tandis qu'ils attendaient la décision du jury, il craignait de le payer cher. Le juge ne prononcerait la sentence que dans un mois, mais il ne se faisait guère d'illusions.

— Il ne nous reste plus qu'à attendre, murmura Sarah.

Désormais, leur sort reposait entre les mains des jurés.

— Et toi ? demanda Seth avec anxiété. Où en es-tu ?

Il ne voulait pas qu'elle l'abandonne. Il avait trop besoin d'elle, quel que soit le prix à payer pour elle.

— Est-ce que tu as pris une décision, en ce qui nous concerne ?

Elle secoua la tête sans répondre. Pour l'instant, ils avaient suffisamment de soucis pour ne pas y ajouter un divorce. Il serait temps d'y penser plus tard. Seth n'insista pas. Il craignait trop sa réponse. Il était clair que Sarah n'en pouvait plus. Ce procès l'avait profondément ébranlée mais elle était restée auprès de lui, comme elle s'y était engagée.

Contrairement à lui, elle n'avait qu'une parole. Everett le trouvait abject et d'autres disaient de lui pis que pendre, mais jamais en présence de Sarah. Tous la plaignaient et respectaient son courage et sa dignité.

En raison de la complexité de l'affaire, les délibérations durèrent six jours. Pour Sarah et Seth, cette attente fut un véritable calvaire. Seth avait même demandé à Sarah si elle n'accepterait pas de passer une nuit chez lui, tant il était terrifié à l'idée de rester seul. Mais Molly était malade et, en vérité, elle n'en avait pas la moindre envie. L'épreuve aurait été trop douloureuse et elle devait se protéger un minimum. Elle savait combien il était mal, mais elle aussi. Seth était rentré chez lui et s'était enivré. À 2 heures du matin, il l'avait appelée et avait tenu des propos incohérents ponctués de serments d'amour. Le lendemain, lorsque le jury revint enfin dans la salle, en fin d'après-midi, tout le monde s'installa en hâte, pendant que les membres de la cour réintégraient leurs sièges.

Le juge demanda au président du jury si les jurés s'étaient prononcés dans le procès opposant le ministère public à Seth Sloane. L'homme se leva, le visage grave.

— Oui, votre honneur, affirma-t-il.

Le tribunal avait retenu cinq charges contre Seth. Le juge les énonça l'une après l'autre et, chaque fois, Seth fut déclaré coupable.

À la fin, il y eut un bref silence avant une explosion d'exclamations et de commentaires. Le procès avait duré cinq semaines, auxquelles il fallait ajouter une semaine de délibérations. Sarah commençait à intégrer le verdict. Elle se tourna vers Seth. Recroquevillé sur son siège, il pleurait et leva vers elle un regard désespéré. Henry Jacobs leur avait dit qu'on ne pouvait faire appel que si on disposait d'une nouvelle preuve ou si on avait constaté une irrégularité pendant le procès. En l'occurrence, il ne voyait pas sur quoi il pourrait s'appuyer pour faire une telle démarche. C'était fini. Seth avait été déclaré coupable et, dans un mois, le juge prononcerait sa condamnation. Il était évident qu'il irait en prison. Sarah semblait aussi anéantie que son mari. Elle savait pourtant que cela allait arriver, elle s'y était préparée et elle n'était pas surprise. Simplement, son cœur saignait pour lui, pour elle et pour leurs enfants qui grandiraient sans vraiment connaître leur père.

— Je suis désolée, souffla-t-elle tandis que leurs avocats les accompagnaient pendant qu'ils quittaient le tribunal.

Everett prit alors les photos que sa rédaction attendait de lui. Il n'était pas heureux de mitrailler Sarah alors qu'elle souffrait tant, mais il n'avait pas d'autre choix que de faire son travail, comme les autres photographes. Seth fendait la foule en émettant ce qui ressemblait à des grognements de rage, suivi de Sarah qui semblait sur le point de s'évanouir. Ils montèrent très rapidement dans la voiture qui les attendait et la foule se dispersa dès qu'ils furent partis.

Everett vit alors Maggie sur les marches du palais. Elle n'avait pas pu approcher Sarah et lui adresser quelques mots de réconfort. Apercevant Everett qui lui faisait des signes, elle le rejoignit. Bien que le verdict soit sans surprise, elle paraissait sombre et soucieuse. La condamnation risquait d'être très lourde. Seth avait aggravé son cas en refusant de plaider coupable. Au lieu de cela, il avait voulu un procès d'assises. Il avait cru que les manœuvres compliquées de l'équipe d'avocats qu'il payait très cher suffiraient à le sortir de cette mauvaise passe. Cela n'avait pas marché et risquait au contraire de durcir la position du juge à son égard. Il avait voulu forcer la chance, ce qui pouvait déplaire fortement au magistrat. Maggie craignait le pire pour Seth et, du même coup, pour Sarah.

— Je suis vraiment désolée pour elle, dit-elle.

Everett et elle se dirigeaient vers le parking où il avait garé sa voiture de location. Son travail à San Francisco était terminé. Il reviendrait sans doute le jour du verdict pour prendre des photos de Seth, au moment où on l'emmènerait dans une prison fédérale. Dans un mois, tout serait terminé pour lui. Dès que le garant de caution aurait rendu l'argent, il serait versé sur le compte de ses avocats. Après cela, il ne resterait rien pour Sarah et les enfants. Sarah en était tout à fait consciente, tout comme Everett et Maggie. Les investisseurs avaient le droit de poursuivre Seth, le gouvernement pouvait le sanctionner, mais Sarah était seulement autorisée à ramasser les morceaux de sa vie et de celle des enfants. Cela paraissait horriblement injuste à Maggie, mais l'injustice faisait partie intégrante de la vie. Elle admettait difficilement que ce genre de chose arrive aux gens bien, et, en montant dans la voiture d'Everett, elle semblait profondément déprimée.

— Je sais, Maggie, répondit-il gentiment. Cela ne me plaît pas non plus, mais je ne vois pas comment il aurait pu s'en sortir.

Cette histoire était moche et elle se terminait mal. Ce n'était sûrement pas le genre de « happy end » que Sarah avait rêvé de vivre avec Seth. Ceux qui la connaissaient auraient eux aussi souhaité une autre issue.

— Cela me fait mal pour Sarah.

— Je ressens la même chose, assura-t-il en démarrant.

Tenderloin n'était pas loin du tribunal et, quelques minutes plus tard, il s'arrêta devant chez elle.

— Vous prenez l'avion ce soir ? lui demanda-t-elle tristement.

— Je ne peux pas faire autrement. Je dois être au bureau demain matin pour trier les photos et revoir mon article. Vous voulez qu'on mange quelque chose, avant que je parte ?

Il répugnait à la quitter, mais il était à San Francisco depuis plus d'un mois et sa rédaction le réclamait.

— Je ne crois pas que je pourrais avaler une bouchée, répondit-elle franchement. Vous allez me manquer, ajouta-t-elle en se tournant vers lui, un petit sourire mélancolique aux lèvres.

Elle s'était habituée à le voir tous les jours au tribunal et après les débats. Ils avaient dîné ensemble presque chaque soir et son départ allait creuser un vide terrible dans sa vie. Mais elle avait conscience que son absence lui permettrait de clarifier ses sentiments à son égard. Tout comme Sarah, elle devait prendre une décision importante. Cette pensée la ramena à son amie. Si Sarah décidait de rester avec Seth, tout ce qu'elle pourrait espérer, dorénavant, ce serait une libération qui ne viendrait pas avant longtemps. La condamnation n'était pas encore fixée, mais elle serait aussi longue pour Sarah que pour Seth. Maggie trouvait cela cruel et injuste.

Pour ce qui la concernait personnellement, quelle que soit sa décision, elle aussi souffrirait. Quoi qu'elle choisisse, il y aurait une part de chagrin, et c'était ce qui la faisait tant hésiter.

— Vous allez me manquer aussi, Maggie, affirma Everett en lui souriant. Je vous reverrai quand je reviendrai pour le verdict. Mais je peux aussi venir passer une journée avec vous si vous en avez envie. Appelez-moi et j'accourrai.

— Merci, murmura-t-elle.

Lorsqu'il se pencha pour l'embrasser, elle crut que son cœur s'arrêtait de battre. Elle s'agrippa à lui pendant une minute, se demandant comment elle pourrait renoncer à lui, tout en sachant qu'elle le devrait peut-être. Sans un mot, elle descendit de la voiture. Il savait qu'elle l'aimait tout comme elle savait qu'il l'aimait.

Il n'y avait rien à ajouter.

# 21

Sarah accompagna Seth jusqu'à son appartement pour s'assurer qu'il ne manquait de rien. Il était sonné et furieux, et semblait à chaque instant sur le point de pleurer. Il ne voulait pas voir les enfants. Il savait qu'ils sentiraient son désarroi et son désespoir, même s'ils ignoraient pourquoi. Quelque chose de terrible était arrivé. Seth était conscient que cela remontait à la première fois qu'il avait trompé ses investisseurs en pensant qu'on ne le prendrait jamais la main dans le sac. Aujourd'hui, il savait que Sully allait être incarcéré et que cela ne tarderait pas pour lui.

Dès qu'il eut franchi la porte, il prit deux comprimés de tranquillisants, puis se servit un verre de scotch. Après avoir avalé une longue gorgée, il regarda Sarah. Il ne supportait pas de lire l'angoisse dans ses yeux.

— Je suis désolé, ma chérie, dit-il.

Il ne la prit pas dans ses bras pour la réconforter. Il ne pensait qu'à lui, comme toujours.

— Moi aussi, Seth. Ça ira, ce soir ? Tu veux que je reste ?

Elle n'en avait pas envie, mais elle l'aurait fait pour lui, surtout s'il mélangeait alcool et médicaments. Il était bien capable d'y passer, sans même le vouloir. Il avait besoin de soutien, après le choc qu'il venait de subir, et elle était prête à le lui apporter. Il était son mari et le père de ses enfants, même s'il semblait inconscient du mal que toute cette affaire lui avait fait. Dans l'esprit de Seth, c'était lui qui allait être mis en prison, pas elle. Il oubliait que, à cause de lui, elle était déjà en prison. Elle l'était depuis que leur univers s'était écroulé, la nuit du tremblement de terre, en mai, onze mois auparavant.

— Ça va aller. J'ai l'intention de me saouler, cette nuit. Je vais peut-être le faire pendant un mois, jusqu'à ce qu'on me foute en taule pour cent ans, dans exactement trente jours.

Ce n'était pas la faute des juges, mais la sienne. Pourtant Seth ne semblait pas en être persuadé.

— Rentre chez toi, Sarah. Je vais bien, affirma-t-il sans conviction.

Tout tournait autour de sa personne, comme d'habitude. Mais c'était vrai que c'était lui qui irait en prison et pas elle. Et il avait de bonnes raisons d'être inquiet, même s'il était le seul responsable de son sort. Il serait possible pour Sarah de sortir de cette situation, de s'évader, mais pas pour lui. Dans un mois, ce serait la fin de l'existence qu'il avait menée jusqu'alors. Pour elle, c'était déjà fait. Il préféra ne pas aborder la question du divorce. Il n'aurait d'ailleurs pas supporté qu'elle lui en parle. Mais elle n'y songeait même pas.

Ils en parlèrent finalement une semaine plus tard, lorsqu'il ramena les enfants, peu de temps après être passé les prendre. Il ne pouvait plus les supporter longtemps, désormais. Il était trop tendu et il semblait vraiment mal en point. Quant à Sarah, elle avait beaucoup maigri, elle flottait dans ses vêtements et ses yeux paraissaient immenses dans son visage aminci. À l'hôpital, Karen Johnson ne cessait de lui répéter qu'elle devait aller voir un médecin, mais Sarah savait exactement de quoi elle souffrait. Leur vie était en morceaux et son mari allait être incarcéré pour longtemps. Ils avaient tout perdu et perdraient bientôt le peu qui leur restait. Elle ne pouvait compter sur personne d'autre que sur elle-même… C'était aussi simple que cela.

Quand Seth revint avec les enfants, il posa sur elle un regard interrogateur.

— Nous devrions peut-être discuter de ce que nous allons faire à propos de notre couple. J'aimerais le savoir avant d'aller en prison. Si nous décidons de ne pas nous séparer, nous pourrions passer nos dernières semaines ensemble. Cela ne nous arrivera sans doute plus avant longtemps.

Il savait qu'elle voulait un autre bébé, mais désormais, c'était hors de question. Elle avait abandonné cette idée dès qu'elle avait appris ce qu'il avait fait, bien qu'elle souhaitât toujours un autre enfant. Mais pas avec lui, ni maintenant. Quant à sa proposition de vivre ensemble avant le verdict, cette perspective lui était insupportable. Elle ne pouvait envisager de vivre avec lui, de faire l'amour avec lui, de s'attacher à lui plus qu'elle ne l'était déjà, pour finalement le voir partir en prison. Elle en était incapable. Il avait raison, mieux valait regarder la vérité en face et le plus tôt était le mieux.

— Je ne peux pas, Seth, dit-elle d'une voix angoissée.

Elle avait attendu que les enfants montent prendre leur bain avec Parmani. Ils ne devaient pas entendre ce qu'elle avait à dire à leur père. Elle ne voulait pas qu'ils se rappellent ce qui s'était passé ce jour-là. Bien entendu, elle le leur dirait lorsqu'ils seraient plus grands.

— Je ne peux pas revenir en arrière, poursuivit-elle. Je le voudrais plus que tout au monde. Mon plus cher désir serait de remonter le temps, mais c'est impossible. Je t'aime encore et sans doute pour toujours, mais je ne crois pas pouvoir avoir à nouveau confiance en toi un jour.

C'était douloureux et brutal, mais franc. Seth la fixait, comme pétrifié. Il aurait souhaité entendre d'autres mots. Il avait d'autant plus besoin d'elle qu'il allait être séparé d'elle pour longtemps.

— Je comprends, dit-il enfin.

Puis, frappé par une idée subite, il demanda :

— Les choses auraient-elles été différentes, si j'avais été acquitté ?

Elle secoua négativement la tête, sans un mot. Elle n'aurait pas pu reprendre la vie commune avec lui. Cela faisait des mois qu'elle s'en doutait, mais elle en avait vraiment pris conscience durant les derniers jours du procès. Elle n'avait pas eu le cœur de le lui dire, ni même de l'admettre elle-même, mais maintenant elle n'avait plus le choix. Les choses devaient être dites, pour qu'ils sachent tous les deux où ils en étaient.

— Dans ce cas, je dois sans doute t'être reconnaissant d'être restée à mon côté pendant tout le procès.

Ses avocats le lui avaient demandé par souci des apparences, mais elle l'aurait fait de toute façon, par amour pour lui.

— Je vais m'occuper de lancer la procédure de divorce, déclara Seth.

Il paraissait effondré, mais elle acquiesça, les larmes aux yeux. C'était l'un des pires moments de sa vie, presque aussi douloureux que lorsque Molly avait failli mourir, ou lorsqu'il lui avait annoncé ce qu'il avait fait, le lendemain du tremblement de terre. Depuis, toute leur vie s'était écroulée et il n'en restait rien.

— Je suis désolée, Seth.

Hochant la tête, il tourna les talons et sortit de l'appartement. Tout était terminé.

Quelques jours plus tard, Sarah appela Maggie pour tout lui raconter. La religieuse lui répéta combien elle était triste pour elle.

— Je sais à quel point cette décision a dû être difficile, lui dit-elle d'une voix compatissante. Lui avez-vous pardonné ?

Il y eut un long silence, tandis que Sarah réfléchissait.

— Non, reconnut-elle, pas encore.

— J'espère que vous le pourrez un jour. Et, vous savez, cela n'impliquerait pas que vous vous remettiez ensemble.

Sarah l'avait compris, désormais.

— Je le sais, dit-elle.

— Cela vous libérerait tous les deux. Vous ne souhaitez certainement pas porter ce poids à jamais dans votre cœur.

— Ce sera toujours le cas, de toute façon, répondit tristement Sarah.


Le dernier acte du procès fut la sentence du juge. Seth avait quitté son appartement pour passer ses dernières nuits de liberté au Ritz-Carlton. Il avait expliqué à ses enfants qu'il devait partir pour un certain temps. Molly avait pleuré, mais il lui avait promis qu'elle pourrait lui rendre visite, ce qui avait semblé la rassurer. À quatre ans, comment aurait-elle pu comprendre une situation que les adultes eux-mêmes avaient du mal à intégrer ? Seth ne laissait pratiquement rien à Sarah. Bientôt, elle ne pourrait compter que sur son salaire et sur le soutien financier de ses parents, ce qui ne serait pas énorme. Depuis qu'ils étaient à la retraite, leurs revenus étaient limités. Elle serait peut-être obligée de vivre avec eux, si elle ne parvenait plus à joindre les deux bouts. Seth en était navré, mais il ne pouvait rien faire. Il avait vendu la Porsche et lui avait remis l'argent qu'il en avait tiré. Il avait mis toutes ses affaires dans un garde-meubles en attendant de prendre une décision. Enfin, il avait lancé la procédure de divorce la semaine même de la condamnation. Cela ne devrait pas prendre plus de six mois. Sarah pleura lorsqu'elle reçut les papiers, mais dorénavant, elle ne pouvait plus envisager de rester sa femme. Il ne lui semblait pas avoir le choix.

Le juge s'était renseigné sur la situation financière de Seth et avait fixé l'amende à deux millions de dollars. Cela signifiait que, lorsqu'il aurait tout vendu, il ne lui resterait plus rien. Il était condamné à quinze ans de prison, trois pour chaque délit dont il avait été reconnu coupable. C'était dur, mais au moins avait-on évité les trente années d'incarcération. En entendant la sentence, Seth serra les dents, mais cette fois, il s'était préparé au pire. Lorsqu'il attendait le verdict des jurés, il espérait un miracle. Il comprit alors que Sarah avait eu raison de vouloir divorcer. S'il faisait toute sa peine, il aurait cinquante-trois ans à sa sortie de prison, et Sarah cinquante et un. Molly en aurait dix-neuf et Oliver dix-sept. S'il avait de la chance, il sortirait dans douze ans, ce qui restait très long. Il ne pouvait pas exiger de Sarah qu'elle l'attende aussi longtemps. Oui, Sarah avait eu raison.

Lorsqu'il sortit menotté du tribunal, Sarah fondit en larmes. Il allait être transféré dans une prison fédérale dans les prochains jours. Ses avocats avaient demandé qu'il bénéficie de bonnes conditions d'incarcération, mais ce n'était pas acquis. Quoi qu'il en soit, Sarah avait promis de lui rendre rapidement visite. Elle ne voulait plus être sa femme, mais elle n'avait pas pour autant l'intention de l'exclure de sa vie.

Quand on l'emmena, il se retourna pour la regarder et, juste avant qu'on ne lui passe les menottes, il lui donna son alliance. Le matin, il avait oublié de l'enlever et de la mettre avec sa montre en or dans la valise qu'il avait fait déposer chez elle. Il lui avait demandé de donner ses vêtements et de garder la montre pour Ollie. La scène était épouvantable. Pleurant à fendre l'âme, Sarah restait figée, l'alliance à la main. Doucement, Everett et Maggie la prirent par le bras, puis la ramenèrent chez elle et la mirent au lit.

## 22

Après le procès, Maggie se rendit à Los Angeles pour assister au concert de Melanie. Elle avait essayé de convaincre Sarah de venir avec elle, mais la jeune femme emmenait les enfants voir leur père en prison. C'était la première fois qu'ils y allaient. Ces premières retrouvailles allaient être un choc et exigeraient d'eux une grande capacité d'adaptation.

Everett demandait souvent des nouvelles de Sarah à Maggie. Elle lui répondait qu'apparemment elle allait bien. Elle vaquait à ses occupations, travaillait, s'occupait de ses enfants, mais elle était terriblement déprimée, ce qui était compréhensible. Il lui faudrait sans doute beaucoup de temps pour se remettre du traumatisme qu'elle avait subi. C'était comme si une bombe avait explosé sur sa vie et sur son mariage. Quant à la procédure de divorce, elle suivait son cours.

Everett vint chercher Maggie à l'aéroport et l'emmena au petit hôtel où elle avait retenu une chambre. Dans l'après-midi, elle avait rendez-vous avec le père Callaghan, qu'elle n'avait pas vu depuis longtemps. Le concert n'aurait lieu que le lendemain. Everett la quitta pour rédiger un article qu'on lui avait demandé. Ses reportages sur le procès avaient été tellement appréciés qu'il venait de recevoir une offre de *Time*. Par ailleurs, l'AP était disposée à le reprendre. Maintenant qu'il ne buvait plus, il se sentait solide comme un roc. Il avait donné son jeton de deuxième anniversaire à Maggie comme porte-bonheur. Elle l'avait joint au premier qu'il lui avait offert et les gardait toujours sur elle. Elle y tenait énormément.

Ce soir-là, ils devaient dîner avec Melanie, Tom et Janet. Cela faisait un an maintenant que Melanie et Tom sortaient ensemble, et Janet paraissait plus détendue que Maggie ne s'y était attendue. Elle avait rencontré un homme avec qui elle s'entendait bien. Il travaillait dans le monde de la musique et ils avaient de nombreux points communs. Everett n'aurait jamais cru cela possible, mais elle semblait admettre que Melanie, qui avait maintenant vingt et un ans, prenne ses propres décisions.

Cet été, la jeune chanteuse allait faire une tournée de quatre semaines, au lieu de neuf ou dix, et seulement dans de grandes villes. Tom prendrait deux semaines de congé pour l'accompagner. Par ailleurs, Melanie était convenue avec le père Callaghan de retourner au Mexique en septembre, mais cette fois, elle n'y resterait qu'un mois. Elle ne voulait pas être séparée de Tom trop longtemps. Le jeune couple rayonnait visiblement de bonheur. Pendant le dîner, Everett prit quelques photos, dont une de Melanie et de sa mère, et une autre de Maggie et de Melanie. Profitant d'une courte absence de sa mère, cette dernière leur confia que, grâce à Maggie, elle avait mûri et trouvé son accomplissement. Le tremblement de terre avait eu lieu un an plus tôt. C'était un événement dont ils se souvenaient tous avec une terreur mêlée de tendresse. Des changements positifs étaient survenus dans leur vie à tous, mais ils n'étaient pas près d'oublier le traumatisme qu'ils avaient subi. Maggie leur apprit que le Bal des Petits Anges aurait lieu cette année encore. Sarah avait été trop impliquée dans le procès de Seth pour pouvoir y participer ou même y assister, mais Maggie espérait que tout rentrerait dans l'ordre l'année suivante.

Everett et Maggie s'attardèrent chez Melanie. Après le dîner, qui avait été détendu et agréable, Everett et Tom firent une partie de billard. Tom lui confia que Melanie et lui songeaient à s'installer ensemble. Tant qu'elle vivait sous le même toit que sa mère, ils manquaient d'intimité. Everett comprenait parfaitement le désir d'indépendance des deux jeunes gens. Il était temps pour Janet de mûrir, elle aussi. Elle devait construire son propre univers, cesser de vouloir vivre à travers sa fille et renoncer à profiter de sa célébrité.

En raccompagnant Maggie à son hôtel, ils continuèrent à discuter, heureux d'être ensemble. Everett adorait être avec Maggie. Ils parlèrent du jeune couple et se réjouirent de leur bonheur. Lorsqu'ils arrivèrent à l'hôtel, il l'embrassa tendrement et l'accompagna jusqu'à sa chambre, un bras passé autour de ses épaules. Maggie bâillait et semblait morte de fatigue.

— À propos, comment s'est passé votre rendez-vous avec le père Callaghan ?

Il avait complètement oublié de le lui demander.

— J'espère que vous n'allez pas partir au Mexique, vous aussi ? plaisanta-t-il.

Bâillant de plus belle, elle secoua la tête.

— Non, je vais travailler pour lui ici, dit-elle d'une voix ensommeillée.

Avant de le quitter, elle se blottit un instant contre lui.

— Ici ? À Los Angeles ? s'étonna-t-il. Vous voulez dire San Francisco.

— Non, je veux bien dire ici. Il a besoin de quelqu'un pour diriger sa mission pendant qu'il est au Mexique, c'est-à-dire durant quatre à six mois. Je verrai ensuite ce que je ferai. Peut-être aura-t-il envie de me garder, si je fais du bon travail.

— Attendez ! Expliquez-moi, s'il vous plaît ! Vous allez travailler à Los Angeles pendant six mois ? Qu'est-ce que votre diocèse en pense ? Vous leur en avez parlé ?

— Euh… oui… dit-elle en se serrant plus fort contre lui.

Everett semblait toujours aussi étonné, mais il commençait à sourire, séduit par cette idée.

— Et ils vous autorisent à changer de ville ? Je ne les aurais pas crus aussi permissifs !

— Ils n'ont plus rien à dire, de toute façon, répliqua-t-elle tranquillement.

Il la regarda dans les yeux.

— Que voulez-vous dire, Maggie ?

Prenant une grande inspiration, elle se lança. C'était la décision la plus difficile qu'elle avait jamais prise. En dehors des membres de l'Église, elle n'en avait parlé à personne. C'était un choix qu'elle avait dû faire seule, sans subir de pression.

— J'ai été libérée de mes vœux il y a deux jours. Je ne voulais pas vous en parler avant d'être ici.

— Maggie… Maggie ! Vous n'êtes plus religieuse ?

Il la fixait intensément, n'osant y croire. Elle secoua tristement la tête tout en refoulant ses larmes.

— Non. Et je ne sais plus qui je suis… Je traverse une crise d'identité. J'ai appelé le père Callaghan et lui ai demandé de m'aider. Et… Everett… Si vous voulez toujours de moi, je suis là et je suis prête à rester. Sinon, je ne sais pas ce que je ferai.

— Oh, Maggie, je vous aime… Mon Dieu, vous êtes *libre* !

Elle hocha la tête et il l'embrassa. Ils n'avaient plus à se sentir coupables. Ils allaient pouvoir s'aimer en toute liberté, se marier, avoir des enfants. Si elle lui disait oui, elle serait bientôt sa femme. Désormais, tout était possible.

— Merci, Maggie, murmura-t-il avec ardeur. Merci infiniment. Je ne pensais pas que vous le feriez. Je ne voulais pas vous harceler, mais j'en rêvais, sans trop y croire, depuis des mois.

— Je le sais. J'hésitais, et la décision n'a pas été facile à prendre.

— Je l'imagine.

Il ne voulait pas la presser. Elle devait être bouleversée par ce changement radical. Elle avait tout de même été religieuse pendant vingt et un ans, ce n'était pas rien. Mais il ne pouvait s'empêcher de faire des plans et de penser à l'avenir.

— Quand pouvez-vous déménager ?

— Quand vous voulez. Je peux quitter mon appartement du jour au lendemain.

— Alors demain, exigea-t-il au comble du bonheur.

Il avait hâte qu'elle quitte San Francisco. Il était si heureux ! Son parrain aux Alcooliques Anonymes était persuadé que si Everett s'accrochait tellement à Maggie, c'était parce qu'elle était inaccessible. Et en effet, qui aurait pu être plus inaccessible qu'une

religieuse ? Et maintenant, cette religieuse lui appartenait ! Son rêve devenait réalité.

— Je vous aiderai à déménager la semaine prochaine, si vous voulez.

Elle se mit à rire.

— Je ne dois pas avoir de quoi remplir plus de deux
valises. Mais surtout, il va falloir que je trouve un
logement, je ne sais même pas où je vais habiter.

Tout était si récent qu'elle n'avait pas encore eu le
temps de s'organiser. Elle n'était libérée de ses vœux
que depuis deux jours. Elle avait tout de même déjà
réussi à trouver un emploi, il ne lui restait plus qu'à
trouver un toit.

— Accepteriez-vous de vivre avec moi ? demanda-
t-il.

C'était le plus beau jour de sa vie et il en allait certainement de même pour elle, pourtant elle secoua
négativement la tête. Elle n'était pas prête à faire certaines choses.

— Non, à moins que nous ne soyons mariés,
répondit-elle.

Ce n'était pas pour faire pression sur lui, mais elle
ne voulait pas vivre avec un homme en dehors des
liens du mariage. Cela aurait été trop en opposition
avec tout ce en quoi elle croyait. Elle faisait maintenant partie du monde civil et en était très heureuse,
mais elle n'était pas disposée à vivre dans le péché
avec lui.

— Pas de problème ! s'exclama-t-il avec un grand
sourire. Waouh ! Maggie, voulez-vous m'épouser ?

Il avait eu l'intention de faire sa demande dans les
formes, mais il était incapable de patienter une minute
de plus. Il avait trop attendu.

Rayonnante, elle prononça le mot tant espéré :

— Oui.

La soulevant du sol, il la fit tournoyer et l'embrassa avant de la reposer par terre. Ils restèrent encore quelques minutes à discuter, puis elle rentra dans sa chambre en souriant, tandis qu'il s'en allait. Ils allaient enfin vivre ensemble. Il n'avait jamais vraiment cru qu'elle le ferait. Et le plus étonnant, c'est qu'ils devaient leur bonheur à un tremblement de terre. Jamais il ne remercierait assez le ciel.


Le lendemain, le concert fut absolument fantastique. Melanie se surpassa. Maggie ne l'avait jamais vue sur une scène de cette importance. Quand elle l'entendit chanter dans cet immense espace, elle fut absolument conquise. Elle était assise au premier rang avec Tom, pendant qu'Everett faisait son reportage pour *Scoop*. C'était l'un de ses derniers, car il avait accepté l'offre de *Time*. Soudain, sa vie n'était qu'une suite d'événements heureux.

Après le concert, Maggie et Everett dînèrent avec Tom et Melanie, et Everett pressa Maggie de confier leur secret aux deux jeunes gens. Maggie finit par leur faire part de son mariage prochain avec Everett. Ils n'avaient pas encore fixé la date, mais ils avaient fait des projets pendant tout l'après-midi. Maggie ne parvenait pas à imaginer une grande cérémonie, pas plus qu'une petite, d'ailleurs. Elle avait suggéré que leur union soit bénie par le père Callaghan dès qu'elle se serait installée à Los Angeles. En tant qu'ancienne religieuse, elle ne tenait pas à faire les choses en grand. De plus, elle était trop âgée pour porter une robe blanche. L'important était qu'ils se marient, tout le reste lui paraissait secondaire. Elle n'avait besoin que de son futur mari, de Dieu et d'un prêtre.

Les jeunes gens furent ravis pour eux, mais Melanie ne put cacher son étonnement.

— Vous n'êtes plus religieuse ?

Elle la fixait les yeux écarquillés, croyant presque à une plaisanterie. Comprenant que ce n'en était pas une, elle s'exclama :

— Waouh ! Que s'est-il passé ?

Jamais elle n'avait soupçonné qu'il puisse y avoir quelque chose entre eux, mais aujourd'hui c'était une évidence. Leur bonheur était éclatant et ils étaient au comble de la félicité. Everett était resplendissant et Maggie apaisée. En prenant cette décision difficile, elle était parvenue à ce dont elle avait toujours parlé, elle avait atteint l'état de grâce qu'elle espérait. Elle savait maintenant, avec une certitude absolue, que Dieu la guidait et bénissait son mariage.

En apprenant la nouvelle, Tom avait aussitôt commandé du champagne et était en train de le leur servir. Everett leva sa flûte et adressa à Maggie un sourire qui la fit fondre. Tom leva la sienne également et déclara :

— Je bois au tremblement de terre de San Francisco.

Tout comme pour Everett et Maggie, cette catastrophe lui avait permis de rencontrer Melanie. Pour certains, le séisme avait eu du bon, alors que d'autres avaient beaucoup perdu. Il y avait eu des morts, des déménagements... Pour eux quatre, il avait bouleversé à jamais leurs vies et les avait comblés de bienfaits.

# 23

Il fallut deux semaines à Maggie pour tout régler à San Francisco. Pendant ce temps, Everett avait démissionné de *Scoop*. Il devait commencer à travailler pour *Time* à la fin du mois de juin. Entre les deux, il comptait prendre deux semaines de vacances avec Maggie.

Le père Callaghan avait accepté de les marier le lendemain de son arrivée et Maggie avait appelé sa famille pour la mettre au courant. Son frère s'était réjoui pour elle et lui avait souhaité tout le bonheur possible.

Pour l'occasion, elle s'était acheté un tailleur tout simple en soie blanche et des chaussures à talons. À mille lieues des vêtements qu'elle portait auparavant, cette tenue marquait le début de leur nouvelle vie.

Everett avait prévu de l'emmener à La Jolla pour leur voyage de noces. Ils descendraient dans un petit hôtel qu'il connaissait bien et pourraient faire de longues balades sur la plage. À partir du mois de juillet, elle allait travailler six semaines avec le père Callaghan pour qu'il la mette au courant. Le prêtre avait avancé la date de son départ pour le Mexique à la mi-août, sachant que la mission serait entre de bonnes mains. Maggie avait hâte de commencer. Tous les événements s'enchaînaient depuis qu'elle avait pris la décision de changer de vie : un mariage, un déménagement, un nouveau travail, une existence entièrement nouvelle. Elle avait ressenti un choc en réalisant qu'elle n'allait plus s'appeler Mary Magdalen, qui était le nom qu'elle avait choisi en prenant le voile, mais qu'elle allait retrouver son nom de baptême qui était Mary Margaret. Pour Everett, elle serait toujours Maggie. C'était sous ce nom qu'il l'avait connue et aimée, et elle était d'accord pour le garder. Dorénavant, elle serait aussi Mme Everett Carson. Elle le répéta plusieurs fois à voix haute en faisant ses bagages avant de quitter son studio. Celui-ci lui avait été bien utile, pendant toutes ces années passées à Tenderloin, mais cette époque était révolue. Elle avait distribué tout ce qu'elle possédait, hormis le crucifix, qu'elle avait glissé dans son unique sac.

Elle rendit ses clés à son propriétaire et dit au revoir à tous ses voisins. Le travesti pour qui elle avait beaucoup d'affection lui adressa un dernier signe lorsqu'elle monta dans le taxi. Deux prostituées la saluèrent aussi au passage. Elle n'avait dit à personne qu'elle s'en allait définitivement, ni pourquoi, mais on aurait dit qu'ils savaient qu'elle ne reviendrait pas.

Everett l'attendait à l'aéroport lorsque son avion atterrit. L'espace d'un instant, il avait tremblé à l'idée qu'elle ait pu changer d'avis. Et puis il l'aperçut... sa petite fée aux cheveux d'un roux flamboyant. Maggie était vêtue d'un jean et d'un tee-shirt qui disait « J'aime Jésus », et elle avait des baskets roses aux pieds. Elle était celle qu'il avait attendue toute sa vie et qu'il avait eu la chance de trouver. Lorsqu'elle se jeta dans ses bras, elle paraissait aussi heureuse que lui. Il prit son sac et ils quittèrent l'aéroport. Ils se mariaient le lendemain.

Dans la prison où Seth avait été transféré, et qui se trouvait au nord de la Californie, les conditions de détention étaient tout à fait acceptables. L'établissement était en liaison avec une exploitation forestière où certains détenus travaillaient en tant que gardes forestiers. Ils étaient chargés de veiller à la sécurité de la zone et de combattre les incendies. Seth espérait y être affecté bientôt.

Grâce à l'intervention de ses avocats, il avait une cellule individuelle. Il était confortablement installé et ne craignait rien. Les autres prisonniers avaient, comme lui, commis des délits financiers, mais à une échelle beaucoup plus réduite. Du coup, il faisait figure de héros. Les visites conjugales étaient admises pour les hommes mariés. Les détenus pouvaient recevoir des paquets et la plupart d'entre eux lisaient le *Wall Street Journal*. Dans le milieu carcéral, l'endroit était considéré comme le nec plus ultra, mais c'était néanmoins une prison. Sa liberté, sa femme et ses enfants manquaient cruellement à Seth. Il n'avait aucun remords pour ce qu'il avait fait, il regrettait seulement de s'être fait prendre.

Dans un premier temps, il avait été incarcéré à Dublin, au sud-est d'Oakland. Sarah était venue le voir avec les enfants. Ce pénitencier fédéral les avait tous paniqués et effrayés. Désormais, ce serait un peu comme si Sarah allait voir quelqu'un dans un hôpital ou dans une maison de repos. Non loin de là, il y avait une petite bourgade où elle pourrait passer la nuit avec les enfants. Elle aurait pu bénéficier des visites conjugales, puisque le divorce n'était pas encore prononcé, mais à ses yeux Seth et elle ne formaient plus un couple. Tout en la comprenant, Seth regrettait la décision de Sarah. Et il s'en voulait de la peine qu'il lui avait causée. Il s'en était clairement rendu compte la dernière fois qu'elle était venue lui rendre visite avec les enfants, deux mois auparavant. C'était la première fois qu'il les verrait cet été. Ce n'était pas facile pour eux de venir. Sarah avait été chez ses parents avec les enfants depuis le mois de juin.

En cette chaude matinée d'août, Seth les attendait et se sentait nerveux. Il avait repassé son pantalon et sa chemise kaki, puis ciré les chaussures brunes réglementaires. Parmi toutes les choses qui lui manquaient, il regrettait particulièrement ses chaussures anglaises faites sur mesure.

Quand l'heure de la visite approcha, il se rendit sur le terrain herbeux qui se trouvait devant la prison. Les enfants des détenus y jouaient, pendant que les époux s'embrassaient, discutaient et se tenaient la main. Il surveillait attentivement la route et les vit arriver. Sarah gara la voiture et sortit un panier de pique-nique du coffre. Les visiteurs étaient en effet autorisés à apporter de la nourriture. Oliver marchait près d'elle, prudemment agrippé à sa jupe, tandis que Molly sautillait, une poupée sous le bras. Pendant un instant, il sentit les larmes lui piquer les yeux. Dès que Sarah l'aperçut, elle lui adressa un signe de la main, puis passa au poste de contrôle. Une fois que le panier eut été fouillé, ils furent tous les trois autorisés à entrer. Lorsqu'elle s'avança vers lui, souriante, Seth constata qu'elle avait repris un peu de poids. Molly se précipita dans ses bras, mais Oliver hésita une minute, avant de marcher vers lui à petits pas. C'est alors que le regard de Seth croisa celui de Sarah. Elle l'embrassa sur la joue, puis déposa le panier, pendant que les enfants couraient autour d'eux.

— Tu as l'air d'aller bien, Sarah.

— Toi aussi, Seth.

Au début, elle se sentit un peu gauche. Tant de choses avaient changé, depuis la dernière fois qu'ils s'étaient vus ! De temps à autre, il lui envoyait un e-mail auquel elle répondait, en lui donnant des nouvelles des enfants. Il aurait voulu pouvoir lui parler, mais il n'osait plus. Elle lui imposait des limites qu'il était obligé de respecter. Il ne lui dit pas qu'elle lui manquait, bien que ce fût le cas, et elle ne lui dit pas combien la vie était difficile, sans lui. Ce genre de déclaration n'avait plus cours, dans leur relation actuelle. Elle n'éprouvait plus de colère, seulement une grande tristesse. Et elle acquérait aussi une sorte de paix intérieure, à mesure que le temps passait. Elle ne lui reprochait plus rien, ne regrettait plus rien. Elle acceptait ce qui était arrivé. Jusqu'à la fin de leur existence, ils auraient leurs enfants en commun, devraient prendre ensemble des décisions à leur sujet et partageraient des souvenirs d'une autre époque.

Elle servit le déjeuner sur l'une des tables de pique-nique. Seth apporta des chaises et, chacun à leur tour, les enfants s'assirent sur ses genoux. Sarah avait acheté de délicieux sandwiches, ainsi que des fruits et un gâteau au fromage blanc que Seth aimait beaucoup. Elle avait même pensé à lui apporter ses chocolats préférés et un cigare.

— Merci pour ce bon déjeuner, Sarah.

Il fumait son cigare pendant que les enfants s'étaient éloignés en courant. Il s'était résigné à son sort, surtout depuis que Henry Jacobs l'avait convaincu de l'inutilité d'un appel. Le procès s'était correctement déroulé. Pas plus que Sarah, Seth ne montrait d'amertume.

— Merci de m'avoir amené les enfants.

— Molly rentre à l'école dans deux semaines et moi, je vais devoir reprendre mon travail.

Il ne savait que lui dire. Il ne trouvait pas les mots pour lui expliquer combien il était navré que, par sa faute, ils aient perdu leur maison, ses bijoux et tout ce qu'ils avaient construit ensemble. Au lieu de cela, ils restèrent assis, silencieux, à regarder leurs enfants. Elle comblait parfois les vides en lui donnant des nouvelles de sa famille et il lui décrivit la routine de la prison. Ce n'était pas une conversation impersonnelle, elle était seulement différente de celles qu'ils avaient avant. Il y avait des choses qu'ils ne pouvaient plus se dire et ne se diraient plus jamais. Il savait qu'elle l'aimait, le soin qu'elle avait apporté à la préparation du panier de pique-nique le lui prouvait, tout comme le fait qu'elle lui avait amené les enfants. Et il savait aussi qu'il l'aimait encore. Un jour sans doute, cela changerait, mais pour l'instant ils restaient liés par tout ce qu'ils avaient construit ensemble. Cela s'effriterait et évoluerait avec le temps. Quelque chose ou quelqu'un effacerait tout cela, les souvenirs vieilliraient ou le temps serait trop long. Mais il resterait toujours le père de ses enfants, l'homme qu'elle avait épousé et aimé. Cela, au moins, ne changerait jamais.

Sarah et les enfants restèrent jusqu'à la fin du temps de visite. Un long coup de sifflet les avertit que le moment de la séparation approchait et qu'il fallait remballer les affaires. Elle rangea les restes de leur repas ainsi que les serviettes rouges dans le panier. Elle les avait apportées de la maison pour égayer leur déjeuner.

Elle appela les enfants et leur annonça qu'il était l'heure de partir. Lorsqu'elle leur demanda de dire au revoir à leur père, Oliver prit un air triste et Molly jeta ses petits bras autour de la taille de Seth.

— Je ne veux pas laisser papa, sanglota-t-elle. Je veux rester !

C'était ce à quoi il les avait condamnés, mais il savait que ce genre de scène s'atténuerait au fil du temps. Peu à peu, ses enfants s'habitueraient à le voir ici et nulle part ailleurs.

— Nous reviendrons bientôt voir papa, dit Sarah.

Elle attendit pour partir que Molly veuille bien lâcher son père. Comme les autres détenus, Seth accompagna sa famille aussi près du poste de contrôle qu'il le put.

— Merci, Sarah, fit-il de cette voix qu'elle connaissait si bien. Prends soin de toi.

— Toi aussi, Seth.

Laissant les enfants marcher en avant, elle s'arrêta, hésitant visiblement à lui dire quelque chose.

— Je t'aime, Seth, j'espère que tu le sais. Je ne t'en veux plus. Je suis seulement triste pour toi et pour nous, mais je vais bien.

Elle voulait qu'il le sache, pour qu'il n'ait plus à s'inquiéter pour elle ou à culpabiliser à son sujet. Il pouvait regretter ce qu'il voulait, mais au cours de l'été, elle avait compris qu'elle allait s'en sortir. Le destin lui lançait un défi qu'elle était bien décidée à relever sans regarder en arrière, sans détester Seth et sans même regretter que les choses soient différentes. Elle savait maintenant qu'elles ne pouvaient pas l'être. Ce qui était arrivé serait arrivé de toute façon. Un jour ou l'autre, Seth aurait été démasqué. C'était ce dont elle avait pleinement conscience, maintenant. Il n'avait jamais été l'homme qu'elle croyait avoir épousé.

— Je te remercie de ne pas me haïr pour ce que j'ai fait.

Il n'essaya pas de s'expliquer, il savait qu'elle ne comprendrait jamais, car toutes les raisons qui l'avaient incité à agir malhonnêtement étaient totalement étrangères à ce qu'elle était.

— C'est arrivé, n'en parlons plus. Nous avons la chance d'avoir nos enfants.

Elle regrettait encore de ne pas avoir de troisième enfant, mais elle en aurait peut-être un jour. Son destin était dans d'autres mains que les siennes. C'était ce que Maggie lui avait dit, lorsqu'elle l'avait appelée pour lui annoncer qu'elle se mariait. Tout en pensant à elle, Sarah se tourna vers Seth et lui sourit. Elle n'en avait pas eu conscience jusqu'alors, mais elle lui avait pardonné. Son cœur était soulagé d'un lourd fardeau. Il avait disparu, sans même qu'elle l'ait décidé ou voulu.

Il la regarda franchir le portail et se diriger vers le parking. Tandis que les enfants lui adressaient des signes de la main, elle lui sourit une dernière fois et le fixa longuement. Quand la voiture eut disparu, il regagna lentement sa cellule, sans cesser de penser à eux. Ils étaient la famille qu'il avait sacrifiée et perdue.

Au premier virage, la prison disparut du rétroviseur. Sarah regarda ses enfants en souriant. Elle ne savait pas comment ni quand, mais elle était parvenue à atteindre ce dont Maggie lui parlait si souvent. Elle l'avait trouvé et se sentait si légère qu'elle aurait pu s'envoler. Elle avait pardonné à Seth et accédé à cet état de grâce qu'au début elle ne pouvait même pas imaginer. C'était un moment de perfection absolue, un moment figé à jamais dans le temps. La grâce infinie !